Balli Kaur Jaswal
Geheime Geschichten für Frauen, die Saris tragen

Balli Kaur Jaswal

Geheime Geschichten für Frauen, die Saris tragen

Roman

Deutsch von
Stefanie Retterbush

GOLDMANN

Die amerikanische Originalausgabe erschien 2017 unter dem Titel
»Erotic Stories for Punjabi Widows« bei HarperCollins*Publishers*, London.

Sollte diese Publikation Links auf Webseiten Dritter enthalten,
so übernehmen wir für deren Inhalte keine Haftung,
da wir uns diese nicht zu eigen machen, sondern lediglich auf
deren Stand zum Zeitpunkt der Erstveröffentlichung verweisen.

Dieses Buch ist auch als E-Book erhältlich.

Verlagsgruppe Random House FSC® N001967

1. Auflage
Deutsche Erstveröffentlichung Juli 2018
Copyright © der Originalausgabe 2017 by Balli Kaur Jaswal
Copyright © der deutschsprachigen Ausgabe 2018
by Wilhelm Goldmann Verlag, München,
in der Verlagsgruppe Random House GmbH,
Neumarkter Str. 28, 81673 München
Umschlaggestaltung: UNO Werbeagentur, München
Umschlagmotiv: © FinePic®, München
Glossar: Stefanie Retterbush
Redaktion: Ann-Catherine Geuder
An · Herstellung: kw
Satz: Uhl + Massopust, Aalen
Druck und Bindung: GGP Media GmbH, Pößneck
Printed in Germany
ISBN: 978-3-48661-8
www.goldmann-verlag.de

Besuchen Sie den Goldmann Verlag im Netz

Für Paul

Erstes Kapitel

Wie konnte Mindi sich bloß eine arrangierte Ehe *wünschen*?

Fassungslos starrte Nikki auf das Profil, das ihre Schwester an ihre Mail angehängt hatte. Darin eine Liste vermeintlich relevanter Details aus ihrem Lebenslauf: Name, Alter, Größe, Religionszugehörigkeit, Ernährungsweise (vegetarisch, bis auf die gelegentliche Portion Fish 'n Chips). Allgemeine Vorlieben bezüglich des Zukünftigen: intelligent, einfühlsam und liebenswürdig, mit soliden Wertvorstellungen und Prinzipien und einem netten Lächeln. Sowohl rasierte Männer als auch Turbanträger kamen als potenzielle Kandidaten in Frage, solange Bart und Haare penibel gepflegt waren. Der ideale Ehemann sollte einen sicheren Job und bis zu drei Hobbys haben, die ihn geistig wie körperlich auslasteten. *In gewisser Weise*, schrieb sie, *sollte er sein wie ich: anständig* (prüde, wenn man Nikki fragte), *sparsam* (eine nette Umschreibung für knauserig) *und familienfreundlich* (sprich, sollte augenblicklich Kinder wollen). Und zu allem Überfluss klang die Überschrift dieses abgeschmackten Textes auch noch wie eine billige Gewürzmischung aus dem Supermarkt: *Mindi Grewal, Westöstliche Melange*.

Der schmale Flur zwischen Nikkis Schlafzimmer und der offenen Singleküche mit den unebenen Bodendielen, die schon bei der leichtesten Belastung in den verschiedensten Tonhöhen quietschten und knarzten, eignete sich nicht unbedingt zum nachdenklichen Im-Kreis-Laufen. Trotzdem tigerte Nikki nun dort auf und ab wie ein Raubtier im Käfig und versuchte, mit jedem ihrer Schritte die widerstrebenden Gedanken zu ordnen. Was dachte sich ihre Schwester bloß dabei? Gut, Mindi war immer schon ziemlich konservativ und traditionsbewusst gewesen – einmal hatte Nikki ihre Schwester tatsächlich dabei erwischt, wie sie sich auf YouTube ein Video mit der Anleitung zum Ausrollen perfekter Rotis* anschaute – aber eine Hochzeitsanzeige aufgeben? Das war doch echt etwas *extrem*.

Nikki versuchte mehrfach, Mindi anzurufen, aber jedes Mal ging gleich die Mailbox ran. Als ihre Schwester schließlich doch antwortete, verschluckte der dichte graue Abendnebel schon langsam das Tageslicht, und für Nikki war bald Schichtbeginn im O'Reilly's.

»Ich weiß, was du sagen willst«, sagte Mindi.

»Kannst du dir das wirklich vorstellen, Mindi?«, fragte Nikki. »Kannst du dir das allen Ernstes vorstellen?«

»Ja.«

»Dann bist du vollkommen verrückt.«

»Das ist meine freie Entscheidung. Ich möchte auf die traditionelle Art einen Ehemann finden.«

»Warum?«

»Weil ich das so möchte.«

»Warum?«

---

* Eine Erklärung der mit * gekennzeichneten Begriffe finden Sie am Ende des Buches.

»Ist einfach so.«

»Du musst dir schon einen besseren Grund einfallen lassen, wenn ich dein Profil aufhübschen soll.«

»Das ist gemein. Ich habe dich auch unterstützt, als du ausziehen wolltest.«

»Du hast mich als egoistisches Miststück bezeichnet.«

»Aber du bist trotzdem gegangen. Und als Mum ohne Vorwarnung in deiner neuen Wohnung aufgekreuzt ist und gefordert hat, dass du auf der Stelle wieder mit nach Hause kommst, wer hat sie da überzeugt, es gut sein zu lassen? Hätte ich nicht mit Engelszungen auf sie eingeredet, hätte sie deine Entscheidung nie akzeptiert. Inzwischen hat sie sich widerstrebend damit abgefunden.«

»Sie hat sich *beinahe* damit abgefunden«, verbesserte Nikki sie. Mit der Zeit war Mums flammender Zorn allmählich abgekühlt und verrauchte nun langsam. Sie wetterte zwar immer noch leidenschaftlich gegen Nikkis lasterhaftes Lotterleben, hatte es aber inzwischen drangegeben, sie ständig vor den Gefahren des Alleinlebens zu warnen. »Meine Mutter hätte nicht mal im Traum daran gedacht, mir so etwas zu erlauben«, murmelte Mum immer mit einer kruden Mischung aus Stolz und Selbstmitleid in der Stimme; wohl um ihre vorgebliche Fortschrittlichkeit zu unterstreichen. *Westöstliche Melange.*

»Es geht darum, mich wieder mehr unserer Kultur zuzuwenden«, erklärte Mindi. »Ich sehe doch, wie meine englischen Freundinnen online und in Clubs Männer kennenlernen, und nie ist der Richtige dabei. Was spricht denn dagegen, es mal mit einer arrangierten Verbindung zu versuchen? Bei unseren Eltern hat es doch auch funktioniert.«

»Das waren doch vollkommen andere Zeiten«, widersprach Nikki vehement. »Du hast viel mehr Möglichkeiten als Mum in unserem Alter.«

»Ich habe eine Ausbildung gemacht, ich habe mein Diplom als Krankenschwester, ich habe einen guten Job – da liegt es doch nahe, dass ich den logischen nächsten Schritt machen will.«

»Das ist doch kein ›nächster Schritt‹. Du *organisierst* dir einen Ehemann.«

»Das stimmt so nicht. Ich wünsche mir bloß ein bisschen Hilfe bei der Suche. Wir werden uns ja nicht erst am Hochzeitstag das erste Mal sehen. Heutzutage dürfen Männer und Frauen sich schon vor der Verlobung ein bisschen besser kennenlernen.«

Bei dem Wort »dürfen« sträubten sich Nikki sämtliche Nackenhaare. Wozu brauchte Mindi bitte schön die Erlaubnis, ihre Partnersuche so zu gestalten, wie sie es wollte? »Leg dich bloß nicht zu früh fest. Geh ein bisschen auf Reisen. Schau dir die Welt an.«

»Ich hab genug gesehen«, erwiderte Mindi schnippisch. Sie musste den Mädelsurlaub auf Teneriffa letztes Jahr meinen, bei dem sie herausgefunden hatte, dass sie eine heftige Allergie gegen Krustentiere hat. »Und Kirti sucht auch einen netten Mann. Es wird langsam Zeit, dass wir beide heiraten und eine Familie gründen.«

»Kirti würde einen netten Mann nicht mal erkennen, wenn er durch ihr offenes Schlafzimmerfenster geflogen käme«, spottete Nikki. »Ernsthafte Konkurrenz ist die jedenfalls nicht.« Nikki hatte die beste Freundin ihrer Schwester noch nie leiden können, und das beruhte auf Gegenseitigkeit. An Mindis fünfundzwanzigstem

Geburtstag hatte Kirti – von Berufs wegen Visagistin, oder, wie ihre Visitenkarte stolz proklamierte, *Make-up-Künstlerin und Gesichtsbildnerin* – Nikkis Aufmachung abschätzig von Kopf bis Fuß gemustert und dann spitz erklärt: »Hübsch sein reicht nicht, man muss sich auch ein bisschen Mühe geben.«

»Mindi, könnte es sein, dass du dich schlicht und ergreifend langweilst?«

»Ist Langeweile etwa kein legitimer Grund, mir einen Partner zu suchen? Du bist ausgezogen, weil du unabhängig sein wolltest. Ich suche einen Mann zum Heiraten, weil ich *wohin gehören* möchte. Ich möchte eine eigene Familie. Das verstehst du nicht, dafür bist du noch zu jung. Wenn ich nach einem langen Arbeitstag nach Hause komme, sind da nur Mum und ich. Ich möchte *zu jemandem* nach Hause kommen. Ich möchte darüber reden, wie mein Tag war, und zusammen essen und Pläne für ein gemeinsames Leben schmieden.«

Nikki öffnete die E-Mail-Anhänge. Zwei Nahaufnahmen von Mindi, mit einem strahlenden Lächeln, das wie ein warmes, herzliches Willkommen wirkte. Die dicken glatten Haare fielen ihr weich über die Schultern. Auf einem anderen Bild war die ganze Familie zu sehen: Mum, Dad, Mindi und Nikki bei ihrem letzten gemeinsamen Familienurlaub. Es war nicht das beste Foto: Alle hatten die Augen zusammengekniffen, weil die Sonne sie blendete, und vor der imposanten Landschaft im Hintergrund wirkten sie winzig klein. Das war in dem Jahr gewesen, als Dad starb. Ein Herzinfarkt hatte ihn aus seiner Familie gerissen; im Schlaf war er gekommen, wie ein Dieb in der Nacht. Nikkis Magen zog sich schmerzhaft zusammen. Beim Gedanken daran bekam sie immer noch ein schrecklich schlechtes Gewissen. Sie schloss das Fenster wieder.

»Bitte nimm kein Familienfoto«, sagte Nikki. »Ich möchte nicht, dass mein Gesicht in irgendwelchen Heiratsvermittlungsanzeigen auftaucht.«

»Dann hilfst du mir also?«

»Das geht völlig gegen meine Prinzipien.« Nikki tippte: »Argumente gegen eine arrangierte Ehe« in die Suchmaschine und klickte auf das erste Ergebnis.

»Aber du hilfst mir?«

»*Arrangierte Ehen sind Ausdruck eines überkommenen Wertesystems, das das Recht einer jeden Frau beschneidet, frei über ihr Schicksal zu bestimmen*«, las Nikki vor.

»Sorg einfach nur dafür, dass mein Profil sich besser liest. Ich kann so was nicht«, zirpte Mindi unbeeindruckt.

»Hast du überhaupt gehört, was ich gerade gesagt habe?«

»Wieder irgend so einen radikalen Quatsch. Nach ›Wertesystem‹ habe ich nicht mehr zugehört.«

Nikki klickte wieder auf das Profil, und gleich fiel ihr ein Grammatikfehler auf: *Ich suche mein Seelenverwandten. Wo ich ihn wohl finde?* Sie seufzte. Mindis Entschluss stand offensichtlich fest – die Frage war nur, ob Nikki sich in die Sache hineinziehen lassen wollte oder nicht.

»Also gut«, brummte sie. »Aber nur, weil du mit diesem Profil riskierst, ausschließlich Vollpfosten anzulocken. Warum bitte schreibst du, du ›hast gerne Spaß‹? Wer hat denn nicht gerne Spaß?«

»Und könntest du es dann auch für mich an das Schwarze Brett mit den Heiratsannoncen heften?«

»Welches Schwarze Brett mit den Heiratsannoncen?«

»Im großen Tempel in Southall. Ich schicke dir die Adresse.«

»Southall? Das soll wohl ein Witz sein.«

»Von dir aus ist es gar nicht so weit. Und ich muss die ganze Woche Doppelschichten im Krankenhaus machen.«

»Ich dachte, dafür gibt es Heiratsvermittlungsseiten im Netz«, protestierte Nikki.

»Ich habe mir SikhMate.com und PunjabPyaar.com angeschaut. Aber da tummeln sich nur massenweise Männer aus Indien, die billig an ein Visum kommen wollen. Wenn ein Mann meine Annonce am Schwarzen Brett im Tempel liest, kann ich zumindest davon ausgehen, dass er schon in London lebt. Southall ist der größte Gurdwara* in Europa. Da stehen die Chancen besser als am Anschlagbrett in Enfield«, erklärte Mindi entschieden.

»Weißt du, ich hab viel zu tun.«

»Ach, ich bitte dich, Nikki. Du hast wesentlich mehr Zeit als wir alle zusammen.«

Diesen fiesen kleinen Seitenhieb überhörte Nikki geflissentlich. Mum und Mindi waren der Ansicht, ihr Job als Barkeeperin bei O'Reilly's sei keine richtige Arbeit. Und es war einfach die Mühe nicht wert, ihnen zu erklären, dass sie noch immer auf der Suche war nach ihrer wahren Berufung – ihrem Traumjob, der herausfordernd und erfüllend sein sollte, in dem sie etwas verändern könnte und der ihr Bestätigung und Anregung zugleich bieten würde. Solche Jobs waren allerdings, wie sie allmählich einsehen musste, enttäuschend rar gesät. Und die Rezession machte es nicht besser. Selbst von den drei gemeinnützigen Organisationen, bei denen sie sich als ehrenamtliche Mitarbeiterin beworben hatte, hatte Nikki Absagen bekommen. Entschuldigend hatten sie erklärt, sie ertränken geradezu in einer Flut an Bewerbungen. Was konnte man sonst noch machen als Zweiundzwanzigjährige mit einem Beinahe-Jura-Abschluss? Im gegenwärtigen wirtschaftlichen Klima (und womöglich auch in jedem anderen wirtschaftlichen Klima): rein gar nichts.

»Ich bezahl dich auch dafür«, meinte Mindi.

»Ich nehme doch kein Geld von dir«, wehrte Nikki reflexartig ab.

»Warte mal. Mum möchte noch was sagen.« Im Hintergrund hörte man gedämpftes Gemurmel. »Sie sagt, ›denk dran, die Fenster zuzumachen‹. Gestern Abend war was über Wohnungseinbrüche in den Nachrichten.«

»Sag Mum, ich besitze nichts Wertvolles, das geklaut werden könnte«, gab Nikki zurück.

»Sie sagt, du hättest deine Ehre zu verlieren.«

»Zu spät. Die habe ich längst verloren. Auf der Party von Andrew Forrest, nach dem Abschlussball in der Elften.« Worauf Mindi gar nichts mehr sagte. Aber ihr Missfallen knisterte wie statische Entladungen in der Leitung.

Als Nikki sich später für die Arbeit fertigmachte, musste sie über Mindis Angebot nachdenken, sie für ihre Hilfe zu bezahlen. Das war nett gemeint, aber Nikkis größte Sorge war nicht das Geld. Ihre Wohnung lag gleich über dem Pub, und die Miete war spottbillig, weil sie so immer verfügbar war, um spontan einzuspringen und eine Sonderschicht zu übernehmen. Aber der Barkeeper-

Job war eigentlich nur zur Überbrückung gedacht gewesen – längst hätte sie *etwas aus ihrem Leben machen* sollen. Tagtäglich musste sie mit ansehen, wie Freunde und Bekannte in Siebenmeilenstiefeln große Sprünge machten, während ihr eigenes Leben stillzustehen schien. Erst letzte Woche hatte sie an einem überfüllten Bahnsteig eine ehemalige Klassenkameradin stehen sehen. Wie geschäftsmäßig und zielstrebig sie gewirkt hatte, als sie mit der Aktentasche in der einen und dem Kaffeebecher in der anderen Hand zum Ausgang marschiert war. Tagsüber war es am schlimmsten, da war London am präsentesten, und Nikki spürte die Stadt ringsherum ticken und klicken wie ein gigantisches Uhrwerk.

Im Jahr vor Nikkis Abschlussprüfungen an der Schule waren ihre Eltern mit ihr nach Indien gereist, um Tempel zu besuchen und weise alte Pandits* aufzusuchen, die Nikki als Ratgeber und Wegweiser helfen sollten, die richtige Richtung einzuschlagen und ihren vorbestimmten Lebensweg zu beschreiten. Einer der Pandits riet ihr, sich ihre berufliche Zukunft, so wie Nikki sie sich wünschte, in den schillerndsten Farben auszumalen und dabei Gebete zu chanten, um ihre Vision wahrwerden zu lassen. Doch in ihrem Kopf hatte bloß gähnende Leere geherrscht, und dieses Nichts, diese nackte unbemalte Leinwand, das musste wohl das Bild gewesen sein, das sie hinauf an die Götter geschickt hatte. Wie immer bei ihren Reisen in die alte Heimat hatte Nikki strikte Anweisungen erhalten, was sie vor Dads älterem Bruder, bei dem sie zu Gast waren, nicht tun oder sagen sollte: Nicht schimpfen, nicht fluchen, mit keinem Wort ihre männlichen Freunde erwähnen, nicht widersprechen und als Zeichen der Dankbarkeit für die unzähligen Unterrichtsstunden während der Sommerferien, die Nikki ihre kulturellen Wurzeln näherbringen sollten, Punjabi sprechen. Als ihr Onkel sich beim Abendessen nach dem Besuch bei den Pandits erkundigte, musste Nikki sich auf die Zunge beißen, um nicht zu antworten: Das sind alles Lügner. Die reinsten Hochstapler. Genauso gut könnte ich mir von meinen Kumpels Mitch und Bazza die Zukunft aus der Hand lesen lassen.

Dad antwortete an ihrer Stelle: »Nikki wird wohl Jura studieren.«

Und damit war ihre berufliche Zukunft besiegelt. Dad wischte alle Zweifel beiseite und argumentierte, damit werde sie mal einen sicheren, respektablen Job haben. Aber die väterlichen Beschwichtigungsversuche wirkten nicht lange. Die flattrige Unruhe, in der völlig falschen Vorlesung zu sitzen, die sie schon am ersten Tag an der Uni erfasst hatte, sollte im Laufe des ersten Jahres nur noch zunehmen. Nachdem sie im zweiten Jahr in einem Seminar beinahe durchgefallen wäre, bestellte der Tutor Nikki zu sich in die Sprechstunde und meinte: »Vielleicht ist das doch nichts für Sie.« Womit er eigentlich das Thema seines Seminars meinte. Aber für Nikki traf seine Bemerkung ins Schwarze. Das ganze Studium war nichts für sie: die öden, endlos langen Vorlesungen und Tutorien, die Klausuren und Gruppenprojekte und Abgabetermine. Noch am selben Nachmittag ließ sie sich exmatrikulieren.

Weil Nikki sich nicht traute, ihren Eltern zu beichten, dass sie ihr Studium geschmissen hatte, verließ sie trotzdem jeden Morgen brav das Haus, unterm Arm ihre Secondhand-Ledertasche vom Camden Market. Ziellos stromerte sie durch London, das mit seinem verrußten Himmel und seinen uralten Gemäuern den perfekten Hintergrund für ihre Dickens'sche Seelenpein abgab. Nicht mehr zur Uni zu gehen war eine große Erleichterung für Nikki. Bis sie eines Tages zu grübeln begann, was sie denn nun stattdessen machen sollte. Nach einigen weiteren ausgedehnten Stadtwanderungen fing Nikki schließlich irgendwann an, nachmittags zu Protestveranstaltungen und Demos zu gehen, die von ihrer besten Freundin Olive organisiert wurden. Die engagierte sich schon lange leidenschaftlich für eine Frauenrechtsorganisation namens UK Fem Fighters. Es gab so vieles, worüber man sich aufregen konnte. Dass die *Sun* auf Seite drei immer noch Oben-ohne-Models abdruckte. Dass die öffentlichen Gelder für Frauenhäuser und Interventionsstellen im Zuge der neuen Sparmaßnahmen der Regierung halbiert werden sollten. Dass Journalistinnen in Krisengebieten weltweit schutzlos der Gefahr sexueller Nötigung und Gewalt ausgeliefert waren. Dass in Japan sinnlos Wale abgeschlachtet wurden (kein spezifisch feministisches Thema, aber Nikki taten die Wale trotzdem leid, weshalb sie wahllos wildfremde Menschen auf der Straße ansprach, doch bitte die entsprechende Greenpeace-Petition zu unterzeichnen).

Erst als ein Freund ihres Dads Nikki eine Praktikumsstelle anbieten wollte, sah sie sich schließlich gezwungen zuzugeben, dass sie schon längst nicht mehr zur Uni ging. Lautes Gebrüll war nicht Dads Stil. Er zeigte seine Enttäuschung eher in kühler distanzierter Enttäuschung. Nach endlos langen Diskussionen verschanzten er und Nikki sich schließlich in verschiedenen Zimmern, während Mum und Mindi zwischen ihnen hin und her liefen und versuchten, einen Burgfrieden zu vermitteln. Einer lautstarken Auseinandersetzung am nächsten kamen sie, nachdem Dad eine Liste aufgestellt hatte mit all den Eigenschaften, die Nikki als herausragende Anwältin prädestinierten. »Du hast so viel Potenzial, so viele Möglichkeiten, und du wirfst das einfach weg. Und wozu? Du hast doch schon fast die Hälfte geschafft. Was willst du denn jetzt machen?«

»Ich weiß es nicht.«

»Du weißt es nicht?«

»Jura liegt mir einfach nicht.«

»Es liegt dir nicht?«

»Du versuchst ja nicht mal, mich zu verstehen. Du wiederholst einfach nur alles, was sich sage.«

»ICH WIEDERHOLE ALLES, WAS DU SAGST?«

»Dad«, sagte Mindi. »Beruhige dich. Bitte.«

»Ich werde mich nicht...«

»Mohan, denk an dein Herz«, ermahnte Mum ihn.

»Wieso, was ist mit seinem Herz?«, fragte Nikki. Besorgt sah sie ihren Dad an, aber der wich ihrem Blick aus.

»Sein Herzschlag ist ein bisschen unregelmäßig. Nichts Schlimmes, seine EKGs sind in Ordnung, aber der Blutdruck war 140 zu 90, und das ist dann doch ein bisschen beunruhigend. Außerdem gibt es in seiner Familie etliche Fälle von Beinvenenthrombosen, deshalb machen wir uns ein bisschen Sorgen...«, plapperte Mindi. Auch ein Jahr nach Beginn ihrer Ausbildung zur

Krankenschwester schien der medizinische Fachjargon für sie nichts von seiner Faszination verloren zu haben.

»Und was heißt das jetzt konkret?«, unterbrach Nikki sie entnervt.

»Noch gar nichts. Er muss nächste Woche noch mal zu ein paar weiterführenden Tests und Untersuchungen wiederkommen«, sagte Mindi.

»Dad!«, rief Nikki entsetzt und wollte schon zu ihrem Vater stürzen. Doch der hob nur wortlos die Hand und bremste sie so unsanft.

»Du machst alles kaputt«, schalt er sie. Das waren die letzten Worte, die ihr Vater an sie gerichtet hatte. Ein paar Tage später hatten er und Mum spontan die Koffer gepackt und waren nach Indien geflogen. Und das, obwohl sie erst ein paar Monate zuvor dort gewesen waren. Dad wollte zu seiner Familie, hatte Mum erklärt.

Die Zeiten, als ihre Eltern Nikki gedroht hatten, sie nach Indien zu schicken, wenn sie nicht gehorchte, waren längst vorbei. Inzwischen gingen sie selbst dorthin ins freiwillige Exil, wenn ihnen alles zu viel wurde. »Bis wir zurück sind, bist du hoffentlich wieder zur Vernunft gekommen«, meinte Mum. Der Seitenhieb saß, aber Nikki wollte auf keinen Fall wieder einen Streit anfangen. Sie hatte schon heimlich die Koffer gepackt. Ein Pub in Olives Nachbarschaft in Shepherd's Bush suchte eine Barkeeperin. Bis ihre Eltern zurückkamen, würde Nikki längst fort sein.

Und dann starb Dad ganz plötzlich und unerwartet in Indien. Seine Herzbeschwerden waren wohl gravierender gewesen, als die Ärzte vermutet hatten. In traditionellen indischen Moralgeschichten sind meist missratene Kinder die Wurzel allen Übels, wie Herzprobleme, Krebsgeschwüre, Haarausfall und andere Zipperlein, die die armen gramgebeugten Eltern plagen. Nikki war zwar nicht so naiv zu glauben, Dad hätte ihretwegen einen Herzinfarkt erlitten, dachte aber, die Nachfolgeuntersuchungen in London, die er verschoben hatte, um überstürzt nach Indien zu reisen, hätten ihm womöglich das Leben retten könnten. Die nagenden Schuldgefühle machten es Nikki unmöglich, um ihren Vater zu trauern. Beim Begräbnis versuchte sie, sich ein paar Tränen abzuringen, aber nichts geschah. Die ersehnte Erleichterung blieb aus, sie konnte einfach nicht weinen.

Zwei Jahre später fragte Nikki sich noch immer, ob das damals die richtige Entscheidung gewesen war. Manchmal überlegte sie sogar insgeheim, wieder an die Uni zu gehen und ihren Abschluss nachzuholen. Obwohl sie die Vorstellung unerträglich fand, über irgendwelchen Präzedenzfällen brüten oder an drögen Vorlesungen teilnehmen zu müssen. Aber womöglich waren Begeisterung und Spaß an der Freude im Leben eines Erwachsenen nicht immer das Wichtigste. Wenn arrangierte Ehen funktionieren konnten, vielleicht konnte Nikki sich ja dann auch für etwas begeistern, wofür sie nicht von Anfang an Feuer und Flamme war. Sie musste einfach inständig hoffen, irgendwann doch noch Feuer zu fangen.

Als Nikki am nächsten Morgen das Haus verließ, wurde sie von einem fiesen Sprühregen begrüßt. Missmutig zog sie sich die mit Kunstpelz gesäumte Kapuze ihrer Jacke über den Kopf und machte sich auf den ungemütlichen fünfzehnminütigen Fußmarsch zur nächstgelegenen Bahnstation. Ihre heißgeliebte Ledertasche schlug ihr baumelnd gegen die Hüfte. Am Zeitungskiosk hielt sie kurz inne, um sich eine Schachtel Zigaretten zu kaufen. Das Handy in ihrer Tasche brummte – eine Nachricht von Olive.

> Job in Kinderbuchhandlung. Perfekt für dich!
> Gestern in der Zeitung gesehen.

Nikki war gerührt. Seit sie Olive gestanden hatte, dass sie fürchtete, O'Reilly's könne womöglich bald für immer die Türen schließen, durchforstete ihre Freundin gewissenhaft die Stellenanzeigen in der Zeitung für sie. Mit dem Pub ging es schon eine Weile bergab. Seine Einrichtung war zu schäbig, um als hip durchzugehen, und das typische englische Kneipenessen konnte mit dem trendigen Café, das gleich nebenan eröffnet hatte, auch nicht mehr mithalten. Sam O'Reilly verbrachte inzwischen mehr Zeit in dem kleinen Büro im Hinterzimmer, umgeben von unzähligen Rechnungen und Belegen, als hinter dem Tresen.

Nikki schrieb prompt zurück.

> Habe ich auch gesehen. Wollen aber mindestens
> 5 Jahre Berufserfahrung. Brauche einen Job, um
> Berufserfahrung zu sammeln, brauche Berufserfahrung,
> um einen Job zu bekommen – verrückte Welt!

Von Olive kam keine Antwort mehr. Als Lehrerin im Vorbereitungsdienst konnte sie werktags nur sporadisch

Nachrichten schreiben. Nikki hatte mit dem Gedanken gespielt, ebenfalls Lehrerin zu werden. Aber immer, wenn Olive von ihren anstrengenden, verzogenen Schülern erzählte und was sie wieder angestellt hatten, war Nikki heilfroh, sich bei O'Reilly's nur gelegentlich mit dem einen oder anderen schwankenden Säufer herumschlagen zu müssen.

Nikki tippte noch eine Nachricht.

Heute Abend im Pub? Du glaubst nicht, wo ich gerade hinfahre – Southall!

Dann drückte sie die Zigarette aus und ließ sich von dem Pendlerstrom mitreißen, der sie bis in ihre Bahn spülte.

Während der Fahrt schaute Nikki versonnen aus dem Fenster und beobachtete, wie London langsam hinter ihr zurückblieb, je weiter der Zug nach Westen ratterte, und wie die Backsteinhäuser allmählich Schrottplätzen und Gewerbehöfen wichen. Am Bahnhof Southall waren sämtliche Schilder auf Englisch und Punjabi verfasst. Nikkis Blick blieb zuerst an der Punjabi-Beschilderung hängen, und sie staunte, wie vertraut ihr das Geschlängel und Geringel immer noch war. Während der vielen Sommer in Indien hatte sie auch Gurmukhi schreiben und lesen gelernt. Später war es ein profitabler Partytrick gewesen, gegen ein paar Freigetränke die Namen ihrer englischen Freunde auf Punjabi auf eine Cocktailserviette zu kritzeln.

Mit dem Bus ging es weiter zum Tempel. Der Anblick der unzähligen zweisprachigen Schilder an den Läden links und rechts verursachte Nikki Kopfschmerzen, und sie beschlich das vage Gefühl, in zwei Teile zerrissen zu werden. Britisch, Indisch. Als sie noch ein kleines Kind war, hatte ihre Familie oft Tagesausflüge hierher unternommen – zu Hochzeiten im Tempel oder Shoppingtouren auf der unermüdlichen Suche nach frischen indischen Gewürzen. Nikki konnte sich noch gut an die konfusen Streitgespräche bei diesen Ausflügen erinnern, denn Mum und Dad schienen sich stets uneins gewesen zu sein, ob sie es nun mochten, unter Landsleuten zu sein, oder doch eher verabscheuten. Wäre es nicht eigentlich ganz nett, andere Punjabis als Nachbarn zu haben? Aber warum dann überhaupt nach England auswandern? Je heimischer ihre Eltern in Nordlondon wurden, desto seltener wurden die Besuche in Southall, bis sie irgendwann in ebenso weite Ferne gerückt waren wie Indien selbst. Jetzt dröhnte aus dem Auto auf der Spur neben ihnen ein treibender Bhangra-Bass-Beat. Aus dem Schaufenster eines Stoffhändlers lächelten eine Reihe Mannequins in Glitzer-Saris verschämt den vorbeigehenden Passanten zu. Die Auslage der Gemüsehändler schwappte bis hinaus auf die Bürgersteige, und vom Verkaufswagen eines Samosa-Bäckers stieg heißer duftender Dampf in den Himmel. Es hatte sich nichts geändert.

An einer Haltestelle stiegen etliche Schulmädchen aus der Oberstufe ein. Kichernd und plappernd standen sie zusammen, und als der Bus plötzlich einen Satz machte, wurden sie unter kollektivem Kreischen nach vorne geschleudert. »Heilige Scheiße!«, krakelte eins der Mädchen. Worauf die anderen alle losprusteten. Der Lärm verstummte allerdings schlagartig, als die Mädchen die missbilligenden Blicke der beiden turbantragenden Herren sahen, die Nikki gegenübersaßen. Die Mädchen stupsten sich gegenseitig in die Rippen, still zu sein.

»Benehmt euch anständig«, zischte jemand, und als Nikki sich umdrehte, sah sie eine ältere Dame, die die Mädchen verächtlich musterte, als diese mit gesenktem Kopf beschämt an ihr vorbeihuschten. Die meisten Passagiere stiegen mit Nikki am Gurdwara aus. Die goldene Kuppel glänzte in der Sonne vor einem mit steingrauen Wolken verhangenen Himmel, und funkelnde saphirblaue und orangerote Schnörkel zierten die Bleiglasfenster im zweiten Stock. Die viktorianischen Stadthäuschen ringsum wirkten winzig wie Spielzeug im Vergleich zu dem majestätischen, hochaufragenden schneeweißen Gebäude. Wie gerne hätte Nikki eine Zigarette geraucht, aber hier waren überall viel zu viele Augen. Sie spürte die Blicke in ihrem Rücken, als sie ein Grüppchen weißhaariger Frauen passierte, die langsam von der Bushaltestelle zum geschwungenen Eingangstor des Tempels wackelten. Als Kind war ihr die Decke in dem weitläufigen Gebäude himmelhoch erschienen, und auch heute noch schien sie in schwindelerregender Höhe zu sein. Ein verhallendes Echo der gechanteten Gesänge schallte vom Gebetssaal herüber. Nikki nahm ihren Schal aus der Tasche und schlang ihn sich um den Kopf. Seit ihrem letzten Besuch Jahre zuvor war der Eingangsbereich des Tempels renoviert worden, weshalb sie die Aushänge nicht gleich entdeckte. Eine Weile wanderte sie ziellos herum. Fragen wollte sie nicht. Einmal war sie in Islington in eine Kirche gegangen, um nach dem Weg zu fragen, und hatte den Fehler gemacht, dem Pastor zu sagen, sie habe sich verirrt. Das nachfolgende Gespräch zwecks Suche nach ihrer verschütteten Spiritualität hatte eine gute Dreiviertelstunde gedauert, und den Weg zur Victoria-Bahnlinie hatte sie danach trotzdem nicht gewusst.

Endlich entdeckte Nikki die Anschlagbretter gleich in der Nähe des Eingangs zum Langar*-Saal. Zwei lange Pinnwände nahmen beinahe die gesamte Wandbreite ein: HEIRAT und GEMEINDENACHRICHTEN. Während man die Aushänge auf der Gemeindeseite fast an einer Hand abzählen konnte, hingen die Zettel am Heiratsbrett doppelt und dreifach übereinander.

Hey dU, WiE gEHt's, wIE SteHT's? NUR 1 ScHErz! ICh bIN 1 ziEMliCh eNtSpannTEr TyP, aBEr iCh kaNN DiR verSiCHeRn, icH MEiNe eS gANz erNSt. 1 SPieLEr BiN iCH niCHt. MeIn ZiEl iSt es, dAs LEbeN ZU genIeSSen, eINen TaG naCH DeM anDEreN zu NeHMeN unD siCH NicHT üBEr nIChtigKeiTEn aUFzurEGeN. UNd daS WiChTiGsTe: mEIne PrinZeSSIn zu FIndEn unD SiE sO zu VeRWöhneN, wIe SIe eS VeRDieNT.

Junger Sikh-Mann aus Jat-Familie, beste Herkunft, sucht Sikh-Mädchen mit ähnlichem Hintergrund. Kompatible Interessen sowie Neigungen und Abneigungen und übereinstimmende Familienwerte sind Voraussetzung. Wir sind in vieler Hinsicht offen und tolerant, Nicht-Vegetarierinnen und Frauen mit kurzen Haaren sind allerdings inakzeptabel.

Braut für Sikh-Akademiker gesucht
Amardeep hat gerade seinen BA in Bilanzbuchhaltung gemacht und sucht das Mädchen seiner Träume; seine bessere Hälfte. Als Bester seines Abschlussjahrgangs wurde ihm kürzlich eine Top-Position in einer Top-Anwaltskanzlei angeboten. Seine Braut sollte ebenfalls studiert haben und einem Beruf nachgehen, vorzugsweise mit einem BA in einem der folgenden Zweige: Wirtschaftslehre, Marketing, Unternehmensverwaltung oder Management. Unsere Familie ist im Textilgeschäft.

Mein Bruder weiß nicht, dass ich das hier poste, aber ich dachte mir, probieren kann man es ja mal! Er ist Single, 27 Jahre alt und ledig. Er ist klug (zwei Master-Abschlüsse!!!), witzig, nett und respektvoll. Und das Allerbeste, er ist echt HEISSSS. Ich weiß, es klingt etwas eigenartig, wenn seine Schwester das sagt, aber es stimmt. Ich schwöre! Wenn ihr ein Foto sehen wollt, schreibt mir.

Name: Sandeep Singh
Alter: 24
Blutgruppe: O positiv
Studium: BA Maschinenbau
Beruf: Maschinenbauer
Hobbys: Ein bisschen Sport und Spiel
Aussehen: heller Teint, 1,72m, offenes Lächeln
Siehe auch Foto

»Gibt's doch nicht«, murmelte Nikki und wandte sich mit Grausen ab. Mindi mochte vielleicht den traditionellen Weg einschlagen wollen, aber sie war viel zu gut für jede einzelne dieser Witzfiguren. Ihre von Nikki leicht editierte Suchanzeige bewarb eine einfühlsame, selbstbewusste Single-Frau, die genau die richtige Balance gefunden hatte zwischen Tradition und Moderne.

Im Sari fühle ich mich genauso wohl wie in Jeans. Mein Traummann genießt gutes Essen und kann laut über sich selbst lachen. Ich bin ausgebildete Krankenschwester und finde meine Erfüllung in der Sorge um andere Menschen. Dennoch suche ich einen Ehemann, der für sich selber sorgen kann, denn ich schätze meine Unabhängigkeit. Hin und wieder schaue ich auch Bollywood-Filme, lieber mag ich aber romantische Komödien und Actionfilme. Ich bin weit gereist, aber den Rest der Welt sehe ich mir lieber zusammen mit dem Einen an, der mich auch auf der wichtigsten Reise von allen begleitet: dem Leben.

Beim letzten Satz sträubten sich Nikki zwar die Nackenhaare, aber er passte zu ihrer Schwester. Die fand so was nicht kitschig, sondern tiefgründig. Wieder schweifte ihr Blick über das Anschlagbrett. Wenn sie jetzt ging, ohne die Annonce ihrer Schwester irgendwo anzupinnen, würde Mindi ihr keine Ruhe lassen, bis sie noch mal wiederkam und die Sache zu Ende brachte. Aber wenn sie den Zettel jetzt hier anbrachte, entschied Mindi sich am Ende womöglich für einen dieser Vollpfosten. Nur weil sie dachte, sie fände nichts Besseres. Nikki hätte sich am liebsten eine Zigarette angesteckt und kaute stattdessen nervös am Daumennagel. Schließlich rang sie sich dazu durch, den Zettel an das Brett zu heften, wenn auch ganz außen, am Rand der Heiratsgesuche, wo die Anzeige am wenigsten auffiel und teilweise mit den spärlichen Aushängen der Gemeindenachrichten überlappte. Aber immerhin konnte sie behaupten, den Auftrag wunschgemäß ausgeführt zu haben.

Hinter ihr räusperte sich jemand. Nikki drehte sich um und sah sich plötzlich einem schmächtigen Männlein gegenüber. Der zuckte eigenartig mit den Schultern, als antwortete er auf eine ungestellte Frage. Nikki nickte ihm höflich zu und wendete sich wieder ab. Aber dann sprach er sie doch an.

»Dann suchen Sie also ...« Verschämt wies er mit einem Wedeln der Hand auf das Schwarze Brett. »Einen Ehemann?«

»Nein«, widersprach Nikki vehement. »Ich bestimmt nicht.« Sie wollte den Mann nicht auf Mindis Aushang aufmerksam machen. Er hatte Ärmchen wie Zahnstocher.

»Ach«, murmelte er peinlich berührt.

»Ich schaue nur gerade nach den Neuigkeiten aus der Gemeinde«, schwindelte Nikki. »Ehrenamtliches Engagement und so.« Damit drehte sie ihm demonstrativ den Rücken zu und tat, als studierte sie interessiert die Aushänge. Eifrig nickend las sie die einzelnen Zettel. Da waren Autos zu verkaufen und Wohnungen zu vermieten. Auch ein paar Heiratsanzeigen hatten sich hierher verirrt. Aber diese Angebote waren auch nicht besser als die, die Nikki bereits gesehen hatte.

»Dann engagieren Sie sich also ehrenamtlich?«, stellte der Mann fest.

»Ich muss jetzt wirklich los«, murmelte Nikki rasch. Dann kramte sie geschäftig in ihrer Handtasche, um jede weitere Unterhaltung zu unterbinden, und wendete sich entschlossen dem Ausgang zu, um zu gehen. Just in dem Augenblick blieb ihr Blick an einem der Zettel hängen. Abrupt blieb sie stehen und überflog ihn rasch. Nur um ihn dann noch mal sorgfältig durchzulesen. Langsam wanderten ihre Augen über die gedruckten Worte.

Autorenwerkstatt: Jetzt anmelden!
Lust zu schreiben? Ein neuer Workshop
hilft bei der Entwicklung von Erzähltechnik,
Figuren und Erzählstimme. Erzählen Sie Ihre
Geschichte!
Am Ende des Workshops werden die besten
Arbeiten zusammengestellt und als Anthologie
herausgegeben.

Darunter stand eine handschriftlich gekritzelte Ergänzung: *Schreibwerkstatt nur für Frauen. Werkstattleiterin gesucht. Bezahlte Stelle, zwei Tage die Woche. Bitte melden Sie sich bei Kulwinder Kaur von der Sikh Community Association.*

Erfahrung aus vorherigen Workshop-Leitungen wurde nicht verlangt. Das war schon mal ermutigend. Nikki zog das Handy aus der Tasche und tippte die Nummer ein, um sie abzuspeichern. Sie spürte die neugierigen Blicke des Mannes neben ihr, ignorierte ihn aber geflissentlich und reihte sich dann in eine Gruppe Gläubiger ein, die gerade aus dem Langar-Saal strömte.

Ob sie eine Schreibwerkstatt leiten könnte? Sie hatte mal einen Artikel für den Blog der UK Fem Fighters geschrieben, in dem sie über ihre Erfahrungen mit sexueller Belästigung auf offener Straße in Delhi und London berichtete. Drei Tage hatte der Post sich auf der Liste der meistgelesenen Artikel gehalten. Bestimmt könnte sie irgendwelchen Tempelfrauen ein paar Schreibtipps geben, oder? Und am Schluss vielleicht eine *Anthologie der besten Arbeiten* herausgeben. Eine Beschäftigung als Lektorin und Herausgeberin würde sich in ihrem Lebenslauf jedenfalls gut machen. Ein kleiner Hoffnungsfunken glimmte in ihrer Brust. Vielleicht war das ja endlich ein Job, der ihr Spaß machen und auf den sie stolz sein könnte.

Durch die Seitenfenster schien Licht in den Tempel und warf warme Farbkleckse auf den Fliesenboden, ehe ein Wolkenhaufen heranzog und sich vor die Sonne schob. Gerade, als Nikki aus dem Gebäude trat, kam endlich eine Antwort von Olive auf ihre letzte Nachricht.

Wo bitte ist denn Southall?

Die Frage wunderte Nikki. So lange, wie sie jetzt schon befreundet waren, musste Nikki Olive gegenüber doch irgendwann mal den Namen Southall erwähnt haben. Aber andererseits hatten sie und Olive sich erst in der Oberstufe kennengelernt, als Nikkis Eltern die Punjabi-Ausflüge schon längst viel zu anstrengend geworden waren. Weshalb Olive sich auch nie Nikkis Lamento anhören musste, wieder einen glorreichen Sonntag darauf verschwendet zu haben, auf der Suche nach Koriandersaat und Senfsamen sämtliche Gewürzhändler in Southall abzuklappern.

Nikki blieb stehen und schaute sich um. Rings um sie herum sah sie Frauen mit Kopftüchern – Frauen, die Kleinkindern hinterherliefen, Frauen, die sich gegenseitig aus den Augenwinkeln musterten, Frauen, die über Rollatoren gebeugt nur langsam und beschwerlich vorankamen. Jede von ihnen hatte eine Geschichte zu erzählen. Sie konnte sich gut vorstellen, wie sie in einem Raum voller Punjabi-Frauen stand und den Workshop leitete. Sie sah alles schon ganz genau vor sich: Die knallbunten farbenfrohen Kamize*, das Rascheln des Stoffs und das nachdenkliche Klopfen von Bleistiften. Der Duft nach Parfum und Kurkuma. Mit einem Mal sah sie ihre Aufgabe glasklar vor sich. »Es gibt Menschen, die nicht einmal wissen, dass es diesen Ort hier überhaupt gibt«, würde sie sagen. »Lasst uns das gemeinsam ändern!« Und dann würden sie mit glühender Leidenschaft und rechtschaffener Empörung ihre Geschichten aufschreiben, damit die ganze Welt sie lesen konnte.

Zweites Kapitel

Zwanzig Jahre war es her, dass Kulwinder Kaur bei ihrem ersten und einzigen Versuch, britisch zu werden, eine Yardly-English-Lavender-Seife gekauft hatte. Gerechtfertigt hatte sie diesen unerhörten Einkauf mit der Feststellung, dass die Neem-Seife, die ihre Familie sonst immer benutzte, vom täglichen Gebrauch zu einem papierdünnen Fitzelchen zusammengeschmolzen war. Als Sarab ihr vorhielt, der Vorratsschrank sei bis oben hin vollgestopft mit Bedarfsartikeln aus Indien (Zahnpasta, Seife, Haaröl, Brylcreem, Turbanstärke und etliche Flaschen Waschgel für den weiblichen Intimbereich, das er beim Kauf versehentlich für Shampoo gehalten hatte), argumentierte Kulwinder, die mitgebrachten Vorräte aus der alten Heimat würden früher oder später zur Neige gehen. Sie bereite sich nur auf das Unabwendbare vor.

Früh am nächsten Morgen wachte sie auf und zog Maya eine Wollstrumpfhose, einen karierten Rock und einen Pullover an. Beim Frühstück ermahnte sie Maya nervös, brav stillzusitzen, damit sie ihre allererste Schuluniform nicht bekleckerte. Kulwinder selbst tunkte ihr Roti in Achar*, das die Finger verfärbte und einen penetranten Geruch an den Händen hinterließ. Sie bot Maya etwas davon an, aber die rümpfte nur die Nase; ihr war das zu sauer. Nach dem Essen schrubbte Kulwinder sich selbst und ihrer Tochter mit der neuen Seife gründlich die Hände – zwischen den Fingern, unter den Nägeln und vor allem in den feinen Linien, in die ihr Schicksal eingraviert war. Duftend wie ein englischer Landgarten traten die beiden kurz darauf an das Registrierungspult der Grundschule.

Eine junge blonde Frau stellte sich als Miss Teal vor und ging in die Hocke, damit sie auf einer Höhe mit Maya war. »Guten Morgen«, zirpte sie mit einem strahlenden Lächeln, und Maya lächelte schüchtern zurück. »Wie heißt du denn?«

»Maya Kaur«, zwitscherte Maya leise wie ein Vögelchen.

»Ach, dann bist du bestimmt die Cousine von Charanpreet Kaur. Wir haben dich schon erwartet«, meinte Miss Teal. Kulwinder wurde stocksteif. Ein geläufiges Missverständnis – die Annahme, dass alle Menschen mit dem Nachnamen Kaur miteinander verwandt sein müssten – und eins, das sie sonst schnell aufklären konnte, aber heute fehlten ihr die englischen Worte. Schon jetzt war sie wie benommen angesichts dieser fremden neuen Welt, die Maya nun betreten sollte. »Sag es ihr«, drängte sie Maya auf Punjabi, »sonst denkt sie am Ende noch, du bist für alle anderen Punjabi-Kinder an der Schule mitverantwortlich.« Und hatte mit einem Mal das beunruhigende Bild vor Augen, wie sie Maya nach dem Unterricht abholte und unvermittelt mit einer Schar fremder Kinder dastand.

»Charanpreet ist nicht meine Cousine«, erklärte Maya und seufzte leicht angesichts ihrer verdruksten

Mutter. »In meiner Religion heißen alle Mädchen Kaur und alle Jungs Singh.«

»Alle eine große Familie, Kinder Gottes«, fügte Kulwinder hinzu. »Sikh-Religion.« Aus irgendeinem dämlichen Grund zeigte sie Miss Teal die gereckten Daumen, als wolle sie ihr eine neue Waschmittelmarke empfehlen.

»Wie interessant«, entgegnete Miss Teal. »Maya, möchtest du Miss Carney kennenlernen? Sie ist unsere andere Lehrerin.« Miss Carney kam zu ihnen herüber. »Hast du aber schöne Augen«, gurrte sie entzückt. Kulwinder lockerte unmerklich den Klammergriff um Mayas Hand. Das hier waren nette Leute, die sich gut um ihre Tochter kümmern würden. In den Wochen, die Mayas Einschulung vorangegangen waren, hatte sie sich unablässig Sorgen gemacht, wie es Maya in der Schule ergehen würde. Was, wenn die anderen Kinder Maya wegen ihres Akzents aufzogen? Was, wenn es einen Notfall gab und jemand aus der Schule Kulwinder anrief und sie kein Wort verstand?

Miss Carney reichte Kulwinder einen Stapel Formulare zum Ausfüllen. Kulwinder zog darauf ihrerseits einen Stapel Formulare aus der Handtasche. »Gleiche«, versuchte sie zu erklären. Sarab hatte sie am Abend zuvor ausgefüllt. Sein Englisch war wesentlich besser als ihres, aber es hatte trotzdem ewig gedauert. Als sie ihm dabei zugesehen hatte, wie er mit dem Kuli auf jedes Wort tippte, das er las, hatte Kulwinder sich mit einem Mal ganz klein in diesem unbekannten Land gefühlt, wo sie das Alphabet lernen mussten wie kleine Kinder. »Bald kann Maya alles für uns übersetzen«, hatte Sarab gemeint. Kulwinder wünschte, das hätte er nicht gesagt. Kinder sollten nicht mehr wissen als ihre Eltern.

»Sie sind gut vorbereitet«, bemerkte Miss Teal. Kulwinder freute sich, die Lehrerin beeindrucken zu können. Miss Teal blätterte die Unterlagen durch und hielt dann inne. »Hier haben Sie vergessen, Ihre Festnetznummer einzutragen. Sagen Sie mir sie eben?«

Kulwinder hatte die Ziffern auf Englisch auswendig gelernt, damit sie die Nummer herunterbeten konnte, wenn man sie danach fragte. »Acht neun sechs ...« Sie unterbrach sich und verzog das Gesicht. Ihr Magen zog sich schmerzhaft zusammen. Sie fing noch mal von vorne an. »Acht neun sechs fünf ...« Sie erstarrte. Das Achar von heute Morgen blubberte in ihrer Brust.

»Acht neun sechs acht neun sechs fünf?«, fragte Miss Teal.

»Nein.« Kulwinder machte eine Handbewegung, als wolle sie das Gesagte wegwischen. »Noch mal.« Ihr Hals schnürte sich zu und wurde eng und heiß. »Acht neun sechs acht fünf fünf fünf fünf fünf fünf fünf.« Es waren weniger Fünfen, aber sie war hängengeblieben wie eine kaputte Schallplatte, weil sie sich voll und ganz darauf konzentrieren musste, den unaufhaltsam aufsteigenden Rülpser zu unterdrücken.

Miss Teal runzelte die Stirn. »Das sind zu viele Ziffern.«

»Noch mal«, krächzte Kulwinder. Die ersten drei Ziffern brachte sie gerade noch heraus, bevor eine gewaltige Eruption sich Bahn brach und wie ein Posaunenton aus ihrer Kehle über das Registrierungspult trompetete. Ein verdorbener fauliger Geruch hing plötzlich in der

Luft, die – zumindest in Kulwinders verzerrter Erinnerung – wie zäher Schlick in warzigen braunen Blasen blubberte.

Sobald sie wieder Luft bekam, ratterte sie hastig die verbliebenen Ziffern herunter. Der Lehrerin fielen vor unterdrücktem Lachen fast die Augen aus dem Kopf (das bildete Kulwinder sich nicht bloß ein). »Danke«, sagte Miss Teal. Naserümpfend legte sie den Kopf etwas zur Seite und schaute Kulwinder von oben herab an. »Das wäre dann alles.«

Schamrot flüchtete Kulwinder vor der Frau. Sie wollte nach Mayas Hand greifen, doch neben ihr war niemand, und dann sah sie ihre Tochter drüben auf einer Schaukel sitzen, wo sie sich von einem anderen Mädchen anschubsen ließ, das die lockigen roten Haare in lustigen Zöpfen trug.

Als Kulwinder ein paar Jahre später stolz verkündete, die ganze Familie werde nach Southall umziehen, protestierte Maya entsetzt. »Und was ist mit meinen Freunden?«, heulte sie und meinte damit das rothaarige Mädchen, das blonde Mädchen, das Mädchen im Overall, das sich selbst die Haare schnitt. (»Ist das nicht schrecklich?«, sagte ihre Mutter so liebevoll, dass das Wort plötzlich noch eine ganz andere Bedeutung bekam.) »In unserer neuen Nachbarschaft findest du viel bessere Freunde«, hatte Kulwinder entgegnet. »Freunde wie wir.«

Heute aß Kulwinder nur noch ganz wenig Achar, damit sie kein Sodbrennen bekam. Ihr Englisch war etwas besser geworden, auch wenn sie es in Southall nicht brauchte. Als neu ernannte Fortbildungsdirektorin des Sikh-Gemeindeverbandes hatte sie ein eigenes Büro im Freizeitzentrum. Es war staubig und vollgestopft mit alten, längst vergessenen Akten, die sie eigentlich gleich hatte wegwerfen wollen, aber dann doch in den Regalen gelassen hatte, weil sie mit Etiketten wie BAUORDNUNG und SITZUNGSPROTOKOLLE – KOPIEN dem Raum ein gewisses förmliches Flair verliehen. Derlei Äußerlichkeiten waren wichtig, besonders, wenn gelegentlich Besucher kamen, wie der Vorsitzende der Sikh-Gemeinde, Mr Gurtaj Singh, der gerade vor ihrem Schreibtisch stand und sie wegen der Handzettel ausfragte.

»Wo haben Sie die aufgehängt?«

»Am Schwarzen Brett des Tempels.«

»Was sind das für Kurse?«

»Schreibkurse«, entgegnete Kulwinder. »Für die Frauen.«

Stumm ermahnte sie sich, sich zusammenzureißen und nicht die Geduld zu verlieren. Bei ihrem letzten Treffen zur Budgetplanung hatte Gurtaj Singh ihren Finanzantrag rundweg abgelehnt. »Dafür ist kein Geld da«, hatte er abgewunken. Es war nicht Kulwinders Art, in Gegenwart so vieler angesehener Sikh-Männer zu widersprechen, aber Gurtaj Singh schien es eine diebische Freude zu machen, sie herablassend abzutun. Sie musste Gurtaj Singh daran erinnern, dass das Gemeindezentrum auf dem Gelände des Tempels lag und eine Lüge hier genauso schwer wog wie im Tempel selbst. Darum trugen auch beide Turban und Dupatta*, die den Kopf bedeckten, als Zeichen von Gottes geheiligter Gegenwart. Gurtaj Singh musste wohl oder übel nachgeben. Mit dem Kugelschreiber machte er einen wütenden Strich durch seine Notizen und brummte einige Zahlen, und Kulwinder dachte, Geld für Frauen aufzutreiben war eigentlich doch gar nicht so schwer.

Und jetzt stand er vor ihr und stellte ihr Fragen, als hätte er noch nie etwas von der ganzen Sache gehört. Er hatte wohl nicht erwartet, dass sie gleich loslegen und einen Aushang machen würde, um eine Kursleiterin zu suchen. Kulwinder zeigte ihm den Zettel. Gurtaj ließ sich Zeit, setzte sich erst umständlich die Gleitsichtbrille auf und räusperte sich dann. Zwischen den Zeilen bedachte er Kulwinder mit einem Seitenblick, bei dem er aussah wie ein Gauner aus einem alten Hindi-Film.

»Haben Sie schon eine Kursleiterin gefunden?«

»Ich habe in ein paar Minuten ein Vorstellungsgespräch. Die Bewerberin müsste gleich da sein«, antwortete Kulwinder. Gestern hatte eine junge Frau angerufen, die sich als Nikki vorgestellt hatte. Sie hätte eigentlich schon vor einer Viertelstunde da sein sollen. Hätte Kulwinder noch andere Bewerberinnen gehabt, hätte sie das nicht weiter beunruhigt, aber der Aushang hing nun schon seit einer Woche am Schwarzen Brett, und diese Nikki war die Einzige, die sich bisher darauf gemeldet hatte.

Wieder betrachtete Gurtaj kritisch den Handzettel. Kulwinder hoffte inständig, er würde sie nicht fragen, was all die ganzen Worte bedeuteten. Sie hatte den Text von einem anderen Aushang kopiert, der in einem Freizeitzentrum nahe der Queen Mary Road angepinnt gewesen war. Der Aushang hatte sehr professionell ausgesehen, also hatte sie ihn abgenommen und war damit zu dem Kopierladen gegangen, in dem Munna Kaurs Sohn arbeitete. »Mach mir davon ein paar Kopien«, hatte sie den pickligen Jungen angewiesen. Kurz hatte sie überlegt, sich von ihm ein paar der Wörter übersetzen zu lassen, die sie nicht verstand, aber wenn er nach dieser berechnenden Munna kam, würde er ihr so einen Gefallen nicht umsonst tun. Und außerdem ging es nicht um Genauigkeit; sie wollte nur, dass der Kurs – irgendein Kurs – möglichst bald begann.

»Gibt es schon potenzielle Teilnehmerinnen?«, wollte Gurtaj Singh wissen.

»Ja«, antwortete Kulwinder. Sie war selbst herumgegangen und hatte den Frauen von den Kursen erzählt. Sie hatte ihnen gesagt, dass sie zweimal die Woche stattfinden würden und kostenlos waren, weshalb von den Frauen erwartet würde, dass sie teilnahmen. Besonders angesprochen hatte sie ältere Witwen, die ein sinnvolleres Hobby gebrauchen konnten, als die ganze Zeit im Langar herumzusitzen und zu tratschen. Bei ihnen war auch die Wahrscheinlichkeit am höchsten, dass sie regelmäßig teilnahmen und nach außen hin den Eindruck gewährleisteten, der Kurs sei ein voller Erfolg. Dann würde es noch mehr Initiativen geben, mit denen Kulwinder ihre Zeit füllen konnte. »Irgendwann wird es für die Frauen hoffentlich noch weit mehr Angebote geben«, konnte sie sich nicht verkneifen zu sagen.

Gurtaj Singh legte den Zettel wieder auf ihren Schreibtisch. Er war ein kleiner Mann, der die Khakihosen bis weit über die Taille hochzog, als wäre es ein stillschweigendes Eingeständnis seiner kleinen Körpergröße, die Hosen kürzen zu lassen. »Kulwinder, es tut uns allen leid, was mit Maya passiert ist«, sagte er.

Seine Worte versetzten Kulwinder einen so schmerzhaften Stich, dass es ihr den Atem verschlug. Rasch riss sie sich wieder zusammen und fixierte Gurtaj Singh mit einem harten, unnachgiebigen Blick. *Niemand weiß, was wirklich passiert ist. Niemand hilft mir es herauszufinden.* Sie fragte sich, wie er wohl reagieren würde, wenn sie diese Worte laut aussprächē. »Ich danke Ihnen«, entgegnete sie steif. »Aber meine Tochter hat damit nichts zu tun. Die Frauen in der Gemeinde wollen lernen – und als einzige Frau im Gemeindevorstand bin ich hier, um ihnen eine Stimme zu geben.« Geschäftig begann sie Papiere auf ihrem Schreibtisch zu sortieren. »Wenn Sie mich jetzt entschuldigen würden, ich habe heute Nachmittag noch viel zu erledigen.«

Gurtaj Singh verstand den Wink mit dem Zaunpfahl und ging. Genau wie die der anderen Vorstandsmitglieder lag sein Büro im frisch renovierten Teil des Tempels. Es hatte Echtholzdielen und große Fenster mit Blick auf die Gärten der Häuser ringsum. Kulwinder war die Einzige, die noch in diesem alten zweistöckigen Gebäude saß, und als sie auf Gurtaj Singhs verhallende Schritte lauschte, fragte sie sich, wofür die Männer so viel Platz brauchten, wo sie doch jeden neuen Vorschlag immer mit einem Nein abwimmelten.

Als Kulwinder das Fenster öffnete, um ein wenig frische Luft hereinzulassen, wirbelte ein Windstoß ihre Unterlagen durcheinander. Auf der Suche nach einem Briefbeschwerer stieß sie auf ihren alten Gratis-Kalender von der Barclay Bank. In den Notizen stand eine ganze Reihe von Namen und Nummern – die örtliche Polizeidienststelle, ihre Anwälte, sogar ein Privatdetektiv, den sie dann doch nie angerufen hatte. Inzwischen war es zehn Monate her, und manchmal überkam sie immer noch diese überwältigende, alles verschlingende Verzweiflung – wie in dem Augenblick, als sie erfahren hatte, dass ihre Tochter tot war. Sie klappte den Kalender zu und umklammerte ihre Teetasse. Die Hitze brannte sich durch alle Schichten ihrer Haut. *Maya.*

»*Sat sri akal.** Entschuldigen Sie die Verspätung.«

Erschrocken ließ Kulwinder die Tasse auf den Schreibtisch fallen. In einem Schwall ergoss der Chai sich auf den Tisch und durchweichte ihre Unterlagen. Im Türrahmen stand eine junge Frau. »Wir sagten 14 Uhr«, sagte Kulwinder, während sie hektisch ihre Papiere zu retten versuchte.

»Ich wäre pünktlich gewesen, aber der Zug hatte Verspätung.« Sie nahm eine Serviette aus der Tasche und half Kulwinder, die Unterlagen trockenzutupfen. Kulwinder trat einen Schritt zurück und musterte sie. Obwohl sie nie einen Sohn gehabt hatte, gehörte es zu ihren Angewohnheiten, jedes Mädchen auf seine Ehetauglichkeit zu überprüfen. Nikki hatte die schulterlangen Haare zu einem Pferdeschwanz zusammengebunden, der ihre hohe Stirn betonte. Das spitze Gesicht war zwar ganz hübsch, aber längst nicht so schön, dass sie es sich leisten konnte, so gänzlich ungeschminkt aus dem Haus zu gehen, wie sie es augenscheinlich tat. Die Fingernägel waren abgeknabbert, eine abstoßende Angewohnheit, und an der Taille schlackerte eine quer über die Schulter getragene quadratische Tasche, die eindeutig einmal einem Postboten gehört haben musste.

Nikki hatte offensichtlich bemerkt, dass Kulwinder sie musterte. Herrisch räusperte Kulwinder sich und machte sich daran, die trocken gebliebenen Unterlagen zusammenzuklauben und am anderen Ende des Schreibtischs zu stapeln. Eigentlich dachte sie, Nikki würde sie dabei beobachten. Doch das Mädchen sah sich bloß desinteressiert in ihrem Büro um und betrachtete verächtlich die vollgestopften Regale.

»Haben Sie Ihren Lebenslauf mitgebracht?«, fragte Kulwinder kühl.

Nikki nahm ein Blatt Papier aus ihrer Postbotentasche. Kulwinder überflog es rasch. Sie konnte nicht wählerisch sein – inzwischen war sie an einem Punkt angekommen, wo sie jede Dozentin einstellen würde, die der englischen Sprache mächtig war. Aber der Stich, den der abfällige Blick dieses Mädchens ihr versetzt hatte, schmerzte, weshalb Kulwinder nur ungern ein Auge zudrücken wollte.

»Welche Unterrichtserfahrungen haben Sie?«, fragte sie auf Punjabi.

Das Mädchen antwortete ihr hastig auf Englisch: »Ich muss zugeben, ich habe nicht viel Erfahrung, aber ich habe großes Interesse daran ...«

Kulwinder hob die Hand. »Antworten Sie bitte auf Punjabi«, sagte sie. »Haben Sie schon mal unterrichtet?«

»Nein.«

»Warum möchten Sie dann die Kursleitung übernehmen?«

»Ich habe ein ... ähm ... wie sagt man? Eine Leidenschaft, Frauen zu helfen«, stammelte Nikki.

»Hmm«, brummte Kulwinder unbeeindruckt. Der ausführlichste Punkt im Lebenslauf dieses Mädchens stand unter der Überschrift »Aktivismus«. Greenpeace-Petitions-Verbreiterin, Aktive bei Women's Aid und Ehrenamtlerin bei UK Fem Fighters. Kulwinder wusste zwar nicht, was das alles zu bedeuteten hatte, aber UK Fem Fighters kam ihr irgendwie bekannt vor. Maya hatte mal einen Magneten mit dieser Aufschrift mit nach Hause gebracht. Kulwinder wusste, dass es irgendwas mit Frauenrechten zu tun hatte. *Das hat mir gerade noch gefehlt*, dachte sie. Es war eine Sache, sich hinter verschlossenen Türen mit Männern wie Gurtaj Singh anzulegen, um Finanzmittel für Frauenprojekte zu erstreiten. Aber die hier geborenen indischen Mädchen, die auf die Straße gingen, um in der Öffentlichkeit lautstark nach mehr Rechten für Frauen zu verlangen, machten sich lächerlich. Wussten sie denn nicht, dass sie mit ihrer krassen, herausfordernden Art förmlich nach Ärger schrien? Kurz kochte Wut in ihr hoch beim Gedanken an Maya, gefolgt von unerwartet heftiger Trauer, die sie für einen Augenblick fast betäubte. Dann riss sie sich zusammen und war mit einem Ruck wieder in der Gegenwart. Nikki redete immer noch. Punjabi sprach sie eher stockend und unsicher, und ihre Sätze waren durchsetzt mit englischen Wörtern.

»Mein Meinung ist, dass jeder hat eine Geschichte zu erzählen. Für mich wäre es eine *befriedigende* Erfahrung, Punjabi-Frauen zu helfen, zu formulieren ihre Geschichten und zu *sammeln* sie in einem Buch.«

Kulwinder musste das Mädchen wohl mit ihrem andauernden Nicken ermutigt haben, denn was sie da brabbelte, ergab überhaupt keinen Sinn. »Sie möchten ein Buch schreiben?«, hakte sie vorsichtig nach.

»Die Frauengeschichten werden machen eine Sammlung«, erwiderte Nikki. »Ich nicht viel erwarte von den Künsten, aber ich mag helfen zu schreiben, und ich lese gerne. Ich glaube, ich werde können ihnen helfen zu *kultivieren* ihre Kreativität. Ich kann ihnen an die Hand nehmen zum Leiten des Prozesses, natürlich, und dann vielleicht ein wenig bearbeiten.«

Langsam dämmerte es Kulwinder, dass in ihrer Stellenausschreibung Dinge stehen mussten, die sie selbst nicht verstand. Abermals warf sie einen Blick auf den Aushang. *Anthologie, Erzähltechniken.* Was auch immer diese Worte zu bedeuten hatten, Nikki schien sich darauf zu beziehen. Kulwinder raschelte in ihrer Schublade herum und zog eine Teilnehmerliste heraus. Während sie die Namen überflog, beschloss Kulwinder, Nikki vorzuwarnen. Sie schaute auf. »Die Kursteilnehmer sind nicht besonders fortgeschrittene Schreiberinnen«, sagte sie.

»Selbstverständlich«, beeilte Nikki sich zu versichern. »Verständlich. Ich bin ja da, um ihnen zu helfen.«

Ihr herablassender Ton ließ Kulwinders Sympathien rasch wieder verfliegen. Dieses Mädchen war noch ein Kind. Sie lächelte, aber sie hatte die Augen leicht zusammengekniffen, als taxierte sie Kulwinder abschätzig und versuchte herauszufinden, was sie hier eigentlich zu sagen hatte. Aber wie hoch war die Wahrscheinlichkeit, dass eine traditioneller eingestellte Frau – nicht dieses hochnäsige Gör, das mit seiner Jeans und seinem stockenden Punjabi wirkte wie eine *gori** – in ihr Büro spazieren und den Job wollen würde? Äußerst gering. Ganz gleich, was Nikki auch unterrichten wollte, der Kurs musste schnellstmöglich beginnen, sonst würde Gurtaj Singh ihn mir nichts, dir nichts wieder streichen und damit sämtliche Chancen für Kulwinder auf ein künftiges Mitspracherecht bei Frauenangelegenheiten zunichtemachen.

»Der Kurs beginnt am Donnerstag.«

»Diesen Donnerstag?«

»Donnerstagabend, ja«, entgegnete Kulwinder.

»Klar«, murmelte Nikki. »Um wie viel Uhr?«

»Wie es Ihnen am besten passt«, erwiderte Kulwinder in ihrem forschesten Englisch, und als Nikki erstaunt den Kopf schieflegte, tat Kulwinder, als hätte sie es nicht bemerkt.

Drittes Kapitel

Über dem Fußweg zu Nikkis Elternhaus in Enfield hing ein schwerer Duft nach Gewürzen. Nikki folgte den Duftwolken bis zur Tür, die sie mit ihrem eigenen Schlüssel öffnete. Im Wohnzimmer lief *Minute to Win It – Die perfekte Minute*, während Mum und Mindi geschäftig in der Küche hantierten und Anweisungen hin und her flogen. Dad hatte immer die Nachrichten gesehen, während in der Küche das Mittagessen zubereitet wurde. Nun lag ein Quilt auf dem Sessel, wo er sonst immer gesessen hatte, und der kleine Beistelltisch, auf dem sein Whiskyglas gestanden hatte, war auch verschwunden. Sie schaltete auf BBC um, zu den Nachrichten. Sofort steckten Mum und Mindi die Köpfe ins Wohnzimmer.

»Wir wollten das sehen«, protestierte Mum.

»Entschuldigung«, murmelte Nikki, aber es widerstrebte ihr, wieder zurückzuzappen. Die Stimme des Nachrichtensprechers weckte tausend Erinnerungen: Plötzlich war sie wieder elf und schaute mit Dad vor dem Mittagessen die Nachrichten. »Wie findest du das?«, hatte Dad sie gefragt. »Findest du das richtig? Was glaubst du, hat das zu bedeuten?« Manchmal hatte Mum sie gerufen, damit sie ihr beim Tischdecken half, und dann hatte Dad Nikki zugezwinkert und laut geantwortet: »Sie ist gerade unabkömmlich.«

»Kann ich euch irgendwie helfen?«, fragte Nikki ihre Mutter.

»Du kannst das Dal schon mal warmmachen. Steht im Kühlschrank«, sagte Mum. Nikki öffnete den Kühlschrank, aber auf den ersten Blick war kein Dal zu sehen. Nur ein Stapel Eiscremebecher mit vergilbten Etiketten.

»Im Vanilla Pecan Delight«, meinte Mindi.

Nikki nahm einen der Plastikbecher heraus und stellte ihn in die Mikrowelle, nur um dann mit wachsendem Entsetzen durch das Sichtfenster zuzusehen, wie die Kanten des Behälters sich langsam verbogen und mit dem Dal verschmolzen. »Dal könnte dauern«, brummte sie, riss die Tür der Mikrowelle auf und angelte den halbgeschmolzenen Plastikcontainer heraus. Der beißende Geruch von brennendem Plastik zog durch die Küche.

»*Hai*, du Dummkopf«, schimpfte Mum. »Warum hast du es denn nicht in einen mikrowellenfesten Behälter umgefüllt?«

»Warum hast du es nicht in einem mikrowellenfesten Behälter eingefroren?«, fragte Nikki. »Die Eiscremebecher sind irreführend. Das ist Verbrauchertäuschung.« Was sie jahrelang leidvoll am eigenen Teenagerleib erfahren hatte, wenn sie auf der Suche nach einem leckeren Nachtisch Mums Gefrierfächer durchforstet hatte, nur um statt der verheißenen Eiscreme dicke Eisblöcke aus gefrorenem Curry zu finden.

»Die Plastikdosen funktionieren genauso gut«, entgegnete Mum. »Und es gibt sie umsonst.«

Weder das Dal noch die Dose waren noch zu retten, also warf Nikki beides in den Müll und ging wieder zum Kühlschrank. Plötzlich musste sie daran denken, wie sie am Abend nach Dads Beerdigung hier gestanden hatte. Mum hatte müde und erschöpft gewirkt – ihren völlig unerwartet verstorbenen Ehemann von Indien nach London überführen zu müssen war ein bürokratischer und logistischer Albtraum gewesen –, schlug aber Nikkis Angebot aus, ihr zu helfen, und verdonnerte sie stattdessen zum Nichtstun. Nikki hatte Mum nach Dads letzten Stunden gefragt. Sie musste einfach wissen, ob er ihr immer noch böse gewesen war, als er starb.

»Er hat gar nichts gesagt. Er hat geschlafen«, hatte Mum wortkarg entgegnet.

»Aber vor dem Schlafengehen?« Vielleicht hatte er ihr mit seinen letzten Worten doch noch vergeben.

»Weiß ich nicht mehr«, brummte Mum mit hochroten Wangen.

»Mum, versuch doch wenigstens ...«

»Frag mich so was nicht«, herrschte Mum sie an.

Nikki hatte einsehen müssen, dass die väterliche Vergebung unerreichbar blieb, also war sie in ihr Zimmer gegangen und hatte weitergepackt. »Du willst doch nicht immer noch ausziehen?«, hatte Mindi sie gefragt.

Nikkis Blick blieb an den Umzugskartons hängen, die unter ihrem Bett hervorlugten. Bücherstapel, in wiederverwendbare Tesco-Tüten gepackt. Ihre Kapuzenjacke, zusammengerollt, damit sie in den Koffer passte.

»Ich kann nicht hierbleiben. Sobald Mum erfährt, dass ich in einem Pub arbeite, kann ich mich auf was gefasst machen. Das darf ich mir dann bis an mein Lebensende anhören. Ich habe es ertragen, dass Dad mich ignoriert. Ich bleibe nicht hier, nur damit Mum mir nun auch noch die kalte Schulter zeigen kann.«

»Du bist ein egoistisches Miststück.«

»Ich bin realistisch.«

Mindi seufzte. »Denk doch mal daran, was Mum gerade durchmacht. Manchmal sollte man tun, was das Beste für alle ist, nicht nur für einen selbst.«

Auf diesen Rat hin blieb Nikki noch eine weitere Woche zuhause. Aber als ihre Mum eines Tages vom Einkaufen nach Hause kam, war Nikkis Zimmer leer, und auf dem Bett lag ein Zettel. *Es tut mir leid, Mum. Ich konnte nicht anders.* Darunter stand ihre neue Adresse. Mindi würde ihrer Mutter sicher alles Weitere erklären. Zwei Wochen später nahm sie all ihren Mut zusammen und rief ihre Mum an. Zu ihrem großen Erstaunen ging Mum selbst ans Telefon. Sie war kurz angebunden und gab knappe, steife Antworten auf Nikkis Fragen (»Wie geht es dir, Mum?« – »Ich lebe noch.«), aber dass sie überhaupt mit ihr redete, wertete Nikki als gutes Zeichen. Bei ihrem nächsten Telefongespräch platzte es aus Mum heraus. »Du bist ein selbstsüchtiges, dummes, verzogenes Mädchen«, schluchzte sie. »Du hast kein Herz.« Nikki zuckte bei jedem ihrer Worte zusammen wie bei einer Ohrfeige und hätte sich am liebsten verteidigt, aber hatte ihre Mutter nicht eigentlich Recht? Dumm, selbstsüchtig, herzlos. Worte, mit denen ihr Dad sie nie beschrieben hätte. Nachdem sie ihrer Wut Luft gemacht hatte, konnte Mum wieder in ganzen Sätzen mit ihr reden.

Die Küche verschwand inzwischen in einem dichten, duftenden Nebel. Das Abendessen war fertig. Nikki half mit, eine Servierplatte hinauszutragen, auf der sich Kichererbsen-Spinat-Curry türmte. »Also«, meinte

Mindi, als sie schließlich zu dritt am Tisch saßen. »Erzähl uns von deinem neuen Job.«

»Ich leite Frauen an, ihre Geschichten zu schreiben. Der Workshop findet zweimal wöchentlich statt. Am Ende des Kurses stellen wir eine Sammlung der besten Geschichten zusammen.«

»Anleiten. Ist das dasselbe wie unterrichten?«, fragte Mindi.

Nikki schüttelte den Kopf. »Nicht so sehr unterrichten, vielmehr unterstützen.«

Mum schien verwirrt. »Dann hilfst du also einem anderen Lehrer, der die Klasse leitet?«

»Nein«, entgegnete Nikki. Ein gereizter Unterton schlich sich in ihre Stimme. »Die eigene Erzählstimme zu finden ist nichts, was man lehren kann, zumindest nicht im herkömmlichen Sinne. Die Kursteilnehmer schreiben, und ich unterstütze sie dabei.« Sie schaute auf und sah, wie Mum und Mindi sich spöttische Blicke zuwarfen. »Das ist eine verantwortungsvolle Arbeit«, erklärte sie.

»Gut, gut«, brummte Mum. Sie faltete ein Roti und wischte damit über den Teller, um die Kichererbsen aufzunehmen.

»Das ist eine tolle Gelegenheit für mich«, erklärte Nikki weiter. »Ich bekomme die Möglichkeit, auch ein bisschen redaktionell zu arbeiten, was sich sicher gut in meinem Lebenslauf machen wird.«

»Meinst du denn, du möchtest später mal als Lehrerin oder Lektorin arbeiten?«, wollte Mindi wissen.

Nikki zuckte die Achseln.

»Hört sich für mich nur nach zwei grundverschiedenen Dingen an, in einer Schule oder in einem Verlag zu arbeiten. Du schreibst doch so gerne. Steuerst du dann auch eigene Geschichten zu der Sammlung bei?«

»Muss man denn immer alles in irgendwelche Schubladen stecken?«, gab Nikki zurück. »Ich weiß noch nicht, was ich werden will. Aber ich werde es schon noch rausfinden. Wenn du nichts dagegen hast?«

Mindi hob die Hände, als wollte sie Nikkis Ausbruch abwehren. »Ich habe gar nichts dagegen. Ich interessiere mich bloß dafür, was du so machst, mehr nicht. Kein Grund, gleich biestig zu werden.«

»Ich tue etwas, um Frauen zu ermächtigen.«

Worauf Mum aufschaute und sie und Mindi sich sorgenvoll ansahen. »Das habe ich gesehen«, sagte Nikki. »Was ist denn jetzt schon wieder?«

»Sind deine Schülerinnen nicht hauptsächlich Frauen aus dem Tempel?«

»Und?«

»Und, sei bloß vorsichtig«, meinte Mindi. »Klingt nach einem Kurs für angehende Geschichtenerzählerinnen, aber wenn du glaubst, du könntest ihr ganzes Leben umkrempeln und dazu ihre persönlichen Lebenserfahrungen anzapfen...« Mindi schüttelte den Kopf.

»Weißt du, was dein Problem ist, Mindi?«, setzte Nikki an.

»Es reicht«, unterbrach Mum sie und brachte Nikkis Protest mit einem strengen Blick zum Verstummen. »Ihr seid so selten zum Essen hier, und jedes Mal gibt es Streit. Wenn du mit diesem Job zufrieden bist, sind wir auch zufrieden. Wenigstens brauchst du dann nicht mehr in dieser Disco zu arbeiten.«

»Es ist ein Pub«, verbesserte Nikki sie und sah davon ab, auch den anderen Irrtum ihrer Mutter zu korrigieren. Sie hatte bisher nicht erwähnt, dass sie den Job bei O'Reilly's vorerst behalten würde. Frauen mittels Erzählerkursen zu ermächtigen war eine hehre Aufgabe, aber nicht gut genug bezahlt, um ihre Lebenshaltungskosten zu decken.

»Sei bloß vorsichtig, wenn du so viel pendelst. Ist das ein Abendkurs? Bis wann geht der Unterricht?«

»Mum, es ist alles gut. Wir reden hier von Southall.«

»Und in Southall gibt es keine Verbrechen? Dann bin ich wohl die Einzige, die sich noch an Karina Kaur erinnert. Hast du nicht die Vorankündigung für *Großbritanniens ungelöste Mordfälle* gesehen?«

Nikki seufzte. Das sah ihrer Mutter ähnlich, dass sie einen vierzehn Jahre alten Mordfall herauskramte, um ihre Argumentation zu untermauern.

»Die wissen bis heute nicht, wer es getan hat«, fuhr Mum fort. »Der Mörder könnte immer noch frei herumlaufen und unschuldigen Punjabi-Mädchen auflauern, die abends allein auf der Straße sind.«

Bei so viel Theatralik verdrehte sogar Mindi entnervt die Augen. »Du übertreibst«, erklärte Mindi ihrer Mutter.

»Ja, Mum. In London werden wahllos Frauen ermordet, nicht bloß Punjabis«, meinte Nikki grinsend.

»Das ist nicht witzig«, erwiderte Mum. »Am Ende sind es die Eltern, die allein zuhause sitzen und krank werden vor Sorge, wenn die Kinder aus dem Haus gehen.«

Nach dem Essen erledigten Mindi und Nikki in der Küche den Abwasch, während Mum ins Wohnzimmer ging und es sich vor dem Fernseher gemütlich machte. Schweigend schrubbten die beiden Schwestern Töpfe und Teller, bis Mindi schließlich sagte: »Tante Geeta hat mir ein paar Heiratskandidaten vorgeschlagen. Sie hat mir die Mailadresse von drei Männern gegeben, die sie für mich ausgesucht hat.«

»Irks«, war das Einzige, was Nikki einfiel. Tante Geeta war eine Freundin von Mum, die ein paar Häuser weiter wohnte und oft unangekündigt hereinschneite. Wenn sie hereinkam, wanden sich ihre Augenbrauen wie Raupen, so sehr musste sie sich zusammenreißen, um nicht auf der Stelle mit ihren gesammelten Geheimnissen herauszuplatzen. »Kein Klatsch, nur aufrichtige Anteilnahme«, behauptete sie immer, um dann genüsslich die Trümmer des Privatlebens ihrer Mitmenschen auszubreiten und in allen Einzelheiten auseinanderzunehmen.

»Ich habe ein paar Mal mit einem von ihnen geschrieben, der eigentlich ganz nett wirkte«, meinte Mindi.

»Wie schön«, gab Nikki zurück. »Nächstes Jahr um diese Zeit putzt du dann deine eigene Küche statt Mums.«

»Halt den Mund.« Nach kurzem Schweigen erzählte Mindi weiter. »Er heißt Pravin. Was meinst du, klingt doch nach einem ganz annehmbaren Namen, oder?«

»Klingt nach einem Namen.«

»Er arbeitet im Finanzsektor. Wir haben einmal miteinander telefoniert.«

»Da mache ich mir die Mühe und klebe deine Annonce ans Schwarze Brett, und du engagierst hinter meinem Rücken Tante Geeta als Heiratsvermittlerin?«

»Auf meine Suchanzeige im Tempel hat sich noch

niemand gemeldet«, entgegnete Mindi. »Bist du dir ganz sicher, dass du sie ans richtige Brett geheftet hast? Das mit den Heiratsanzeigen?«

»Ja.«

Mindi musterte sie skeptisch. »Lügnerin.«

»Ich habe getan, worum du mich gebeten hast«, behauptete Nikki standhaft.

»Was hast du genau gemacht?«

»Ich habe den Zettel ans Brett mit den Heiratsanzeigen gepinnt. Kann sein, dass es nicht die auffälligste Anzeige ist. Da hängen eine Menge Zettel, und ...«

»Typisch«, brummte Mindi.

»Was denn?«

»War doch klar, dass du dir nicht das kleinste bisschen Mühe machst, mir zu helfen.«

»Ich bin bis zum Tempel in Southall gefahren. Was willst du denn noch?«, giftete Nikki zurück.

»Und hast da einen Job angenommen, was heißt, dass du den weiten, weiten Weg in Zukunft ständig machen musst. Wie passt das bitte zusammen? Nach Southall zu fahren ist nur dann okay, wenn es dir in den Kram passt?«

»Es geht hier nicht um mich. Ich helfe anderen Frauen.«

Mindi schnaubte. »Helfen? Nikki, das klingt mal wieder nach einem deiner ...« Sie fuchtelte mit den Händen herum, als wolle sie die Worte aus der leeren Luft herbeizaubern. »Deiner ... ›Projekte‹.«

»Was hast du denn gegen meine Projekte?«, schoss Nikki zurück. »Ich engagiere mich. Ich möchte Frauen helfen, ihre Geschichten zu erzählen und gehört zu werden. Das ist ja wohl ein wesentlich sinnvolleres und gemeinnützigeres Projekt als die Suche nach einem Ehemann.«

»Das ist wieder so typisch«, erklärte Mindi. »Du folgst, wie du so schön sagst, deinem Herzen, ohne dabei die Folgen für deine Mitmenschen zu bedenken.«

Schon wieder. Hörte das denn nie auf? Als Krimineller bekam man immerhin einen fairen Prozess, aber eine indische Tochter, die in den Augen ihrer Familie Verrat begangen hatte, musste sich lebenslänglich die immergleichen Vorwürfe anhören. Verbrechen waren mit einer zeitlich begrenzten, genau festgelegten Gefängnisstrafe belegt, familiäre Vergehen wie ihres mit endlosen Vorhaltungen und einem schlechten Gewissen auf alle Ewigkeit.

»Wie genau wirkt sich denn mein Studienabbruch negativ auf meine Umwelt aus? Das war meine persönliche Entscheidung. Klar, Dad konnte vor der Familie in Indien nicht mehr damit angeben, dass ich Anwältin werde. Na und? Hätte ich mein Lebensglück aufgeben sollen, nur damit er sich großtun kann? Der Preis war mir zu hoch.«

»Das hat nichts mit Großtun zu tun«, widersprach Mindi. »Sondern damit, seine Pflicht zu tun.«

»Jetzt klingst du schon wie eine brave indische Hausfrau.«

»Du als Tochter hattest eine Pflicht Dad gegenüber. Er hat dich immer und überall unterstützt, so gut er nur konnte – bei Schuldebatten, bei Redewettbewerben. Er hat dich bei politischen Diskussionen mit seinen Freunden mitreden lassen und ist nicht eingeschritten, wenn du dich mit Mum gestritten hast und er fand, dass du nicht ganz im Unrecht warst. Er hat so große Stücke auf dich gehalten. Er hat so große Hoffnungen in dich gesetzt.« Man hörte Mindi an, wie sehr sie das gekränkt haben musste. Vor ihren Abschlussprüfungen waren Dad und Mum auch mit ihr in Indien gewesen und hatten alle notwendigen spirituellen Schritte unternommen, um ihr ein Medizinstudium zu ermöglichen. Aber stattdessen hatten alle Zeichen auf eine Krankenschwesterausbildung gedeutet. Dad hatte seine Enttäuschung nicht verbergen können. Desillusioniert hatte er von da an all seine Bemühungen auf Nikki gerichtet.

»Auf dich war er auch sehr stolz, das weißt du selbst«, gab Nikki zurück. »Er hat sich immer gewünscht, ich wäre genauso praktisch veranlagt wie du.« Dad hatte sich sein ganzes Leben lang mit seinen Brüdern vergleichen lassen müssen, weshalb er es tunlichst vermieden hatte, seine Töchter gegeneinander auszuspielen. Aber als Nikki ihr Studium geschmissen hatte, hatte er alle guten Vorsätze über Bord geworfen. »Schau dir deine Schwester Mindi an. Sie arbeitet hart. Sie wünscht sich eine gesicherte Zukunft. Warum kannst du nicht sein wie sie?«, hatte er ihr vorgehalten.

Nikki wurde plötzlich sauer bei dem Gedanken an ihren Dad. »Weißt du, Dad hat sich ständig selbst widersprochen. Einmal hat er gesagt: Verwirkliche deine Träume, darum sind wir nach England gekommen. Und im nächsten Moment wollte er mir vorschreiben, womit ich meinen Lebensunterhalt zu verdienen habe. Er ist immer davon ausgegangen, seine Träume wären auch meine.«

»Er hat sich eine Zukunft für dich als angesehene Juristin vorgestellt. Du hattest die Chance auf eine glänzende berufliche Laufbahn. Und was machst du jetzt?«

»Ich lote meine Möglichkeiten aus«, erwiderte Nikki.

»Inzwischen könntest du längst gutes Geld verdienen«, sagte Mindi.

»Geld und materielle Dinge sind mir nicht so wichtig wie dir, Mindi. Darum geht es eigentlich bei dieser ganzen Geschichte mit einer arrangierten Ehe, oder? Weil du Angst hast, im Pub um die Ecke keinen Akademiker mit dickem Portemonnaie kennenzulernen. Aber wenn du dir die Elite-Dating-Profile von indischen Ärzten und Ingenieuren anschaust, kannst du gleich abchecken, wie viel sie verdienen, und die Kandidaten entsprechend aussieben.«

Mindi drehte den Wasserhahn zu und starrte sie wutentbrannt an. »Versuch nicht, mich wie einen geldgeilen Raffzahn dastehen zu lassen, nur weil ich Mum unterstützen möchte! Da sind eine Menge Ausgaben. Aber du bist ja abgehauen. Was weißt du schon davon.«

»Ich bin in einen anderen Stadtteil von London gezogen. Tu bloß nicht, als hätte ich mir nichts, dir nichts meine Familie im Stich gelassen. So was machen junge Frauen in Großbritannien nun mal! Zuhause ausziehen. Sich selbständig machen. Das gehört zum Erwachsenwerden dazu.«

»Meinst du, Mum hat keine Geldsorgen? Meinst du, sie würde nicht gerne bald in Rente gehen und ein bisschen das Leben genießen, statt weiter bei der Stadtverwaltung zu arbeiten? Ich bin hier die Einzige, die etwas beisteuert. Es stehen Reparaturen an, unerwartete Rechnungen müssen bezahlt werden, und das Auto müsste dringend zur Inspektion. Denk da mal dran, bevor du das nächste Mal große Töne über Selbständigkeit und Erwachsensein spuckst.«

Nikki plagten plötzlich Gewissensbisse. »Ich dachte, Dad hätte ihr einiges vermacht.«

»Hat er auch, aber er hat sein ganzes Vermögen in die Aktien seiner Firma gesteckt. Und die hat sich bis heute nicht vollständig von der Finanzkrise erholt. Außerdem hat er einen Kredit aufgenommen, um das Gästebad zu renovieren, erinnerst du dich? Mum musste die Raten stunden lassen, und die Zinsen haben sich inzwischen fast verdoppelt. Mum musste andere dringende Renovierungsarbeiten auf Eis legen, die sie eigentlich längst erledigen lassen wollte. Neue Vorhänge, einen eingebauten Schuhschrank, neue Küchenschränke. Langsam macht sie sich Sorgen, sie könnte womöglich das Gesicht verlieren. Sie macht sich Gedanken, wie unser Haus auf potenzielle Heiratskandidaten und ihre Familien wirken könnte, ganz zu schweigen davon, was sie sagen werden, wenn wir uns keine Mitgift oder keine große Hochzeitsfeier leisten können.«

»Min, ich hatte ja keine Ahnung.«

»Ich habe ihr gesagt, dass ich keinen Mann aus so einer oberflächlichen Familie heiraten würde, und sie meinte nur: ›Dann wirst du wohl keinen Punjabi zum Heiraten finden.‹ Das sollte natürlich ein Scherz sein.«

Mindi lächelte, aber in ihren Augen sah man die Sorge.

»Ich könnte ja ein wenig helfen«, bot Nikki an.

»Du musst doch selbst zusehen, wie du über die Runden kommst.«

»Mit meinem neuen Job kommt etwas mehr Geld rein. Ich könnte ja alle vierzehn Tage ein bisschen was überweisen.« Nikki zögerte, als ihr aufging, wozu sie sich da gerade verpflichtete. Eigentlich hatte sie das zusätzliche Geld sparen wollen, um einen kleinen Puffer zu haben, sollte der Job bei O'Reilly's irgendwann platzen. Dann würde sie auch mehr Geld für die Miete brauchen, denn wieder zuhause einzuziehen wäre einfach zu beschämend. »Viel ist es nicht«, fügte Nikki kleinlaut hinzu.

Mindi schien hocherfreut. »Die gute Absicht zählt«, meinte sie. »Ich muss schon sagen, das hätte ich von dir nicht erwartet. Sehr erwachsen. Danke.«

Im Zimmer nebenan drehte Mum die Lautstärke des Fernsehers auf, und die schrillen Geigenklänge eines Hindi-Songs waberten durchs Haus. Mindi drehte den Wasserhahn wieder auf. Nikki stand daneben, während ihre Schwester weiter den Abwasch machte. Sie wischte so energisch, dass der Seifenschaum in alle Richtungen stob und auf die Arbeitsplatte flog. Nikki wischte ihn gedankenverloren mit den Fingern weg.

»Nimm das Geschirrtuch«, wies Mindi sie an. »Sonst machst du überall Streifen.« Nikki tat, wie ihr geheißen.

»Und wann triffst du dich mit diesem Pravin?«

»Am Freitag«, antwortete Mindi.

»Mum ist bestimmt schon ganz aufgeregt, oder?«

Mindi zuckte nur die Schultern. Dann spähte sie durch die Tür rüber zu Mum und senkte die Stimme. »Ist sie, aber ich habe gestern Abend mit ihm telefoniert.«

»Und?«

»Er hat mich gefragt, ob ich nach der Hochzeit weiterarbeiten möchte.«

»Ach, verdammt«, stöhnte Nikki, warf das Geschirrtuch auf die Arbeitsfläche und starrte Mindi aufgebracht an. »Und was hast du gesagt?«

»Ich habe ja gesagt. Er klang nicht gerade begeistert.«

»Aber du triffst dich trotzdem mit ihm?«

»Man muss einen Menschen doch erst mal gesehen haben, um sich ein Urteil bilden zu können, meinst du nicht?«

»Den Annoncen im Tempel nach zu urteilen würde ich liebend gerne darauf verzichten, mir über irgendeine dieser Pappnasen ein Urteil zu bilden«, gab Nikki zurück.

»Ja, du«, sagte Mindi. »Du mit deinem Feminismus.« Mit einer wegwerfenden Geste schien sie Nikki und alles, wofür sie einstand, abzutun.

Statt wieder einen Streit anzufangen, trocknete Nikki wortlos das restliche Geschirr ab. Erst als sie danach heimlich durch die Hintertür in den Garten schlich, um unbemerkt eine Zigarette zu rauchen, hatte sie das Gefühl, wieder frei durchatmen zu können.

Am nächsten Tag war Nikki früher im Gemeindezentrum, um den Kursraum herzurichten. Der Raum war genauso nüchtern wie Kulwinder Kaurs Büro. Zwei Reihen Tische und Stühle vor einer leeren Weißwandtafel. Nikki rückte Pulte und Stühle herum – laut Olive förderte eine Hufeisenform offenere Diskussionen unter den Teilnehmerinnen. Nikki wurde ganz kribbelig beim Gedanken daran, dass dieser Raum sich bald mit Frauen füllen würde, die ihre Lebensgeschichten zu Papier bringen wollten.

Für die erste Stunde hatte Nikki eine einführende Aufgabe vorbereitet. Alle sollten eine komplette Szene aus nur zehn einfachen Sätzen schreiben. Anschließend sollten sie sich das Geschriebene noch einmal anschauen und weitere Details hinzufügen – Dialog oder Beschreibungen beispielsweise.

Um Viertel nach sieben lief Nikki unruhig im Kursraum auf und ab und war bereits zweimal nach draußen in den menschenleeren Flur geschlichen. Nun wischte sie zum fünften Mal die Tafel sauber. Ihr ratloser Blick schweifte über die leeren Stühle. Vielleicht war das ja alles nur ein fieser Scherz auf ihre Kosten.

Gerade, als sie angefangen hatte, die Tische wieder an ihren angestammten Platz zurückzuschieben, hörte Nikki Schritte. Dröhnend und dumpf waren sie, und unvermittelt konnte sie ihren eigenen Herzschlag hören. Sie war ganz allein in einem menschenleeren, heruntergekommenen alten Gebäude, schoss es ihr durch den Kopf. Schnell zog sie einen Stuhl heran, um sich im Notfall damit verteidigen zu können.

Es klopfte. Durch das kleine Fensterchen in der Tür konnte Nikki eine Frau mit Kopftuch erkennen. Puh. Nur eine verirrte kleine Omi. Nikki kam gar nicht auf den Gedanken, es könnte eine ihrer Schülerinnen sein, bis die Frau hereinkam und sich auf einen der freien Plätze setzte.

»Sind Sie wegen des Schreibkurses hier?«, fragte Nikki auf Punjabi.

»Ja«, entgegnete die alte Dame und nickte.

Sprechen Sie Englisch? Das zu fragen wäre wohl ziemlich unhöflich, dachte Nikki.

»Dann sind Sie heute Abend wohl meine einzige Schülerin«, meinte Nikki. »Also gut. Fangen wir an.« Sie wandte sich der Tafel zu, aber die Frau unterbrach sie. »Nein, die anderen kommen noch.«

Um fünf vor halb strömten die anderen Kursteilnehmerinnen herein. Eine nach der anderen setzten sie sich, ohne Anstalten zu machen, sich für die Verspätung zu entschuldigen. Nikki räusperte sich. »Der Kurs beginnt um Punkt neunzehn Uhr«, sagte sie streng. Erstaunt schauten die Frauen auf. Nikki sah, dass sie fast alle schon etwas älter waren und offensichtlich nicht daran gewöhnt, sich von einer jüngeren Frau zurechtweisen zu lassen. Schnell ruderte sie ein wenig zurück. »Wenn diese Zeit nicht gut mit dem Busfahrplan vereinbar ist, können wir den Kurs natürlich auch auf halb acht verlegen.« Vereinzelt wurde genickt, dann war allgemein zustimmendes Gemurmel zu vernehmen.

»Machen wir eine kurze Vorstellungsrunde«, schlug Nikki vor. »Ich fange an: Ich heiße Nikki. Ich schreibe gerne und freue mich sehr darauf, euch allen beim Schreiben zu helfen.« Aufmunternd nickte sie der ersten der Frauen zu.

»Preetam Kaur.« Wie einige der anderen Frauen trug sie einen weißen Salwar Kamiz*, die traditionelle Farbe der Witwen. Ihre Haare waren unter einem weißen Tuch mit Spitzenkante versteckt, und neben ihren Füßen lag ein Gehstock mit fliederfarbenem Blütenmuster.

»Und warum bist du in diesem Kurs, Preetam?«, fragte Nikki.

Als sie ihren Namen hörte, zuckte sie entsetzt zusammen. Die anderen Frauen wirkten genauso irritiert.

»Bibi Preetam für dich, junge Dame«, sagte sie steif. »Oder Tante. Oder Preetam-ji.«

»Oh, natürlich. Entschuldigung«, stammelte Nikki. Das hier waren zwar ihre Schülerinnen, aber dennoch handelte es sich bei ihnen um ältere Punjabi-Frauen. Sie, Nikki, hatte sich an die üblichen Höflichkeitsregeln zu halten und sie entsprechend respektvoll anzusprechen.

Preetam nahm ihre Entschuldigung mit einem leichten Nicken an. »Ich möchte Schreiben lernen«, sagte sie. »Ich möchte meinen Enkeln in Kanada gerne Briefe über das Internet schicken.«

Seltsam. Sie schien zu glauben, in diesem Kurs würden auch Briefe und E-Mails durchgenommen. Nikki nickte der nächsten Teilnehmerin zu.

»Tarampal Kaur. Ich möchte gerne schreiben«, sagte die Frau knapp. Sie hatte schmale Lippen, die sie fest zusammenpresste, als sollte sie lieber gar nichts sagen. Nikki konnte nicht anders, als sie zu mustern. Wie die anderen älteren Frauen war Tarampal ganz in Weiß gekleidet, aber sie hatte kaum eine Falte im Gesicht. Nikki schätzte sie auf Anfang vierzig.

Die Frau neben Tarampal wirkte mit den kastanienbraunen Strähnchen in den Haaren und dem rosaroten Lippenstift, der farblich zu ihrer Handtasche passte und gegen den strahlend weißen Kamiz förmlich leuchtete, ebenfalls wesentlich jünger als die übrigen Teilnehmerinnen. Sie stellte sich auf Englisch vor und hatte einen kaum merklichen indischen Akzent. »Ich bin Sheena Kaur. Ich kann Punjabi und Englisch lesen und schreiben, aber ich möchte mich noch verbessern. Und wenn du mich Bibi oder Tante nennst, falle ich tot um, ich bin nämlich höchstens zehn oder fünfzehn Jahre älter als du.«

Nikki lächelte. »Ich freue mich, dich kennenzulernen, Sheena«, sagte sie.

Die nächste ältere Dame war groß und dünn und hatte ein auffälliges Muttermal am Kinn, aus dem feine Härchen sprossen. »Arvinder Kaur. Ich möchte Schreiben lernen. Alles. Geschichten, Briefe, einfach alles.«

»Manjeet Kaur«, sagte die nächste Frau unaufgefordert. Sie strahlte Nikki fröhlich an. »Bringst du uns auch ein bisschen Buchhaltung bei?«

»Nein.«

»Ich möchte Schreiben lernen, und ich möchte mich auch selbst um die Rechnungen kümmern können. Es sind so viele.« Die anderen Frauen murmelten zustimmend. So viele Rechnungen!

Nikki hob die Hand, um sie zu bremsen. »Ich habe überhaupt keine Ahnung von Buchhaltung. Ich bin hier, um einen Kreativ-Schreibkurs zu leiten. Um verschiedene Stimmen zu sammeln.« Verständnislos schauten die Frauen sie an. Sie räusperte sich. »Mir kommt gerade der Gedanke, dass einige von euch vielleicht nicht fließend genug Englisch sprechen, um eure Geschichten auf Englisch aufzuschreiben. Bei wem ist das der Fall? Wer ist nicht ganz so sattelfest im Englischen?« Sie hob die Hand, damit die anderen es ihr nachmachten. Alle Witwen bis auf Sheena hoben die Hand.

»Das macht nichts«, meinte Nikki. »Wenn ihr eure Geschichten lieber auf Punjabi schreiben möchtet, geht das auch. Manche Dinge gehen ohnehin bei der Übersetzung verloren.« Die Frauen starrten Nikki so durchdringend an, dass sie ganz nervös wurde. Endlich hob Arvinder die Hand.

»Entschuldigung, Nikki – aber wie sollen wir denn Geschichten schreiben?«

»Gute Frage.« Sie wendete sich ihrem Schreibtisch zu und griff zu einem Stapel mit losem Papier. »Ich weiß, wir haben heute bereits eine Menge Zeit verloren, aber wir können einfach hiermit anfangen.« Sie teilte die Blätter aus und erklärte, was zu tun war. Die Frauen kramten Bleistifte und Kugelschreiber aus den Handtaschen.

Nikki drehte sich um und schrieb einige wichtige Dinge für die nächste Stunde an die Tafel. »Der nächste Kurs findet am Dienstag von 19:30 bis 21 Uhr statt. Ich bitte um pünktliches Erscheinen.« Dann schrieb sie alles auch noch mal auf Punjabi auf und kam sich dabei sehr entgegenkommend und weltgewandt vor. Als sie sich wieder umdrehte, erwartete sie eigentlich, die Frauen über ihre Tische gebeugt zu sehen, wie sie rasch alles mitschrieben, aber keine von ihnen rührte auch nur einen Finger. Manjeet und Preetam klopften mit ihren Stiften auf den Tisch und schauten einander ratlos an. Tarampal wirkte richtiggehend verärgert.

»Was ist denn?«, fragte Nikki.

Schweigen.

»Warum schreibt denn niemand mit?«, wollte sie wissen.

Wieder Schweigen, bis Tarampal sich schließlich zu Wort meldete: »Wie sollen wir denn mitschreiben?«

»Wie meinst du das?«

»Wie sollen wir mitschreiben«, wiederholte Tarampal, »wenn du es uns noch nicht beigebracht hast zu schreiben?«

»Ich versuche, euch Schreiben beizubringen, aber irgendwo müssen wir schließlich anfangen, oder nicht? Ich weiß, wie schwer das ist, aber wenn ich euch bei euren Geschichten helfen soll, dann müssen wir irgendwann anfangen, sie aufzuschreiben. Bloß ein paar Sätze ...« Sie brach ab, als ihr Blick an Preetam hängenblieb. Wie sie den Stift umklammerte, erinnerte Nikki an ihre Zeit im Kindergarten. Und da endlich dämmerte es ihr, gerade als Arvinder schon anfing, ihre Sachen einzupacken.

»Sie haben es gewusst«, raunzte Nikki, kaum dass Kulwinder ans Telefon gegangen war. Das *sat sri akal* hatte sie sich gespart – einer so hinterlistigen Altvorderen verweigerte sie den Respekt.

»Was habe ich gewusst?«, gab Kulwinder unschuldig die Frage zurück.

»Dass die Frauen nicht schreiben können.«

»Selbstverständlich. Darum sollen Sie es ihnen ja beibringen.«

»Sie. Können. Nicht. Schreiben.« Nikki versuchte ihre Wut im Zaum zu halten. »Sie haben mich reingelegt. Ich bin davon ausgegangen, dass ich eine Kreativwerkstatt leiten soll, keinen Alphabetisierungskurs für Erwachsene. Die können ja nicht mal ihren eigenen Namen schreiben.«

»Das sollen sie doch bei Ihnen lernen«, wiederholte Kulwinder. »Sie haben doch gesagt, Sie möchten Schreiben unterrichten.«

»*Kreatives* Schreiben. Geschichten. Doch nicht das Alphabet!«

»Dann bringen Sie ihnen Schreiben bei, und dann können sie so viele Geschichten schreiben, wie Sie wollen.«

»Haben Sie eine Ahnung, wie lange das dauert?«

»Der Kurs findet zweimal wöchentlich statt.«

»Dazu braucht es mehr als zweimal wöchentlich ein paar Stunden. Das wissen Sie ganz genau.«

»Die Frauen sind sehr tüchtig«, meinte Kulwinder.

»Das soll wohl ein Witz sein.«

»Sie konnten auch nicht gleich Geschichten schreiben, oder? Sie mussten auch erst das Alphabet lernen, nicht wahr? War das nicht das Einfachste, was Sie je gelernt haben?«

Nikki entging die Verachtung in Kulwinders Stimme nicht. »Hören Sie. Sie versuchen, ein Exempel zu statuieren – schon verstanden. Ich bin eine moderne Frau und denke, ich kann tun und lassen, was ich will. Tja, kann ich auch.«

Eigentlich wollte sie Kulwinder als Nächstes entgegenschleudern, sie könne sich ihren Kurs an den Hut stecken. Aber irgendwie blieben ihr die Worte im Hals stecken. Sie hielt kurz inne und hatte wieder dieses altbekannte Gefühl im Bauch: Ihr Magen verkrampfte sich vor Angst. Wenn sie diesen Job schmiss, konnte sie Mum und Mindi nicht unter die Arme greifen. Schlimmer noch, wenn sie erfuhren, dass Nikki nach nur einer Stunde das Handtuch geworfen hatte, würden sie sich in ihrer Meinung bestätigt sehen – dass Nikki nie etwas zu Ende brachte, dass sie eine Träumerin war, die jegliche

Verantwortung scheute. Sie musste an den heruntergekommenen Pub denken und an Sam, wie er ihr, in ellenlangen Belegen verheddert, bedauernd mitteilte, dass er sie nicht mehr bezahlen konnte.

»Diese Stelle wurde falsch ausgeschrieben. Dafür könnte ich Sie melden«, sagte Nikki schließlich.

Kulwinder schnaubte nur abfällig, als wüsste sie ganz genau, was für eine leere Drohung das war. »Melden, wem denn?«, fragte sie herausfordernd. Sie wartete auf eine Antwort, aber Nikki wusste keine. Kulwinders Botschaft war eindeutig: Nikki war unversehens auf ihr Territorium gestolpert – jetzt musste sie nach ihren Regeln spielen.

Im Winter verloren die Tage früh die Konturen. Die Straßen waren verschwommen und hüllten sich in Schatten und diffuses Ampellicht, als Kulwinder auf dem Heimweg über den vergangenen Tag nachdachte. Sie war nicht stolz darauf, Nikki so hinters Licht geführt zu haben, aber je länger sie über ihre Unterredung nachdachte, desto mehr wurde ihr klar, dass Nikki sie unwillentlich in Rage gebracht hatte. Ihre anmaßende Art ging Kulwinder schrecklich gegen den Strich. *Wie können Sie es wagen, von mir zu verlangen, dass ich diese Holzköpfe unterrichte*, hätte sie genauso gut sagen können.

Kulwinders zweistöckiges Haus lag am Ende der Ansell Road. Vom Schlafzimmerfenster aus sah man an klaren Tagen die goldene Spitze der prächtigen Kuppel des Gurdwara glänzen. Die Nachbarn rechts waren ein junges Paar mit zwei kleinen Kindern, die immer kichernd auf der Veranda saßen, bis ihr Vater abends nach Hause kam. Die Nachbarn links waren ein Paar mit einem Sohn im Teenager-Alter und einem großen Hund, der morgens immer stundenlang jaulte, wenn die Familie das Haus verlassen hatte. Kulwinder war es gewohnt, all das in Endlosschleife im Kopf abzuspulen – alles, nur um nicht an *dieses* Haus zu denken, da drüben, auf der anderen Straßenseite.

»Ich bin wieder da«, rief sie. Sie blieb stehen und lauschte auf Sarabs Antwort. Es tat ihr immer weh, wenn sie ihn tief in Gedanken vorfand und er schweigend dasaß und auf die ungelesene Punjabi-Zeitung starrte. »Sarab?«, rief sie am Fuß der Treppe. Er brummte eine Antwort. Sie legte ihre Sachen weg und ging in die Küche, um mit dem Abendessen anzufangen. Aus den Augenwinkeln überprüfte sie, ob Sarab die Vorhänge im Wohnzimmer geöffnet hatte. Heute Morgen hatte er sie ein wenig zurückziehen wollen, damit ein bisschen Licht zum Lesen hereinfiel. »Lieber nicht«, hatte Kulwinder beharrt. »Die Sonne blendet mich, und dann bekomme ich Kopfschmerzen.« Sie wussten beide, dass es das Haus Nummer 16 war, dessen Anblick sie nicht ertragen konnte, mitnichten die kränklich blasse englische Morgensonne.

Kulwinder stellte die Teller und eine Schale Dal auf den Tisch und nahm das Achar aus dem Kühlschrank. Während ihrer Zeit in England hatte sie ihr noch nie etwas so sehr Trost gespendet wie eine einfache indische Mahlzeit. Sarab setzte sich an den Tisch, und sie aßen schweigend. Danach schaltete er den Fernseher an, während sie den Abwasch erledigte. Maya hatte ihr immer dabei geholfen, aber eines Tages hatte sie gefragt: »Warum hilft Dad dir eigentlich nicht beim Kochen und Putzen?« Solche Fragen waren Kulwinder als junges Mädchen auch im Kopf herumgespukt. Aber hätte sie verlangt, ihr Vater oder ihre Brüder sollten bei der Hausarbeit mithelfen, hätte es eine Tracht Prügel gesetzt. Sie hatte Maya grob am Arm gepackt und in die Küche gezerrt.

Nachdem alles erledigt war, ging Kulwinder ins Wohnzimmer und setzte sich neben Sarab. Der Fernsehton war sehr leise. Es lief eine englische Sendung, also war es egal, dass sie kaum etwas verstand, denn worüber die Engländer sich amüsierten, fand Kulwinder überhaupt nicht witzig.

Sie schaute Sarab an. »Heute ist was Komisches passiert«, erzählte sie. »Eine ulkige Verwechslung bei einem meiner Gemeindekurse.« *Einer meiner Gemeindekurse.* Wie es klang, das laut zu sagen. »Das Mädchen, das ich eingestellt habe, dachte, es soll den Frauen helfen, ihre Lebensgeschichte aufzuschreiben. Dabei können die Frauen, die sich angemeldet haben, gar nicht schreiben. Ich hatte eine Kreativwerkstatt ausgeschrieben, und als die Frauen sich angemeldet haben, wusste ich gleich, die können nicht mal ihren eigenen Namen schreiben. Aber was hätte ich tun sollen? Sie rauswerfen? Das wäre doch nicht richtig. Schließlich bin ich dazu da, den Frauen in unserer Gemeinde zu helfen.« Was irgendwie auch stimmte. Sie hatte den Frauen nicht im Detail erklärt, worum es in dem Kurs eigentlich ging. »Schreiben, lesen, all so was«, hatte sie etwas vage gesagt, während sie das Anmeldeformular herumgereicht hatte.

Sarab nickte, aber sein Blick blieb leer. Reglos starrte er auf die Mattscheibe. Kulwinder warf einen Blick auf die Uhr, um zu sehen, wie viele Stunden noch totzuschlagen waren, ehe es Zeit war, ins Bett zu gehen. Wie fast jeden Abend. Der Nieselregen hatte nachgelassen. »Hast du Lust, ein bisschen spazieren zu gehen?«, fragte sie Sarab. Wie unnatürlich es ihr vorkam, ihn das zu fragen. Früher hatten sie jeden Abend nach dem Essen gemeinsam einen kleinen Spaziergang gemacht. »Gut für die Verdauung«, ergänzte sie. Und kam sich irgendwie albern dabei vor, ihn überreden zu wollen. Aber heute wünschte sie sich tatsächlich, er würde mitkommen. Die Auseinandersetzung mit Nikki hatte sie an ihre Streitereien mit Maya erinnert.

Ohne auch nur aufzuschauen, murmelte Sarab: »Geh du nur allein.«

Kulwinder ging die Ansell Road entlang und bog dann in die Hauptstraße ein, wo lange fluoreszierende Leuchtröhren eine kleine Einkaufsmeile erhellten. In Shantis Hochzeitsboutique probierte ein Grüppchen junger Frauen Armreifen an und ließ sie prüfend um die Handgelenke klimpern; die Pailletten funkelten im Neonlicht. Der Inhaber des Masala-Ladens nebenan komplimentierte geduldig seine Kunden nach draußen; ein englisches Ehepaar, das sehr zufrieden wirkte mit den roten und gelben Pülverchen, die es erstanden hatte. Teenager in bauschigen schwarzen Bomberjacken drückten sich auf verlassenen Baugrundstücken herum; Wortfetzen und lautes Gelächter flogen zwischen ihnen hin und her. *Yeah. Hah! Du Wichser.*

Gelegentlich grüßte Kulwinder die eine oder andere der Punjabi-Frauen, die ihr begegneten, aber meistens schaute sie geradeaus an ihnen vorbei. Als Maya noch lebte, hatte sie gerne mit den Damen geplaudert, und aus einem kleinen Abendspaziergang war schnell ein geselliges Beisammensein geworden. Waren ihre Ehemänner dabei, bildeten die meist ein eigenes Grüppchen. Auf dem Heimweg berichteten Kulwinder und Sarab einander dann, was die anderen erzählt hatten, und stellten fest, dass es immer wieder dieselben Geschichten waren – wer wen heiratete, die steigenden Preise bei Lebensmitteln und Benzin, der neueste Skandal in der Gemeinde. Heute blieb sie lieber nicht stehen. Warum auch? Die meisten Leute schauten ohnehin weg, wenn sie sie sahen. Sie und Sarab waren über Nacht zu Außenseitern geworden, gemieden wie Witwen und geschiedene Frauen und Eltern, deren Kinder Schande über sie gebracht hatten.

An einer Ampel blieb sie kurz stehen, dann bog sie ab, ging zu einer Bank und setzte sich. Der Duft süßer frittierter Jalebis* wehte von einem Verkaufswagen herüber. Ihre Füße waren rau wie Schmirgelpapier, als sie sich die Ferse rieb und über Nikki nachdachte. Das Mädchen stammte ganz offensichtlich nicht von hier, sonst hätte es sich nicht so respektlos verhalten. Bestimmt waren seine Eltern Großstädter – aus Delhi oder Bombay – und bestimmt rümpften sie verächtlich die Nase über die Punjabis, die in Southall wohnten. Sie wusste ganz genau, was das übrige London von Southall hielt – sie hatte die abfälligen Bemerkungen gehört, als sie und Sarab sich damals entschlossen hatten, aus Croydon hierher zu ziehen. *Hinterwäldler, die sich in London ein zweites Punjab bauen – heutzutage lässt man aber auch alles und jeden ins Land.* »Die beste Entscheidung unseres Lebens«, hatte Sarab erklärt, als sie den letzten Umzugskarton ausgepackt hatten. Kulwinder stimmte ihm zu. Ihr ging das Herz fast über vor Freude über die heimelige neue Umgebung – der Gewürzmarkt, das Bollywood-Kino, die Gurdwaras, die Samosa-Wagen entlang des Broadway. Maya betrachtete alles argwöhnisch, aber sie würde sich rasch eingewöhnen, hatten Kulwinder und Sarab sich gesagt. Eines Tages würde auch sie hier ihre Kinder großziehen wollen.

Tränen stiegen ihr unvermittelt in die Augen und verschleierten ihr die Sicht. In diesem Moment hielt ein Bus vor ihr, die Türen öffneten sich, und der Fahrer schaute Kulwinder erwartungsvoll an. Sie schüttelte nur den Kopf und winkte ab. Unwillkürlich schluchzte sie auf, aber zum Glück hörte es niemand, weil das laute Brummen des Motors das Geräusch verschluckte. Warum quälte sie sich nur so? Manchmal, wenn sie nicht aufpasste, stellte sie sich kleine Augenblicke in Mayas Leben vor – ganz alltägliche, banale Dinge: wie sie am Supermarkt an der Kasse stand oder die Batterien in der Fernbedienung wechselte. Je kleiner das Detail, desto mehr schmerzte es sie, dass Maya das alles niemals mehr würde tun können. Ihre Geschichte war zu Ende.

Die Luft war kälter, jetzt, wo Kulwinder stillsaß. Sie fuhr sich über die Augen und atmete ein paar Mal tief durch. Als sie sich wieder stark genug fühlte, stand sie auf und machte sich auf den Heimweg. Kulwinder überquerte gerade die Queen Mary Road, als sie einen Polizisten sah. Sie erstarrte. Was tun? Umkehren? Weitergehen? Wie angewurzelt blieb sie mitten auf der Straße stehen, bis die Ampel auf Rot umschaltete und Autofahrer zu hupen begannen. Jetzt blieben auch noch die Leute auf dem Bürgersteig stehen und starrten sie mit weit aufgerissenen Augen an. Der Polizist schaute sich suchend um nach der Ursache für den Tumult, bis sein Blick schließlich an ihr hängenblieb. »Nichts. Alles gut«, rief sie schwach. Sportlich sprintete er auf die Straße und befahl den Autofahrern mit einer strengen Geste auszuharren. Dann winkte er ihr, sie solle die Straße überqueren und zu ihm herüberkommen.

»Alles in Ordnung?«, fragte er.

»Ja«, antwortete sie. Sie hielt Abstand und vermied es, ihn anzusehen. Aus den umliegenden Geschäften waren Menschen geströmt und schauten neugierig herüber. Am liebsten hätte sie die Schaulustigen allesamt verscheucht. *Kümmert euch um euren eigenen Dreck!*

»Machen Sie einen kleinen Abendspaziergang?«

»Ja, einen kleinen Abendspaziergang, genau.«

»Bewegung ist ja sehr gesund.«

Sie nickte. Noch immer spürte sie die neugierigen Blicke der Umstehenden. Unauffällig versuchte sie sich umzusehen, wer alles diese kleine Szene beobachtet hatte. Ganz im Gegensatz zu Maya hatte Kulwinder Southall nie als Brutstätte für Waschweiber betrachtet. Die meisten Menschen tauschten sich nur darüber aus, was sie gesehen oder gehört hatten. Alles ganz harmlos. Das Problem war bloß, dass Kulwinder auf keinen Fall dabei gesehen werden durfte, wie sie mit einem Polizisten sprach. Irgendwer könnte das ganz beiläufig erwähnen, im Gespräch mit einem Freund oder dem Ehepartner, und der könnte es dann weitersagen, und ...

»Und es geht Ihnen auch ganz sicher gut?«, fragte der Polizist besorgt und schaute ihr fragend in die Augen.

»Bestens, ganz sicher, danke«, entgegnete sie.

»Dann geben Sie in Zukunft besser Acht, wenn Sie die Straße überqueren. Die jungen Bürschchen rasen gerne mal den Broadway runter, und manchmal biegen sie auch viel zu rasant in die großen Seitenstraßen ab.«

»Mache ich. Danke.« Kulwinder sah ein Paar mittleren Alters näher kommen. Aus der Ferne hatte sie die beiden nicht erkannt, aber die hatten bestimmt gesehen, wie sie sich mitten auf der Straße mit einem Polizisten unterhielt, und wenn sie sie kannten, würden sie sich sicher fragen: *Was macht sie denn jetzt schon wieder für Schwierigkeiten?*

»Passen Sie gut auf sich auf«, rief der Polizist ihr noch nach, als sie schon längst auf dem Absatz kehrtgemacht hatte und nach Hause lief.

Als sie daheim ankam, war Sarab oben. In dem schwachen Licht, das er ihr unten im Flur angelassen hatte, räumte Kulwinder leise die Schuhe weg. Dann schaute sie sich um, was sonst noch zu tun war – die Sofakissen musste sie noch aufschütteln, und vielleicht hatte Sarab ja sogar ein Glas in der Spüle stehengelassen. Als sie schließlich fertig war, ging ihr auf, wie paranoid sie sich verhielt. Wie groß war die Wahrscheinlichkeit, dass jemand sie gesehen hatte? So klein war Southall nun auch wieder nicht, es kam einem bloß manchmal so vor. Man konnte nie wissen, wem man zufällig über den Weg lief. Sie vermied meist schon die größeren Straßen, weil sie einmal dabei gesehen worden war, wie sie eine Anwaltskanzlei aufsuchte. (Den Besuch hätte sie sich auch sparen können, weil alles, was der Anwalt ihr im Eiltempo erklärte, Gebühren und keinerlei Garantien beinhaltete.) Wenn sie jetzt jedes Mal die Straßenseite wechselte, sobald sie jemanden sah, den sie lieber nicht sehen wollte, konnte sie genauso gut die ganze Zeit mit zugezogenen Vorhängen im Wohnzimmer sitzen.

Aber irgendwann später, als Sarab längst leise schnarchte und Kulwinders Augen immer noch weit offen waren, sah sie ihr Handy aufleuchten. Unbekannte Nummer. Am anderen Ende der Leitung eine Stimme, die sie nur allzu gut kannte. »Du wurdest heute gesehen, wie du mit einem Polizisten geredet hast. Mach das nicht noch mal, sonst kriegst du richtig Ärger.« Kulwinder wollte etwas zu ihrer Verteidigung sagen, aber da hatte der Anrufer wie immer längst aufgelegt, bevor sie auch nur ein Wort sagen konnte.

Viertes Kapitel

»Es gibt in London einfach keine anständigen Männer mehr«, erklärte Olive entschieden. »Keine.« Sie schaute sich von ihrem erhöhten Aussichtspunkt auf dem Barhocker suchend um und scannte die Menge, während Nikki die Theke abwischte und die lauten Typen verfluchte, die nun schon seit einer Stunde ohrenbetäubend schiefe Fußballlieder grölten und ihr anzüglich grinsend zuzwinkerten.

»Doch, gibt es, jede Menge«, widersprach Nikki ihr.

»Jede Menge Blindgänger«, meinte Olive. »Oder soll ich mich mit Steve mit dem Rassisten-Opa verabreden?«

»Da wäre es mir lieber, du bleibst für den Rest deines Lebens Single«, antwortete Nikki. Steve mit dem Rassisten-Opa war Stammgast im Pub. Ständig glänzte er mit kaum verhohlen rassistischen Sprüchen, die er immer mit dem Satz einleitete: »Wie mein Opa sagen würde…«, und schien ernsthaft zu glauben, dadurch würden seine widerlichen Stammtischparolen irgendwie weniger schlimm. »Wie mein Opa sagen würde«, hatte er einmal zu Nikki gesagt, »sieht deine Haut immer so aus, oder rostest du? Würde ich natürlich nie sagen. Aber mein Opa hat zu Khaki-Hosen immer Paki-Hosen gesagt, weil er ernsthaft geglaubt hat, die Farbe heißt wegen der dunklen Haut so. Echt schlimm, mein Opa.«

»Der Typ sieht doch ganz nett aus«, meinte Nikki und wies auf einen Mann, der sich gerade zu einem Grüppchen an einem Ecktisch gesellt hatte. Olive verdrehte den Hals, um ihn sich etwas genauer anzusehen. »Nicht schlecht«, murmelte Olive schließlich. »Sieht ein bisschen aus wie Lars. Erinnerst du dich noch an den?«

»Du meinst Laaaarrrsch? Er hat uns ja auch bloß hundertmal erklärt, wie man seinen Namen richtig ausspricht«, spottete Nikki. Lars war ein schwedischer Austauschschüler gewesen, der das zwölfte Schuljahr über bei Olives Familie gewohnt hatte. »Nie war ich so oft zum Lernen bei dir wie in dem einen Jahr.« Nur mit dieser kleinen Notlüge hatten ihre Eltern es Nikki erlaubt, so oft bis spätabends bei Olive zu bleiben.

»Bei meinem Glück ist der längst vergeben«, brummte Olive.

»Ich kann ja mal versuchen, das unauffällig in Erfahrung zu bringen«, meinte Nikki. Sie schlängelte sich zwischen den Tischen hindurch und trat von hinten auf ihn zu. »Kann ich dir was bringen?«, fragte sie.

»Gerne.« Während er seine Bestellung aufgab, sah Nikki einen Ehering an seinem Finger aufblitzen.

»Tut mir leid«, seufzte Nikki, als sie wieder bei Olive war. Sie goss ihrer Freundin noch einen Drink ein, und als ihre Schicht dann zu Ende war, stellte sie sich zu Olive auf die andere Seite der Theke. Olive seufzte. »Vielleicht sollte *ich* es mal mit einer arrangierten Ehe versuchen. Wie ist eigentlich die Verabredung deiner Schwester neulich Abend gelaufen?«

»Die reinste Katastrophe«, seufzte Nikki. »Der Typ hat die ganze Zeit nur über sich geredet und hat dem Kellner eine Szene gemacht, weil im Wasser keine Zitronenscheibe schwamm. Ich glaube, er wollte Mindi beweisen, dass er einen gewissen Lebensstandard gewohnt ist.«

»Wie schade.«

»Eigentlich bin ich ganz froh. Ich hatte schon Angst, sie würde den erstbesten unverheirateten Punjabi nehmen, der ihr über den Weg läuft, aber sie meinte, sie hat am Ende des Abends freundlich, aber sehr bestimmt ›nein danke‹ gesagt.«

»Vielleicht hast du doch einen größeren Einfluss auf Mindi, als du glaubst«, bemerkte Olive.

»Dachte ich auch. Aber Tante Geeta, die diesen schrecklich netten jungen Mann für sie ausgesucht hat, hat Mum neulich im Laden demonstrativ die kalte Schulter gezeigt. Mindi hatte ein schrecklich schlechtes Gewissen und hat sie sofort angerufen und sich entschuldigt. Tante Geeta hat ihr so lange zugesetzt, bis sie sich schließlich hat überreden lassen, zum Punjabi-Speeddating zu gehen. Eigentlich ist das überhaupt nicht Mindis Ding, aber sie zieht das jetzt eiskalt durch.«

»Ach, wer weiß, wen Mindi noch kennenlernt, und wo. Beim Speeddating stehen die Chancen immerhin gar nicht so schlecht. Fünfzehn Männer an einem Abend? Da wäre ich auch dabei. Könnte doch ganz lustig werden. Schlimmstenfalls lernt sie niemanden kennen, aber wenigstens hat sie sich getraut und was riskiert. Mehr, als ich von mir behaupten kann.«

»Klingt für mich nach einem echten Albtraum. Fünfzehn Punjabi-Männer auf der verzweifelten Suche nach einem treusorgenden Eheweib. Bei der Anmeldung musste Mindi unter anderem Angaben zu ihrer Kaste und ihren Ernährungsgewohnheiten machen und ihre Religiosität auf einer Skala von eins bis zehn bewerten.«

Olive lachte. »Bei mir wäre es minus drei, ganz egal bei welcher Religion«, meinte sie. »Ich wäre eine unmögliche Heiratskandidatin.«

»Ich auch«, stimmte Nikki ihr zu. »Mindi ist eine Sechs oder Sieben, obwohl sie vermutlich auch religiöser werden würde, um es dem Richtigen recht zu machen. Ich hoffe nur, sie macht das nicht nur wegen großmäuliger Klatschtanten wie Tante Geeta.«

»Na ja, das sollte momentan dein kleinstes Problem sein«, sagte Olive. »Morgen musst du deinen Omis das Alphabet beibringen.«

Nikki stöhnte. »Wie soll ich das bloß anstellen?«

»Ich hab dir doch gesagt: Ich habe jede Menge Lehrbücher, die ich dir ausleihen kann.«

»Für Siebtklässler. Verstehst du nicht? Diese Frauen müssen ganz von vorne anfangen.«

»Soll das heißen, sie können nicht mal die Straßenschilder lesen? Die Schlagzeilen in den Nachrichten? Wie haben die es bloß geschafft, so lange in England zu überleben?«

»Vermutlich, weil sie Ehemänner hatten, die ihnen geholfen haben. Und im Alltag sprechen sie überall nur Punjabi.«

»Aber deine Mum war doch nie so abhängig von deinem Dad.«

»Meine Eltern haben sich auch an der Uni kennengelernt, und Mum hatte immer ein eigenes Auskommen. Diese Frauen sind auf dem Dorf aufgewachsen. Die meisten von ihnen können ihren Namen nicht mal auf Punjabi schreiben, geschweige denn auf Englisch.«

»Ich kann mir gar nicht vorstellen, so zu leben«, sagte Olive und trank einen großen Schluck von ihrem Pint.

»Erinnerst du dich noch an die Schreibhefte, die wir als Kinder immer hatten? Mit den Buchstaben in Schreibschrift, Groß- und Kleinschreibung?«, fragte Nikki.

»Die mit den Hilfslinien – zum Schreibenlernen?«

»Ja. Die wären super.«

»Die bekommst du online«, sagte Olive. »Die Schulbuchverlage haben eigene Kataloge. Kann ich dir raussuchen.«

»Ich brauche aber was für den Unterricht morgen.«

»Versuch's doch mal in einem der Sozialkaufhäuser auf der King Street.«

Nachdem Nikki den Laden abgeschlossen hatte, blieben sie noch auf ein paar Drinks, dann stolperten sie auf die regennass glänzende Straße, untergehakt wie zwei Schulmädchen. Nikki zog das Telefon aus der Tasche und tippte eine Nachricht an Mindi:

Hey, Schwesterherz! Den Mann deiner Träume schon gefunden? Stärkt er sich den Turban, und kämmt er sich den Bart selbst, oder gehört das dann zu deinen EHELICHEN PFLICHTEN?

Glucksend drückte sie auf Senden.

Nikki erwachte erst am Nachmittag. Ihr Kopf dröhnte noch von der vergangenen Nacht. Mit geschlossenen

Augen tastete sie nach dem Telefon. Eine Nachricht von Mindi.

> Unter der Woche betrunken, Nik? Sieht ganz danach aus, wenn du um die Uhrzeit bescheuerte Nachrichten verschickst.

Nikki wischte sich den Schleier aus den Augen und tippte eine Antwort an Mindi.

> Du hast so dermaßen einen Stock im Arsch.

Mindi antwortete innerhalb von Sekunden.

> Und du bist sicher gerade erst aufgewacht. Wer ist also hier der Arsch? Werde endlich erwachsen, Nikki.

Nikki pfefferte das Telefon wieder in ihre Handtasche. Aufzustehen dauerte doppelt so lange wie sonst, weil ihr Kopf schwer war wie Blei. Die quietschende Duscharmatur und das Wasser, das unerbittlich auf sie einprasselte, ließen sie schmerzlich zusammenzucken. Als sie sich schließlich angezogen hatte, ging sie runter zum Oxfam-Laden. Der muffige Geruch nach alten Wollmänteln kitzelte sie in der Nase. Im untersten Regal, unter den Fächern mit den Unterhaltungsromanen, in denen Nikki so gerne stöberte und oft auch fündig wurde, lagen alte Schulbücher und Arbeitshefte. Erst hier wurde Nikki endlich richtig wach. Der vertraute, tröstliche Geruch zerlesener Bücher vertrieb ihren Kater.

Beim Stöbern im Laden stieß Nikki außerdem auf

ein Scrabble-Spiel. Einige Buchstabenplättchen fehlten, aber es würde ausreichen, um ihren Schülerinnen die Buchstaben beizubringen. Dann trat sie wieder an das Bücherregal und schaute nach, ob sie noch etwas Brauchbares finden konnte. An einem Buchtitel blieb ihr Blick hängen: *Beatrix Potter: Briefe*. Das Buch hatte sie auch zuhause, aber das Begleitbüchlein, *Tagebücher und Skizzen von Beatrix Potter*, war schwer zu finden. Das hatte sie auf der Reise mit Mum und Dad im Jahr vor ihren Abschlussprüfungen mal gebraucht in einer Buchhandlung in Delhi entdeckt, aber als sie es mitnehmen wollte, hatte es deswegen Streit gegeben. Sie versuchte, nicht an diese unschöne Erinnerung zu denken, und durchsuchte stattdessen lieber das Regal daneben. Wieder sprang ihr ein Titel ins Auge. *Roter Samt: Genussvolle Geschichten für Frauen.* Sie griff nach dem Buch und blätterte es durch, und ihr Blick blieb an Sätzen hängen wie:

Langsam zog er sie aus, erst mit Blicken, dann mit den Händen.

Delia aalte sich in der Abgeschiedenheit ihres Gartens nackt in der Sommersonne, aber von irgendwo sah Hunter ihr heimlich zu.

»Ich bin nicht deinetwegen hier«, sagte sie herablassend. Sie drehte sich auf dem Absatz um und wollte aus dem Büro stürmen, doch da sah sie, wie seine Männlichkeit sich in seiner Hose wölbte. Er war ihretwegen hier.

Nikki grinste breit und ging mit den Büchern an die Kasse. Schon beim Hinausgehen überlegte sie, welche Widmung sie in das *Roter Samt*-Buch schreiben sollte. *Liebe Mindi, ich bin vielleicht nicht so erwachsen wie du, aber dafür kenne ich mich mit manchen Erwachsenensachen besser aus als du. Hier eine kleine »Handreichung« für dich und den zukünftigen Mann deiner Träume.*

Nikki schleppte die Tüte mit den Büchern in den Kursraum und hievte sie auf ihren Schreibtisch. Darauf klebte ein Blatt Papier: *Nikki Tische und Stühle in diesem Raum nicht verrücken – Kulwinder.* Die Tische standen alle wieder ordentlich in Reih und Glied. Ein leises Grummeln im Magen erinnerte Nikki daran, dass sie lange nichts mehr gegessen hatte. Bevor sie hinüber in die Langar-Halle ging, schob sie die Tische rasch wieder zu einem Halbkreis zusammen.

Der Duft von Dal und süßen Jalebis vermischte sich mit Besteckklappern und Stimmengewirr. Nikki nahm ihr Tablett und ging damit nach vorne. Sie bekam Roti, Reis, Dal und Joghurt aufgetan. Neben einigen älteren Frauen war ein freier Platz auf dem Boden, und Nikki musste daran denken, wie sie damals – sie musste etwa dreizehn gewesen sein – mit ihren Eltern zum Beten im kleineren Gurdwara in Enfield war. Sie hatte etwas aus dem Auto holen wollen und war darum zu Dad gegangen – der mit ein paar Männern zusammensaß –, um sich den Schlüssel geben zu lassen. Die Leute hatten sich umgedreht und sie empört angestarrt, als hätte sie eine unsichtbare Grenze überschritten, die die Geschlechter voneinander trennte, obwohl es im Langar keinerlei derartige Vorschriften gab. Was sah Mindi bloß in dieser restriktiven Welt, was sie nicht sah? Die Frauen endeten alle gleich – matt und abgeschlagen, niedergedrückt und mit schlurfendem Gang. Nikki sah zu, wie sie sich durch die große Halle schleppten, die Kopftücher zurechtrückten und immer wieder stehen blieben, um pflichtbewusst andere Gemeindemitglieder zu begrüßen. Das Frauengrüppchen neben ihr kommentierte jede Frau, die hereinkam. Sie schienen sämtliche Lebensgeschichten zu kennen:

»Chackos Frau – die Ärmste ist gerade operiert worden. Wird wohl eine Weile nicht laufen können. Ihr ältester Sohn kümmert sich um sie. Wisst ihr, welchen ich meine? Sie hat zwei Söhne. Ich meine den, der den Elektroladen von seinem Onkel übernommen hat. Scheint ganz gut zu laufen. Neulich habe ich gesehen, wie er sie im Rollstuhl durch den Park geschoben hat.«

»Das da drüben ist Nishus jüngste Schwester, oder? Sie haben alle so eine hohe Stirn. Ich habe gehört, letztes Jahr hatten sie einen schlimmen Wasserschaden im Haus. Mussten überall neuen Teppichboden verlegen lassen und beinahe sämtliche Möbel wegwerfen. Wirklich schade drum! Dabei hatten sie gerade mal sechs Wochen vorher eine neue Couchgarnitur angeschafft.«

»Ist das Davinder? Ich dachte, die besucht ihre Cousine in Bristol.«

Nikkis Blick folgte den Frauen, während im Hintergrund die Kommentare weiterliefen. Sie kam kaum mit bei diesem rasend schnellen Strom an Informationen und Details. Dann kam eine Frau in den Langar, die Nikki kannte. Kulwinder. Sie merkte, wie die Frauen in der kleinen Gruppe neben ihr kollektiv die Luft anhielten, die Stimmen senkten und leise miteinander tuschelten.

»Schaut sie euch an, wie sie hier reinstolziert auf ihrem hohen Ross, als gehörte ihr der ganze Tempel. Sie wird in letzter Zeit immer hochnäsiger«, meinte eine Frau mittleren Alters, die ihre steif gestärkte Dupatta so weit ins Gesicht gezogen hatte, dass sie fast völlig dahinter verschwand.

»In letzter Zeit? Die hat die Nase immer schon so hoch getragen. Hält sich wohl für was Besseres. Ich weiß wirklich nicht, wieso sie glaubt, sich so aufführen zu können.«

Es wunderte Nikki nicht, dass die Frauen Kulwinder allem Anschein nach nicht mochten. Sie spitzte die Ohren und lauschte angestrengt.

»Ach, lasst das doch«, widersprach eine runzlige alte Frau und schob das Drahtgestell ihrer Brille auf der Nase nach oben. »Sie hat es schon schwer genug. Eigentlich sollte sie uns leidtun.«

»Das dachte ich auch, aber sie will kein Mitleid. Sie war richtiggehend rüde zu mir«, meinte die grüne Dupatta echauffiert.

»Buppy Kaur hatte genau dasselbe Problem, aber die nimmt es wenigstens an, wenn man ihr sagt, ›Mein herzliches Beileid‹. Kulwinder ist da ganz anders. Neulich bin ich ihr begegnet, als sie einen Spaziergang in der Nachbarschaft machte. Ich habe ihr zugewunken, aber sie hat weggeguckt und ist stur geradeaus weitergegangen. Wie soll man denn zu so einem Menschen nett sein?«

»Buppy Kaur hatte ein *ähnliches* Problem, aber nicht dasselbe«, korrigierte die Frau mit der Brille sie. »Ihre Tochter ist mit einem Jungen aus Trinidad durchgebrannt. Sie lebt noch; Kulwinders Tochter ist tot.«

Erschrocken schaute Nikki auf. Die Frauen sahen, wie sie ruckartig den Kopf hob, redeten aber unbeirrt weiter.

»Tot ist tot«, stimmte eine der anderen Frauen ihr zu. »Das ist viel schlimmer.«

»Ach was«, schnaubte die grüne Dupatta verächtlich. »Besser ein totes Mädchen als ein entehrtes. Das muss man der jüngeren Generation heutzutage wohl immer mal wieder einbläuen.«

Irgendwie hatte Nikki das unbestimmte Gefühl, dass diese Worte ihr galten. Sie guckte hoch und sah, wie die Frau sie durchdringend und geradezu herausfordernd ansah. Die anderen Frauen brummten zustimmend. Nikki konnte den Bissen im Mund kaum herunterschlucken. Sie trank einen großen Schluck Wasser und zog den Kopf ein.

Die Frau mit der Brille sah Nikki an. »*Hai*, nicht alle sind so. Es gibt immer noch eine ganze Menge anständiger Mädchen in Southall. Es kommt ganz auf die Eltern an, und wie man sie erzieht, oder?«, meinte sie. Und nickte Nikki dabei kaum merklich zu.

»Eine Generation von Egoisten. Hätte Maya auch nur einen Gedanken daran verschwendet, was sie ihrer Familie antut, dann wäre das alles nicht passiert«, wetterte die grüne Dupatta unverdrossen weiter. »Und nicht zu vergessen den Schaden an Tarampals Grundstück, den sie angerichtet hat. Das ganze Haus hätte sie in Mitleidenschaft ziehen können.«

Die anderen Frauen schauten sich unbehaglich an. Wie Nikki zogen sie die Köpfe ein und starrten stumm auf ihr Essen. In der unvermittelt einsetzenden Stille hörte Nikki ihr eigenes Herz schneller schlagen. Tarampal? Nikki fragte sich, ob sie womöglich die Tarampal aus ihrem Schreibkurs meinen konnten. Wortlos versuchte Nikki die grüne Dupatta mit schierer Willenskraft zum Weiterreden zu zwingen, aber sie war ebenfalls verstummt.

Als sie nach dem Essen wieder ins Gemeindezentrum ging, war Nikki tief in Gedanken. Die Frau in der Langar-Halle hatte so entschieden geklungen, als sie über Tod und Ehre redete. Nikki konnte sich beim besten Willen nicht vorstellen, dass einer von Kulwinders Sprösslingen eine gemeingefährliche Rebellion angezettelt haben könnte, wie sie es den Andeutungen der Frau entnommen hatte. Andererseits, Kulwinder war so unnachgiebig, dass ihre Tochter vielleicht nicht anders gekonnt hatte, als sich gegen ihre herrische Mutter aufzulehnen.

Lautes Lachen schallte ihr durch den Gang entgegen und unterbrach ihre Gedanken. Seltsam, überlegte sie. Um diese Zeit fanden doch gar keine anderen Kurse statt. Je näher sie dem Kursraum kam, desto lauter wurde das Lachen, und dann hörte sie ganz klar und deutlich eine Stimme.

»*Er legt ihr die Hand auf den Oberschenkel, während sie das Auto steuert, und während sie weiterfährt, schiebt er die Hand zwischen ihre Beine. Sie kann sich nicht mehr auf die Straße konzentrieren, also sagt sie zu ihm: ›Warte, ich biege in eine Seitenstraße ab‹. Und er sagt – warum warten?*«

Schockiert blieb Nikki vor der Tür stehen. Das war eindeutig Sheenas Stimme. Eine der anderen Frauen rief ihr etwas zu.

»Chee, warum ist er denn so ungeduldig? Kann er

sein Ding nicht in der Hose lassen, bis sie in eine Seitenstraße abgebogen ist? Sie sollte ihn bestrafen und so lange kreuz und quer über den Parkplatz fahren, bis seinem kleinen Ballon die Luft ausgeht.«

Wieder wieherten alle vor Lachen. Nikki riss die Tür auf.

Sheena saß vorne auf dem Schreibtisch, in der Hand ein aufgeschlagenes Buch, während die anderen Frauen sich um sie scharten. Als sie Nikki sahen, hasteten sie wie aufgescheuchte Hühner zu ihren Plätzen. Sheena wurde vor Schreck kreidebleich. »Entschuldigung«, murmelte sie und sah Nikki kleinlaut an. »Wir haben gesehen, dass du Bücher für uns mitgebracht hast. Ich habe nur eben eine der Geschichten übersetzt…« Mit eingezogenem Kopf rutschte sie vom Schreibtisch und setzte sich zu den anderen Frauen.

»Das ist mein Buch. Das ist privat. Und nicht für euch gedacht«, erklärte Nikki streng, als sie endlich wieder einen Ton herausbrachte. Sie griff in ihre Tasche und zog die Arbeitshefte heraus. »*Die* sind für euch.« Aufgebracht warf sie die Hefte auf den Schreibtisch und stützte den Kopf auf die Hände. Es war totenstill.

»Warum seid ihr denn alle schon so früh hier?«

»Du hast doch selbst gesagt um sieben«, murmelte Arvinder.

»Ich habe gesagt um halb acht, weil das euch allen lieber war«, widersprach Nikki.

Die Frauen schauten Manjeet vorwurfsvoll an.

»Ich weiß noch ganz genau, dass sie letzte Woche sieben Uhr gesagt hat«, verteidigte Manjeet sich. »Ganz genau weiß ich das noch.«

»Nächstes Mal drehst du besser dein Hörgerät auf«, spottete Arvinder.

»Brauche ich nicht«, entgegnete Manjeet. Sie schob das Kopftuch weg von ihrem Ohr, damit jeder im Kurs das Hörgerät sehen konnte. »Da ist sowieso keine Batterie drin.«

»Und warum trägst du ein Hörgerät, wenn du es nicht benutzt?«, fragte Nikki verdutzt.

Manjeet senkte beschämt den Kopf. »Das macht den Witwen-Look perfekt«, erklärte Sheena.

»Ah«, murmelte Nikki. Sie wartete auf eine weitere Erklärung von Manjeet, aber die nickte nur und starrte verlegen auf ihre Hände.

Preetam meldete sich. »Entschuldige, Nikki. Können wir den Kurs wieder auf sieben Uhr vorverlegen?«

Nikki seufzte. »Ich dachte, halb acht passt euch besser wegen der Busfahrzeiten.«

»Das stimmt. Aber wenn wir früher fertig sind, bin ich nicht so spät zuhause.«

»Als ob eine halbe Stunde so einen Unterschied macht«, wendete Sheena ein.

»Für Anya und Kapil macht es einen Unterschied«, entgegnete Preetam. »Und hast du mal an Rajiv und Priyaani gedacht?«

Nikki nahm an, dass es sich um ihre Enkelkinder handelte, aber die anderen Frauen stöhnten entnervt auf. »Die dummen Dinger. Heute ist sie noch schwer verliebt, morgen erzählt sie dem Dienstboten, dass sie jemand anderen heiraten will«, schimpfte Sheena. »Verleg den Kurs nicht, Nikki. Preetam verschwendet nur ihre Zeit mit diesen dämlichen Fernsehserien.«

»Tue ich nicht«, widersprach Preetam.

»Dann verschwendest du Strom«, tadelte Arvinder sie. »Hast du eigentlich eine Ahnung, wie hoch die Stromrechnung letzten Monat war?« Preetam zuckte nur mit den Schultern. »Natürlich nicht«, brummte Arvinder. »Du bist so verschwenderisch, weil du immer alles hattest.«

»Ihr beiden wohnt zusammen?«, fragte Nikki. Jetzt erkannte sie plötzlich auch eine gewisse Ähnlichkeit. Beide Frauen hatten einen hellen Teint, schmale Lippen und strahlend graubraune Augen. »Seid ihr Schwestern?«

»Mutter und Tochter«, erklärte Arvinder und wies von sich auf Preetam. »Siebzehn Jahre Altersunterschied, aber danke, dass du mich für so jung hältst.«

»Oder Preetam für so alt«, zog Sheena sie grinsend auf.

»Habt ihr euer ganzes Leben lang zusammengewohnt?«, wollte Nikki wissen. Sie konnte sich keine Welt vorstellen, in der sie bis ins Rentenalter ihrer Mum mit ihr zusammenwohnte, ohne den Verstand zu verlieren.

»Erst, seit mein Mann gestorben ist«, erklärte Preetam. »Wie lange ist das her – *hai*!«, kreischte sie unvermittelt auf. »Drei Monate.« Mit dem Zipfel ihrer Dupatta tupfte sie sich die Augenwinkel.

»Ach, hör schon auf mit dem Theater«, stöhnte Arvinder genervt. »Drei Jahre ist das jetzt her.«

»Aber es ist alles noch so frisch«, jammerte Preetam. »Ist es wirklich schon so lange her?«

»Das weißt du ganz genau«, sagte Arvinder streng. »Ich weiß wirklich nicht, woher du die Vorstellung hast, Witwen müssten jedes Mal in Tränen ausbrechen und sich auf die Brust schlagen, wenn der Name ihres Mannes fällt. Aber es ist wirklich unnötig.«

»Das hat sie aus ihren Vorabenddramen«, grinste Sheena.

»Siehst du, noch ein guter Grund, nicht so viel fernzusehen«, sagte Arvinder.

»Ich finde das sehr süß«, meinte Manjeet. »Ich wäre auch gerne so traurig. Bist du bei seiner Beerdigung in Ohnmacht gefallen?«

»Zweimal«, erwiderte Preetam stolz. »Und ich habe sie auf Knien angefleht, ihn nicht zu verbrennen.«

»Daran kann ich mich noch gut erinnern«, sagte Sheena. »Du hast ein Riesentheater gemacht, und dann bist du umgekippt, und als du wieder zu dir gekommen bist, hast du noch mal von vorne angefangen.« Sie schaute Nikki an und verdrehte die Augen. »Man muss das machen, weißt du, sonst denken die Leute, man hätte kein Herz.«

»Ich weiß«, gab Nikki zurück. Nach Dads Tod war Tante Geeta mit verschmierten Mascara-Spuren im Gesicht zu ihnen gekommen. Sie wollte gemeinsam mit Mum trauern und wunderte sich, dass Mum, die im Stillen geweint hatte, keine einzige Träne vergoss. Als sie dann auch noch den blubbernden Topf mit Curry auf dem Herd entdeckt hatte, war sie vollends empört gewesen. »Du isst? Als mein Mann gestorben ist, habe ich keinen Bissen heruntergekommen. Mein Sohn musste mich mit Gewalt füttern.« Derart unter Druck gesetzt verzichtete Mum darauf, in ihrer Anwesenheit zu essen und schlang das Curry erst herunter, nachdem Tante Geeta wieder gegangen war.

»Du kannst von Glück sagen, dass du so trauern kannst«, meinte Manjeet. »Frauen wie ich bekommen weder eine Beerdigung noch sonst eine Zeremonie.«

»Ach, Manjeet, das ist doch nicht deine Schuld. Frauen wie du, die gibt es nicht. Es gibt nur Männer wie ihn«, sagte Arvinder sehr bestimmt.

»Ich verstehe nicht ganz ...«, setzte Nikki an.

»Tun wir heute auch noch was Sinnvolles, oder wird das wieder bloß eine Vorstellungsrunde?«, fiel Tarampal ihr spitz ins Wort und musterte Nikki missbilligend.

»Wir haben nur noch eine knappe Stunde Zeit«, sagte Nikki. Rasch verteilte sie die mitgebrachten Bücher. »Und hier habe ich ein paar Übungen zum Alphabet.« Sie reichte Sheena ein Arbeitsblatt zum Briefeschreiben, das sie aus dem Internet ausgedruckt hatte.

Der Rest des Unterrichts verlief schweigend und schwerfällig, während die Frauen hochkonzentriert die Gesichter verzogen. Manche schienen schon nach einigen Aufgaben aufzugeben und legten den Bleistift beiseite. Nikki hätte gerne mehr über die Witwen erfahren, aber Tarampals strenger Blick ließ sie nervös am vorgesehenen Arbeitspensum festhalten. Kaum sprang der Zeiger der Uhr auf halb neun, sagte sie ihnen, der Unterricht sei für heute beendet, und die Frauen gingen leise eine nach der anderen hinaus und legten die Bücher vorne auf den Schreibtisch. Sheena schlich sich an ihr vorbei, den eben geschriebenen Brief fest in der Hand.

Der nächste Kurs fand am Donnerstagabend statt, und die Frauen saßen schon pünktlich auf ihren Plätzen, als Nikki mit der Alphabet-Tafel hereinkam, die sie in einem anderen Sozialkaufhaus gefunden hatte. »A wie Apfel«, sprach sie vor, und alle wiederholten »Apfel«. »B wie Bär.« »C wie Clown.« Beim M angekommen war der Chor schon merklich dünner geworden. Seufzend legte Nikki die Schautafel beiseite.

»Anders kann ich euch das Schreiben nicht beibringen«, seufzte sie. »Wir müssen ganz von vorne anfangen.«

»Meine Enkel lernen mit diesen Büchern und Schautafeln Lesen und Schreiben«, meinte Preetam verschnupft. »Das ist unter meiner Würde.«

»Ich weiß nicht, was ich sonst machen soll«, sagte Nikki kleinlaut.

»Du bist doch unsere Lehrerin – weißt du denn nicht, wie man Erwachsenen Lesen und Schreiben beibringt?«

»Ich habe euch doch schon gesagt, ich dachte, wir schreiben zusammen Geschichten. Nicht so was«, erklärte Nikki. Sie nahm die Tafel und machte weiter mit den Buchstaben, und beim Z wie Zebra angekommen wiederholte der Chor wieder stimmgewaltig ihre Worte. Ein kleiner Hoffnungsschimmer – zumindest gaben sie sich Mühe.

»Also gut. Kommen wir zu ein paar Schreibübungen, damit ihr lernt, Worte zu formen«, erklärte Nikki. Sie blätterte in einem Arbeitsheft und schrieb ein paar Worte daraus an die Tafel. Kaum hatte sie sich abgewendet, hörte sie eindringliches Flüstern, das verstummte, sobald sie sich wieder zu den Frauen umdrehte.

»Am besten lernt man, Wörter zu buchstabieren, indem man sie laut ausspricht. Fangen wir an mit dem Wort ›Katze‹. Wer möchte mir nachsprechen? ›Katze.‹«

Preetams Hand schoss in die Höhe. »Ja, bitte, Bibi Preetam.«

»Was für Geschichten würdest du denn mit uns schreiben wollen?«

Nikki seufzte. »Es ist noch eine ganze Weile hin, bis wir anfangen können, Geschichten zu schreiben, Ladys. Das ist nämlich ziemlich schwierig, wenn man kein Gefühl dafür hat, wie Wörter geschrieben werden und wie die englische Grammatik funktioniert.«

»Aber Sheena kann doch Englisch lesen und schreiben.«

»Und das hat sie bestimmt viel Zeit und Mühe gekostet, stimmt's Sheena? Wann hast du das gelernt?«

»In der Schule«, antwortete Sheena. »Ich war vierzehn, als wir nach Großbritannien gezogen sind.«

»So meinte ich das nicht«, widersprach Preetam. »Ich will damit sagen, wenn wir Sheena unsere Geschichten erzählen, könnte sie sie doch aufschreiben.«

Sheena wirkte von dem Vorschlag sehr angetan. »Könnte ich«, sagte sie nickend zu Nikki.

»Und dann könnten wir uns gegenseitig helfen, die Geschichten noch zu verbessern.«

»Aber wie wollt ihr denn so Schreiben lernen?«, fragte Nikki verzweifelt. »Deswegen habt ihr euch doch zu dem Kurs angemeldet, oder nicht?«

Die Frauen schauten einander an. »Wir haben uns für den Kurs angemeldet, um uns ein wenig die Zeit zu vertreiben«, erklärte Manjeet. »Ob wir nun Schreiben lernen oder Geschichten erzählen, das ist ganz gleich. Wir wollen uns bloß sinnvoll beschäftigen.« Nikki entging nicht, wie traurig sie dabei aussah. Als Manjeet bemerkte, wie Nikki sie anschaute, setzte sie rasch ein Lächeln auf und senkte den Blick.

»Ich würde auch lieber Geschichten erzählen«, erklärte Arvinder. »Ich bin so lange zurechtgekommen, ohne Schreiben und Lesen zu können; wozu soll ich es jetzt noch lernen?«

Zustimmendes Gemurmel wurde laut. Nikki war hin- und hergerissen. Wenn Schreiben und Lesen lernen den Frauen so anstrengend erschien, dass ihnen die Lust verging, sollte sie ihre Schülerinnen doch eigentlich anspornen, sich nicht gleich entmutigen zu lassen. Aber Geschichtenerzählen machte einfach viel mehr Spaß.

Von hinten rief Tarampal dazwischen: »Ich finde das nicht gut. Ich bin hier, weil ich Schreiben lernen will.« Entschieden verschränkte sie die Arme vor der Brust.

»Dann kritzle doch brav weiter in deine ABC-Malbücher«, brummte Arvinder. Nur Nikki konnte sie hören.

»Ich mache euch einen Vorschlag«, meinte Nikki.

»Wir können jede Stunde ein paar Lese- und Schreibübungen machen, und wenn ihr dann noch Geschichten erzählen wollt, können Sheena und ich eure Geschichten aufschreiben und später im Kurs vorlesen. Jede Stunde eine neue Geschichte.«

»Fangen wir gleich heute damit an?«, fragte Preetam.

Nikki warf einen Blick auf die Uhr. »Zuerst gehen wir die Vokale durch, und ja, dann können wir ein, zwei Geschichten aufschreiben.«

Einige der Frauen kannten A E I O U schon, während Tarampal arg damit zu kämpfen hatte. Die anderen brummten unwillig, weil sie die ganze Klasse aufhielt, als Nikki sie reihum einzeln abfragte. »A und E klingen doch genau gleich«, meinte Tarampal beharrlich. Nikki bat Sheena, mit den anderen hinten im Kursraum die erste Geschichte aufzuschreiben, während sie vorne mit Tarampal weiterübte.

»Englisch ist eine blöde Sprache«, murmelte Tarampal. »Das ergibt doch alles überhaupt keinen Sinn.«

»Du bist frustriert, weil das alles so neu ist. Mit der Zeit wird es leichter«, versicherte Nikki ihr.

»Neu? Ich lebe seit über zwanzig Jahren in London.«

Das war ein kleiner Schock für Nikki. Es wollte ihr nicht in den Kopf, wie wenig die Frauen wussten, obwohl sie schon länger hier lebten, als sie selbst auf der Welt war. Tarampal sah ihr Gesicht und nickte. »Sag du mir, warum habe ich nicht längst Englisch gelernt? Wegen der Engländer«, sagte sie auftrumpfend. »Weder das Land noch die Sitten sind für Menschen wie mich besonders einladend. Und diese Sprache mit den ganzen Aahs und Oohs ist genauso abweisend wie die Leute.«

Von hinten hörte man Kichern und Quietschen. Sheena saß über ein Blatt gebeugt und schrieb hastig mit, was Arvinder ihr ins Ohr flüsterte. Nikki wendete sich wieder Tarampal zu und sagte ihr langsam und deutlich verschiedene Wörter mit den beiden Vokalen vor, bis Tarampal schließlich widerstrebend zugeben musste, einen winzig kleinen Unterschied heraushören zu können. Als sie schließlich fertig waren, war die Zeit um, aber die Frauen drängten sich immer noch um Sheenas Tisch und flüsterten aufgeregt durcheinander. Sheena schrieb unverdrossen weiter und hielt nur hin und wieder inne, um das richtige Wort zu suchen oder kurz das schmerzende Handgelenk auszuschütteln. Es war neun Uhr.

»Schluss für heute«, rief Nikki nach hinten. Die Frauen schienen sie gar nicht zu hören. Sie plapperten munter weiter, und Sheena schrieb brav alles mit. Tarampal ging zu ihrem Platz und holte ihre Sachen. Die Frauen bedachte sie mit einem verächtlichen Blick und murmelte Nikki dann ein halbherziges »Bye« zu.

Nikki schöpfte neue Hoffnung, weil die Frauen plötzlich so konzentriert bei der Sache waren. Auf diese Weise würden sie zwar weder Schreiben noch Lesen lernen, aber sie hatten offensichtlich sehr viel mehr Lust, Geschichten zu erzählen. Sie ging nach hinten, doch kaum sahen die Frauen sie näher kommen, verstummten sie. Sie hatten hochrote Gesichter, und manche mussten sich ein Grinsen verkneifen. Sheena schaute auf.

»Das soll eine Überraschung werden, Nikki«, erklärte sie. »Und außerdem sind wir noch lange nicht fertig.«

»Zeit, für heute Schluss zu machen«, sagte Nikki. »Sonst verpasst ihr den Bus.«

Widerwillig standen die Frauen auf und packten ihre Sachen zusammen. Dann gingen sie wispernd nach draußen, während Nikki im leeren Kursraum Tische und Stühle wieder an ihren Platz schob, genau wie Kulwinder es ihr gesagt hatte.

Das Licht im Klassenzimmer des Gemeindezentrums brannte noch. Kulwinder sah das beleuchtete Fenster, als sie den Tempel verließ. Sie ging etwas langsamer und überlegte, was tun. Nachlässig, wie sie war, hatte Nikki das Licht bestimmt brennen lassen, und wenn Kulwinder nicht hochging und es ausknipste, könnte Gurtaj Singh nachher sagen, in den Kursen für Frauen würde unnötig Strom verschwendet. Aber es war zu gefährlich, allein in das dunkle, menschenleere Gebäude zu gehen. Sobald sie im Dunkeln alleine war, musste sie immer an den Anruf von neulich Abend denken. Sie hatte zuvor schon zwei Warnungen erhalten – einen Anruf, nur Stunden nachdem sie zum ersten Mal bei der Polizei gewesen war, und noch einen nach ihrem letzten Besuch auf der Wache. Beide Male war die Polizei ihr keine große Hilfe gewesen, aber der Anrufer hatte trotzdem geglaubt, sie einschüchtern zu müssen.

Sie beschloss, das mit dem Licht zu vergessen. Entschlossen marschierte sie zur Bushaltestelle, wo die Frauen aus dem Schreibkurs dicht gedrängt zusammenstanden. Kulwinder zählte rasch durch. Da war Arvinder Kaur – so groß, dass sie sich wie eine Giraffe zu den anderen hinunterbeugen musste, um ihnen zuzuhören. Ihre Tochter Preetam zupfte unablässig ihre weiße Dupatta zurecht. Wie eingebildet und eitel sie war im Vergleich zu ihrer Mutter. Am Rand des Grüppchens stand Manjeet Kaur, eifrig nickend und lächelnd. Sheena Kaur war nicht zu sehen, sie war sicher längst mit ihrem kleinen roten Auto nach Hause geflitzt. Tarampal Kaur hatte sich auch angemeldet, stand aber nicht bei den anderen. Kulwinder war das nur recht.

Die Frauen sahen Kulwinder kommen und lächelten ihr kurz zu. Vielleicht konnten sie ihr erklären, warum das Licht im Kursraum noch brannte. Ob Nikki womöglich einen Liebhaber dorthin bestellt hatte? Es wäre ja nicht das erste Mal, dass die jungen Leute hier in der

Gegend leerstehende Räumlichkeiten für ihre abstoßenden Spielchen nutzten. Wobei das Licht dann eigentlich gelöscht sein müsste. Aber wer wusste schon, was die heutige Jugend so alles Abartiges trieb.

»*Sat sri akal*«, sagte sie und faltete die Hände. Die Frauen erwiderten die Geste. »*Sat sri akal*«, murmelten sie im Chor. Im schwachen Schein der Straßenlaterne wirkten sie irgendwie schuldbewusst; wie Kinder, die man auf frischer Tat ertappt hatte.

»Wie geht es euch?«

»Sehr gut, danke«, sagte Preetam Kaur.

»Macht euch der Schreibkurs Spaß?«

»Ja.« Es klang wie einstudiert. Kulwinder beäugte sie misstrauisch.

»Lernt ihr auch fleißig?«

Vielsagend schauten die Frauen sich an, nur ganz kurz, dann antwortete Arvinder: »O ja. Heute waren wir besonders fleißig.«

Die Frauen strahlten sie an. Kurz überlegte Kulwinder, noch weiter nachzufragen. Sie vielleicht daran zu erinnern, dass sie diesen Kurs allein ihrer klugen Eigeninitiative zu verdanken hatten. *Ich tue alles für dich*, hatte sie immer zu Maya gesagt, manchmal stolz, manchmal frustriert. Die Frauen schienen es nicht abwarten zu können, ihr unterbrochenes Gespräch fortzusetzen. Kulwinder musste daran denken, wie Maya und ihre Freundinnen immer die Köpfe zusammengesteckt und getuschelt hatten, das Geflüster immer wieder unterbrochen von albernem Gekicher. »Worüber habt ihr denn so gelacht?«, hatte Kulwinder sie später gefragt, wohl wissend, dass Maya dann wieder loskichern musste, und sie, Kulwinder, nicht anders konnte als mitzulachen. Bei der Erinnerung daran hatte sie plötzlich Stiche in der Brust. Was würde sie dafür geben, ihre Tochter noch einmal lächeln zu sehen. Sie verabschiedete sich von den Frauen und ging weiter. Sie war nie mit ihnen befreundet gewesen. Die Trauer verband sie mit Kulwinder, aber ein Kind zu verlieren war etwas ganz anderes als den Ehemann. Niemand wusste, wie weh es tat, tagtäglich all die Wut, die Schuldgefühle und die unendliche Traurigkeit mit sich herumzutragen. Niemand wusste das, nur sie.

Auf der Hauptstraße gab es einige zwielichtige Ecken, wo sich hinter dichten Hecken und parkenden Autos leicht ein Unhold verstecken konnte. Sie griff nach dem Handy, um Sarab zu bitten, sie abzuholen, aber jetzt stehen zu bleiben erschien ihr zu riskant, also marschierte sie weiter, den Blick fest auf die Queen Mary Road geheftet, und das Herz schlug ihr bis zum Hals. Nach dem Anruf gestern Abend hatte sie kerzengerade im Bett gesessen und auf jedes noch so leise Knarzen und Rumoren im Haus gelauscht. Irgendwann war sie schließlich eingenickt, aber als sie heute Morgen wie zerschlagen und ganz allein aufgewacht war, war sie aus unerfindlichen Gründen rasend gewesen vor Wut. Diesmal auf Maya, dass sie ihr das alles angetan hatte.

Gelächter sprühte wie Feuerwerk durch die kühle Luft. Kulwinder wirbelte auf dem Absatz herum. Schon wieder diese Frauen. Manjeet winkte ihr zu, aber Kulwinder tat, als hätte sie es nicht gesehen. Sie reckte den Hals, als suchte sie etwas in einem der Fenster des Gemeindegebäudes. Der Lichtschein in der Fensterscheibe sah fast wie Flammenflackern aus. Sie kehrte dem Gebäude den Rücken und ging so hastig weiter, dass sie fast schon rannte.

Fünftes Kapitel

Um die Ecke vom Parkplatz hatte Nikki ein verstecktes Plätzchen entdeckt, wo sie vor Kursbeginn heimlich eine Zigarette rauchen konnte. Von hier aus war der Tempel nicht zu sehen. Sie klopfte eine Zigarette aus der Schachtel und zündete sie an. Ihre Schicht bei O'Reilly's gestern Abend war ihr länger vorgekommen als sonst, und sie hatte sich dabei erwischt, wie sie sich schon auf den Unterricht heute Abend freute.

Nikki trat die Zigarette aus und ging dann ins Gemeindezentrum, wo sie im Treppenhaus beinahe mit Kulwinder zusammenstieß.

»Ach, hallo«, stammelte sie verdattert.

Kulwinder rümpfte die Nase. »Sie haben geraucht. Das rieche ich meilenweit gegen den Wind.«

»Ich stand eben neben ein paar Rauchern, und ...«

»So fadenscheinige Entschuldigungen ziehen vielleicht bei Ihrer Mutter, aber mir können Sie nichts vormachen.«

»Ich glaube nicht, dass es Sie etwas angeht, ob ich rauche oder nicht«, gab Nikki zu ihrer Verteidigung zurück und straffte die Schultern.

Ihr wurde ganz heiß unter Kulwinders durchdringendem Blick. »Das Verhalten meiner Kursleiter geht mich sehr wohl etwas an. Sie sollen die Frauen anleiten. Und ich weiß wirklich nicht, wie sie irgendwelche Anweisungen respektieren sollen, die aus dem Mund eines Rauchers kommen.«

»Ich tue im Klassenzimmer alles, was von mir erwartet wird«, erklärte Nikki bestimmt. Und nahm sich vor, die Zeit fürs Geschichtenerzählen zusammenzukürzen und lieber ein bisschen mehr Grammatik zu pauken, nur für den Fall, dass Kulwinder unangekündigte Stichproben machen sollte.

»Das wollen wir doch hoffen«, entgegnete Kulwinder steif. Nikki drückte sich peinlich berührt in dem engen Treppenhaus an ihr vorbei. Oben angekommen stellte sie fest, dass alle Frauen pünktlich erschienen waren. Tarampal hatte sich einen Platz mit merklichem Abstand zu den anderen Frauen ausgesucht. »Nikki!«, rief Sheena. »Ich habe eine Geschichte geschrieben. Eine Gemeinschaftsarbeit von uns allen.«

»Prima«, sagte Nikki.

»Kannst du sie dem ganzen Kurs laut vorlesen?«, fragte Preetam.

»Ich finde, Nikki sollte sie vorlesen«, erwiderte Sheena.

»Sofort«, meinte Nikki. »Ich gebe Bibi Tarampal noch eben eine Übungsaufgabe.«

»Nur keine Umstände«, murrte Tarampal verschnupft. »Ich arbeite einfach weiter an meinem A-B-C-Buch.«

»Wozu?«, fragte Arvinder. »Komm schon, sei nicht so eine Spielverderberin.«

»Bald kann ich lesen und schreiben, und ihr seid immer noch Analphabeten«, gab Tarampal spitz zurück.

Nikki schob einen Stuhl neben Tarampal und suchte

nach der Seite mit den Übungen zur Verbindung von Vokalen und Konsonanten. Darauf waren Bilder, die für einfache Wörter mit drei Buchstaben standen. WEG. ZUG. RAD. »Die Buchstaben kenne ich noch nicht alle«, meckerte Tarampal. »Die hast du mir noch nicht beigebracht.«

»Fang mit denen an, die du schon kennst«, erwiderte Nikki sanft, aber bestimmt. »Die anderen machen wir dann später zusammen.«

Nikki merkte genau, dass die anderen Frauen sie nicht aus den Augen ließen, als sie anfing, ihre Geschichte vorzulesen. Ihr Punjabi war eingerosteter als gedacht und Sheenas Handschrift ganz anders als die klare, gut leserliche Druckschrift in den Büchern, aus denen sie gelernt hatte. »Ich weiß nicht, ob ich das lesen kann, Sheena«, sagte Nikki kleinlaut und stierte mit zusammengekniffenen Augen angestrengt auf das Blatt.

Sheena sprang auf. »Dann mache ich's«, rief sie und nahm Nikki die Blätter aus der Hand. Die anderen Frauen setzten sich kerzengerade auf, und ihre Gesichter strahlten vor Erwartung. Plötzlich beschlich Nikki das ungute Gefühl, die Frauen könnten ihr womöglich einen Streich spielen wollen.

Sheena fing an zu lesen. »Dies ist die Geschichte von einem Mann und einer Frau, die zusammen im Auto fahren. Der Mann war groß und gutaussehend, und die Frau war seine Ehefrau. Sie hatten keine Kinder und viel Zeit.« Sheena legte eine Kunstpause ein und warf Nikki einen vielsagenden Blick zu, dann las sie weiter.

»Eines Tages fuhren sie eine einsame Straße entlang, als ihnen das Benzin ausging. Draußen war es dunkel, und sie hatten Angst. Außerdem war es kalt, also hielt der Mann an und umarmte die Frau, damit sie aufhörte zu zittern. Dabei tat sie eigentlich nur, als zitterte sie. Sie wollte bloß den Körper ihres Mannes ganz nahe spüren. Obwohl sie ihn schon so oft gespürt hatte, wollte sie in dem dunklen Auto bei ihm sein.

Er kam sich vor wie ein Held, weil er seine Frau beschützte. Seine Hände glitten über ihren Rücken nach unten zu ihrem Po und packten zu. Sie drückte sich an ihn und gab ihm einen Kuss. Ihre Hände wanderten nach unten...«

»Das reicht«, unterbrach Nikki sie. Sie nahm Sheena die Geschichte aus der Hand und sagte ihr, sie solle sich wieder setzen. Sämtliche Frauen im Kurs kicherten, bis auf Tarampal, die die Nase tief in ihr Buch vergraben hatte. Nikki überflog die Seite. An einer Szene blieb ihr Blick hängen: *Sein pochendes Organ ähnelte in Farbe und Größe einer Aubergine, und als sie es mit beiden Händen umfasste und an ihren Mund führte, erregte ihn das so sehr, dass ihm die Knie zitterten.* Nikki schnappte nach Luft und ließ den Blätterstapel auf ihren Schreibtisch fallen.

Die Frauen lachten inzwischen aus vollem Halse, und ihre Stimmen hallten durch den Korridor, bis hinunter zu Kulwinders Büro, die sich irritiert nach dem Lärm umschaute. Aber gleich darauf wurde es auch schon wieder still.

»Was ist denn?«, fragte Sheena.

»Solche Geschichten habe ich nicht gemeint«, stotterte Nikki.

»Wieso wundert dich das so? Wo du doch selbst solche Geschichten liest?«, wandte Manjeet ein. »Schließlich hast du uns sogar ein Buch davon mitgebracht.«

»Das Buch habe ich für meine Schwester gekauft. Es sollte ein Witz sein!« Wobei *Roter Samt* inzwischen nicht mehr in der Einkauftstüte des Sozialkaufhauses lag, sondern auf Nikkis Nachttisch, wo es auch erst mal bleiben würde.

»Den Witz verstehe ich nicht. Solltest du ihr denn ein anderes Buch kaufen?«, rätselte Preetam.

»Sie ist ein bisschen reserviert«, erklärte Nikki. »Ich dachte, die Geschichten könnten sie dazu bringen, ein bisschen lockerer zu werden, mehr nicht.« Grinsten die Witwen etwa spöttisch? Fast als wollten sie Nikki herausfordern. Sie räusperte sich. »Ich glaube, fürs Erste reicht es mit Geschichten.«

Die Frauen stöhnten, als Nikki die Alphabet-Karte wieder hervorholte. »Heute befassen wir uns mit den Konsonanten.«

»Ach, nicht schon wieder dieses blöde Ding«, brummte Arvinder. »A wie Apfel, B wie Bär? Behandele uns nicht wie Kleinkinder, Nikki.«

»Genau genommen ist ›A‹ ein Vokal. Weißt du noch? Kennst du noch andere Vokale?«

Arvinder verzog das Gesicht und sagte keinen Ton. Auch die anderen Witwen guckten nur stur geradeaus.

»Kommt schon, Ladys. Das ist wichtig.«

»Letztes Mal hast du versprochen, wir dürfen im Kurs Geschichten erzählen«, protestierte Preetam.

»Genau. Das hätte ich nicht sagen sollen. Tatsache ist, ich bin hier, um euch allen Lesen und Schreiben beizubringen. Das habe ich versprochen. Und versprochen ist versprochen.« Wieder ging ihr Blick zu dem Papierstapel. Wenn Kulwinder von dieser Geschichte erfuhr, würde sie Nikki bestimmt beschuldigen, einen schlechten Einfluss auf die Frauen auszuüben.

»Was hast du denn gegen Sheenas Geschichte?«, wollte Preetam wissen. »Ich dachte, ihr modernen Frauen seid stolz darauf, so freizügig und weltoffen zu sein.«

»Sie gefällt ihr nicht, weil sie genauso ist wie alle anderen auch«, knurrte Arvinder. »Alle sagen immer: ›Ach, beachtet sie nicht weiter, diese Witwen. Ohne Ehemann haben sie sowieso nichts zu sagen.‹«

»Das denke ich überhaupt nicht«, widersprach Nikki vehement, obwohl Arvinder mit ihrer Vermutung gar nicht so falsch lag. Tatsächlich hatte sie gedacht, dass diese Witwen sehr viel leichter zu beeindrucken wären.

»In Indien sind wir unsichtbar«, sagte Arvinder. »Und anscheinend ist es in England auch nicht anders. Du denkst bestimmt, wir sollten nicht über solche Sachen reden, weil wir gar nicht daran denken sollten.«

»Ich sage ja nicht, dass es falsch war, so eine Geschichte aufzuschreiben. Ich habe bloß nicht damit gerechnet.«

»Und warum nicht?«, fragte Sheena provokativ. »Weil unsere Männer tot sind? Eins kann ich dir sagen, Nikki, wenn sich einer auskennt mit Sehnsucht und Verlangen, dann wir.«

»Und wir reden auch ständig darüber«, pflichtete Manjeet ihr bei. »Die Leute schauen uns an und denken sich, wir vertreiben uns die einsamen Abende mit Klatsch und Tratsch, aber wie viel Getratsche kann ein Mensch ertragen? Es ist viel lustiger, über die Dinge zu reden, die uns fehlen.«

»Oder die wir nie hatten«, bemerkte Arvinder trocken.

Beifälliges Gelächter im Kursraum. Diesmal unterbrach der Lärm Kulwinders Konzentration, als sie gerade dabei war, eine Reihe in ihrem Sudoku zu lösen.

»Bitte, seid ein bisschen leiser«, bat Nikki die Frauen.

»Komm schon, Nikki«, drängte Preetam. »Ist doch alles halb so wild. Mir geht schon eine neue Geschichte durch den Kopf. Ein sehr viel spannenderes Serienfinale zu meiner Lieblings-Soap.«

»Kommen Kapil und Anya endlich zusammen?«, fragte Manjeet.

»Und wie!«, rief Preetam.

»Wenn ich nachts im Bett liege und nicht schlafen kann, erzähle ich mir selbst Geschichten von Männern und Frauen«, sagte Manjeet. »Besser als Schäfchenzählen oder Rescue-Tropfen. Hilft mir zu entspannen.«

»Ganz bestimmt«, meinte Sheena mit hochgezogenen Augenbrauen. Die Frauen mussten wieder lachen.

»Bestimmt kennt sogar Tarampal solche Geschichten«, neckte Arvinder.

»Lass mich da raus«, knurrte Tarampal unwillig.

Unvermittelt wurde die Tür zum Kursraum aufgerissen, und Kulwinder Kaur stand mit verschränkten Armen im Türrahmen. »Was geht hier vor sich?«, verlangte sie streng zu wissen. »Man hört den Tumult ja bis in mein Büro.«

Vor Schreck verstummten die Frauen, bis Preetam

Kaur schließlich verlegen stammelte: »Entschuldigung. Wir mussten alle lachen, weil ich ein Wort nicht richtig aussprechen konnte.«

»Ja«, pflichtete Arvinder ihr bei. »Nikki hat uns ein Wort auf Englisch vorgesagt, das ›Aubergine‹ heißt, aber wir konnten es nicht aussprechen.« Wieder kicherten die Frauen. Nikki nickte nur und lächelte Kulwinder zu, als wollte sie sagen: »Was will man da machen?« Unauffällig legte sie eine Hand auf den Papierstapel mit der Geschichte.

Zum Glück saß Tarampal gleich neben der Tür. Ihr Arbeitsheft lag aufgeschlagen auf dem Tisch und wirkte sehr seriös. Nikki hoffte bloß, sie würde die anderen nicht verpetzen. Tarampal schien immer noch zutiefst enttäuscht von den anderen Frauen.

»Ich muss Sie kurz draußen vor der Tür sprechen«, sagte Kulwinder zu Nikki.

»Natürlich«, erwiderte Nikki. »Sheena, schreibst du in der Zwischenzeit das Alphabet an die Tafel? Ich frage euch ab, wenn ich wiederkomme.« Sie sah Sheena streng an und folgte Kulwinder dann nach draußen.

Kulwinder nahm Nikki mit eiskalter Miene ins Visier. »Ich habe Sie angestellt, um diesen Frauen etwas beizubringen, nicht um sie wie ein Clown zum Lachen zu bringen«, sagte sie. »Ich weiß ja nicht, was Sie da drinnen veranstalten, aber nach Lernen sieht mir das nicht aus.«

Durch das Fenster sah Nikki, wie die Frauen stur geradeaus zur Tafel schauten, auf die Sheena brav die Buchstaben des Alphabets schrieb. Tarampal saß über ihr Pult gebeugt, den Bleistift fest auf das Papier gedrückt.

Dann guckte sie hoch, um ihr D mit dem von Sheena an der Tafel zu vergleichen. »Wer sagt denn, dass Lernen nicht auch Spaß machen kann?«, fragte Nikki.

»Diese Arbeit verlangt ein Mindestmaß an Respekt und Professionalität. Mangelnden Respekt haben Sie schon allein dadurch gezeigt, dass Sie auf dem Tempelgelände rauchen. Und was Ihre Professionalität angeht, kommen mir auch immer mehr Zweifel.«

»Ich mache meine Arbeit sehr gut«, widersprach Nikki. »Ich tue alles, was Sie von mir verlangt haben.«

»Wenn dem so wäre, wieso muss ich Sie dann ermahnen, nicht so laut zu sein? Ihnen ist doch wohl klar, dass jedes Fehlverhalten dazu führen kann, dass die Kurse gestrichen werden, oder? Wir haben ohnehin zu wenig Teilnehmerinnen.«

»Hören Sie, Kulwinder, ich verstehe ja, dass Sie ein großes Interesse am reibungslosen Ablauf der Kurse haben. Aber mir war nicht klar, dass ich dabei unter ständiger Beobachtung stehen werde. Die Frauen lernen ganz sicher etwas. Aber Sie müssen mich machen lassen und dürfen mich nicht ständig gängeln.«

Kulwinders Gesicht verfinsterte sich, als zögen dicke schwarze Sturmwolken auf. Ihre Lippen verzogen sich zu einem bedrohlich schmalen Strich. »Ich glaube, Sie vergessen dabei etwas sehr Wichtiges«, sagte sie, und ihre Stimme wurde dabei sehr ruhig und leise. »Ich bin Ihre Vorgesetzte. Ich habe Sie eingestellt. Sie sollten mir dankbar sein, dass ich Sie genommen habe, obwohl Sie keine weiteren Qualifikationen vorzuweisen haben als Kenntnisse im Getränkeausschank. Sie sollten mir dankbar sein, dass ich Sie ermahne, das Wesentliche nicht aus den Augen zu verlieren. Sie sollten mir dankbar sein, dass ich es bei einer freundlichen Ermahnung belasse. Ich bin nicht hier, um mit Ihnen zu diskutieren. Ich bin hier, um Sie daran zu *erinnern*, dass Sie eine gewisse *Verantwortung* tragen, was Sie anscheinend vergessen haben. Ist das klar?«

Niki schluckte schwer. »Ist klar.« Kulwinder schaute sie erwartungsvoll an. »Und danke«, flüsterte Nikki kleinlaut. Vor Scham brannten ihr Tränen in den Augen.

Sie wartete noch einen Moment, dann ging sie wieder in den Kursraum. Die Frauen schauten sie mit großen Augen an. Selbst Tarampal guckte von ihrem Buch hoch.

»Wir müssen uns wieder an die Arbeit machen«, sagte Nikki heftig blinzelnd.

Zum Glück gab es keine Diskussionen. Arvinder, Preetam und Manjeet bekamen eine Übung zu Konsonanten. Sheena schrieb einen Debattenbeitrag. Während die Frauen arbeiteten, spielte sich die erniedrigende Szene immer wieder vor Nikkis innerem Auge ab. Sie sagte sich, dass Kulwinder vermutlich jeden so zur Schnecke machte. Aber ihre harschen Worte hatten einen wunden Punkt getroffen. *Keine weiteren Qualifikationen vorzuweisen als Kenntnisse im Getränkeausschank.* Dabei hatte Nikki alles versucht, um die Frauen davon zu überzeugen, wie wichtig es war, lesen und schreiben zu können. Aber erkannte Kulwinder an, welche Mühe sie sich gab? Nein, ganz gleich, was sie auch machte, es war alles falsch.

Die Zeit verging wie im Flug, während Nikki ihren trüben Gedanken nachhing. Nicht mal ein Streit mit ihrer Mutter hatte jemals solch ein Gefühl vollkommener Hilflosigkeit in ihr hervorgerufen. Wenn Kulwinder schon als Vorgesetzte so war, kaum vorzustellen, wie sie als Mutter einer aufbegehrenden Tochter gewesen sein musste. Nikki schaute auf die Uhr.

»Seid ihr alle fertig?«, fragte sie.

Die Frauen nickten. Nikki sammelte die Konsonanten-Übungsblätter ein. Bei Arvinder sahen die Hs aus wie die Ms, aber sie hatte bis zum Z durchgehalten, das über die Hilfslinien zuckte wie ein gezackter Blitz. Preetams Schrift war klarer und bedachter, aber sie war nur bis zum J gekommen, bevor die Zeit um gewesen war. Manjeet hatte die Konsonanten gänzlich ignoriert und stattdessen nur A E I O U oben auf das Blatt geschrieben, als wollte sie das bisher Gelernte wiederholen.

Was blieb ihr anderes übrig, als weitere Aufgabenblätter an die Frauen auszuteilen, weitere Übungen mit ihnen zu machen. Dieses lieblos hingekritzelte Alphabet war genauso öde und einfallslos wie alles andere, mit denen die Witwen sich sonst die Zeit vertrieben. Wenn sie so weitermachte, würden die Frauen sicher bald nicht mehr herkommen. Nikki spürte bereits ihre zunehmende Unruhe. Während sie die Übungsblätter überflog, tobte in ihrem Kopf ein erbitterter Kampf. Sie war angestellt worden, um Englischunterricht zu geben, das schon. Aber hatte sie die Stelle nicht eigentlich angetreten in der Hoffnung, mit ihrer Arbeit Frauen zu ermächtigen? Wenn die Witwen erotische Geschichten erzählen wollten, wer war sie dann, es ihnen zu verbieten?

»Ihr wart heute alle sehr fleißig«, lobte Nikki. »Eure Arbeitsblätter sehen wirklich gut aus.« Sie gab den

Frauen die Übungsbögen zurück. Dann lächelte sie. »Aber ich glaube, eure Geschichten wären besser.«

Die Frauen schauten einander an und grinsten breit. Nur Tarampal verzog das Gesicht und verschränkte die Arme vor der Brust. »Ich verspreche, ich übe weiter mit dir lesen und schreiben«, sagte Nikki zu ihr. »Aber die anderen dürfen gerne ihre Geschichten mitbringen. Wir müssen nur von jetzt ab etwas leiser sein.«

»Bis Dienstag«, rief Sheena auf dem Weg nach draußen.

»Ja, bis dann«, sagte Nikki. »Ach, und wenn ihr Bibi Kulwinder seht, denkt bitte daran, danke zu sagen.« *Und du kannst mich mal*, dachte sie bei sich.

Am folgenden Dienstag nahm sich Nikki vor Kursbeginn noch ausreichend Zeit für ihre Geruchsneutralisierungsprozedur, die sie als Teenager perfektioniert hatte. Ehe sie sich die Zigarette anzündete, band sie die Haare zum Pferdeschwanz zusammen und zog die Jacke aus, damit sie keinen Rauch abbekam. Als sie fertig war mit Rauchen, folgte ein extra starkes Pfefferminz für frischen Atem und ein Sprühstoß von einem besonders intensiven Parfum.

Nikki war gerade dabei, sich mit dem schweren Duft einzunebeln, als sie aus dem Augenwinkel ein Gesicht sah, das unvermittelt auftauchte und wieder verschwand. »'tschuldigung«, sagte der Mann, zu dem besagtes Gesicht gehörte. Sie erhaschte nur einen flüchtigen Blick auf ihn, bemerkte aber trotzdem, dass er ganz süß war. Kurz darauf trat sie aus ihrem Versteck und sah ihn an der Wand lehnen.

»Jetzt ist frei«, sagte sie.

»Danke«, erwiderte er, »ich muss nur kurz telefonieren.«

»Klar«, sagte Nikki. »Musste ich auch.«

»Nein, du hast eindeutig geraucht. Rauchen ist ungesund«, meinte er, während er sich eine Zigarette ansteckte. »Du solltest das lieber lassen.«

»Du aber auch.«

»Stimmt«, sagte er. »Bilde ich mir das nur ein, oder schmecken Zigaretten noch besser, wenn man sie heimlich raucht?«

»Viel besser«, pflichtete Nikki ihm bei. Als Teenager hatte sie immer im Park hinter dem Haus geraucht, und jedes Mal hatte es ihr einen Kick gegeben, wenn sie die Silhouette ihrer Mum oder ihres Dad am Fenster auftauchen sah. »Vor allem mit den eigenen Eltern in Sichtweite.«

»Und, schon mal dabei erwischt worden?«

»Nein. Du?«

»O ja. Es war furchtbar.« Nikki schaute ihn an, während er einen tiefen Zug von der Zigarette nahm und wortlos in die Ferne schaute. Sein Versuch, sich geheimnisvoll zu geben, wirkte ein wenig billig, aber zu ihrer eigenen Überraschung gefiel ihr das.

»Ich bin Nikki«, sagte sie.

»Jason.«

Sie zog eine Augenbraue hoch. »Heißen in Amerika so Punjabi-Jungs?«

»Wer sagt denn, dass ich Amerikaner bin?«

»Kanadier?«, fragte Nikki. Man hörte unzweifelhaft einen leichten Akzent.

»Amerikaner«, sagte Jason. »Und Punjabi. Und Sikh natürlich auch, wie man sich unschwer denken kann.« Er wies auf den Tempel. »Und selbst?«

»Britisch und Punjabi und Sikh«, entgegnete Nikki. Es war lange her, dass sie sich selbst mit all diesen Begriffen beschrieben hatte. Sie fragte sich, ob die Witwen sie so sahen, und wenn ja, in welcher Reihenfolge.

»Und wie heißt du wirklich?«, fragte sie Jason.

»Jason Singh Bharma.« Jason sah sie mit zusammengekniffenen Augen an. »Du wirkst erstaunt.«

»Ich dachte, Jason ist nur die amerikanisierte Version eines indischen Namens.«

»Meine Eltern wollten mir einen Namen geben, den auch Amerikaner aussprechen können. Sie waren immer schon sehr fortschrittlich in ihrer Denkweise. Genau wie deine, nehme ich an.«

»O nein«, widersprach Nikki. »Ich verrate bloß niemandem meinen richtigen Namen. Der steht nur auf meiner Geburtsurkunde. So nennt mich niemand.«

»Fängt er mit N an?«

»Du errätst ihn nie.«

»Navinder.«

»Nein.« Nikki bereute bereits ihre kleine Schwindelei. Aber es erschien ihr viel interessanter, als einfach die Wahrheit zu sagen: »Nikki« hatte eigentlich keine richtige Bedeutung, aber ihre Eltern hatten ihn für eine kleine Schwester passend gefunden.

»Najpal.«

»Ehrlich gesagt ...«

»Naginder, Navdeep, Narinder, Neelam, Naushil, Navjhot.«

»Keiner davon«, sagte Nikki. »Sollte ein Witz sein. Ich heiße wirklich Nikki.«

Jason grinste und zog an seiner Zigarette. »Schade um die verpasste Chance. Eigentlich wollte ich sagen, ›wenn ich deinen Namen errate, gibst du mir dann deine Nummer‹?«

Ach herrje, dachte Nikki. Und jetzt auch noch eine plumpe Anmache. »Ich glaube nicht, dass es jemand schafft, Frauen in zwielichtigen Hinterhöfen aufzureißen.«

Jason hielt Nikki seine Zigarettenschachtel hin. »Noch eine?«

»Nein, danke«, erwiderte sie.

»Dann deine Telefonnummer?«

Nikki schüttelte den Kopf. Willkürlich, ohne nachzudenken. Sie kannte diesen Jason Bharma doch gar nicht. Verstohlen musterte sie ihn wieder und bemerkte das kleine Grübchen am Kinn. Er war wirklich *süß*.

»Es geht ums Prinzip«, sagte sie in der Hoffnung, er würde sie noch mal fragen. »Wir sind hier im Tempel.«

»Mist«, brummte Jason. »Sie hat Prinzipien.«

»Mehrere sogar. Am liebsten würde ich ›nicht rauchen‹ auch dazuzählen, aber das ist so verdammt schwer.«

»Beinahe unmöglich«, meinte Jason zustimmend. »Vor ein paar Jahren habe ich versucht, mit dem Rauchen aufzuhören, aber dann habe ich mich doch darauf beschränkt, nur mit dem Trinken aufzuhören. Ich dachte mir, besser ein Laster aufgeben als gar keins.«

»Du trinkst keinen Alkohol?«

»Hab's keine Woche durchgehalten.«

Nikki musste lachen. Dann ergriff sie die Chance.

»Kennst du O'Reilly's Pub in Shepherd's Bush?«

»Nein. Aber sämtliche Pubs auf der Hauptstraße in Southall. Wusstest du, dass man da mit Rupien zahlen kann?«

»Nicht besonders praktisch, wenn man sein Gehalt in Pfund ausgezahlt bekommt.«

»Stimmt. Also, dieses O'Reilly's ...«

»Die nehmen keine Rupien. Ich bin fast jeden Abend da. Zum Arbeiten, nicht, weil ich Alkoholikerin bin.«

Jason grinste übers ganze Gesicht. »Dann bist du diese Woche auch da?«

»Fast jeden Abend«, erwiderte Nikki. Im Weggehen spürte sie seinen Blick im Nacken.

»Nikki«, rief er. Sie drehte sich um. »Ist das die Kurzform von Nicole?«

»Wirklich nur Nikki«, sagte sie. Es gelang ihr, nicht zu lächeln, bis sie außer Sichtweite war. Die Begegnung mit ihm hinterließ ein leichtes Kribbeln auf ihrer Haut, als liefe sie durch leisen Nieselregen.

»Ich habe eine Geschichte von Manjeet für dich«, rief Sheena, kaum dass Nikki in den Kursraum gekommen war. »Die, die sie sich immer zum Einschlafen erzählt.«

»Die ist wirklich gut«, meinte Preetam. »Manjeet hat sie mir neulich auf dem Markt erzählt.«

Manjeet winkte verlegen ab. Sheena reichte Nikki drei eng beschriebene Seiten. »Brautschau«, las Nikki. »*Das große, dunkle Muttermal an Sonyas ... ähm ... Rind*«, las sie und kniff konzentriert die Augen zusammen.

»Sunita«, korrigierte Manjeet sie. »Sunitas Kinn.«

»Entschuldige.« Nikki zeigte auf die Gurmukhi-Buchstaben, als könnte sie sie mit dem Finger entwirren. »*Das große, dunkle Muttermal an Sunitas Kinn sah aus wie ein Leck. Als Katze war sie zerbrechlich...*« Das konnte so nicht stimmen. Hilfesuchend schaute sie die Frauen an.

»*Hai*«, rief Preetam entsetzt. »Was machst du denn mit unserer schönen Geschichte?«

»Ich habe Schwierigkeiten, es zu lesen.«

»Seid nicht so streng mit ihr. Wir können wohl kaum erwarten, dass sie perfekt Gurmukhi lesen kann. Immerhin kommt sie nicht aus Indien«, sagte Sheena zu Nikkis Verteidigung.

»Sprechen kann ich es besser als lesen«, gestand Nikki.

»Deine Punjabi-Grammatik ist total verkehrt«, meinte Preetam naserümpfend. »Neulich hast du H wie Hund gesagt, und dann hast du Hund als das weibliche *kutti* übersetzt statt *kutta*. Das war eine Beleidigung. Und dann hast du es auch noch ständig wiederholt – *kutti, kutti.*«

»Als würdest du uns alle als Hündinnen beschimpfen«, fügte Sheena auf Englisch hinzu.

»Tut mir leid«, murmelte Nikki kleinlaut. »Sheena, kannst du deine Schrift entziffern?«

Sheena warf einen Blick auf das Blatt und zuckte die Achseln. »Es musste schnell gehen.«

Zögernd hob Manjeet die Hand. »Ich glaube, ich kann sie auch auswendig. Ich habe sie mir schon so oft selbst erzählt.«

»Na dann los«, sagte Nikki.

Manjeet holte tief Luft und straffte die Schultern.

Brautschau

Das große, dunkle Muttermal an Sunitas Kinn sah aus wie ein Fleck. Als Kind brachte man sie zum Wahrsager in ihrem Dorf, der voraussagte, das Mal werde ihr zur Last werden. »Ein großes Muttermal ist wie ein drittes Auge«, hatte der Hellseher erklärt. »Sie wird eine blühende Fantasie haben und viel zu kritisch sein.«

Und der Wahrsager sollte Recht behalten. Sunita träumte oft in den Tag hinein und hatte zu allem und jedem eine Meinung. Als Sunita ins heiratsfähige Alter kam, dachte ihre Mutter Dalpreet, sie könnte die Chancen ihrer Tochter auf einen Ehemann erhöhen, indem sie sie selbst zwischen zwei potenziellen Heiratskandidaten wählen ließ. Die Familie des ersten Anwärters, die Dhaliwals, sollten Sunita am Dienstag kennenlernen. Die zweite Familie, die Randhawas, am Mittwoch. In allerletzter Minute meldeten sich die Dhaliwals, ihr Zug habe Verspätung, und sie könnten erst am Mittwoch da sein. Sunitas Mutter brach der Angstschweiß aus. Sie konnte ihnen schlecht absagen. Und genauso unhöflich wäre es, die andere Familie auf einen anderen Termin zu vertrösten.

Sunita erfuhr von dem Dilemma, als sie hörte, wie ihre Mutter einer vertrauenswürdigen Nachbarin ihr Herz ausschüttete. »Wäre meine Tochter ansehnlicher, könnte ich ganz anders verhandeln. Aber Sunita mit ihrem hässlichen Muttermal ist nun mal keine gute Partie. Die beiden Familien dürfen nichts voneinander erfahren. Ich muss sie irgendwie beide bewirten, ohne dass sie es mitbekommen. Mir bleibt nichts anderes übrig.«

Die Worte ihrer Mutter schmerzten zwar, aber Sunita wusste, dass sie Recht hatte. Das Muttermal war wirklich hässlich. Es hatte sie zur Zielscheibe des Spottes in der Schule gemacht und mögliche Heiratskandidaten von ihrem ansonsten sehr ansprechenden Äußeren abgelenkt. Sunita gab ihr gesamtes Taschengeld für teure Bleichcremes aus, die das Muttermal verblassen lassen sollten. Aber es nützte alles nichts. Ihre einzige Hoffnung war es, einen Mann zu heiraten, der über genügend Geld verfügte, um es operativ entfernen zu lassen. Darum war Sunita auch sehr erpicht darauf, mehrere heiratswillige Junggesellen kennenzulernen. Aber statt resigniert ihr Schicksal in die Hände ihrer Familie zu legen, suchte sie selbst nach einer Lösung.

»Mutter«, sagte sie. »Wir bewirten einfach beide Familien gleichzeitig, aber getrennt voneinander. Die Rhandhawas können im Wohnzimmer sitzen, und die Dhaliwals in der Küche. Während du dich um die einen kümmerst, schenke ich den anderen den Tee ein. Und umgekehrt.«

Ein hanebüchener Plan, aber er könnte aufgehen. Sie besaßen ein großes Haus mit genügend Platz. Am Küchentisch konnten genauso viele Gäste sitzen wie im Wohnzimmer. Dalpreet stimmte schließlich zu, weil ihr nichts Besseres einfiel. Sie war zunehmend verzweifelt, ihre Tochter endlich unter die Haube zu bringen. Es hieß, ein Mädchen ohne Mann sei wie ein Pfeil ohne Bogen. Dalpreet fand, da sei etwas Wahres dran. Wobei ein Mann ohne Frau ein noch größeres Problem war. Man schaue sich nur ihren Nachbarn an. Seine Haare wurden langsam grau, und er *war noch immer nicht verheiratet. Manche nannten ihn den Professor, weil er ständig Bücher las, aber Sunitas Mutter hielt ihn für einen Verrückten. Eines Nachmittags, als Sunita gerade die Wäsche auf die Leine hängte, sah Dalpreet, wie er sie aus dem Fenster im oberen Stock beobachtete. Wenn Sunita erst verheiratet war, würde er es doch bestimmt unangebracht finden, sie derart unverhohlen anzustarren?*

Der große Tag brach an. Dalpreet weckte Sunita mit der strengen Anweisung, ihr Muttermal mit einem teuren Puder zu kaschieren, das zu ihrem sandfarbenen Teint passte. Wozu?, *fragte Sunita sich.* Früher oder später sieht er mich doch sowieso ungeschminkt. *Aber sie ließ das Muttermal trotzdem gehorsam unter der Schminke verschwinden.*

Aus ihrem Schlafzimmerfenster sah Sunita die Dhaliwals ins Haus kommen. Kurz erhaschte sie einen Blick auf ihren Sohn. Er hatte breite Schultern und einen dünnen Bart, doch dann hörte sie ihn reden. Seine Stimme klang so hoch und kieksig, dass man sie für die seiner Mutter halten konnte. Während Sunita den Tee machte, hörte sie auch die Rhandhawas zur Haustür hereinkommen. Mit einem Tablett voller Süßigkeiten ging sie ins Wohnzimmer und musterte verstohlen den Jungen. Er hatte freundliche graubraune Augen, aber seine mageren Schultern zeichneten sich spitz unter dem Hemd ab. Nicht gerade der männliche Verehrer, den sie sich erträumt hatte. Sunita entschuldigte sich höflich bei den Rhandhawas und ging wieder in die Küche.

»Was meinst du?«, fragte ihre Mutter, als sie sich auf dem Flur begegneten. »Welchen willst du?«

Sunita tat ihre Mutter leid. Eine kurze Brautschau reichte nicht aus, um in Erfahrung zu bringen, was sie von den beiden Männern wissen wollte. Sie war so beschäftigt, zwischen den beiden Familien hin und her zu flitzen, dass sie gar nicht dazu kam sich auszumalen, wie es wäre, ihre nackte Haut an ihrem Körper zu spüren. In Sunitas Fantasie verlief eine solche Brautschau ganz anders. Die Männer standen vor ihr, mit nacktem Oberkörper, die gespannten Muskeln zwischen den Beinen entblößt. Sie würde ihnen Gelegenheit geben, sie zu beeindrucken – den warmen Mund auf ihre Lippen zu drücken, sie mit forschen, flinken Fingern zu erregen. Das stellte sie sich jede Nacht mit dem Nachbarn vor – dem Professor. Sie wusste, dass er sie beobachtete, und darum wollte sie ihn umso mehr.

»Sie sind beide nicht verkehrt«, sagte Sunita zu ihrer Mutter.

»Nicht verkehrt?«, fragte Dalpreet. »Was soll das denn heißen? Welcher von beiden gefällt dir besser?«

Sunita wusste nicht, was sie darauf antworten sollte. Ihre Mutter missverstand ihr Schweigen als Schüchternheit und beließ es dabei. Sunita ging wieder zu den Dhaliwals in die Küche. Mit sittsam gesenktem Blick setzte sie sich dem Heiratskandidaten gegenüber. War die Familie nett, würde sie dem jungen Paar die Gelegenheit geben, sich unauffällig etwas eingehender zu begutachten. Sie würden absichtlich anderswo hinschauen oder eine angeregte Diskussion beginnen, sodass der Junge und das Mädchen einander tief in die Augen blicken konnten. Sunita wartete auf diesen Augenblick, aber nichts geschah. Mrs Dhaliwal war nicht besonders gesprächig, und sie saß so dicht neben ihrem Sohn, das Bein ganz fest an seins gedrückt, dass Sunita sich ernsthaft fragte, ob sie ihn noch fütterte und ihm den Hintern abputzte.

Sunita hatte nur noch ein paar Augenblicke Zeit, bevor sie wieder zu den Randhawas musste. Sie starrte auf die Fliesen und verlor sich in einem Tagtraum mit dem Sohn der Dhaliwals. Küss mich, murmelte sie und zog ihn hinter sich her in die üppig grüne, dichte Wiese hinter dem Haus ihrer Eltern. Sie legte sich in das hohe Gras und roch den schweren erdigen Duft von frisch umgegrabener Erde. Er legte sich auf sie und ließ seine Zunge vorsichtig in ihren Mund gleiten. Seine Finger tasteten nach ihren Brüsten, die er in die hohle Hand nahm und sanft drückte. Die Knöpfe ihrer Bluse sprangen ab, und er nahm ihre Brustwarzen in den Mund. Schweißtropfen rannen zwischen ihren Brüsten herunter, und er leckte sie genüsslich auf. Sie seufzte tief und bäumte sich auf, als sie die harte, heiße Schwellung spürte, die sich gegen das samtene Kissen zwischen ihren geöffneten Schenkeln presste...

»HEEHEEHEE!«

Sunitas Tagtraum wurde jäh von schrillem Ziegengemecker unterbrochen. Der Dhaliwal-Junge hatte ein ganz grässliches Lachen. Wenn er grinste, sah man seine großen Zähne. Sunita konnte sich nicht vorstellen, dass so ein Mund zärtlich küssen konnte. »Den Esel heirate ich nicht«, erklärte sie entschieden, als sie ihrer Mutter auf dem Flur begegnete.

Ihre Mutter schien erleichtert. »Gut. Die Randhawas bieten ohnehin ein besseres Brautgeld«, sagte sie und schob Sunita ins Wohnzimmer.

Jetzt, wo sie den Sohn der Dhaliwals ausgeschlossen hatte, besah sich Sunita mit neu erwachtem Interesse den Sohn der Randhawas. Es störte sie zwar immer noch, dass er so mager war, aber die grauen Augen wirkten wie stille Regenwasserpfützen auf dem Asphalt, in denen sich das Sonnenlicht in goldenen Flecken spiegelte. Sie stellte sich vor, ihr Erstgeborenes im Arm zu halten und in diese Augen zu schauen. Wobei sie vorher natürlich noch etwas anderes tun mussten, um ein Kind zu bekommen. Wieder gab sie sich ihrer Fantasie hin. Diesmal träumte sie sich in ihre Hochzeitsnacht im ehelichen Schlafzimmer. Sie trug eine reich verzierte, paillettenbesetzte rote Robe, und er zog sie ganz langsam aus. Mit jedem Stückchen nackter Haut, das zum Vorschein kam, hielt er inne, um sie ehrfürchtig und bewundernd zu betrachten. Schließlich stand sie nackt vor ihm, und er kniete zu ihren Füßen und streifte ihr die Schuhe von den Füßen. Dann hob er sie hoch und legte sie sanft auf das Bett. Seine Finger beschrieben neckische Kreise auf der Innenseite ihres Schenkels, während er sie leidenschaftlich küsste.

Abrupt endete ihr Tagtraum. Das war einfach zu weit hergeholt. Dieser knochige, ungelenke Kerl hätte nie die Kraft, Sunita so federleicht auf das Bett zu heben. Seine Finger waren sicher stocksteif, und er würde damit ungeschickt in ihr herumstochern – das sah man schon an der fieberhaften, ungestümen Art, mit der er seinen Keks in den Tee tunkte. Und er hatte bestimmt keine Ahnung, wie man eine Frau liebkoste. Er würde fummeln und schrauben, als versuchte er einen Radiosender einzustellen.

»Von den beiden kommt keiner in Frage«, teilte Sunita ihrer Mutter mit, als beide Familien sich verabschiedet hatten. »Ich will keinen von ihnen heiraten.«

Das war auch gut so. Denn beide Familien erteilten

Sunita eine Absage. Die Dhaliwals hielten sie für eitel und eingebildet. »Sie hat mehr auf ihre lackierten Nägel geguckt als zu den Schwiegereltern, bei denen sie wohnen soll. So ein undankbares Gör«, echauffierte Mrs Dhaliwal sich. Die Randhawas hatten Dalpreets Bemerkung über das Brautgeld mitbekommen und zeigten sich empört. Sunitas lüsternen Blick hielten sie fälschlicherweise für Geldgier und ahnten nicht, dass sie versucht hatte, ein bisschen über ihren Sohn zu fantasieren.

Dalpreet weinte und sorgte sich. »Was machen wir denn jetzt?«, jammerte sie und tupfte sich mit der Dupatta die Augenwinkel. »Ich bin mit einer wählerischen Tochter gestraft.«

Weil sie nicht wusste, wie sie ihre Mutter trösten sollte, kletterte Sunita auf das Dach ihres Hauses und starrte hinauf in den Abendhimmel. Irgendwo da draußen wartete der richtige Mann auf sie. Kein Junge. Ein Mann. Sie lehnte sich zurück und legte sich auf den Rücken. Gewagt, so etwas zu tun. Jeder, der aus dem Fenster schaute, konnte dieses unverheiratete junge Ding da allein im Dunkeln liegen sehen, wie es förmlich die ganze Welt einlud, sich zu ihr zu gesellen. Eine sanfte Brise strich über die Felder und lüftete den Saum von Sunitas Baumwolltunika, um sie dann wieder sinken zu lassen – fast wie ein Augenzwinkern. Sie breitete die Arme aus und streckte sie, so weit es ging. Aber das reichte ihr noch nicht. Wenn sie so auf dem Dach lag, wünschte Sunita sich immer, sie könnte die ganze Welt mit den Armen umfassen.

Irgendwas ließ Sunita aufhorchen, und ihr sträubten sich die Nackenhaare. Rasch setzte sie sich auf und schaute sich um. Da sah sie das Licht im Schlafzimmer des Nachbarhauses. Ein Schatten huschte am Fenster vorbei. Sunitas Herz schlug einen Purzelbaum. Der Professor war ihr gleich aufgefallen, als er im Nachbarhaus eingezogen war – man hörte Gerüchte, er sei verheiratet gewesen, lebe aber nun wie ein Junggeselle im Haus seiner Schwester – aber sie hatte sein Gesicht nie lange genug ungestört betrachten können, ohne dass ihre Mutter es gemerkt hätte. Die großen, souveränen Schritte ließen ahnen, dass er ein erfahrener Mann war.

Während sie darauf wartete, dass der Professor abermals am Fenster vorbeiging, löste Sunita ihre Haare aus dem strengen Zopf, den die Mutter ihr geflochten hatte. Sie fuhr sich mit den Fingern durch das Haar und entwirrte es, bis es ihr locker auf die Schultern fiel. Dann biss sie sich auf die Lippen und zwickte sich in die Wangen, damit sie rosig schimmerten.

Der Professor trat wieder ans Fenster, und diesmal blieb er davor stehen. »Wie bist du da hochgekommen?«, fragte er. Seine tiefe Stimme rührte etwas in ihr.

»Schwer war das nicht«, sagte sie.

»Sieht gefährlich aus. Hast du keine Angst?«

Sie schüttelte nur den Kopf. Ihre Haare schwangen hin und her. Sie merkte, wie er sie beobachtete. Angestachelt von seinem offensichtlichen Interesse lächelte sie. »Ich habe vor nichts Angst.« Das Herz hämmerte ihr heftig in der Brust.

Er erwiderte ihr Lächeln und kletterte aus dem Fenster. Einige kurze Augenblicke später stand er neben ihr auf dem Dach. Er war muskulös, und doch waren seine Schritte leicht und kaum hörbar. Eine sanfte Brise wehte durch das Dorf, und Sunita erschauerte. Wortlos nahm er sie in die Arme und zog sie an seinen warmen, starken Körper. Sein Duft war betörend.

Sunita legte sich auf den Rücken und schloss die Augen. Der Professor rückte an sie heran, und seine Hände schlüpften unter ihre Tunika. Mit den Fingern strich er zart und doch fest über ihre harten Brustwarzen. Sunita drückte den Rücken durch und hob die Hände, damit er ihr die Bluse ausziehen konnte. Seine Hände kehrten nicht zu ihren Brüsten zurück. Stattdessen beugte er sich herunter und liebkoste sie ausgiebig mit der Zunge. Ein Kribbeln durchfuhr ihren ganzen Körper, als er sie berührte, und Sunita schnappte vernehmlich nach Luft. Sie spürte nur noch seinen warmen, feuchten Mund auf ihrer Haut – als sei ihr ganzer Körper geschmolzen. Als er an den Schnüren ihres Salwar zog, spreizte sie bereitwillig die Beine. Erstaunt schaute er auf. Bestimmt hatte er noch nie ein so forsches junges Ding erlebt. Gerade, als Sunita es schon bereute, sich so begierig gezeigt zu haben, drückte der Professor seinen Mund auf die pochende, intime Stelle zwischen ihren Beinen. Geschickt fuhr seine Zunge über die warme, feuchte Spalte und fand dann die pulsierende Perle, die ihr die größte Lust bereitete. Irgendetwas in ihr baute sich auf – eine stetig steigende Spannung, die sie immer schneller atmen ließ. Der Druck in der Brust machte sie nervös. Sie wollte sich aufsetzen und wollte es doch darauf ankommen lassen. Sie wollte nicht, dass er aufhörte. Noch nie hatte Sunita zwei so widerstreitende Gefühle empfunden. Ihre Schenkel zitterten trotz der Hitze in ihrem Bauch. Ihre Zehen krümmten sich, aber die Schultern waren schlaff. Es kam ihr vor, als würde sie in einen Fluss getaucht, so kalt, dass es brannte.

Und dann endlich passierte es. Wie eine Explosion entlud sich die Spannung in Sunitas Körper und schüttelte sie, bis alle Muskeln nachgaben. Sie stöhnte auf, und ihre Hände krallten sich in die Haare des Professors. Er schaute sie an, und plötzlich war sie befangen. Sie wandte sich ab, sodass die Schatten ihr Gesicht verhüllten. Sekunden oder Stunden vergingen – sie wusste es nicht genau, weil Zeit hier zwischen den Wiesen und Feldern in der Dunkelheit nur eine Illusion war.

Irgendwann drehte sie sich wieder um. Der Professor war verschwunden. Verwirrt setzte sie sich auf. Ihr Salwar war in der Taille fest verschnürt, und sie trug ihre Tunika. Hatte sie sich das alles nur eingebildet? Unmöglich. Diese Gefühle waren viel zu eindringlich gewesen. Sie beugte sich über das Dach und schaute hinüber zum Haus des Nachbarn. Das Schlafzimmerfenster des Professors war geschlossen, und die Vorhänge waren zugezogen.

Sunita wollte nicht traurig sein. Womöglich hatte sie eine derart blühende Fantasie, dass sie ihren Traum mit schierer Willenskraft hatte wahr werden lassen. Aber das hieß, dass es wieder geschehen konnte. Sie kletterte vom Dach und dachte an die Männer, die sie heute Nachmittag verschmäht hatte, wie sie mit ihren Familien zusammensaßen und schon die nächste Brautschau einfädelten. Ihre Hand tastete nach dem Muttermal an ihrem Kinn. Ihr Schweiß hatte das Puder fortgewischt. Sie hatten sich alle geirrt, dachte Sunita da. Es lag kein bisschen Unglück darin, die Welt so zu sehen, wie sie sie sah.

Die Frauen lauschten wie gebannt. Gespannt hatten sie sich nach vorne gebeugt, um Manjeet zuzuhören, und hockten auf den Stuhlkanten, um nur ja nichts zu verpassen. Manjeet saß die ganze Zeit über kerzengerade da, die Augen fest geschlossen, während sie in Sunitas Welt versank. Als sie fertig war, schlug sie die Augen auf und schaute Nikki verlegen an. »Entschuldigung«, murmelte sie. »Ich habe mich ein bisschen hinreißen lassen.«

»Kein Grund, dich zu entschuldigen. Das war wunderschön. Deine Geschichte war sehr atmosphärisch«, sagte Nikki anerkennend.

»Das liegt nur an Sunitas Vorstellungskraft, nicht an mir«, antwortete Manjeet.

»Dann bist du nicht Sunita?«, fragte Preetam. »Du hast doch auch ein Muttermal.«

»Ach, Sunitas Muttermal ist ein Schönheitsfleck«, wehrte Manjeet ab. »Meins ist bloß...« Sie zuckte die Achseln. Nikki fiel auf, wie sie die Hand vor das Kinn hielt, um ihr Muttermal zu verstecken.

»Es ist wunderschön, Bibi Manjeet«, versicherte Nikki. »Genau wie das von Sunita.«

Manjeet verzog das Gesicht. Vor Verlegenheit hatte sie hochrote Wangen. »Bitte, ihr müsst mich nicht anlügen. Meine Mutter hat sich immer große Sorgen wegen meines Muttermals gemacht. Sie meinte, es bringt Unglück, und ich würde nie einen Mann finden.«

»Deine Mutter hatte ganz Recht, sich Sorgen zu machen, wenn du nur solche Flausen im Kopf hattest und an nichts anderes gedacht hast, als Männer ins Bett zu bekommen«, bemerkte Tarampal spitz.

»Niemand zwingt dich zuzuhören«, schoss Arvinder zurück. »Wenn du so versessen bist aufs Lernen, dann würde ich an deiner Stelle gar nicht auf uns achten.«

Tarampal wurde rot. Schwer zu sagen, ob vor Verlegenheit oder vor Wut.

»Jedenfalls hat deine Mutter sich geirrt«, stellte Nikki fest. »Schließlich hast du ja doch einen Mann bekommen.«

»Ja, aber jetzt ist er weg, oder?«

Die anderen Frauen schauten sich an. »Also wirklich, Manjeet«, sagte Arvinder sehr bestimmt. »Ich habe dir doch gesagt, dass du so was gar nicht denken sollst.«

»Warum denn nicht?«, fragte Manjeet. Ihre Augen füllten sich mit Tränen.

»Was auch immer passiert ist, du trägst ganz sicher nicht die Schuld am Tod deines Mannes«, sagte Nikki.

Manjeet lachte kurz und freudlos auf. »Er ist nicht tot. Er ist quicklebendig. Er ist mit der Krankenschwester durchgebrannt, die ihn nach seinem Herzinfarkt gepflegt hat.«

»Ach«, rief Nikki verdattert. Arme Manjeet. Nun ergab das alles plötzlich einen Sinn – der »Witwen-Look«, wie Sheena gesagt hatte. Manjeet kleidete sich wie eine Witwe, weil das gesellschaftlich nicht so stigmatisiert war, wie geschieden zu sein. »Das tut mir sehr leid«, sagte sie.

»Das sagen immer alle«, gab Manjeet zurück. »Immer entschuldigen sich alle. Aber keine von euch hat irgendwas falsch gemacht. *Er* hat was falsch gemacht.«

»Genau. Er. Er und diese kleine Schlampe von Krankenschwester«, brummte Arvinder. »Nicht du.«

Manjeet schüttelte den Kopf und putzte sich die Nase. »Wenn ich noch mal ganz von vorne anfangen könnte, würde ich es machen wie Sunita«, sagte sie. »Die weiß, was sie will. Genau wie die Krankenschwester. Sie wusste, was sie wollte, und sie hat es sich genommen.«

»*Hai*«, sagte Preetam und tupfte sich mit einem Zipfel der Dupatta die Augen. »Wirklich tragisch.«

»Das ist nicht gerade hilfreich«, zischte Sheena. »Nikki, sag du doch auch mal was.«

Nikki wusste nicht, was sie dazu sagen sollte. Erwartungsvoll sahen die Frauen sie an. Sie musste an Manjeets Geschichte denken und stellte sich vor, wie Sunita auf dem Dach lag und erwartungsvoll in eine verheißungsvolle Zukunft schaute. »Ich glaube, Bibi Manjeets Geschichte zeigt, dass es einen Unterschied gibt zwischen Mut und *Bosheit*«, sagte sie. Sheena übersetzte das Wort für die Frauen auf Punjabi. »Ich finde Sunitas Mut bewundernswert, aber einer anderen Frau den Mann auszuspannen ist herzlos und egoistisch.«

»Du bist auch mutig, Manjeet«, sagte Sheena. »Sonst hättest du diese Geschichte nicht erzählt.«

»Ich habe Angst, den Menschen zu erzählen, was er gemacht hat«, sagte Manjeet. »Das ist doch ziemlich feige, oder? Ich habe so getan, als sei er während einer Indienreise gestorben, damit mir keiner dumme Fragen stellt. Ich bin sogar eine Weile zu meinem ältesten Sohn nach Kanada gefahren, um den Leuten vorzugaukeln, ich hätte die Totenrituale für ihn vollzogen.«

»Wann ist das passiert?«, fragte Nikki.

»Letzten Sommer.«

»Dann ist es noch gar nicht so lange her«, meinte Nikki.

»Sag denen das mal. Die haben schon zusammen ein Haus gekauft«, entgegnete Manjeet. »Die Krankenschwester stammt genau wie ich aus einem Dorf in Indien und ist erst später nach England gekommen, aber das ist eine völlig andere Generation, Nikki. Die Mädchen von heute machen alles, was Männer wollen, und das noch vor der Hochzeit.«

»Zu meiner Zeit wussten wir nur, was unsere verheirateten Schwestern und Cousinen uns erzählt haben«, sagte Arvinder.

Nikki konnte es sich lebhaft vorstellen – Arvinder, jung und zart errötend, im Kreis ihrer kichernden Sari tragenden Verwandten, die ihr abwechselnd verschiedene Lebensweisheiten mit auf den Weg gaben. Irgendwie beneidenswert. Sie konnte sich nicht vorstellen, in ihrer Familie vor Mindis Hochzeit eine ähnliche Szene zu erleben. »Klingt schön«, sagte sie. »Ihr wart füreinander da.«

»Schlecht war das nicht«, meinte Preetam. »Und sehr lehrreich. Wie meine Cousine Diljeet so schön sagte: ›Wenn es nicht richtig flutscht, nimm Ghee*.‹«

»Das habe *ich* dir gesagt«, widersprach Arvinder. »Der älteste Trick überhaupt.«

Sheena prustete vor Lachen. »Schaut euch nur Nikkis Gesicht an!«, rief sie. Nikki war offenkundig nicht in der Lage, ihr Entsetzen zu verbergen. Unwillkürlich stand ihr ein Bild vor Augen: Wie Mum einen Klumpen Ghee auf eine vorgeheizte Tava* gab, wo er augenblicklich schmolz. Nie wieder würde sie Ghee mit unschuldigen Augen sehen können.

»Stimmt«, fiel es Preetam wieder ein. »Diljeet hat mich

gewarnt, diskret zu sein und das Ghee beim Kochen in eine kleine Dose umzufüllen, damit meine Schwiegermutter es nicht merkt. Sonst sei es sehr schwierig, eine große Blechdose mit Ghee ins Schlafzimmer zu schmuggeln, ohne dass der Rest der Familie es mitbekommt.«

»Habt ihr nicht so kleine Büchsen für die Küche?«, fragte Nikki.

»Costco verkauft Ghee in großen Dosen«, erwiderte Preetam. »Warum Geld für die Mini-Döschen verschwenden?«

»Ich habe einen guten Tipp bekommen, wie ich meinen Mann auch während meiner Tage befriedigen kann«, warf Manjeet ein. »Man steckt ihn sich unter die Achsel und dann macht man so.« Manjeet bewegte den Arm rhythmisch vor und zurück.

»Nicht im Ernst!«, kreischte Sheena.

»Doch«, gab Manjeet zurück. »Ihm hat das gefallen. Er meinte, es fühlte sich genauso an wie unten – haarig und warm.«

Nikki musste sich auf die Lippen beißen, um nicht laut loszuprusten. Sie und Sheena sahen sich an. Sheena hielt sich die Hand vor den Mund, und trotzdem hörte man sie glucksen.

»Viele Frauen wissen bis zur Hochzeitsnacht gar nicht, was sie erwartet«, sagte Preetam. »Ich wurde zum Glück aufgeklärt, aber könnt ihr euch die Überraschung vorstellen?«

»Gern geschehen«, warf Arvinder ein. »Ich habe dir alles gesagt, was du wissen musstest.«

»Echt?«, fragte Nikki. »Das ist aber sehr fortschrittlich.« Arvinder sah aus, als sei sie weit über achtzig.

Nikki konnte kaum glauben, dass jemand aus der Generation ihrer Mum offen über Bienchen und Blümchen sprach. Wieder einmal hatte sie Arvinder unterschätzt, und Manjeet mit ihrer kreativen Alternativmethode, ihren Mann zu befriedigen, auch.

»*Hanh*, na ja, ich fand das sehr wichtig«, gab Arvinder zurück. »Stellt euch vor, ich hatte ja keine Ahnung, was Lust wirklich bedeutet, bis mir jemand so ein elektrisches Massagegerät geschenkt hat. Ich sage euch, die lösen Verspannungen wirklich an sämtlichen Körperstellen.«

Die Frauen lachten. Nikki wollte sie gerade ermahnen, leiser zu sein, als ein Blick in Manjeets Gesicht sie davon abhielt: Die Spuren von Traurigkeit um die Augen waren verschwunden, und stattdessen hatte sie plötzlich tiefe Lachfältchen. Dankbar schaute sie die anderen Witwen an, und die weiße Dupatta rutschte ihr auf die Schultern, wo sie dann einfach liegenblieb.

Sechstes Kapitel

Mit zusammengekniffenen Augen stierte Kulwinder auf das Formular und versuchte angestrengt, sich zu konzentrieren. Eben waren die Stimmen der Frauen wieder durch den Korridor gehallt und hatten sie aus ihren Gedanken gerissen. Kurz war sie versucht, aufzuspringen und in den Kursraum zu stürmen. Aber bevor sie aufstehen konnte, war der Lärm auch schon wieder verstummt. Nun konnte sie der Stille die Schuld geben, dass sie sich nicht zu konzentrieren vermochte. Ohne Ablenkung konnte sie sich nicht vor diesen englischen Worten verstecken. Das Formular für das Besuchervisum für ihre alljährliche Indienreise war kürzlich überarbeitet worden und enthielt nun noch mehr verwirrende Fragen und Hinweise zur nationalen Sicherheit. Warum ein Inder ein Visum brauchte, um nach Indien zu reisen, war ihr ohnehin ein Rätsel. Ganz zu schweigen von diesem unverständlichen Vokabular. Beide Fragen hatte sie auch dem Berater im Lucky Star Reisebüro gestellt, der ihr daraufhin geduldig erklärt hatte, sie sei nun mal britische Staatsbürgerin, und das schon seit über zwanzig Jahren. »Offiziell sind Sie keine Inderin«, erklärte der Mann vom Reisebüro. Für Kulwinder entbehrte das jeder Logik.

Ihre Augen waren müde. Sie hatte ihre geliebte Gleitsichtbrille zuhause vergessen und beschloss, dass sie die unbedingt brauchte, um das Formular fertig auszufüllen. Den letzten Bus nach Hause hatte sie bereits verpasst. Sie verließ das Gebäude und ging über den Parkplatz. Hinter ihr kamen noch einige andere Leute aus dem Tempel, aber sobald sie von der Hauptstraße abbog, würde sie ganz allein sein. Nur sie und die Häuser mit den vernagelten Fenstern. Sie ging schneller, den Blick fest auf die Lichter in der Ferne geheftet.

Als Kulwinder in ihre Straße abbog, bemerkte sie die schlurfenden Schritte hinter sich. Sie heftete den Blick auf ihr Haus am Ende der Straße und ging noch einen Schritt schneller. Die Person hinter ihr, die sie verfolgte, wurde ebenfalls schneller. Kulwinders Nackenhaare richteten sich auf. Es war nur eine Frage von Sekunden, bis derjenige sie eingeholt haben würde. Abrupt drehte sie sich auf dem Absatz um. »Warum lassen Sie mich nicht endlich in Ruhe?«, schluchzte sie auf.

Ihr Verfolger wich zurück. Kulwinder schlug das Herz bis zum Hals. Und es beruhigte sich auch nicht, als ihr aufging, dass es bloß Tarampal Kaur war.

»Ich muss mit dir reden«, sagte Tarampal.

»Worüber?«, fragte Kulwinder.

»Es gibt da ein Problem.« Tarampal senkte den Blick. »Nur weiß ich nicht genau, wie du reagieren wirst.«

Kulwinder wurde stocksteif. Tarampal guckte irgendwie verschlagen und machte mit den Händen merkwürdige Klammerbewegungen, als wollte sie etwas festhalten. Kulwinders Herz fing wieder an zu rasen. Sie war nicht darauf vorbereitet, mitten auf der Straße so ein Gespräch zu führen. »Geht es um…« Sie brach ab.

So lange hatte sie versucht, nicht über die Verbindung zwischen Maya und Tarampal nachzudenken, dass sie nicht einmal ihren Namen vor dieser Frau aussprechen konnte.

»Der Schreibkurs«, sagte Tarampal. »Die anderen Frauen sind nicht richtig bei der Sache.«

»Ach.« Kulwinder keuchte unwillkürlich, als hätte man ihr einen Schwinger in den Magen verpasst. Erleichterung und Enttäuschung mischten sich zu gleichen Teilen und zerhackten ihre Stimmen zu einem kaum hörbaren Flüstern. »Der Kurs.« Natürlich wollte Tarampal nicht mit ihr über Maya reden. Was hatte sie sich bloß gedacht? Kulwinder traten Tränen in die Augen. Mit einem Mal war sie sehr froh über die Dunkelheit, die sie umgab.

»Ich selbst mache natürlich die Schreib- und Leseübungen«, sagte Tarampal. »Aber die anderen Frauen kommen bloß ...« Sie zögerte. »Zum Herumalbern.«

Die Frauen amüsierten sich also und schlossen neue Freundschaften, während Tarampal sich ausgeschlossen fühlte. Warum beklagte sich Tarampal bloß bei ihr über solche Nichtigkeiten, statt die anderen Frauen direkt darauf anzusprechen? »Dann solltest du mit ihnen reden. Oder mit eurer Lehrerin«, meinte Kulwinder.

Tarampal verschränkte die Arme vor der Brust. »Ich könnte mich auch über den Kurs beschweren, weißt du. Ich könnte zu Gurtaj Singh gehen und ihm sagen, dass er überhaupt nichts bringt. Ich beschwere mich nur deshalb nicht, weil ich dir keinen Ärger machen will.«

»Da kommst du ein bisschen zu spät.« Die Worte waren ihr so herausgerutscht, noch ehe Kulwinder sich auf die Zunge beißen konnte.

Tarampal wirkte zutiefst gekränkt. Sie schaute zu Boden. »Ich hoffe wirklich, dass wir beide wieder Freundinnen werden können.«

Nie im Leben, dachte Kulwinder, beherrschte sich diesmal aber und sprach den Gedanken nicht laut aus. Tarampal scherte sich nicht um Freundschaft. Sie wollte Kulwinder nur im Auge behalten. Es würde sie nicht wundern, wenn Tarampal sich nur deswegen für den Kurs angemeldet hatte.

Das Schweigen schien sich ins Unendliche auszudehnen, wie immer, wenn Kulwinder mit Tarampal zu tun hatte. Sie wusste, dass es leichter wäre, Tarampal die Wahrheit zu sagen: *Ich habe aufgegeben. Ich kann nichts beweisen – die Polizei und die Anwälte haben mir das deutlich gesagt. Und ich kann nicht mal mehr einen kleinen Spaziergang machen, ohne anschließend Drohanrufe zu bekommen.* Aber das konnte Kulwinder nicht. Hin und wieder schlug sie ihr Barclay-Tagebuch auf, ging alle Einzelheiten noch einmal durch und spürte in sich die Hoffnung aufkeimen, dass ihr irgendetwas entgangen war; irgendeine Möglichkeit, die Vergangenheit nachträglich zu verändern.

Noch immer weigerte sie sich zu glauben, was die Polizei ihr gesagt hatte. So einfach konnte es nicht sein. Sie kannte doch ihre Maya! Nur eine Woche vor ihrem Tod war sie noch befördert worden. Sie hatte Karten für ein Konzert gekauft. Als Kulwinder sie das letzte Mal gesehen hatte, hatte sie fröhlich mit dem Nachbarshund herumgetollt, der wie so oft in ihre Einfahrt gestromert war. Er hatte beinahe das Gleichgewicht verloren, als er versucht hatte, Maya das Gesicht abzulecken, und Kulwinder hatte vor Schreck aufgeschrien. Aber Maya hatte nur laut gelacht und das Gesicht im weichen Hundefell vergraben und ihm gesagt, er sei ein ganz braver Junge. Wie konnte nur irgendwer glauben, sie sei zu so etwas Unsäglichem fähig? Und warum erhielt Kulwinder diese Drohungen, wenn Mayas Todesursache doch angeblich zweifelsfrei festgestellt worden war? Die Polizei hatte ihr erklärt, es gebe keinerlei Hinweise auf irgendeine Fremdeinwirkung. Es gab Zeugenaussagen, die bestätigten, Maya sei völlig außer sich gewesen und von Schuldgefühlen zerfressen. *Es ist nur verständlich, Antworten zu suchen, wenn man trauert,* hatte der Anwalt zu ihr gesagt, um sie dann zu warnen, es könne dutzende teure Stunden brauchen, um einen wasserdichten Fall zu konstruieren. Unweigerlich fraßen sich Zweifel und Frustration in Kulwinders Kopf, aber sie klammerte sich an einen Gedanken: Gott hatte alles gesehen. Und Sarab sagte immer, am Ende sei alles andere unwichtig. Nur das zähle.

»Danke, Tarampal, aber ich verbringe meine Zeit lieber mit meinem Mann«, entgegnete Kulwinder. »Schönen Abend noch.« *Gott sieht alles,* dachte sie bei sich. Das gab ihr die Kraft, Tarampal einfach stehenzulassen. Als sie schließlich zuhause war, vergrub sie das Gesicht in einem Sofakissen und schluchzte haltlos, während alle Farbe aus Sarabs Gesicht wich und er ihr hilflos dabei zusah.

Das Rohr gluckste so laut, dass es sich anhörte wie ein röhrender Motor. Bevor sie zu ihrer Schicht nach unten ging, setzte Nikki die Rohrleitung auf die immer länger werdende Liste dringend notwendiger Reparaturarbeiten, zu der auch der mysteriöse nasse Fleck an der Decke gehörte, ebenso wie die Internetverbindung, die so schwach war, dass Nikki nur ins Netz kam, wenn sie den Laptop über die Spüle hielt. Die neuesten Punkte auf der Liste waren ganz klein unten auf den Zettel gekritzelt. Nikki hatte sich fest vorgenommen, Sam O'Reilly darum zu bitten, diese Probleme zu beheben, sobald ihr der Platz auf dem Papier ausging, aber nach dem peinlichen Zwischenfall letztes Jahr vermied sie es, ihn um irgendwas zu bitten.

Dabei hatte alles ganz harmlos angefangen. Nikki wollte ein paar Überstunden machen, und Sam hatte sie gefragt, ob sie auf einen Urlaub spare. »Nein, auf Karten für das *Mary Poppins*-Musical«, hatte Nikki erklärt. Mary Poppins war als Kind ihr allerliebster Lieblingsfilm gewesen, und mit sieben Jahren war sie sogar mal einer Frau nachgelaufen, die einen großen Schirm in der Hand gehabt und einen langen Rock getragen hatte. »Ich habe allen Ernstes geglaubt, sie würde gleich in die Luft entschweben und auf einem der vielen Schornsteine landen. Ich wollte ihr sagen, wo wir wohnen.«

In Sams Augen hatte es amüsiert geblitzt. Wenn er lächelte, wirkte sein sonst so müdes Gesicht zehn Jahre jünger. Und das hatte Nikki ihm auch gesagt. Garry, eine der russischen Küchenhilfen, war gerade vorbeigegangen und hatte neugierig von Sam zu Nikki und wieder zurück geguckt. Später hatten er und die andere Aushilfe, Viktor, miteinander getuschelt und gelacht. Als Nikki am nächsten Tag zur Arbeit kam, hatte Sam zwei Karten für Mary Poppins in der Hand. »Wenn du willst, kannst du am Freitag mitkommen«, hatte er gesagt.

Nikki war knallrot geworden und hatte sprachlos die Tickets angestarrt. Hatten er und die anderen Männer geglaubt, sie wolle mit ihm flirten? Dass sie ihn um Überstunden gebeten und das Musical erwähnt hatte, sollte kein Wink mit dem Zaunpfahl sein, aber Sam hatte es wohl so aufgefasst. »Das kann ich nicht annehmen«, hatte sie gestammelt. »Ich glaube, das wäre nicht okay.«

Sam hatte sofort verstanden. Auf seinen Lippen, die er vor Anspannung fast zu einer Grimasse verzogen hatte, breitete sich ein Lächeln aus. »Ja, klar«, hatte er gesagt und seine Verlegenheit mit hektischer Betriebsamkeit zu kaschieren versucht. Er war sich mit den Fingern durch die Haare gefahren und hatte dann hinter der Theke geschäftig Gläser weggeräumt. Von da an machten Garry und Viktor ständig irgendwelche Bemerkungen auf Russisch, wenn Nikki in der Nähe war. Sanja, eine Kollegin, bestätigte Nikkis Verdacht, dass sie darüber tuschelten, Nikki hätte für ihre Einarbeitung und schnelle Beförderung sexuelle Gefälligkeiten angeboten. Wie deprimierend, dachte Nikki – wenn sie schon beschuldigt wurde, sich hochzuschlafen, dann war der Job als Barkeeperin in einem heruntergekommenen Pub in Shepherd's Bush doch hoffentlich nicht das Ende der Karriereleiter.

Nikki faltete ihre Mängelliste und legte sie beiseite. Jetzt, wo sie zweimal die Woche nach Southall fahren musste, war sie froh, dass es zu O'Reillys bloß eine halbe Minute die Treppe runter war. Außerdem war beim Quizabend immer viel los. Die Schicht würde also anstrengend werden. Im Pub schob Nikki sich an ein paar Männern vorbei, die in einer Gruppe zusammenstanden, und winkte ihren Stammgästen zu. Die andere Barkeeperin, Grace, erkundigte sich immer nach Nikkis Mum, als seien sie alte Freunde. Aber Grace war auch immer ganz gerührt von den Hintergrundgeschichten bei *Britain's Got Talent* und war einmal mit verheultem Gesicht und vollkommen übernächtigt zur Arbeit gekommen, weil der kleine Junge, der als Zauberer aufgetreten und übel gemobbt worden war, nicht gewonnen hatte.

»Nikki!«, rief Grace quer durch den Pub. »Wie geht es deiner Mum, Süße?«

»Ihr geht's gut«, antwortete Nikki.

»Hält sie sich schön warm?«

Aus irgendeinem Grund schien Mums Temperaturregelung für Grace von enormer Wichtigkeit zu sein. Grace schaute sie erwartungsvoll an. »Unser Haus ist gut isoliert«, versicherte Nikki ihr.

»Bestimmt nicht so warm wie ihr Heimatdorf in Bangladesch, würde ich wetten«, rief Steve mit dem Rassisten-Opa dazwischen.

Nikki wünschte, sie hätte eine schlagfertige Antwort parat, aber stattdessen sagte sie nur: »Sie ist in England geboren worden, du Spatzenhirn.« Steve grinste, als hätte sie ihm gerade ein Kompliment gemacht.

Erleichtert sah sie, wie Olive sich zwischen den Tischen durchschlängelte und auf sie zukam. Nikki gab Olive ein Bier und rief: »Ich habe ein Geschenk für dich.« Sie zog einen Ordner aus der Tasche.

»Ist es das, was ich denke?«, fragte Olive.

»Ja«, meinte Nikki. »Diesmal ist sie auf Englisch.« Es war Sheena Kaurs Geschichte.

Das Coco Palm Resort Hotel

Der schwierigste Teil der Hochzeitsvorbereitungen war die Entscheidung, wo sie ihre Flitterwochen verbringen sollten. Wochenlang überlegten Kirpal und Neena, wohin die Reise gehen sollte, und versuchten, sich für eine der unzähligen Möglichkeiten zu entscheiden. Schließlich einigten sie sich auf ein Strandhotel namens Coco Palm. *Kirpal gefielen die Fotos von weitem blauem Meer und weißem Sandstrand. Neena fühlte sich magisch angezogen vom Slogan des Hotels:* Von allem etwas. *Das waren die einzigen Flitterwochen ihres Lebens, und sie war wild entschlossen, sie in vollen Zügen zu genießen. Sie wollte schnorcheln und tauchen und von allem etwas* ausprobieren.

Im Hotel angekommen vergewisserten sie sich zunächst, dass sie wie bestellt ein Zimmer mit großem Doppelbett bekamen. Der Concierge gab ihnen eine Liste von empfohlenen Restaurants, in denen sie zu Abend essen konnten, und erklärte ihnen, wo der Pool war. Aber Kirpal lächelte seiner Frau Neena nur zu und sagte: »Ich glaube, die meiste Zeit werden wir ohnehin auf unserem Zimmer verbringen.« Neenas Wangen brannten, und weiter unten loderte ein heißes Feuer. Sie konnte es kaum erwarten, endlich mit ihm allein zu sein. Monatelang, schon seit sie ihre Flitterwochen gebucht hatten, schaute sie heimlich immer wieder in den Hotelprospekt und betrachtete begierig das große, mit Rosenblüten bestreute Doppelbett. Sehnsuchtsvoll hatte sie sich ausgemalt, wie sie eng umschlu-

gen und verschwitzt auf das Bett fielen, und wie sie laut aufstöhnte vor Wonne. Nach den Flitterwochen wäre das unmöglich. Wenn sie erst wieder zuhause bei seinen Eltern waren, trennte sie nur eine dünne Wand vom Schlafzimmer ihrer Schwiegereltern. Dann würden sie sich jegliche Lustgeräusche verbeißen müssen.

Kirpal lächelte Neena an. Sie fragte sich, ob er gerade genau dasselbe dachte. Dann, als er nach ihrem Gepäck griff, verflog sein Lächeln plötzlich, und er verzog schmerzlich das Gesicht. »Was ist?«, fragte sie. »Mein Rücken«, sagte er und zog eine Grimasse. »Ich hatte schon vor der Hochzeit fürchterliche Schmerzen, aber wegen der vielen Vorbereitungen hatte ich keine Zeit, zum Arzt zu gehen. Und ich glaube, die Feierlichkeiten haben es auch nicht besser gemacht.« Neena versuchte, sich ihre Enttäuschung nicht anmerken zu lassen. Das hieß, sie würden bei ihrem ersten gemeinsamen Urlaub nicht miteinander schlafen können. Und wenn nicht jetzt, wann dann?

Der Hotelpage brachte ihre Koffer nach oben und bekam dafür ein großzügiges Trinkgeld. »Angenehmen Aufenthalt«, wünschte er ihnen und verschwand gleich wieder. Neena und Kirpal waren endlich allein miteinander und konnten sich ihre gegenseitige Liebe doch noch immer nicht zeigen. Kirpal fummelte am Reißverschluss seines Koffers herum und setzte sich dann aufs Bett. Langsam lehnte er sich zurück, bis er auf dem Rücken lag. Erleichtert stöhnte er auf. »Ich würde mich gerne ein bisschen ausruhen«, murmelte er. Dann schloss er die Augen. Sein Gesicht war noch immer schmerzverzerrt. Da begriff Neena, wie stark die Schmerzen sein mussten, die er ihr bisher verheimlicht hatte. Vielleicht konnte sie etwas tun, damit er sich ein wenig entspannte.

Sie legte sich neben ihn aufs Bett. Sein Körper war warm und stark, sein Atem ging ganz sanft. Er hatte die Augen geschlossen, als schliefe er, aber als sie mit den Lippen seine Wange streifte, regte er sich leicht. Zärtlich nuckelte sie an seinem Ohrläppchen. Und obwohl sie nicht wusste, ob sie überhaupt das Richtige tat, schien ihr Ehemann das so sehr zu genießen, dass es nicht verkehrt sein konnte. Ein leichtes Stöhnen entfuhr seinen Lippen, und als ihre Lippen hinunterglitten zu seinem Hals und seiner Brust, hörte sie, wie sein Atem schneller ging, abgehackter wurde. Sie hielt kurz inne und dachte nach. Man hatte sie gewarnt, was Frischverheiratete in ihrer ersten gemeinsamen Nacht miteinander taten, sei wegweisend für ihr ganzes gemeinsames Leben. Er hatte Rückenschmerzen – ja, das war ein Problem, aber wenn sie zusammen alt werden wollten, würde es zukünftig noch viele andere Wehwehchen geben, die sie womöglich ans Bett fesseln würden. Und was dann? Sosehr sie ihren Ehemann liebte und diesen Augenblick genoss, musste er doch auch begreifen, dass er ihr gegenüber gewisse Verpflichtungen hatte. Also drehte sie sich um, sodass ihr Kopf zu seinen Füßen zeigte. Verwirrt, plötzlich ihr Hinterteil vor sich zu haben, wollte ihr Mann schon protestieren. »Warum hörst du auf?«, fragte er. Er hatte kaum das letzte Wort ausgesprochen, da waren Neenas Lippen schon an seinem kostbarsten Körperteil. Es wurde steinhart, sobald sie es berührte. Sie fuhr mit den Lippen daran nach unten und spürte, wie jeder Zentimeter seines Körpers sich anspannte. Sie achtete darauf, nicht zu schwer auf ihm zu liegen, weil ihm der Rücken wehtat – ihr Gewicht ruhte auf ihren Knien links und rechts von seiner Brust. Sie drückte den Rücken leicht durch, damit er ihre Schatzdose sehen konnte. Er brauchte nur den Kopf zu heben, um mit der Zunge die heiße, pochende Perle zwischen ihren Beinen zu kitzeln...

»Whoa!«, rief Olive und schaute auf. »Damit hab ich jetzt *nicht* gerechnet. Ich dachte, das sind romantische Omi-Geschichten. Aber die sind ja richtig versaut.«

»Sheena würde ich nicht unbedingt eine Omi nennen«, erwiderte Nikki. »Ich glaube, sie ist höchstens Mitte dreißig. Ihr Mann ist vor ein paar Jahren an Krebs gestorben.« Es war Nikki ein Rätsel, warum Sheena ihre Zeit lieber mit älteren, konservativen Frauen verbrachte als mit Frauen in ihrem Alter.

»Es geht noch weiter.« Nikki überflog die Seiten und wies auf einen Absatz in der Mitte.

»Beiß jetzt bloß nicht zu«, ermahnte er sie. Sie tat, wie ihr geheißen, aber als ihre Lippen der Rein-und-Raus-Bewegungen langsam müde wurden, fuhr sie vorsichtig mit den Zähnen über seine Haut und spürte die Ektase durch ihrer beider Körper fahren wie einen elektrischen Schlag. Ein Laut irgendwo zwischen Schmerz und Lust kam ihm über die Lippen.

»Schreiben kann sie jedenfalls«, stellte Olive fest.

Nikki blätterte um und überflog die nächste Seite. »Hey«, sagte sie. »Die Handlung nimmt eine überraschende Wendung. Hier treibt sie es mit dem Hotelpagen.«

Neena kniete sich hin und stützte sich mit den Händen ab, während er hinter ihr stand und mit den Fingern in ihre feuchten Falten eindrang. Sie kreiste mit den Hüften und konnte es kaum erwarten, dass er mit seinem großen, harten Glied zustieß. Sonst hatte Ramesh meist zu viel zu tun mit Gepäcktragen und Botengängen, aber sie war ihm schon heute Morgen aufgefallen, als sie aus dem Flughafenshuttle gestiegen war. Der Wind hatte ihren Rock gelüftet, und darunter hatte man einen Blick auf ihr knallrotes Höschen erhaschen können, das jetzt zerknüllt neben dem Bettpfosten lag. Er konnte es kaum fassen, dass er gerade hinter ihr stand und in sie eindrang. Sie stöhnte. »Ja, ja, oh, das ist so gut.« Ramesh schaute auf, wissend, dass er gerade die Frau eines anderen Mannes bestieg.

»Weiter so, Neena«, feuerte Olive sie an. »Von allem etwas.«

»Aber ihr Mann schaut ihr dabei zu. Und es gefällt ihm.«

Ramesh sah Kirpal, der in einer Ecke des Zimmers auf einem Stuhl saß, in die Augen. Den eigenen Schwanz fest gepackt, sah er zu, wie seine Frau vor wildem Verlangen stöhnte, während Ramesh immer wieder zustieß.

»Sind die anderen Geschichten genauso unanständig wie die?« fragte Olive.

»So ziemlich.«

»Diese versauten kleinen Luder«, grinste Olive. »Und wer liest die noch, außer dir und den Witwen?«

»Bisher niemand«, antwortete Nikki. »Aber vielleicht ändert sich das ja bald. Ich dachte, wenn wir genug Geschichten zusammenbekommen, könnten wir versuchen, einen Verlag zu finden.«

»Hmm«, brummte Olive. »Ich weiß nicht. Die sind schon sehr intim. Die Witwen haben vielleicht nichts dagegen, in kleinem Kreis solche Geschichten zu erzählen, aber sie zu veröffentlichen ist was ganz anderes.«

»Diese Frauen sind viel mutiger und offener, als ich gedacht hätte«, erwiderte Nikki. »Ich könnte mir gut vorstellen, dass Arvinder bei einer Fem-Fighter-Kundgebung auftritt. Oder Preetam eine szenische Lesung macht.«

Olive legte lächelnd den Kopf schief. Das war ihr Du-und-deine-Ideen-Blick. Nikki kannte ihn nur zu gut. Allerdings eher von Mindi. »Wir könnten uns doch ganz langsam herantasten«, lenkte Nikki ein.

Plötzlich ein Schrei aus der Küche. Nikki drückte die Tür auf und sah Sam mit schmerzverzerrtem Gesicht herumhüpfen, während er mit der rechten Hand die Finger der linken Hand umklammerte. »Was ist passiert?«

»Am heißen Wasser verbrüht. Die Anzeigenleuchte am Geschirrspüler ist kaputt.«

Sanja ging hin und öffnete mit abgewendetem Gesicht die Tür des Geschirrspülers. Eine kochend heiße Dampfwolke quoll heraus. Vorsichtig nahm sie das Geschirr heraus und stapelte es auf der Ablage. Sam murmelte irgendwas in seinen Bart und verließ mit Nikki im Schlepptau die Küche. Als sie die Küchenhilfen glucksen hörte, blieb Nikki stehen. Sie brauchte sich nicht zu vergewissern, dass Sam nichts passiert war. Sam ging es gut. Sie kehrte an den Tresen zurück. »Verdammte Idioten«, brummte sie.

»Wer?«, fragte Olive.

»Die Jungs hinten.«

»Nimm's nicht persönlich. Das sind bloß neidische kleine Stinker«, riet Olive ihr.

»Vermutlich«, meinte Nikki. »Aber manchmal verstehe ich schon, wie sie auf den Gedanken kommen – Sam hat mich völlig ohne Vorerfahrung eingestellt. Ist doch merkwürdig, oder?«

Olive zuckte nur die Achseln. »Er hat das schlummernde Potenzial gesehen, das in dir steckt. Vielleicht fand er dich ja auch attraktiv, aber er hat dich schließlich nur einmal gefragt, ob du mit ihm ausgehst, und das war eine halbe Ewigkeit, nachdem du hier angefangen hast. Du hast nein gesagt, und er behandelt dich trotzdem noch genauso wie früher.«

»Nein, tut er nicht. Früher konnten wir uns ganz zwanglos miteinander unterhalten und haben viel miteinander gelacht. Seitdem ist es irgendwie steif und gezwungen. Und daran sind nur Garry und Viktor schuld.« Wobei sie sich insgeheim selbst den Schwarzen Peter zuschob. Was musste sie Sam auch vor allen Leuten Komplimente machen?

»Dann geige ihnen halt die Meinung«, meinte Olive. »Na los. Mach sie zur Schnecke.«

So wütend Nikki auch auf die beiden war, bei dem Gedanken daran, sie zur Rede zu stellen, sträubten sich ihr die Nackenhaare. Sie befürchtete, eine Antwort zu bekommen, die sie nicht hören wollte – *selbst schuld*. Sie befürchtete, die beiden nicht davon überzeugen zu können, dass sie sich irrten. »Kein Ding. Ich ignoriere das einfach«, erwiderte sie.

Olive schaute sie mit erhobenen Augenbrauen an, sagte aber nichts. Die Tür ging auf, und ein junger Mann erschien im Türrahmen. Nikki hatte keine Zeit, ihre Freude zu überspielen. Olive folgte ihrem Blick hinüber zu Jason, der auf die Theke zusteuerte.

»Wer ist das denn?«

»Der Typ, den ich neulich kennengelernt habe«, murmelte Nikki, und ihre Mundwinkel kräuselten sich zu einem Lächeln. Dann tat sie ganz geschäftig und wischte den ohnehin schon auf Hochglanz polierten Tresen ab.

»Ach, hallo«, murmelte sie, als Jason vor ihr stand.

»O'Reilly's Pub«, sagte er. »Davon gibt es ungefähr siebzehn Stück. Das ist mein vierter Versuch.«

»Ich hab doch ›Shepherd's Bush‹ gesagt, oder?«, fragte Nikki.

Jason überlegte kurz. »Kann sein. Muss ich wohl überhört haben.«

»Sie hat dir keine Adresse gegeben?«, fragte Olive. »Ich bin übrigens Olive. Nikkis Kammerzofe.«

»Schön, dich kennenzulernen«, sagte Jason. »Es ist mir echt peinlich, aber ich muss erst mal zur Toilette, bevor ich was bestelle.«

Nikki wies ihm den Weg. »Süß«, meinte Olive, kaum dass Jason außer Hörweite war.

»Findest du? Ist mir gar nicht aufgefallen«, sagte Nikki.

»Blödsinn. Ich hab dein Gesicht gesehen, als er reingekommen ist. Wo habt ihr euch kennengelernt?«

»Im Tempel, kaum zu glauben. Wir haben beide heimlich im Hinterhof geraucht. Ich bin gar nicht dazu gekommen, ihn zu fragen, was er eigentlich im Tempel zu suchen hatte.«

»Womöglich Beten?«

»Das ist mehr so ein großer bunter Freizeittreff. Die Leute gehen hin, beten zwei Minuten, und dann treffen sie sich mit Freunden zum Essen in der Langar-Halle. Da gibt es eine kostenlose Mahlzeit und jede Menge Klatsch und Tratsch. Für die meisten jungen Leute hat das nicht das Geringste mit Spiritualität zu tun.«

»Dann hat er sich vielleicht mit Freunden getroffen.«

»Ha, siehst du«, erwiderte Nikki. »Genau da liegt das Problem. Ich gehe grundsätzlich nicht mit Männern aus, die mit ihren Kumpels im Tempel abhängen. Ich meine, da wohnen sie schon in einer Weltstadt, wo sie tun können, was sie wollen, und sie gehen in ein Gurdwara?«

Olive guckte sie schief an. »Du tust es schon wieder.«

»Was?«

»Du bist überkritisch. Gib ihm doch wenigstens eine Chance. Er hat sämtliche O'Reilly's Pubs in ganz London abgeklappert, nur um dich zu finden. Das nenne ich mal Einsatz.«

»Vielleicht ein bisschen zu viel Einsatz«, widersprach Nikki.

»Nikki«, seufzte Olive.

»Also gut. Ich sträube mich bloß ein bisschen gegen den Gedanken. Weiß auch nicht, warum.«

»Ich hab da so eine Theorie.«

»Sag jetzt nicht, das ist ein altes Problem aus meiner Kindheit. Irgendwas mit meinem Vater«, warnte Nikki sie. »Mit der Theorie bist du mir schon mal gekommen, und danach habe ich mich tagelang echt mies gefühlt.«

»Nicht mit deinem Dad, mit deiner Mum. Jason ist genau der Typ, mit dem deine Mum dich gerne verkuppeln würde. Ein netter Punjabi-Junge.« Olive lächelte, und ihre Mundwinkel zuckten verräterisch.

»O Gott, Olive. Was, wenn er neulich im Tempel war, um sich die Heiratsanzeigen anzusehen?«, fragte Nikki entgeistert. »Was, wenn er die von Mindi gesehen hat? Wäre das – wäre das nicht irgendwie Inzest?«

Olive bedeutete ihr still zu sein, Jason näherte sich wieder der Theke. Zwischen den dreien herrschte ein peinliches Schweigen. Die Stimme des Quizmasters dröhnte durch den Pub.

»*Wie heißt die zweitgrößte Stadt von Mexiko? Für drei Punkte, die zweigrößte Stadt von Mexiko?*«

»Guadalajara«, sagte Jason. Dann sah er Nikki an. »Könnte ich bitte ein Guinness haben?«

»Oh, ja, natürlich«, stammelte Nikki und sprang sofort auf. Aus den Augenwinkeln sah sie, wie Olive Jason gründlich musterte.

»Jason, darf ich dich was fragen, aus reiner Neugier?«, fragte Olive.

»Klar.«

»Warum warst du an dem Tag, als du Nikki begegnet bist, eigentlich im Tempel?«

Nikki erstarrte fast vor Schreck und umklammerte fest das Glas in ihrer Hand. »*Olive!*«

»Beseitigen wir gleich alle Unklarheiten, ja? Und dann beseitige ich mich.«

»Entschuldige bitte ihr unmögliches Benehmen«, setzte Nikki an, aber Olive hob die Hand, und sie verstummte.

»Lass den Mann reden«, sagte Olive streng.

Jason räusperte sich. »Ich war da, um ein Dankgebet zu sprechen.«

»Ach, echt?«, fragte Nikki.

Jason nickte. »Bei meiner Mum wurde vor ein paar Jahren Brustkrebs diagnostiziert, und kürzlich hat sie erfahren, dass der Krebs zurückgegangen ist. Es war wirklich knapp, also wollte ich mal kurz ein Wörtchen mit Gott reden und ihm sagen, wie dankbar ich ihm bin.«

Olive lächelte Nikki kurz zu und entschuldigte sich dann. Sie nahm ihr Glas und verschwand damit in der Menge der Quizteilnehmer. »Tut mir leid mit deiner Mum«, meinte Nikki. »Das muss eine schwere Zeit gewesen sein.«

»War es, aber es geht ihr schon viel besser. Wobei ich zugeben muss, dass ich sonst eigentlich kein besonders religiöser Mensch bin. Ich gehe selten zum Tempel, aber er strahlt immer so was Vertrautes, Anheimelndes, Friedliches aus.«

»Mein Vater ist vor ein paar Jahren an einem Herzinfarkt gestorben«, sagte Nikki.

»Mein Beileid.«

»Danke«, sagte Nikki. »Es war ganz plötzlich. Er ist im Schlaf gestorben.« Sie wusste gar nicht, warum sie Jason das erzählte. Urplötzlich wurde ihr Gesicht ganz heiß, und sie war froh über die schummrige Beleuchtung im Pub. »Hast du denn Familie in London?«, erkundigte sie sich.

»Entfernte Verwandtschaft. Onkel und Tante. Sie wohnen in Southall, ganz in der Nähe des Tempels. Immer, wenn ich zu Besuch bin, wollen sie, dass ich bei ihnen einziehe. Meine Tante sorgt sich ständig, weil mich niemand bekocht.«

»Eltern sind so«, meinte Nikki. »Meine Mum hat eine ganze Litanei grauenhafter Dinge parat, die alleinlebenden Frauen passieren. Verhungern kommt gleich hinter Vergewaltigung und Mord.«

»Aber ich muss zugeben, es war wirklich schön, im Langar des Tempels zu essen. Mir fehlen das selbstgekochte Dal und die Roti meiner Mum.«

»Mir auch«, gab Nikki zu. »Komisch, als ich noch zuhause gewohnt habe, war ich gar nicht so scharf darauf. Und ich weiß ganz genau, würde ich sie anrufen und nach dem Rezept fragen, würde meine Mum alles daransetzen, mich mit ihrem Dal nach Hause zurückzulocken. Na, dachte ich mir, so schwer kann's ja nicht sein. Ich hab im Supermarkt Linsen gekauft, hab sie gekocht und Curry-Gewürze dazugegeben. Ich glaube, ich habe zu viel Kurkuma reingemacht – eine der zahlreichen Schwachstellen meines Rezepts –, am Ende war es jedenfalls eine neongelbe, absolut ungenießbare Pampe. Damit es wenigstens nach Dal aussieht, habe ich in meiner Verzweiflung löslichen Kaffee reingerührt, um es ein bisschen brauner zu machen.«

»Sag jetzt bitte nicht, du hast das gegessen?«

»Ich hab es in die kleine Gasse hinterm Haus gekippt.

Als mein Chef Sam am nächsten Tag reinkam, hat er geschimpft, es hätte jemand gleich neben den Pub gekotzt, und ich dachte, nein, das ist Nikkis Venti Dal Latte.«

Das Gespräch mit ihm verlief so entspannt und angeregt, dass Nikki gar nicht merkte, wie die Zeit verflog. Als Jason sie fragte, was sie an dem Tag im Tempel gemacht hatte, wandte Nikki sich rasch einem Grüppchen neuer Gäste zu, die an der Theke standen, um ihre Bestellungen aufzunehmen. Diese kleine Ablenkung verschaffte ihr genügend Zeit, um sich eine Antwort zurechtzulegen. »Ich leite dort einen Kurs – Erwachsenenalphabetisierung.« Sie hatte beschlossen, ab sofort alle außer Olive, die sie danach fragten, mit dieser Standardantwort abzuspeisen. Sicher war sicher.

Als die letzte Quizrunde gespielt war, kam Olive zurück an die Theke. »Jason, deine Antwort auf die Mexiko-Frage war richtig. Guadalajara.« Ihre Stimme klang etwas höher als sonst.

»Oje. Leicht angeschickert, was«, zog Nikki sie auf. »Dummdreiste Neuntklässler zu unterrichten, wenn man einen dicken Kater hat, ist bestimmt ziemlich unschön.«

Olive ignorierte sie geflissentlich. »Nikki hast du gehört, was ich gerade gesagt habe? Jason ist echt ein schlaues Kerlchen. Ihr beiden seid so süß zusammen. Du und Mindi solltet eine dicke, fette Punjabi-Doppelhochzeit feiern.«

»Mindi ist meine Schwester«, erklärte Nikki Jason. »Und du, Olive, halt den Schnabel.«

»Mindi sucht einen Ehemann«, plapperte Olive unbeirrt weiter. »Hättest du da vielleicht jemanden an der Hand, Jason? Freunde? Brüder vielleicht?«

»Ich habe einen Bruder, aber der ist erst einundzwanzig. Allerdings ist er berühmt, falls das von Vorteil sein sollte.«

»Wie das?«, fragte Nikki.

»Hast du mal von einer interaktiven Webseite namens *Hipster oder Harvinder* gehört?«

»Ja«, rief Nikki, während Olive zeitgleich »nein«, sagte. Nikki klärte Olive rasch auf: »Das ist eine Webseite, auf der Leute Fotos von sich mit trendigen Bärten posten und andere User sie danach benoten, wie sehr sie einem Sikh namens Harvinder ähneln.«

»Mein Bruder hat ein Jahr in Indien studiert und während einer Trekkingtour in einem abgelegenen Dorf den berühmten Harvinder kennengelernt. Dabei sind sie auch darauf zu sprechen gekommen, wie sehr die Kultur der Sikh sich über Bärte identifiziert, und dass sie in den letzten Jahren auch im Westen wieder populär geworden sind, und so entstand die Idee zu dieser Webseite«, erklärte Jason.

»Dein Bruder hat *Hipster oder Harvinder* erfunden? Wie cool.«

»Ja. Als er aus Indien zurückkam, hatte er sich einen buschigen Bart wachsen lassen. Als Ausdruck seiner Identität, wie er sagte. Mich wollte er auch überreden, aber mit Bart sehe ich aus wie ein Hobbit«, meinte Jason.

»Für einen Hobbit bist du zu groß«, stellte Olive freundlich fest.

»Danke«, gab er zurück.

»Und hast du vielleicht irgendwelche Freunde, die

wir mit Nikkis Schwester verkuppeln könnten?«, fragte Olive. »Große?«

»Ich halte nichts von diesem ganzen Gedöns um arrangierte Ehen.«

»Warum nicht?«, fragte Olive.

»Das setzt einen so unter Druck. Alle wollen mitreden – Freunde, Eltern. Sie setzen einem Deadlines, als müsse jede Beziehungsanbahnung zwischen Mann und Frau zwangsläufig mit einer Eheschließung enden. Das ist echt stressig.«

»Geht mir genauso!«, rief Nikki. »Stell dir vor, du gehst mit jemandem aus, den deine Mum für dich ausgesucht hat. Das ist doch der totale Abtörner.«

»Und wenn es in die Hose geht, muss man sich überall rechtfertigen.«

»Und bestimmten Leuten bis an sein Lebensende aus dem Weg gehen.«

»Viel zu nervenaufreibend«, stimmte Jason ihr zu.

Nikki merkte, wie Olive zwischen ihnen hin und her guckte, als verfolgte sie ein Tennisspiel. Dann huschte sie wieder in Richtung der Quiztische davon und zwinkerte Nikki im Gehen über die Schulter zu.

Ein wilder Wind hämmerte Regentropfen gegen die Scheiben des Busses. Hastig stiegen Fahrgäste aus und sprinteten geduckt zum Tempel. Nikki hielt die Kapuze ihrer Regenjacke fest, aber der eisige Wind biss ihr in die Wangen. Nachdem sie am Abend zuvor den Pub abgeschlossen und draußen mit Jason die letzte Zigarette geraucht hatte, hatten sie darüber gesprochen, mit dem Rauchen aufzuhören. »Ich mache mit«, meinte er. »Wir können uns gegenseitig helfen durchzuhalten. Würde natürlich bedeuten, dass du mir deine Nummer geben musst. Du weißt schon, damit du mich auf dem Laufenden halten und ich dir gut zureden kann.«

Nachdem sie tapfer dem Regen getrotzt und sich unter das breite Vordach des Tempels geflüchtet hatte, beschloss Nikki, ihre letzte Zigarette zu rauchen. Sie lief außen um das Gebäude herum und nahm die Abkürzung über den Parkplatz, um dann in dem kleinen verborgenen Eckchen zu verschwinden. Die Zigarette war es wert. Sie nahm einen tiefen Zug und fragte sich, wie um alles auf der Welt sie damit aufhören sollte. Aber eine Ausrede zu haben, um regelmäßig mit Jason zu telefonieren, wäre ein guter Grund.

Tief in Gedanken versunken drückte Nikki die Zigarette aus und trat aus ihrem Versteck. Hinter ihr hörte sie eine raue Stimme. »Entschuldigung.«

Sie drehte sich um und sah einen untersetzten jungen Mann im karierten Hemd mit offenem Kragen, aus dem die lockigen Brusthaare hervorlugten.

»Ist das hier nicht der Tempel?« Irgendwas an der Stimme vermittelte Nikki den Eindruck, dass das keine Frage, sondern eine Feststellung war.

»Ja«, sagte sie. »Haben Sie sich verlaufen?« Sie hielt seinem durchdringenden Blick stand. Angewidert kräuselte er die Lippen und kam auf sie zu.

»Du solltest deinen Kopf bedecken«, forderte er streng.

»Noch sind wir nicht im Tempel«, entgegnete Nikki.

Der Mann kam noch näher und musterte sie mit hartem Blick. Nikki wurde ganz flau. Sie schaute sich um und sah zu ihrer Erleichterung eine Familie, die vor dem Eingang zum Tempel stand.

Seine Augen folgten ihrem Blick. »Bedecke dein Haupt im Angesicht Gottes«, zischte er ihr schließlich zwischen zusammengebissenen Zähnen zu. Dann stakste er steif davon. Verdattert sah Nikki ihm nach.

Als Nikki den Kursraum betrat, waren die meisten Frauen bereits da und unterhielten sich. Nikki unterbrach sie nicht. Sie war in Gedanken noch bei der eigenartigen Begegnung mit dem fremden Mann. Noch nie hatte sie erlebt, dass jemand sich über einen unbedeckten Kopf auf dem Tempelgelände echauffierte. Was bildete der sich eigentlich ein, sie so zurechtzuweisen?

Tarampal Kaur kam kurz nach ihr hereingeschlurft und setzte sich ganz nach hinten. Sie legte die Stifte ordentlich aufgereiht auf den Tisch und schaute Nikki dann erwartungsvoll an. »Ich bin gleich bei dir«, sagte Nikki zu ihr. Die anderen Frauen schauten auf, als hätten sie Nikki gerade erst bemerkt.

»Wir haben den ganzen Weg vom Bus bis hierher über unsere Geschichten geredet«, berichtete Manjeet.

»Im Bus? Konnten die anderen euch da nicht zuhören?«, fragte Tarampal entsetzt.

»Niemand belauscht alte Omis. Für die sind unsere Gespräche bloß Hintergrundrauschen. Die denken doch, wir reden über Knieschmerzen und Beerdigungsvorbereitungen«, erwiderte Arvinder grinsend.

»Ihr könntet wenigstens ein bisschen diskreter sein«, tadelte Manjeet.

»Ach, Diskretion bringt doch nichts«, widersprach Preetam. »Weißt du noch, wie wir als junge Mädchen immer ganz prüde tun sollten, so als wollten wir es nicht auch?«

»Und hinterher nicht darüber reden durften. Ich wollte das immer schon – ob es ihm auch gefallen hat? Ob er nächstes Mal nicht vielleicht ein bisschen langsamer machen kann?«, meinte Manjeet.

»Oder ob er sein Repertoire nicht noch um ein paar kleine Tricks erweitern kann«, fügte Arvinder hinzu.

»Es ging immer nur so.« Sie streckte die Hände aus und tat, als drückte sie zwei imaginäre Brüste, um dann pantomimisch mit energischen Hüftstößen darzustellen, wie ein Mann eine Frau nahm. »Und dann war es vorbei.« Die Frauen kreischten vor Lachen und klatschten begeistert Beifall.

»Irgendwann werdet ihr noch dabei erwischt, wie ihr über solche Sachen redet«, unkte Tarampal. »Und was dann?«

Die Frauen verstummten und schauten einander an.

»Darüber denken wir nach, wenn es so weit ist«, meinte Sheena schließlich. »Wie Arvinder schon sagte, uns hört sowieso niemand zu.«

»Komm schon, Tarampal«, sagte Manjeet und lächelte nervös. »Das ist doch alles bloß Spaß.«

»Ihr spielt mit dem Feuer«, erwiderte Tarampal finster. Sie hatte angefangen, ihre Sachen zusammenzupacken. »Irgendwann werdet ihr erwischt, und ich will nichts damit zu tun haben.«

Man konnte Manjeet das Entsetzen ansehen. Arvinder drückte ihr beruhigend den Arm. »Wir fliegen nur auf, wenn uns jemand verpetzt«, sagte Arvinder. »Willst du uns etwa melden? Denn wenn du das tust, Tarampal, wenn du das wagst, dann werden wir alle bezeugen, dass du auch in diesem Kurs warst.«

»Na und?«, brummte Tarampal.

Abrupt stand Preetam auf und ging langsam auf Tarampal zu, stolz und kerzengerade wie eine der gestrengen Matriarchinnen aus ihren Fernsehserien. Groß und ehrfurchtgebietend wirkte sie mit einem Mal und hatte das Kinn gereckt, um Tarampal von oben herab in Grund und Boden zu starren.

»Wir sagen ihnen, dass du damit angefangen hast und dann sauer geworden bist, weil dir unsere Geschichten nicht gefallen haben. Und dann steht das Wort von uns vieren gegen deins. Und Nikkis auch, und sie ist gut darin, Menschen zu überzeugen, sie hat nämlich Jura studiert«, erklärte Preetam.

»Ihr solltet euch schämen, ihr alle«, spie Tarampal aufgebracht. Und damit stürmte sie aus dem Kursraum.

»Warte, Tarampal, bitte«, rief Nikki ihr nach und folgte ihr nach draußen. Auf dem Gang blieb Tarampal stehen, die Tasche fest gegen die Brust gedrückt. Ihre Knöchel waren schneeweiß. »Tarampal, bevor du zu Kulwinder gehst und ihr alles erzählst, bitte ...«

»Ich habe nicht vor, noch mal zu Kulwinder zu gehen. Das habe ich schon versucht. Sie hört mir nicht mal zu«, sagte Tarampal.

»Ach«, murmelte Nikki und wusste nicht, ob sie stinksauer auf Tarampal sein sollte oder sich freuen, dass Kulwinder sie hatte abblitzen lassen. »Und vor wem hast du dann solche Angst?«

Tarampal antwortete nicht auf Nikkis Frage. Sie schaute durch das kleine Fensterchen in der Tür zum

Kursraum. »Hast du gesehen, wie die Frauen da drinnen sich gegen mich verschworen haben?«, fragte sie. »Ich kenne sie seit Jahren, und jetzt wenden sie sich gegen mich. Wieso glaubst du, du könntest ihnen vertrauen?«

»Sie wollten nur sich selbst schützen«, meinte Nikki.

»Bist du dir da ganz sicher?«, fragte Tarampal. »Ja«, erwiderte Nikki. Aber als sie durch das Fenster schaute, überkam sie unversehens ein ungutes Gefühl. Drinnen plapperten die Frauen miteinander, mit leisen Stimmchen, die im Korridor kaum zu hören waren. Nikki wusste nichts über sie und die Welt, in der sie lebten.

»Wieso kommst du nicht wieder mit rein, Tarampal? Gemeinsam finden wir bestimmt eine Lösung.«

Tarampal schüttelte stur den Kopf. »Ich will es nicht riskieren, mit diesem Kurs in Verbindung gebracht zu werden. Diese Frauen haben keinen Funken Anstand. Sie scheren sich einen Dreck um den Ruf ihrer verstorbenen Ehemänner. Ich darf nicht zulassen, dass Kemal Singhs guter Name in den Schmutz gezogen wird. Tu mir einen Gefallen und streiche mich von der Teilnehmerliste.« Und damit stolzierte sie davon.

»Wir sollten sie bitten, wieder zurückzukommen«, sagte Manjeet zu Nikki, als sie wieder in den Kursraum kam. »Ihr wisst, wozu sie alles fähig ist.«

»Hör zu, Manjeet. Haben wir dir nicht alle beigestanden, als Tarampal herausgefunden hat, dass dein Mann dich verlassen hat? Und sie hat dich in Ruhe gelassen, als sie gemerkt hat, dass sie ganz alleine dastand«, sagte Preetam.

»Wie meinst du das?«, fragte Nikki. »Was wollte Tarampal denn machen?«

»Jetzt nichts mehr«, erklärte Arvinder. Was Nikkis Frage nicht beantwortete. Arvinder hatte sich stolz in die Brust geworfen. »Keine Sorge, Manjeet.«

»*Hai*, aber ihr Bus ist gerade weg. Jetzt muss sie zwanzig Minuten auf den nächsten warten«, meinte Manjeet.

Nikki schaute aus dem Fenster auf den Parkplatz des Tempels. Tarampal ging zügig zur Straße. Ein silberner BMW bremste neben ihr, und das Fenster wurde heruntergelassen. Tarampal beugte sich hinunter, um mit dem Fahrer zu reden, und stieg dann ein.

»Sie ist gerade zu jemandem ins Auto gestiegen«, sagte Nikki. »Ist das nicht gefährlich?«

Die anderen Frauen schauten einander an und zuckten nur mit den Schultern. »Was sollte ein gefährlicher Kerl mit alten Weibern wie uns schon anstellen?«, fragte Arvinder.

»Tarampal ist bloß ein paar Jahre älter als ich«, sagte Sheena gekränkt. »Sie ist gerade mal Ende vierzig.«

Das hätte Nikki eigentlich nicht weiter verwundern sollen. Tarampals fast faltenloses Gesicht stand in krassem Widerspruch zu ihrer graumausigen, immergleichen Witwenaufmachung. Der gebeugte Gang, das Ächzen und Stöhnen, wenn sie sich an den Tisch setzte, das alles war nur die Rolle, die sie spielte; die gramgebeugte, vom Leben gebeutelte Witwe. »Ist es vertretbar, einfach zu irgendwem ins Auto zu steigen und sich nach Hause bringen zu lassen?«, fragte Nikki.

»Vermutlich kannte sie den Fahrer. Auf dem Markt werde ich auch ständig gefragt, ob ich mitfahren will. Wobei sie meistens gleich vorneweg sagen, wessen Sohn oder Tochter sie sind«, erzählte Arvinder.

»War es ein silberner BMW?«, fragte Sheena. Nikki nickte. »Dann war es wahrscheinlich Sandeep, Resham Kaurs Enkel.«

Preetam machte »hmpf«, als Sheena Sandeeps Namen erwähnte. »Der Junge hält sich für zu gut für die Mädchen aus unserer Gemeinde. Sogar Puran Kaurs Großnichte aus Amerika hat er abgewiesen. Wisst ihr noch? Sie war zu einer Hochzeit zu Besuch. Eine Haut wie Milch und strahlend grüne Augen.«

»Resham hat mir gesagt, sie trägt Kontaktlinsen«, sagte Manjeet.

»*Hai*, Manjeet, du glaubst auch alles, was man dir erzählt. Natürlich musste Resham herumlaufen und bösartige Gerüchte über das Mädchen verbreiten und behaupten, sie sei nicht gut genug für ihr kleines Goldstück«, schimpfte Sheena. »Sie ist eine von diesen altmodischen indischen Müttern, die völlig vernarrt sind in ihre Söhne. Als ihr Ältester geheiratet hat, hat sie einen ganzen Monat zwischen ihnen im Bett geschlafen, damit sie die Ehe nicht vollziehen können.«

»Einen ganzen Monat hat es gedauert, bis er seine Mutter gebeten hat, aus dem Ehebett zu verschwinden? So ein Waschlappen«, meinte Preetam. »Wäre ich seine Frau gewesen, hätte ich jede Nacht im Schlaf laut gewimmert wie eine verängstigte Braut, bis sie es irgendwann leid gewesen wäre und uns in Ruhe gelassen hätte. Ich hätte gesagt: ›Entscheide dich! Deine Mutter oder ich?‹ Und er hätte sich für mich entschieden.«

»Meine Schwiegermutter hat damals genau dasselbe gemacht«, sagte Arvinder. »Nicht in der Hochzeitsnacht, da hat sie uns in Ruhe gelassen. Aber wie oft bin ich in der folgenden Zeit abends eingeschlafen, nur um mitten in der Nacht aufzuschrecken, weil sie friedlich schnarchend zwischen uns lag. Ich habe meinen Mann gefragt: ›Stört dich das Geräusch nicht?‹ Und er meinte nur: ›Geräusch? Was für ein Geräusch? Sie ist meine Mutter.‹«

Nikki war in Gedanken immer noch bei Tarampal. »Warum muss Tarampal den guten Ruf ihres Mannes schützen, wenn er doch schon tot ist?«

Die Frauen schauten einander vielsagend an. »Kermal Singh war ein religiöser Pandit«, erklärte Manjeet. »Ein Wahrsager, der besondere Gebete für die Menschen sprechen konnte. Manche Menschen erweisen ihm heute noch die Ehre. Und sie ist die treusorgende Ehefrau, die dafür sorgt, dass sein guter Ruf keinen Schaden nimmt.«

Arvinder schnaubte. »Treusorgende Ehefrau? Sie könnte mit ihrer Zeit was Besseres anfangen.«

»Aber sie muss diese Fassade aufrechterhalten, nicht wahr? Sonst ist ihr nichts geblieben. Es würde mich nicht wundern, wenn sie heute Abend reihum mit einem besonderen Gebet bei uns an die Tür klopft«, spottete Manjeet.

»Ich würde ihr das hier zeigen, dann wäre sie schnell wieder weg«, entgegnete Arvinder und zeigte ihre offenen Handflächen. Die Frauen kicherten; offensichtlich einer dieser Witze, die sonst niemand verstand – vermutlich irgendwas mit Arvinders Schicksalslinien, mutmaßte Nikki.

Sheena schaute auf. »Nikki, mach dir nicht so viele Gedanken wegen Tarampal«, sagte sie. »Solange die

Männer nichts von unseren Geschichten erfahren, kann uns nichts passieren.«

Nikki musste an den Langar des Tempels denken und an die strikte Grenze, die dort wie ein unsichtbares Kraftfeld zwischen Männern und Frauen verlief. »Ich denke, das sollte kein Problem sein«, antwortete sie. »Keiner von euch redet viel mit Männern, oder?«

»Natürlich nicht. Wir sind Witwen. Wir haben nicht mehr viel mit Männern zu tun. Das dürfen wir gar nicht«, erklärte Preetam.

»Eigentlich gar nicht so schlecht«, meinte Arvinder.

»Findest du«, widersprach Sheena. »Ich hatte nicht so viele schöne Jahre mit meinem Mann wie du mit deinem.«

»Schöne Jahre? Bei dem ganzen Putzen und Kochen und Streiten, da blieb kaum Zeit für Schönes.« Arvinder schaute zu Nikki auf. »Die Mädchen in eurem Alter haben es da viel besser. Wenigstens könnt ihr den Mann erst mal ein bisschen näher kennenlernen, bevor ihr ihn heiratet. Ihr könnt aus den vielen Idioten die Vollidioten aussieben.«

Manjeet kicherte zustimmend. Sheena blieb in sich gekehrt und hielt den Blick gesenkt. Nikki fand, dass es Zeit war, über etwas anderes zu reden. »Also, wer hat eine Geschichte für uns?«, fragte sie aufmunternd.

Sofort schoss Arvinders Hand in die Höhe.

Der Ladenbesitzer und seine Kundin

Der Ladenbesitzer war gerade dabei, seine Regale aufzufüllen, als die Ladentür aufging und eine Frau hereinkam. Sie war schlank, mit breiten Hüften, und trug modische englische Kleidung. Aber sie war eindeutig eine Punjabi. Er fragte: »Kann ich Ihnen helfen?« Doch sie ignorierte ihn einfach und ging nach hinten in den Laden. Erst mutmaßte er, sie könne vielleicht eine Ladendiebin sein, aber dann fragte er sich, wie sie unter den engen, figurbetonten Sachen ihr Diebesgut hinausschmuggeln wollte. Trotzdem folgte er ihr nach hinten und sah, wie sie die Regale mit den Gewürzen abging.

»Welche davon brauche ich zum Teemachen?«, fragte sie.

Kardamom und Fenchelsamen wäre die richtige Antwort gewesen, aber der Ladenbesitzer wollte es ihr nicht verraten. Er wollte, dass sie weiter mit ihrer süßen, sanften Stimme Fragen stellte.

»Ich weiß es nicht«, schwindelte er. »Ich mache nie Tee.«

»Wenn Sie es mir sagen, könnten wir zusammen Tee trinken«, zwitscherte die Frau. Sie lächelte ihn an. Er erwiderte ihr Lächeln und beugte sich zu ihr hinüber, um ihr bei der Auswahl zu helfen. »Das vielleicht«, sagte er und wies auf eine Packung Senfsaat. Die hielt er der Frau unter die Nase, damit sie daran schnuppern konnte. Sie schloss

die Augen und atmete tief ein. »Nein«, zirpte sie leise und lachte. »Sie haben wirklich keine Ahnung.«

»Ich mag vielleicht vom Teemachen keine Ahnung haben, meine Liebe«, erwiderte der Ladenbesitzer. »Aber ich weiß, wie man dieses entzückende Lächeln auf Ihr Gesicht zaubern kann.«

Und damit legte er das Päckchen Senfsaat wieder ins Regal und strich ihr die Haare hinter das Ohr. Sie beugte sich vor und gab ihm einen Kuss auf die Lippen. Er war überrascht. Solch freizügiges Benehmen war er in seinem Laden nicht gewohnt, auch wenn er den Flirt begonnen hatte. Die Frau nahm ihn an der Hand und führte ihn ins Hinterzimmer, und dann drehte sie sich um und sah ihn an.

»Warum führt sie ihn ins Hinterzimmer? Sollte *er* sie nicht dorthin führen? Woher weiß sie überhaupt, wo es ist?«, fragte Preetam.

»Unterbrich mich nicht«, fuhr Arvinder sie an. »Oder falle ich dir dauernd ins Wort, wenn du eine Geschichte erzählst?«

»Das ist doch völlig unlogisch«, meinte Preetam. »Es sei denn, sie ist schon mal da gewesen. Vielleicht ist sie das Mädchen, das er eigentlich heiraten wollte, aber seine Eltern haben es ihm verboten, und jetzt ist sie verkleidet zurückgekommen.«

Arvinder guckte sie verärgert an, aber Nikki sah, dass

sie den Vorschlag überdachte. »Okay, Sheena, schreib das mit rein.«

»Wo?«, fragte Sheena.

»Irgendwo. Also, egal, wir kommen jetzt zur besten Stelle. *Die Frau begann sich auszuziehen. Sie drehte sich im Kreis, bis sie den Sari abgewickelt und abgestreift hatte.*«

»Ich dachte, sie trägt moderne Sachen«, meinte Sheena. »Warum hat sie jetzt plötzlich einen Sari an?«

»Sari ist das bessere Bild.«

»Soll ich das dann auch ändern? Keine moderne Kleidung?«

»Keine Frau, die einen Sari trägt, ist so forsch.«

»Blödsinn. In London wimmelt es nur so vor Frauen, die selbstbewusst genug sind, um so etwas zu machen. Ganz egal, was sie anhaben.«

»In London vielleicht. *Goris* machen so was, aber nicht die braven Mädchen in Southall«, wendete Manjeet ein.

»Auch in Southall. Kennt ihr den Hügel hinter dem Herbert Park? Da treffen sich die jungen Frauen und Männer immer. Einmal hatten wir im Sommer Besuch von Verwandten, und abends haben wir mit ihnen einen kleinen Spaziergang dorthin gemacht, weil wir uns den Sonnenuntergang anschauen wollten. Wir haben muslimische Frauen im Hijab gesehen, die von einem Auto zum nächsten flatterten – von einem Mann zum andren. Es gibt nichts, was es nicht gibt«, sagte Preetam.

»Ist Maya da erwischt worden?«, fragte Manjeet. Unvermittelt fühlte es sich an, als würde alle Luft aus dem Raum gesaugt und zurück bliebe ein Vakuum. Die

Frauen rutschten unbehaglich auf ihren Stühlen herum, und Nikki musste daran denken, wie betreten die Frauen in der Langar-Halle dreingeschaut hatten, als die grüne Dupatta Hof gehalten hatte. Irgendwas musste mit Kulwinders Tochter sein, das die Menschen so reagieren ließ. »Was?«, fragte Manjeet und schaute sich um. »Tarampal ist nicht mehr da, und ich habe nie die ganze Geschichte gehört, weil ich damals in Kanada war.«

»Er hat Nachrichten auf ihrem Handy entdeckt«, sagte Preetam. »Habe ich jedenfalls gehört.«

»Hast du gehört, oder weißt du es?«, fragte Arvinder. »So habe ich dich nicht erzogen. Über Tote redet man nicht schlecht.«

»*Hai*, aber inzwischen weiß es doch jeder, *nah*?«, verteidigte sich Preetam. »Es ist schon beinahe ein Jahr her.«

»Nicht jeder«, widersprach Sheena und wies mit einem Nicken auf Nikki. »Und sie braucht es auch nicht zu wissen. Tut mir leid, Nikki, aber das ist Privatsache. Kulwinder würde nicht wollen, dass wir darüber ratschen.«

Wieder ein kleiner Hinweis darauf, dass die Frauen ihr nicht völlig vertrauten. *Warum darf ich das nicht wissen?*, hätte sie am liebsten gefragt, während die Frauen vielsagende Blicke wechselten. Sheena wirkte besonders aufgebracht. Was nur dazu führte, dass Nikki noch neugieriger wurde auf Maya und ihre geheimnisvolle Geschichte. Schon aus reiner Wissbegier wollte Nikki alles über Maya erfahren. Aber vielleicht würde sie auch ein bisschen besser mit Kulwinder auskommen, wenn sie erst wusste, was eigentlich geschehen war. Kurz überlegte sie, den

Witwen das zu erklären – schließlich war es in ihrem eigenen Interesse, wenn Kulwinder den Eindruck bekam, im Kurs ginge alles seinen gewünschten Gang –, aber da übernahm Sheena kurzerhand die Kursleitung.

»Erzähl doch bitte weiter, Arvinder«, sagte sie und wies auf die Uhr. »Wir wollen schließlich nicht die ganze Nacht hierbleiben.«

Eine merkliche Pause entstand. Die Frauen schauten Nikki an. »Ja, machen wir weiter«, sagte Nikki. »Wir waren ja gerade mittendrin.« Zustimmend lächelte sie Sheena an, und die erwiderte ihr Lächeln. Die anderen atmeten hörbar auf.

Arvinder zuckte die Schultern. »Ich weiß nicht, wie ich weitermachen soll.«

»Beschreibe sein Ding«, schlug Sheena vor. »Groß oder klein?«

»Groß natürlich«, schnaubte Arvinder empört. »Was will man denn mit einer dünnen kleinen Möhre?«

»Zu groß ist aber auch nicht gut. Du willst ja keine Süßkartoffel. *Hai*, das Problem hatte ich damals«, bemerkte Sheena kopfschüttelnd. »So viel Ghee gibt es gar nicht, dass es beim ersten Mal nicht wehgetan hätte.«

»Eine Banane ist ideal«, erklärte Preetam. »Ideale Form und Größe.«

»Wie reif?«, fragte Arvinder. »Zu reif, und es wäre wie bei meinem ersten Mal – weich und matschig.«

»Warum benutzt ihr eigentlich immer Obst- und Gemüsenamen?«, unterbrach Nikki sie. Das Gespräch verdarb ihr langsam die Lust auf den Einkauf an der Gemüsetheke im Supermarkt.

»Das machen wir nicht immer«, meinte Manjeet.

»Manchmal sagen wir auch *danda*.« Was auf Punjabi so viel wie »Stecken« bedeutete. »Niemand redet über so was. Alles, was wir wissen und wie wir es beschreiben, haben wir von unseren Eltern. Und die haben ganz bestimmt nicht mit uns darüber geredet, was Frauen und Männer so alles miteinander machen.«

»Stimmt«, murmelte Nikki, der nicht einmal das Punjabi-Wort für Penis einfallen wollte. Sie würde sich wohl an diese Chiffren gewöhnen müssen, so bizarr sie ihr auch vorkommen mochten. In der vorherigen Stunde hatten die Witwen mit keiner Wimper gezuckt, als Sheena laut vorgelesen hatte: *»Sie schnappte nach Luft und wisperte: ›Ach, mein Liebling, das ist so gut‹, während er mit seiner mächtigen Gurke in sie eindrang.«*

»Aber die englischen Wörter kennen wir«, sagte Preetam. »Die haben wir aus dem Fernsehen und von unseren Kindern gelernt. Genau wie Fluchen – wir haben gehört, wie sie es sagen, und wussten sofort, dass es etwas Unanständiges sein musste.«

»Schwanz«, sagte Arvinder.

»Eier«, piepste Preetam. »Titten.«

»Muschi?«, flüsterte Manjeet. Nikki nickte. Manjeet strahlte.

»Titten, ficken, Muschi, Arsch«, platzte Arvinder unvermittelt heraus.

»Also gut«, unterbrach Nikki. »Wir können gerne landwirtschaftliche Erzeugnisse verwenden, wenn euch das lieber ist.«

»Gemüse ist am besten«, verkündete Preetam. »Sag selbst, gibt es irgendwas, das Geschmack und Gefühl besser beschreibt als eine reife Aubergine?«

In der darauffolgenden Woche sprintete Nikki durch den eiskalten Regen vom Bus zum Tempel und betrat zitternd die Langar-Halle. Dort sah sie Sheena ganz alleine sitzen. Sie reihte sich in die Warteschlange ein, um sich den Teller mit Kichererbsen-Curry, Dal und Roti füllen zu lassen, und fragte Sheena dann, ob sie sich zu ihr setzen dürfe.

»Klar«, sagte Sheena und schob ihre Handtasche beiseite.

Nikki riss ein Stückchen Roti ab und schaufelte etwas Dal damit auf. Mit einem Teelöffelchen träufelte sie noch etwas Joghurt darüber. »Mmm«, brummte sie genießerisch und kaute zufrieden. »Warum schmeckt es im Tempel immer doppelt so gut?«

»Willst du eine spirituelle Antwort oder eine richtige?«, fragte Sheena.

»Beides.«

»Im Dal steckt Gottes Liebe. Und es ertrinkt fast in Ghee.«

»Verstehe«, sagte Nikki grinsend und schaufelte mit dem nächsten Stückchen Roti eine etwas weniger großzügige Portion auf.

»Lass dir davon nicht den Appetit verderben«, lachte Sheena. »Aber wenn deine Hose das nächste Mal am Bund etwas zwickt, weißt du wieso.«

»Dann isst du nicht jedes Mal vor dem Kurs hier?«, fragte Nikki. Sheena war rank und schlank und sah nicht aus, als würde sie regelmäßig fettiges Dal futtern.

»Sonst gehe ich nach der Arbeit meistens nach Hause und koche für mich und meine Schwiegermutter, ehe ich hierherkomme. Aber durch den Sturm war heute so viel Verkehr, dass ich dachte, es ist besser, wenn ich gleich hierherfahre.«

Obwohl ihr Mann gestorben war, schien Sheena also immer noch mit ihrer Schwiegermutter zusammenzuwohnen. Nikki fragte sich, ob sie das aus Pflichtgefühl tat. Oft ertappte sie sich dabei, wie sie Sheena verstohlen von der Seite musterte und in ihrer modernen Aufmachung und aufgeschlossenen Art einen Hinweis darauf suchte, wie konservativ sie eigentlich war.

»Die Arme ist inzwischen dement«, fuhr Sheena fort, wie um Nikkis unausgesprochene Frage zu beantworten. »Manchmal fragt sie nach ihrem Sohn. Ich mag mir gar nicht ausmalen, wie es wäre, wenn sie ganz allein leben müsste, so verwirrt und desorientiert.«

Das war ein guter Grund. »War sie eine gute Schwiegermutter?«, erkundigte Nikki sich. »Ich höre immer nur schlimme Horrorgeschichten. Und dann mache ich mir Sorgen um meine Schwester, die unbedingt eine traditionelle Ehe eingehen will. Deine Schwiegermutter scheint dich ja ganz gut behandelt zu haben.«

»O ja. Sie war immer wie eine Freundin für mich«, versicherte Sheena. »Wir haben uns zuhause gern gemeinsam die Zeit vertrieben. Sie hat keine Töchter und hatte mich sehr gerne um sich. Als Arjun gestorben ist, stellte sich erst gar nicht die Frage, ob ich in der Familie bleibe oder nicht. Mit ihnen zusammenzuleben war anfangs eine ziemliche Umstellung, aber Veränderungen gehören nun mal zum Leben. Sag das deiner Schwester. Wünscht sie sich eine arrangierte Ehe?«

»Schon irgendwie«, meinte Nikki. »Ich hab für sie eine Heiratsannonce ans Schwarze Brett gepinnt.«

»Au weia, manche davon sind echt schlimm, oder?«

»Mir gefiel die am besten, auf der sogar die Blutgruppe

des potenziellen Heiratskandidaten angegeben war«, prustete Nikki. »Zu den ehelichen Pflichten gehört da vermutlich eine Nierenspende an die neue Schwiegerfamilie.«

Sheena lachte. »Als meine Eltern damals versuchten, mich unter die Haube zu bringen, fand ich es immer furchtbar, dass sie so mit meinem ›hellen Teint‹ hausieren gingen. Als sei das mein größtes Alleinstellungsmerkmal.«

»Ja!«, stimmte Nikki ihr zu. »Als hätte man bessere Chancen, wenn man eine Haut wie Milch und Honig hat.«

»Funktioniert nur leider ganz gut«, sagte Sheena, »dieser ganze Schneewittchen-Quatsch. Arjuns Familie hat dunklere Haut als meine, und als sich herausstellte, dass wir keine Kinder bekommen können, meinte doch tatsächlich jemand ganz dummdreist: ›Tja, dann brauchst du dir wenigstens keine Sorgen zu machen, dass eure Kinder nach ihm kommen.‹«

»Wie krank ist das denn?«, empörte Nikki sich und musste daran denken, wie sie Mindi einmal angegangen war, weil sie bei einer Indienreise eine Bleichcreme gekauft hatte. Worauf Mindi nur meinte: »Du hast leicht reden, du bist mindestens drei Nuancen heller als ich.«

»Und du bist dann als Nächste dran?«, fragte Sheena. »Nach deiner Schwester?«

»Himmel, nein!«, rief Nikki entsetzt. »Ich würde mich nie im Leben von meiner Familie verkuppeln lassen.«

Sheena zuckte nur die Achseln. »So schlimm ist es gar nicht. Und es ist auch viel einfacher. Ich glaube, beim Daten wäre ich eine Null gewesen.«

»Aber ist das alles nicht sehr ... gestellt?«

»Man muss halt seine Karten richtig spielen«, meinte Sheena. »Als meine Eltern anfingen, einen Mann für mich zu suchen, habe ich mich natürlich auch selbst ein bisschen umgeschaut. Ich hatte Arjun bei einer Hochzeit gesehen, und als meine Eltern mich fragten, wie mein Traummann sein sollte, habe ich ihn beschrieben. Natürlich ohne Namen zu nennen. Es hat keine Woche gedauert, da haben sie ihn mir vorgestellt. Ein Glück, dass ich ihm bei der Hochzeit auch schon aufgefallen war. Alle Beteiligten waren hochzufrieden mit sich.«

»Das ist tatsächlich ziemlich romantisch«, gab Nikki zu. Sie konnte nur hoffen, dass Mindi bei ihrer Suche auch so viel Glück haben würde.

»Wenn du was willst, musst du deine Eltern oder Schwiegereltern immer in dem Glauben lassen, das sei alles auf ihrem Mist gewachsen«, kicherte Sheena und wies mit dem Finger auf Nikki. »Ein weiser Rat von einer alten Frau.«

Nikki musste lachen. »Also gut, Bibi Sheena. Wie alt bist du eigentlich?«

»Neunundzwanzig, seit sechs Jahren«, antwortete Sheena. »Und du?«

»Wenn du meine Mum fragst, immer noch ein Kleinkind, und ich werde nie im Leben selbständig denken dürfen. Aber eigentlich bin ich zweiundzwanzig.«

»Lebst du allein?«

Nikki nickte. »In einer kleinen Wohnung über einem Pub. Ich glaube, das kriege ich nicht so gedreht, dass meine Eltern auf die Idee gekommen sind.«

Unvermittelt fing Sheena an zu strahlen und schaute

an Nikki vorbei. Mit einem diskreten schmetterlingshaften Fingerflattern winkte sie jemandem zu. »Nein, Nikki, dreh dich jetzt nicht um«, wisperte sie, als sie sah, wie Nikkis Kopf herumfuhr.

»Wer ist denn da?«

»Niemand«, murmelte Sheena.

»Und wie heißt dieser Niemand?«

»Du bist aber neugierig.«

»Niemand Singh?«

»Hörst du jetzt auf, nach hinten zu schielen, Nikki? Okay, er heißt Rahul. Rahul Sharma. Er macht jeden Tag dreimal *Sewa* im Tempel. Als er arbeitslos wurde, hat er immer hier gegessen. Das war seine Rettung. Und jetzt hilft er ehrenamtlich in der Küche aus, als kleines Dankeschön sozusagen.«

»Du weißt aber eine Menge über ihn. Redet ihr auch miteinander, oder werft ihr euch nur verliebte Blicke zu?«

»Zwischen uns ist gar nichts«, stellte Sheena klar. »Zumindest nicht offiziell. Wir arbeiten zusammen in der Bank of Baroda. Ich habe ihn eingearbeitet, als er vor ein paar Wochen bei uns angefangen hat.«

»Du wirst ja ganz rot.«

»Und?«

»Du bist verliebt.«

Vertraulich beugte Sheena sich zu Nikki hinüber. »Manchmal geht er nach der Arbeit nicht gleich nach Hause, und wir unterhalten uns noch ein bisschen. Wir treffen uns immer auf dem Parkplatz hinter der Bank, damit uns von der Hauptstraße aus niemand sieht. Aber mehr ist da nicht.«

»Habt ihr euch schon mal verabredet? Steigt einfach in deinen kleinen roten Flitzer und fahrt irgendwo hin, wenn du Angst hast, dass euch in Southall jemand zusammen sieht. Oder trefft euch an einem neutralen Ort.«

»Das ist nicht so einfach«, widersprach Sheena. »Eine Verabredung führt zur nächsten, und ehe man sich's versieht, hat man den Schlamassel und ist mitten in einer Beziehung.«

»Na und?«

»Ich gehöre immer noch zur Familie meines verstorbenen Mannes. Das könnte schwierig werden. Außerdem ist Rahul Hindu. Die Leute würden sich die Mäuler zerreißen.«

Die Mäuler zerreißen. Wie Nikki diesen Ausdruck hasste. Mum hatte mehrmals versucht, sie mit diesem Argument davon abzuhalten, bei O'Reilly's zu arbeiten.

»Wer würde sich denn über dich und Rahul die Mäuler zerreißen? Die anderen Witwen?«

»Ich weiß nicht, was die Witwen dazu sagen würden. Ich glaube, auch ihre Toleranz hat irgendwo ihre Grenzen, vor allem, wenn es alle anderen mitbekommen. Von Witwen wird erwartet, dass sie sich nicht neu verheiraten, schon vergessen? Geschweige denn, mit jemandem *ausgehen*.«

»Ich frage mich sowieso, warum du eigentlich mit denen befreundet bist«, platzte Nikki heraus.

Sheena hob eine Augenbraue. »Wie bitte?«

Nikki schämte sich sofort für das, was sie da gesagt hatte. »Entschuldige, so war das nicht gemeint.« Sie wagte es nicht, Sheena ins Gesicht zu schauen, und sah sich verlegen im Esssaal um. Ihr Blick blieb an einem Frauengrüppchen hängen, das mitten im Raum zusammensaß. Die schimmernde Kleidung und die makellos geschminkten Gesichter verliehen ihnen ein Flair von mondänem Glamour, wie die weiblichen Hauptdarstellerinnen von Preetams indischen Lieblingsserien.

»Ich finde bloß, du würdest viel besser zu den Frauen da drüben passen. Sowohl vom Alter als auch von den Wertvorstellungen her.«

»Mit denen kann ich nicht mithalten«, widersprach Sheena. Nikki fiel auf, dass sie sich nicht einmal nach den Frauen umdrehte. »Ich habe es versucht. Mit einigen von denen bin ich zur Schule gegangen. Aber kurz nach unserer Hochzeit wurde bei Arjun Krebs diagnostiziert – das war der erste Schlag. Zuerst erfährt man viel Anteilnahme, aber wenn die Krankheit fortschreitet, fangen die Leute irgendwann an, einem aus dem Weg zu gehen. Als sei das Unglück ansteckend. Wegen der Chemo stand Kinderkriegen schließlich außer Frage. Das war der zweite Schlag. Alle um mich herum bekamen Kinder und trafen sich zu Mama-Kränzchen und wussten mit mir nichts mehr anzufangen. Nachdem er sieben Jahre gegen die Krankheit angekämpft und es eigentlich so gut ausgesehen hatte, kam der Krebs dann doch zurück, und Arjun ist gestorben. Und ich war plötzlich Witwe.«

»Der dritte Schlag«, flüsterte Nikki. »Verstehe.«

»Für mich ist das kein großer Verlust. Die Witwen sind viel bodenständiger. Sie wissen, was es bedeutet, einen nahestehenden Menschen zu verlieren. Diese Frauen sind alle mit reichen Männern verheiratet, die eigene Familienunternehmen führen. Sie arbeiten nicht und sind Stammkundinnen bei Chandani.«

»Wer ist Chandani?«

»Ein Luxus-Beauty-Salon in Southall. So ein Laden, zu dem man nur geht, wenn man sich mal was Besonderes gönnen will. Ansonsten begnügt man sich mit der günstigeren Maniküre in einem der kleinen Studios auf dem Broadway.« Sheena wedelte mit ihren glitzernden Fingernägeln vor Nikkis Nase herum und grinste. »Ich mache mir schon seit Jahren selbst die Nägel. Neonpinker Unterlack mit Goldglitzer – mein Markenzeichen.«

»Sieht toll aus«, sagte Nikki und guckte peinlich berührt auf ihre abgeknabberten Nägel. »Ich war noch nie bei der Maniküre.«

»Ohne könnte ich nicht leben«, seufzte Sheena. »Schade, dass ich keinen reichen Mann geheiratet habe. Dann könnte ich den lieben langen Tag bei Chandani herumsitzen und mit den Mädels tratschen. Der Laden ist eine einzige Schlangengrube. Schlimmer als der Langar. Diesen Weibern kann man nicht über den Weg trauen.«

Nikki musste daran denken, wie Tarampal sie vor den Witwen gewarnt hatte. Aber Sheena schien vertrauenswürdig. Nikki hatte das Gefühl, ganz offen mit ihr reden zu können. »Hey, darf ich dich mal was fragen?«

Sheena nickte.

»Tarampal scheint sich Sorgen zu machen, wir könnten auffliegen. Hat sie wirklich solche Angst vor Kulwinder?«

»Wohl eher vor den Brüdern«, erklärte Sheena.

»Wessen Brüder?«

»Nein, *die* Brüder. Eine Gruppe junger, arbeitsloser Männer, die sich für die selbsternannten Moralwächter von Southall halten. Viele von ihnen haben vorher in der Altmetallfabrik gearbeitet, bevor sie dichtgemacht hat. Jetzt patrouillieren sie auf dem Tempelgelände und ermahnen die Leute, den Kopf zu bedecken.« Während sie das sagte, hob sie die Hand an den Hals und spielte mit dem Goldkettchen, das auf ihrem Schlüsselbein lag.

»Das ist mir auch passiert«, sagte Nikki verdutzt. Beim Gedanken an das höhnische Grinsen des Mannes kam ihr wieder die Galle hoch. »Ich dachte bloß, er sei besonders religiös.«

»Mit Religiosität hat das nichts zu tun. Die sind gelangweilt und frustriert. Die größten Eiferer stehen auf dem Broadway und durchwühlen die Schultaschen der Jugendlichen nach Zigaretten, fragen die Mädchen, wo sie hinwollen und was sie machen, damit die Ehre der Gemeinde nicht besudelt wird. Ich habe gehört, sie bieten auch Familienhilfe an.«

»Wie das?«

»Hauptsächlich als Brautgeldjäger. Brennt ein Mädchen beispielsweise mit seinem muslimischen Freund durch, alarmieren die Brüder ihr Netzwerk aus Taxifahrern und Ladeninhabern, um sie aufzuspüren und nach Hause zurückzubringen.«

»Und die Leute sagen nichts dagegen? Die lassen sich einfach klaglos terrorisieren?«

»Meckern tun viele, aber sich ihnen entgegenzustellen wagt keiner. Außerdem haben die Leute zwar einerseits Angst vor ihnen, aber andererseits sind sie auch ganz praktisch, um widerspenstige Töchter im Zaum zu halten. Man will sich nicht zu laut beschweren, weil man nie wissen kann, wann man sie mal braucht.«

»Ist das einer von denen?«, fragte Nikki mit Blick auf einen jungen, muskulösen Mann, der betont lässig in die Langar-Halle schlenderte. Sein Gehabe war gerade furchteinflößend genug, um ein aufmuckendes Schulmädchen so einzuschüchtern, dass es wieder ganz zahm wurde und brav den Eltern gehorchte.

Sheena nickte. »Die meisten sind unschwer zu erkennen. Sie laufen breitbeinig herum wie Cowboys, damit alle wissen, wer sie sind.« Sie klang verbittert.

Sheena spielte wieder geistesabwesend an ihrer Halskette, die sie unabsichtlich aus dem Ausschnitt zog. Ein kleiner Anhänger mit dem Buchstaben G kam zum Vorschein. Als Sheena Nikkis Blick bemerkte, ließ sie den Anhänger schnell wieder verschwinden. »Ein Geschenk von meinem Mann«, haspelte sie. »Der Buchstabe steht für den Kosennamen, den er mir immer gegeben hat.«

Der Anhänger erinnerte Nikki an ein Schmuckstück, das ihre Großmutter zu ihrer und zu Mindis Geburt aus Indien geschickt hatte. Comicartige Buchstaben aus Gold. Eine Kinderkette – kurz und zart. Sheenas gestammelte Erklärung erschien Nikki eigenartig, aber ihr schoss gerade eine viel wichtigere Frage durch den Kopf: Was würden die Brüder tun, wenn sie erfuhren, was in diesem Schreibkurs wirklich vor sich ging? Nikki bekam eine Gänsehaut, als ihr aufging, dass sie die Antwort darauf längst wusste.

Siebtes Kapitel

Das kleine Rädchen auf dem Bildschirm drehte sich seit beinahe einer Minute ununterbrochen. Nikki drückte noch mal auf BESTÄTIGEN, und prompt poppte eine strenge Ermahnung auf: *Klicken Sie erneut auf BESTÄTIGEN, wird Ihre Bestellung erneut abgeschickt. Möchten Sie Ihre Bestellung ein weiteres Mal senden?* »Nein«, brummte sie. »Ich wollte eigentlich, dass sie beim ersten Mal durchgeht.« Ihr taten die Arme weh, weil sie den Laptop die ganze Zeit über die Spüle halten musste, um überhaupt ins Internet zu kommen, und es ärgerte sie, dass sie es nicht einmal hinbekam, eine simple Bestellung bei Amazon zu tätigen. In der letzten Stunde hatte Sheena um eine kurze Pause bitten müssen, weil ihr das Handgelenk vom vielen Schreiben wehgetan hatte, woraufhin Nikki ihr versprochen hatte, ein Diktiergerät zu besorgen. Sie lugte aus dem Fenster – ein paar Wolken am Himmel, aber eigentlich ein ganz schöner Tag für einen Spaziergang. In der Nähe gab es ein paar kleine Elektroläden, bei denen sie ihr Glück versuchen wollte.

Nikki war gerade auf halbem Weg zur King Street, als es unvermittelt anfing, wie aus Eimern zu schütten. Sie sprintete los und rettete sich in einen Oxfam-Laden. Atemlos stürzte sie hinein, und die nassen Haare klebten ihr an der Stirn. Mitfühlend schaute die Dame an der Kasse sie an.

»Ganz schön fies da draußen, was?«, meinte sie.

»Eklig«, erwiderte Nikki.

Im Regal mit den Elektroartikeln entdeckte Nikki neben einer Kiste mit gebrauchten Haartrocknern und Adaptern einen Kassettenrekorder mit glänzendem rotem Gehäuse. Das könnte funktionieren. Vermutlich wäre es einfacher, als den Witwen beizubringen, wie man ein digitales Aufnahmegerät mit allem Pipapo bediente. Sie ging damit zur Kasse. »Sie haben nicht zufälligerweise auch Leerkassetten?«

»Irgendwo habe ich noch eine ganze Kiste voll«, entgegnete die Dame. »Und ich würde auch schrecklich gerne unsere gesammelten Hörspielkassetten loswerden. Schon vor Jahren hat uns eine Bibliothek eine ganze Kiste voll mit sämtlichen Enid-Blyton-Geschichten gespendet, und ich bringe es einfach nicht übers Herz, sie wegzuwerfen. Aber wir müssen das Lager dringend entrümpeln, und wenn sich niemand erbarmt und sie mitnimmt...«

»Ich nehme ein paar davon«, sagte Nikki. Sie fand den Gedanken, die Hörspielkassetten einfach wegzuwerfen, auch unerträglich. Früher, als sie noch klein waren, hatte ihre Mum die Geschichten immer für sie und Mindi in der Bibliothek ausgeliehen.

Die Dame verschwand im Hinterraum. Während sie nach den Kassetten suchte, schlenderte Nikki ziellos an den Regalen entlang. Wieder blieb ihr Blick an dem Beatrix-Potter-Buch hängen, und sie nahm es heraus und blätterte darin. »Sie haben nicht zufälligerweise noch mehr Bücher von Beatrix Potter?«, rief sie.

»Alles, was wir haben, steht im Regal«, antwortete die Dame von der Kasse und tauchte wieder aus dem Lager auf. »Suchen Sie was Bestimmtes?«

»Eigentlich ist es keins ihrer Bücher. Mehr eine Sammlung von Zeichnungen und Tagebucheinträgen. Schwer zu finden, es ist mehr eine Zusammenstellung von Hochglanzfotos als beschriebene Buchseiten. Ich habe es vor Jahren mal in einem Buchladen entdeckt, aber leider nicht gekauft.«

»Ich könnte mich schwarz ärgern, wenn mir so was passiert. Ich nenne das immer Bücherkater. Man sieht was und denkt, eigentlich brauche ich es nicht, und nachher tut es einem dann leid, und man will es unbedingt haben, nur ist dann nirgendwo zu bekommen.«

Nikki hatte bei dem Gedanken an das Buch mehr als bloß einen Kater. »*Beti*, was soll das sein?«, hatte Dad sie gefragt, als er gesehen hatte, wie sie in einem Buchladen in Delhi in den Regalen stöberte. »Du hast dieses Jahr deine Abschlussprüfungen. Was willst du damit? Das sind doch alles Kinderbilder.« Und weil sie keine Rupien dabeigehabt hatte, hatte Nikki das Buch nicht selbst kaufen können. »Das ist kein Bilderbuch«, hatte sie frustriert protestiert. »Das sind Beatrix Potters Tagebücher.« Womit Dad überhaupt nichts anfangen konnte. Nikki hatte für den Rest ihrer Reise geschmollt und trotzig eine Schnute gezogen.

Interessiert schaute die Kassiererin Nikki an. »Gibt es einen bestimmten Grund, warum Sie im einundzwanzigsten Jahrhundert einen Kassettenrekorder kaufen?«

»Ich bringe älteren Damen Englisch bei«, antwortete Nikki. »Es gibt kein Budget für Lehrmittel, und wir wollen unsere Gespräche aufzeichnen, damit sie ihren Akzent verbessern können.« Das hatte sie sich so zurechtgelegt, falls Kulwinder sie fragen sollte. Sie hatte vor, zur Tarnung tatsächlich einige Unterhaltungen aufzuzeichnen.

Die Dame hielt ihr einen Karton voller *Fünf Freunde*-Kassetten hin. »Suchen Sie sich Ihre liebsten raus.« Sie lächelte. »Das da ist meine Lieblingsgeschichte.«

In der Geschichte ging es um einen Geheimgang. Nur ein paar Sätze, und sofort fühlte Nikki sich in ihre Kindheit zurückversetzt, als Mum ihnen abends diese Kassetten vorgespielt hatte. Ganz still hatten sie dagesessen. Mindi war dem Text mit dem Zeigefinger gefolgt, und Nikki hatte vollkommen entrückt der melodiösen Stimme des Erzählers gelauscht. Trotz ihrer ausgezeichneten Ausbildung schien Mum bei der Ankunft in England alles Vertrauen in ihre korrekte englische Aussprache verloren zu haben. Nikki musste an Tarampal Kaur denken und bekam plötzlich ein schrecklich schlechtes Gewissen. Die Frau wollte doch bloß Englisch lernen, und Nikki hatte es gestern ganz beiläufig abgetan, als sie empört aus dem Kursraum gestürmt war.

»Was sollen die kosten?«

»Nur zehn Pence das Stück.«

Nikki guckte in die Schachtel. Es fiel ihr schwer, da zu widerstehen. »Dann nehme ich sie alle.« Sie bezahlte die Kassetten und den Rekorder und ging dann nach draußen in den Wolkenbruch hinaus, ihre neu erstandenen Schätze fest gegen die Brust gedrückt.

Nachdem sie den Koffer zugemacht hatte, steckte Kulwinder die Reiseunterlagen und ihren Pass in einen kleinen Beutel. Dann schloss sie die Augen, zog sich die Dupatta vom Kopf und bat Guru Nanak um seinen Segen für eine sichere Reise.

Ein Knarzen unten ließ sie aufschrecken. Kulwinder versuchte, die aufsteigende Panik herunterzuschlucken. Das war bloß Sarab, versuchte sie sich zu beruhigen, der heute ein bisschen früher als sonst von der Arbeit kam. Sie ging im Kopf all die Geräusche durch, die er beim Nachhausekommen machte – jetzt tappte er durch die Küche, nun quietschte die Hintertür in den Angeln, als er zu ihrem zweiten Kühlschrank in der Garage ging, wo sie für jeden Abend, an dem sie weg sein würde, eine Mahlzeit für ihn eingefroren hatte. Auf dem Tisch standen frische Rotis und eine Kanne Tee zum Mittagessen, aber die hatte er wohl übersehen. Also ging sie zum Treppenabsatz und rief seinen Namen. Erst da ging ihr auf, dass er wohl gedacht haben musste, sie sei schon weg.

Absichtlich trat Kulwinder auf eine knarzende Diele. Die Treppe ächzte laut ihren Protest. »Ich bin hier«, rief sie, unten in der Diele angekommen. Sarab saß im Wohnzimmer und sah fern.

»Ach«, sagte er. »Wann geht denn dein Flug?«

»Halb fünf«, erwiderte sie. »Zwei Stunden vorher muss ich los. Drei Stunden werden eigentlich empfohlen, aber ich denke, zwei sollten auch reichen.« Je später sie ankam, desto weniger Zeit hatte sie, in Heathrow irgendwelchen Punjabis über den Weg zu laufen.

»Dann fahren wir um zwei«, sagte Sarab. Kulwinder

war sich nicht sicher, ob sie sich den Unmut in seiner Stimme nur einbildete. Gestern hatten sie sich wieder wegen ihrer Reise gestritten. Er hatte verlangt, dass sie ihm endlich sagen solle, warum sie unbedingt nach Indien wollte. »Wir fahren doch jedes Jahr«, hatte sie gesagt. Verwandtenbesuche standen an und Hochzeiten. Natürlich würden alle es verstehen, wenn sie dieses Jahr nicht kämen, aber ihr gewohntes Leben in London war vollkommen auf links gedreht worden. In Indien wäre alles noch beim Alten, als seien sie nie weg gewesen. Und wichtiger noch, sie sehnte sich nach dem Lärm und dem Trubel einer einfacheren Vergangenheit. Sie wollte die schwere Luft atmen und sich mit den Ellbogen durch überfüllte Märkte kämpfen. Sarabs standhafte Weigerung, sie nach Indien zu begleiten, hatte sie zutiefst enttäuscht. Das verbreiterte noch die Kluft, die die Trauer zwischen ihnen aufgerissen hatte. Kulwinder konnte nicht verstehen, warum er stillschweigend ganz allein mit seinem Kummer kämpfte. Sie würde um die ganze Welt reisen, wenn ihr das helfen würde, ihm irgendwie zu entgehen.

»Was schaust du da?«, erkundigte sich Kulwinder.

Sarab war nie unfreundlich, nur distanziert. Ein Ausdruck leichter Verärgerung huschte über sein Gesicht. »Bloß so eine Sendung«, gab er unwillig zurück.

Kulwinder verkroch sich wieder im Schlafzimmer und zog einen Stuhl ans Fenstersims, um den Bürgersteig unten vor dem Haus zu beobachten. Aus reiner Gewohnheit drehte sie den Kopf so, dass sie Tarampals Haus gegenüber nur aus den Augenwinkeln als verschwommenen, störenden Punkt wahrnahm. Zwei Großmütterchen in dicken Strickjacken über dem Salwar Kamiz zerrten übervolle Rollwägelchen hinter sich her nach Hause. Ein Paar mit Kindern, das ihnen entgegenkam, ging im Gänsemarsch weiter, um ihnen Platz zu machen. Beide Seiten nickten einander zum Dank höflich zu. Die eine alte Dame streckte die Hand aus, um einem der Kinder die Wange zu tätscheln, und als das Kind lächelnd aufschaute, versetzte es Kulwinder einen heftigen Stich. Ob Sarab Mayas Verlust genauso empfand wie sie? Das konnte sie ihn nicht fragen.

Auf der anderen Straßenseite kam eine junge Frau den Bürgersteig entlang. Mit zusammengekniffenen Augen drückte sich Kulwinder die Nase am Fenster platt. Der hastige Gang, das war unverwechselbar Nikki. Was machte die denn hier? Nikkis Tasche schlenkerte gegen ihre Hüfte, während sie über die Straße hastete. Unter dem Arm hatte sie einen Pappkarton. Kulwinder reckte den Hals und sah, wie Nikki am Haus Nummer 18 klingelte. Die Tür ging auf, und Mrs Shah erschien. Was wollte Nikki denn bei Mrs Shah? Sie unterhielten sich ein paar Minuten, dann wies Mrs Shah auf das Nachbarhaus und verschwand wieder nach drinnen.

Haus Nummer 16. Nikki wollte zu Tarampal. Kulwinder holte tief Luft und folgte Nikki mit den Augen bis zu Tarampals Haustür. Ihr klopfte das Herz bis zum Hals. So wie immer, wenn sie diesen Bürgersteig, diese Tür sah. Noch Wochen nach Mayas Tod wurde Kulwinder von dem Bild verfolgt, wie ihre Tochter dort hineinging und nie wieder herauskam.

Nikki klingelte und wartete. Kurz darauf stellte sie den Karton ab und klopfte an die Tür. Kulwinder ließ

Nikki nicht aus den Augen, während diese einen kleinen Notizblock und einen Stift aus der Tasche kramte und etwas auf einen Zettel kritzelte, den sie dann in den Karton steckte. Widerstrebend verließ Nikki die Veranda und drehte sich im Gehen noch ein paar Mal um, wohl um nachzusehen, ob Tarampal sich womöglich aus der leeren Luft materialisiert hätte.

Kulwinder wartete ab, bis Nikki außer Sichtweite war, dann lief sie die Treppe hinunter. »Ich sage nur eben den Nachbarn auf Wiedersehen«, rief sie über die Schulter ins Wohnzimmer.

Sie wollte gerade schon die Straße überqueren, da blieb Kulwinder plötzlich wie angewurzelt stehen. Was machte sie denn da? Sie war zwar neugierig, was Nikki auf Tarampals Veranda abgestellt hatte, aber war das einen Besuch wert? Tarampals Haus zog sie zugleich an und stieß sie ab, und so stand sie wie verhext am Straßenrand, während ihre Füße unwillig mal in die eine, mal in die andere Richtung tänzelten. *Das ist bestimmt für den Kurs*, versuchte sie sich einzureden. Nikki hatte so etwas Durchtriebenes, Verschlagenes an sich, und sie musste unbedingt herausfinden, was es war, bevor der Kurs darunter litt. Hektisch huschte sie über die Straße und hielt links und rechts Ausschau nach Autos und neugierigen Nachbarn. Das Letzte, was sie jetzt brauchte, war, dass jemand sie dabei beobachtete, wie sie heimlich auf Tarampals Veranda in deren Habseligkeiten herumschnüffelte.

Nikki hatte den Karton nicht richtig zugemacht, weil die Kassetten oben fast herausquollen und die beiden Pappklappen sich nicht schließen ließen. Enid Blyton und ihre *Fünf Freunde*. Kulwinder zupfte den Zettel aus dem Karton. Er war hastig hingekritzelt, und die Gurmukhi-Rechtschreibung war haarsträubend falsch, aber Kulwinder verstand, worum es ging.

> (An Tarampals Tochter: Bitte lesen Sie ihr den Zettel vor. Er ist von Nikki) Es tut mir sehr leid wegen letzter Stunde. Hier ein paar Kassetten, damit du auch weiterhin Englisch lernen kannst.

Weiterhin Englisch lernen? Was ging denn bitte in diesem Kurs vor? Kulwinder steckte den Zettel zurück in den Karton und lief eilig über die Straße nach Hause. Das Herz pochte ihr drohend laut in den Ohren. Sie griff nach ihrem Handy und suchte Nikkis Nummer. Gut, dass sie daran gedacht hatte, sie neulich Abend einzuspeichern, damit sie Nikki anrufen und sie rügen konnte, sollte sie wieder vergessen, das Licht im Gemeindezentrum zu löschen.

Kulwinder wartete eine Weile, bis ihre Hände aufhörten zu zittern, dann tippte sie eine Nachricht in ihr Handy.

> Hallo Nikki. Wollte nur Bescheid geben, dass ich länger als geplant in Indien bleibe. Bin am 30. März wieder da. Bei Problemen wenden Sie sich an das Büro des Sikh-Gemeindezentrums.

Sie drückte auf Senden. Ihr Rückflug war eigentlich für den 27. März gebucht. Damit hätte sie dann drei Tage Zeit für einen Überraschungsbesuch, um herauszufinden, was Nikki und die Frauen in diesem Kurs eigentlich anstellten.

Sekunden später kam eine Antwort von Nikki.

Alles klar! Gute Reise!

»Kommt, wir spielen ein Spiel«, schlug Manjeet vor, als Nikki in den Kursraum kam. Nikki hörte gar nicht hin – der Anblick der vier älteren weißgekleideten Frauen auf dem Korridor hatte sie gänzlich aus dem Konzept gebracht.

»Kennt jemand die Damen da draußen?«, fragte sie. Die Frauen huschten an dem Fensterchen in der Tür vorbei. Eine drückte das runzelige Gesicht dagegen und wich dann rasch zurück.

»Das sind Freundinnen von mir. Sie wollen auch mitmachen«, erklärte Arvinder.

»Und warum kommen sie dann nicht rein?«, fragte Nikki.

»Die kommen noch.«

»Sie starren uns an«, meinte Nikki. Ein Augenpaar erschien vor dem Fensterchen, ihre Blicke trafen sich, und schon war es wieder verschwunden.

»Lass sie doch«, sagte Arvinder. »Sie haben noch nie ein Klassenzimmer von innen gesehen. Solche Geschichten zu erzählen ist für sie erst mal ein erschreckender Gedanke.«

»Wir haben ihnen gesagt, sie brauchen sich keine Sorgen zu machen«, sagte Preetam. »Sie haben ein bisschen Angst vor dir.«

»Du bist ihnen zu modern«, meinte Arvinder.

»Zu modern?«

»Du trägst Jeans. Du trägst immer Jeans«, sagte Preetam. »Und man sieht, dass du einen pinken BH anhast, weil dein Sweatshirt so weit ausgeschnitten ist, dass er ständig rausblitzt.«

»Das ist ein Offshoulder-Pullover«, versuchte Sheena Nikki zu verteidigen. »Das ist modern.«

»Modern, modern... Mode ist was für junge Frauen, und uns stört es ja auch nicht. Aber auf diese ultrakonservativen Frauen wirkst du wie eine Außerirdische«, sagte Arvinder.

»Du könntest genauso gut Engländerin sein«, erklärte Preetam.

»Aber das ist doch absurd«, protestierte Nikki. »Ich komme mir vor wie in einem Gehege im Zoo.«

Die Frauen draußen spähten abwechselnd durch das Fensterchen herein. Eine musterte Nikki von Kopf bis Fuß und flüsterte ihrer Freundin etwas zu.

»Entschuldige, Nikki, aber was ist ein Gehege?«, erkundigte sich Manjeet.

»So was Ähnliches wie ein Käfig«, erklärte Nikki.

»Manchmal benutzt du englische Worte, wenn du Punjabi sprichst«, sagte Manjeet.

»Damit habt ihr auch ein Problem?«, fragte Nikki.

Manjeet nickte kleinlaut.

»Und du bist nicht verheiratet«, platzte Preetam heraus. »Wie sollen wir mit dir über derart intime Themen sprechen, wenn du davon eigentlich keine Ahnung haben dürftest?«

»Willst du heiraten, Nikki?«, fragte Manjeet. »Bist du auf der Suche? Zu lange solltest du nicht mehr warten.«

»Sollte ich mich dazu entschließen zu heiraten, wirst du es als Erste erfahren, Bibi Manjeet«, gab Nikki zurück.

»Nein, bloß nicht«, entgegnete Arvinder stirnrunzelnd. »Zuerst musst du es deiner Familie sagen.«

»Es reicht«, schnaubte Nikki. Entschlossen marschierte sie zur Tür und riss sie unter dem lautstarken Protest der übrigen Kursteilnehmerinnen schwungvoll auf. Mit einem herzlichen Lächeln schaute sie die Frauen an und faltete die Hände. »Guten Abend«, begrüßte sie die Damen. »*Sat sri akal.*«

Verschüchtert rückten die Frauen zusammen und starrten Nikki wortlos an. »Willkommen im Kurs«, sagte sie. »Kommt doch herein.« Die Luft zwischen ihnen stand still. Nikki tat schon das Gesicht vom breiten Lächeln weh. »Bitte«, sagte sie.

Die Frauen wichen zurück, und Arvinder kam zur Tür gestürzt. Sie rief den Frauen noch eine Entschuldigung hinterher, aber die huschten schon geduckt die Treppe hinunter wie eine langsame, bucklige Prozession. Arvinder packte Nikki an den Schultern und schob sie wieder in den Kursraum. »Warum gehen sie denn jetzt?«, fragte Nikki verdutzt.

»Du hast sie erschreckt. Das war zu viel für sie.«

»Na ja, dann entschuldige ich mich, wenn sie zurückkommen, und versuche es noch mal. Es ist bloß ...«

»Die kommen nicht zurück«, fuhr Arvinder sie an. Ihr Blick durchbohrte Nikki wie weißglühender Stahl. »Wir sind nicht alle gleich, Nikki«, sagte sie. »Es gibt ein paar sehr zurückhaltende Menschen in unserer Gemeinde.«

»Ich weiß, ich dachte bloß ...«

»Du weißt *gar nichts*«, schimpfte Arvinder. »Wir waren die einzigen Witwen, die sich für einen Schreibkurs angemeldet haben. Für dich mag das nicht weiter erwähnenswert sein, aber für uns war das ein mutiger und zugleich erschreckender Schritt. Diese Frauen sind schüchtern und verschreckt. Ihre Männer haben sie nie beachtet – jedenfalls nicht so, wie man es sich wünschen würde...«

»Ach, Mutter, bitte«, stöhnte Preetam.

Arvinder drehte sich zu ihr um. »Bitte was?«

»Nikki, diese Frauen kommen aus einem ziemlich rückständigen Dorf. Mehr nicht. Und du«, sagte Preetam und nickte Arvinder zu, »du redest immer, als hättest du einen fürchterlichen Ehemann gehabt. Soweit ich mich erinnere, war Papa nicht halb so schlimm, wie du immer tust.«

»Du weißt rein gar nichts über mein Privatleben mit deinem Vater.«

»Und was war an dem Abend vor meiner Hochzeit, als du mir so viele gute Ratschläge gegeben hast? Da hattest du ganz rosige Wangen. Du hast fast ausgesehen wie eine errötende junge Braut. Erzähl mir nicht, ich hätte mir das bloß eingebildet. Du wusstest, was Liebe und Leidenschaft bedeuten. Irgendwann musst du das ja mit ihm erlebt haben.«

Arvinders Unterlippe zitterte. Nikki sah, wie sie sich daraufbeißen musste, entweder um nicht laut loszulachen, oder um sich eine Bemerkung zu verkneifen. So oder so, Nikki musste dieses Gespräch an dieser Stelle beenden. Also zog sie den Kassettenrekorder aus der Tasche und stellte ihn auf den Tisch. »Ich habe einen

Kassettenrekorder mitgebracht, damit Sheena nicht immer mitschreiben muss und ihr eure Geschichten ohne lästige Zwangspausen erzählen könnt.« Geschäftig machte sie sich daran, den Stecker in die Dose zu stöpseln und eine neue Kassette hineinzustecken. »Wollen wir es ausprobieren?«, fragte sie fröhlich und drückte auf den Aufnahmeknopf. »Sagt mal jemand was?«

»Halloooo«, rief Manjeet und winkte dem Kassettenrekorder zu.

Nikki schaltete ihn wieder aus, spulte zurück und spielte die Aufnahme ab. Die beiden Stimmen waren klar und deutlich zu hören. Und auch das Schweigen der anderen Frauen hatte der Rekorder gut eingefangen.

»Kannst du mir die Kassetten nach Kursende mitgeben?«, fragte Sheena. »Dann spiele ich sie zuhause ab und transkribiere die Geschichten.«

»Du willst die Geschichten trotzdem aufschreiben?«, fragte Nikki.

»Wenn es dir nicht zu viel Mühe macht, Sheena«, sagte Manjeet. »Ich fände es schön, wenn meine Fantasien zu Papier gebracht würden.«

»Ich auch«, stimmte Arvinder ihr achselzuckend zu. »Ich kann die Worte zwar nicht lesen, aber immerhin sehen. Meine einzige Chance, meine Worte geschrieben zu sehen, auch wenn ich sie selbst nicht lesen kann.«

Die Anmeldeformulare für den Kurs hatte Nikki noch von ihrem Besuch bei Tarampal vorhin in der Tasche. Irgendwer – vermutlich eins von Tarampals Kindern – hatte Namen, Adresse und Telefonnummer in Blockbuchstaben eingetragen, und ihr Formular war nicht das Einzige, das aussah, als sei es in aller Eile von jemand anderem ausgefüllt worden. Ob die Frauen diese Worte anschauten und stolz darauf waren, dass sie für ihre Person standen? Oder schämten sie sich dafür, das Alphabet selbst nicht entziffern zu können?

»Wie sind denn die Spielregeln, Manjeet?«, fragte Nikki, die an das denken musste, was Manjeet beim Hereinkommen zu ihr gesagt hatte.

Grinsend schaute Manjeet sie an. »Wie wäre es, wenn wir uns alle eine Geschichte zu diesem Bild ausdenken?« Schwungvoll zog sie eine Zeitschrift aus der Handtasche. Auf dem Titel eine nackte Frau, die auf dem Rücken lag. Die prallen Brüste schimmerten im Sonnenlicht, das durch ein offenes Fenster ins Zimmer fiel.

»Ist das ein alter *Playboy*?«, fragte Nikki fassungslos.

»Den habe ich vor dreißig Jahren bei meinem Sohn konfisziert. Ich habe ihn damals in einem Koffer versteckt, weil ich Angst hatte, wenn ich ihn in den Müll werfe, könnten die Nachbarn ihn sehen. Heute Morgen ist er mir wieder in die Hände gefallen, als ich meine alten Sachen durchgesehen habe.«

Ein *Playboy* aus den Achtzigern. Die Frauen hatten hochtoupierte Haare und die Fotos einen unverkennbaren Sepia-Ton, was ihnen einen leicht nostalgischen Touch verlieh. Etliche Männer darin trugen bleistiftdünne Schnurrbärte. Die Frauen reichten die Zeitschrift herum und blätterten darin. Arvinder hielt den Ausfalter in der Mitte des Magazins hoch; ein Model, das sich nackt auf der Haube eines Sportwagens räkelte. Die bronzebraune Haut schimmerte auf dem roten Hochglanzlack. »Die Frau wartet in der Garage auf ihren Liebhaber, um ihn zu überraschen. Der ist Automechaniker.«

»Wenn er den ganzen Tag an Autos herumschraubt, schraubt er bestimmt nachher auch gerne ein bisschen an ihr«, spann Sheena den Faden weiter.

»Aber das Problem ist, sie hat die Nase voll vom Warten. Außerdem muss er erst unter die Dusche, wenn er nach Hause kommt, und den ganzen Dreck und Schweiß abwaschen, damit er nicht so stinkt«, meinte Manjeet.

»Also zieht sie sich wieder an und macht eine kleine Spritztour durch die Nachbarschaft. Den ersten attraktiven Kerl, den sie sieht, nimmt sie mit nach Hause«, überlegte Preetam.

Arvinder hielt die Zeitschrift immer noch in der Hand. Sie blätterte um und betrachtete die nächste Seite. »Den hier«, sagte sie und zeigte auf einen muskulösen, sonnengebräunten Kerl. Die anderen Frauen murmelten zustimmend.

Nikki sagte nichts, während die Geschichte von einer zur nächsten weitergereicht wurde und langsam Gestalt annahm. Schließlich verstummten alle. »Ich glaube, wir sind fertig«, sagte Sheena.

»Aber sie haben doch gerade erst angefangen«, protestierte Manjeet.

»Na und?«, wandte Arvinder ein. »Beide sind auf ihre Kosten gekommen. Außerdem sollten wir uns den Schlussakt für ihren Liebhaber aufheben. Sie will doch heute Nacht noch zu ihm ins Bett steigen.«

»Stimmt. Als sie schließlich mit dem hier fertig ist, ist es Abend geworden, und ihr Liebhaber ist endlich nach Hause gekommen.«

»Merkt der denn nicht gleich, dass sie bei einem anderen Mann war?«

»Sie kann doch vorher duschen«, schlug Sheena vor.

»Dann wäre sie aber zu sauber. Und er wird misstrauisch«, widersprach Arvinder.

»Zu sauber?«, fragte Preetam. »Welcher Mann würde sich denn daran stören? Ich habe immer geduscht, bevor mein Mann nach Hause gekommen ist.«

»Sie kann sich ja auch mit Parfum einsprühen«, meinte Sheena.

Arvinder schüttelte den Kopf. »Passt auf«, sagte sie mit kräftiger Stimme. »Sie duscht und geht dann nach draußen. Sie schlendert an dem alten Dorfbrunnen vorbei und mischt sich unter die anderen Hausfrauen auf dem kleinen Markt. Sie erledigt noch schnell ein paar Kleinigkeiten – den Chai-Wallah* für eine Woche im Voraus für den Nachmittagstee bezahlen, den Landarbeitern Wasser bringen. Alles, was sie sonst auch gemacht hätte. Ihre Haut glänzt ganz leicht vor Schweiß, aber schmutzig hat sie sich nicht gemacht. So kann sie ihm verheimlichen, was wirklich passiert ist.«

Als sie geendet hatte, war sie außer Atem. Sie wirkte erregt, irgendwie triumphierend. Mit ihrer Geschichte hatte sie viel mehr preisgegeben, als sie in Worten gesagt hatte, und die Wucht dieses Geständnisses schien ihr selbst den Atem zu rauben. Die Frauen starrten sie an. Vor allem Preetam wirkte vollkommen fassungslos.

»Was du eben beschrieben hast, das gab es alles gleich bei uns um die Ecke in Punjab«, flüsterte Preetam schließlich.

»Dann ersetzen wir es halt mit Läden aus der Nachbarschaft einer *gori*«, winkte Arvinder ab. »Nikki, erzähl mal, was gibt es so bei dir in der Nähe?«

»Einen Pub«, meinte Nikki.

»Siehst du«, sagte Arvinder. »Sheena, setz das ein.«

»Wer war es?«, fragte Preetam leise. »Wann?«

Arvinder schnappte nach Luft und sagte gar nichts mehr.

»Wer war es?«, schrie Preetam.

»Kein Grund mich anzuschreien, Preetam«, entgegnete Arvinder. »Ich bin immer noch deine Mutter.«

»Du hast gerade ein schreckliches, schändliches Vergehen gestanden«, wetterte Preetam. »Mit wem hast du meinen Vater betrogen? Hast du noch eine andere Familie zerstört?« Mit weit aufgerissenen Augen schaute Preetam sich um. Das war die Rolle ihres Lebens, dachte Nikki plötzlich. All ihre lang angestauten Ängste und ihr Hang zur Theatralik hatten endlich ein Ventil gefunden. »Wer war es?«

Die anderen Frauen duckten sich und zogen die Köpfe ein, während sie von Mutter zu Tochter schauten. Nikki musste an ihren ersten Eindruck der beiden Frauen denken. Sie sahen sich so ähnlich, dass Nikki sie anfangs für Schwestern gehalten hatte. Die Ärmel von Arvinders weißer Tunika schlackerten um die schmalen, knochigen Handgelenke, und der Saum war leicht angegraut, wohingegen Preetam insgesamt eleganter gekleidet war – ihre cremeweiße Dupatta hatte eine zarte Spitzenborte. Preetams Augen sprühten Funken vor Wut, während Arvinders tränennasser Blick in die Ferne ging. Ihr ganzer Körper bebte nach dieser ungeheuren Enthüllung.

Preetam fächelte sich mit den Händen Luft zu. »*Hai*, Nikki. Ich glaube, ich falle gleich in Ohnmacht.«

»Das ist nicht nötig, Preetam«, mischte Sheena sich ein.

»Sheena, halte du dich da raus«, sagte Manjeet leise.

»Hast du auch nur einmal an unsere Familie gedacht?«, fragte Preetam. »Was du hättest tun müssen, wenn Papa es je herausgefunden hätte? So was gibt es heute immer noch, und das weißt du. Denk nur mal an Maya.«

»*Es reicht!*«, fuhr Arvinder sie an. Preetam brach in Tränen aus und stürzte nach draußen.

»Wir machen eine kurze Pause. Zehn Minuten, dann treffen wir uns hier wieder«, verkündete Nikki. Schweigend verließen die Frauen den Raum. Nikki lehnte sich zurück. In ihrem Kopf hämmerte es nach diesem ganzen Durcheinander, und noch verwirrender war es, was Maya mit der ganzen Sache zu tun hatte. Was war denn mit ihr gewesen? Diese ständigen Hinweise auf ihren Tod. Darauf, dass sie verräterische Nachrichten auf dem Handy hatte. Es gab niemanden, den sie fragen konnte; keinen guten Zeitpunkt dafür. Aus dem Fenster sah sie die Frauen unten aus dem Gebäude kommen und auf den Tempel zusteuern. Sheena und Manjeet gingen nebeneinander her und ließen Arvinder, die ein Stückchen hinter ihnen zurückgeblieben war, allein. Sie stand unter dem Vordach des Tempels und schaute versonnen in die Ferne, wo die Autos nebeneinander aufgereiht auf dem Parkplatz standen. Nikki überlegte, hinunter zu Arvinder zu gehen, aber sie wollte nicht zu aufdringlich wirken, nachdem sie die alten Frauen vorhin schon vertrieben hatte. Arvinder trat hinaus in einen Flecken hellen, warmen Lichts, das ihre weißen Kleider in ein sanftes goldenes Leuchten tauchte. Und mit einem Mal war sie keine Witwe mehr, sondern eine hübsche junge Frau, die sich verzweifelt nach Zuneigung sehnte.

Jasons marineblauer Pulli spannte ein bisschen um die Schultern und betonte seinen muskulösen Körper. Während sie in der Schlange vor dem Arthouse-Kino anstanden, ertappte Nikki sich dabei, wie sie ihn immer wieder verstohlen von der Seite musterte. Der kleine Schnitt am Kinn schien noch frisch, als hätte er sich vorhin beim Rasieren geschnitten. Sie fragte sich, wie lange er wohl gebraucht hatte, um sich für die Verabredung fertigzumachen. Sie selbst hatte, nachdem eine eifrige junge Verkäuferin sie dazu überredet hatte, sich von ihr schminken zu lassen, bei Boots Wimperntusche, Lippenstift, Lidschatten und eine neue Grundierung erstanden. Den ganzen Weg nach Hause hatte sie sich dafür ausgeschimpft, dass sie Sachen gekauft hatte, über die sie sich sonst immer lustig machte. Make-up war ein Zeichen der Unterdrückung der Frau. Es war nur dazu da, das unerreichbare Ideal einer Frau zu erschaffen ... so war das doch? Aber als sie sich selbst in einem Schaufenster sah, entdeckte sie ein neues Ich mit volleren Lippen und strahlenderen Augen – und es gefiel ihr.

Als sie endlich an der Kasse standen, waren sämtliche Filme bis auf einen französischen längst ausverkauft. »Der hat ganz gute Kritiken bekommen«, sagte Nikki. »Aber er fängt erst in anderthalb Stunden an. Wollen wir vorher noch einen kleinen Spaziergang machen und was essen?« Jason nickte.

»Warst du schon mal in Paris?«, fragte er Nikki, als sie zusammen die Straße entlangschlenderten.

»Ein Mal«, antwortete sie. »Mit meinem Lover.« Eigentlich hatte das geheimnisvoll klingen sollen, aber es hörte sich eher nach dem Titel eines erotischen Groschenromans an. *Einmal, mit meinem Lover.* Sie musste kichern.

»So gut, ja?«, fragte Jason.

»Nein, eigentlich sogar ziemlich furchtbar. Ich hab letztes Jahr auf einer Party einen französischen Filmstudenten kennengelernt. Und hab mir daraufhin einfach günstige Fahrkarten für den Eurostar besorgt und bin spontan vier Tage zu ihm nach Paris gefahren. In meiner Fantasie war das alles total romantisch.«

»In Wirklichkeit aber nicht?«

»Wir waren beide pleite. Er musste den ganzen Tag arbeiten – allerdings nicht an seiner Kunst, sondern bei McDonald's. Also hab ich den lieben langen Tag in seiner Bude gehockt und ferngesehen.«

»Du bist nicht rausgegangen? Hast dir die Stadt der Lichter nicht auf eigene Faust angesehen?«

»Er hat mir immer versprochen, dass wir zusammen losziehen, sobald er von der Arbeit nach Hause kommt. Er wohnte in einer ziemlich verruchten Ecke von Paris, und mein Französisch ist unterirdisch. Also war es mir eigentlich sogar lieber, auf ihn zu warten. Aber wenn er dann abends von der Arbeit kam, war er müde und schlecht gelaunt. Die ganze Geschichte hatte sich recht schnell erledigt.«

»Wie schade«, sagte Jason.

»Und du?«, fragte Nikki. »Warst du mal in Paris?«

Jason schüttelte den Kopf. »Ich war mit meiner Ex in Griechenland und in Spanien. Sonst interessierte sie sich nicht so fürs Reisen. Nach Paris hab ich es bisher noch nicht geschafft.« Nikki bemerkte, wie sein Tonfall sich plötzlich veränderte. Als er merkte, dass sie ihn fragend ansah, wechselte er rasch das Thema. »Da drüben gibt es einen Laden, die machen eine unfassbar leckere Fünf-Sterne-Pizza.«

Auf dem Weg zum Restaurant kamen sie an einem Buchladen vorbei, und plötzlich kam Nikki ein Gedanke. »Hättest du was dagegen, kurz reinzuschauen? Ich möchte nur mal fragen, ob sie ein bestimmtes Buch haben«, fragte Nikki.

»Kein Problem«, erwiderte Jason. Sie waren kaum drinnen, da war er schon im hinteren Bereich der Buchhandlung verschwunden. Nikki trat an den Tresen und fragte nach den Tagebüchern und Zeichnungen von Beatrix Potter. Der Verkäufer schaute im System nach und sagte dann bedauernd: »Das ist leider vergriffen. Haben Sie es schon mal online versucht?«

»Habe ich«, antwortete Nikki. Und sie hatte auch tatsächlich zwei Exemplare gefunden, aber die waren in schlechtem Zustand gewesen, mit fadenscheiniger Bindung und Eselsohren. Eins der Bücher hatte einen Wasserschaden gehabt; die Seiten waren wellig und aufgequollen, als sei es in die Badewanne gefallen. Sie bedankte sich bei dem Verkäufer und suchte dann nach Jason. Der stand vor einem Regal mit fernöstlicher Philosophie. Sie winkte ihm kurz zu und ging dann hinüber zu den Anthologien. Während sie die verschiedenen Titel überflog, hörte sie im Hinterkopf die Stimmen ihrer Southall-Erzählerinnen, wie sie so eindringlich und rhythmisch ihre sinnlichen Geschichten spannen.

Schließlich ging sie wieder hinüber zu Jason. »Was suchst du eigentlich?«, fragte er.

Nikki erzählte ihm von dem Beatrix-Potter-Buch. »Ich hab es vor einiger Zeit in einem winzigen Laden in Delhi entdeckt, der bis unter die Decke vollgestopft war mit Sachbüchern und Romanen. Da hätte ich den ganzen Tag herumstöbern können«, schwärmte sie.

»Weißt du den Namen von dem Laden noch?«

»Nein. Nur, dass er am Connaught Place war, ein bisschen versteckt hinter einer Boutique in einem dieser restaurierten Kolonialbauten.«

»Zwischen mindestens zehn sehr ähnlichen anderen Buchläden«, meinte Jason grinsend. »Ich weiß, die meisten Leute gehen zum Connaught Place, um dem Trubel von Delhi eine Weile zu entfliehen, aber irgendwie mag ich die Verkaufswagen und provisorischen Marktstände, die trotz der Verbote immer wieder dort auftauchen.«

»Stimmt. Je mehr ich darüber nachdenke, desto mehr möchte ich genau diese Ausgabe haben, nicht irgendeine neue. Ich weiß noch genau, dass sie einen Teefleck auf dem Einband hatte, der aussah wie ein Blatt. Mein Dad hat nur einen Blick drauf geworfen und gemeint: ›Das ist ja nicht mal mehr neu.‹ Was mich umso wütender gemacht hat. Ich stand da und war ganz aufgeregt, so etwas Außergewöhnliches entdeckt zu haben, und er sah nur diese winzig kleine, unwichtige Verfärbung auf dem Einband.«

Gemeinsam gingen sie zur Kasse, und Jason kaufte ein Buch mit dem Titel *Japanische Philosophie*. »Damit wäre meine Reihe komplett«, erklärte er Nikki, während der Verkäufer den Betrag in die Kasse eingab. »Ich habe schon alle anderen Bücher aus der Reihe – chinesische, indische, westliche und islamische Philosophie. Ach, und Sikh natürlich auch. Aber ich habe ein ganzes Regalbrett nur mit Büchern über die Sikh-Philosophie.«

Nerd, dachte Nikki und freute sich. »Sind deine Eltern sehr religiös?«

»Nein, eigentlich nicht. Traditionsbewusst, ja, aber nicht religiös. Darum bin ich auch darauf gekommen, überhaupt Sikhismus zu studieren. Es kam mir immer vor, als würden sie viel zu viele Regeln aufstellen, die nicht in der Religion begründet lagen. Also hab ich angefangen, die Schriften zu lesen, um mich mit ihnen anlegen zu können.«

»Das fanden sie bestimmt ganz toll«, meinte Nikki ironisch.

»Und wie«, erwiderte Jason grinsend. »Hin und wieder lassen meine Eltern sich widerstrebend dazu hinreißen, was Neues zu lernen, aber das ist jedes Mal harte Arbeit. Und deine? Sehr traditionell eingestellt?«

»Meine Mum war immer traditionsbewusster als mein Dad. Dad hat mich sehr unterstützt. Mum ist wohl der Meinung, sie müsste mich ständig bremsen. Es wurde nicht leichter, als Dad gestorben ist.«

»Standet ihr euch sehr nah?«, fragte Jason, um gleich hastig hinzuzufügen: »Entschuldige, was für eine blöde Frage. Ich hab es immer gehasst, wenn ich das gefragt wurde, als meine Mum so schwer krank war. Als würde das einen Unterschied machen – Familie ist Familie, ob man sich besonders nahesteht oder nicht, ist da gar nicht die Frage.«

»Schon okay«, sagte Nikki. »Und ja, wir waren uns

sehr nahe. Er hat mich immer ermutigt und gefördert. Aber kurz vor seinem Tod hatten wir einen heftigen Streit. Ich hatte mein Jurastudium geschmissen. Dad war außer sich. So hatte ich ihn noch nie erlebt. Wir haben nicht mehr miteinander gesprochen, und dann ist er mit Mum nach Indien geflogen, um auf andere Gedanken zu kommen, und dort ist er dann ganz überraschend gestorben.« Nikki erzählte das alles sehr sachlich und nüchtern, aber als sie fertig war, spürte sie heiße Tränen in der Brust aufsteigen. Sie wurde panisch. Wollte sie allen Ernstes ausgerechnet jetzt zum ersten Mal um ihren Dad weinen? Bei ihrem ersten Date mit Jason? »Entschuldige«, schniefte sie erstickt.

»Hey«, sagte Jason nur. Vor ihnen lag ein kleiner Park mit einer schmiedeeisernen Bank, die zur Straße zeigte. Er wies auf sie, und Nikki nickte. Sie war froh, dass die Schatten ihr Gesicht verhüllten, als sie sich setzten. Langsam ließ das Brennen unterdrückter Tränen nach.

»Es war schlimm, weil es so plötzlich und unerwartet passiert ist, und ich weiß nicht, ob er sich letztendlich mit meiner Entscheidung abgefunden hat oder nicht. Meine Mum wird immer ganz komisch, wenn ich sie darauf anspreche und nach seinen letzten wachen Momenten frage, also denke ich mir, er muss immer noch wütend auf mich gewesen sein. Und ich weiß nicht, was schlimmer ist – die Trauer oder die Schuldgefühle. Oder was davon ich eigentlich empfinden sollte.«

»Trauer, denke ich«, sagte Jason. »Schuldgefühle nutzen niemandem irgendwas.«

»Aber wenn ich mein Studium nicht an den Nagel gehängt hätte ...«

»Tu dir das nicht an«, unterbrach Jason sie. »Ich kann das gut verstehen. Meine Eltern wären ausgeflippt, wenn ich mein Ingenieursstudium nicht beendet hätte. Ihr Glück, dass es mir Spaß gemacht hat. Aber du solltest dich nicht so quälen und ständig darüber nachdenken, was passiert wäre, wenn du dein Jurastudium nicht abgebrochen hättest. Damit machst du dich nur unglücklich.«

Nikki atmete tief durch, was ihr mit einem Mal viel leichter fiel. Jasons Beteuerungen waren nicht neu; Olive hatte ihr eine ganz ähnliche Standpauke gehalten. Aber Jason war der erste Punjabi, der versuchte, Nikki davon zu überzeugen, dass ihre Entscheidung richtig gewesen war. Erst da ging ihr auf, dass sie eigentlich erwartet hatte, er würde Mindis Ansicht teilen. *Aber was ist mit deinen Verpflichtungen deinen Eltern gegenüber?* Stattdessen sah sie in seinem Gesicht nichts als tiefes Verständnis.

»Danke«, flüsterte sie.

»Gern geschehen. Wir alle müssen uns irgendwann mit dem Gedanken arrangieren, unsere Eltern enttäuscht zu haben.«

»So schlimm kannst du nicht gewesen sein, als erstgeborener Sohn und studierter Ingenieur«, zog Nikki ihn auf. Vielleicht lag es nur am Scheinwerfer des Autos, das gerade vorbeifuhr, aber kurz schien ein Schatten über Jasons Gesicht zu huschen. Er lachte, aber einen Moment zu spät. Nikki wurde neugierig, hatte aber das Gefühl, dass es noch zu früh war nachzuhaken. »Sollte ein Scherz sein«, sagte sie.

»Ich weiß«, erwiderte Jason. »Aber das setzt einen

unter enormen Erfolgsdruck. Von klein auf musste ich sämtliche ihrer hochgesteckten Erwartungen erfüllen. Ich sage nur Bananenchips.«

Verständnislos starrte Nikki ihn an. »Ich kann dir nicht ganz folgen.«

»In der Vorschule haben meine Eltern gemerkt, dass ich Linkshänder bin. Für sie ist eine Welt zusammengebrochen. Fast jeden Abend hat mein Dad sich mit mir hingesetzt, damit ich lerne, mit rechts zu schreiben. Ich hab diesen Unterricht gehasst, aber es gab eine gute Möglichkeit, mich zu bestechen – Dad hat mich mit getrockneten Bananenchips geködert, einen für jede Buchstabenzeile, die ich mit der rechten Hand geschrieben habe. Ich war ganz verrückt nach den Dingern. Das war natürlich Jahre bevor ich zum ersten Mal echtes Junkfood gegessen habe.«

»Und was ist so schlimm daran, Linkshänder zu sein?«

Jason machte ein sehr ernstes Gesicht. »Ich war mit einer verheerenden Benachteiligung auf die Welt gekommen, Nikki. Nie würde ich eine Schere richtig benutzen können. Schuhe zuzubinden würde mir schwerfallen. Und das Allerschlimmste, meine Schularbeiten würden immer zu wünschen übrig lassen. Dad hatte einen Cousin in Indien, der Linkshänder war und ständig von den Lehrern bestraft wurde, weil seine Schreibhefte immer mit Tintenklecksen verschmiert waren.«

»Ein paar Bananenchips, und schon hatten sie dich umgedreht. Als Spion wärst du ein Totalversager.«

»Ich hab mich mit Händen und Füßen dagegen gewehrt und bin Linkshänder geblieben. Und jedes Mal, wenn ich mit Tintenklecksen an der linken Hand nach Hause kam, gab es Schelte. Meine Mutter hatte immer diesen Einwandererkomplex – sie hat befürchtet, die Leute könnten uns für Schmutzfinken halten. Also hat sie mir jeden Tag die Hände mit grobkörniger blauer Waschseife geschrubbt. Aber mein wahres Wesen konnte sie nicht wegwaschen.«

»Du Rebell«, neckte Nikki ihn.

Jason grinste. »Ich will damit nur sagen, ich kenne den Druck, den Erwartungen entsprechen und die Regeln befolgen zu müssen, von klein auf. Vom ältesten Kind wird erwartet, dass es als leuchtendes Vorbild vorangeht. Wenn ich versagt hätte, wären meine Geschwister allesamt zum Scheitern verurteilt. Zumindest, wenn es nach meinen Eltern ginge.«

»Manchmal denke ich, darum macht meine Schwester so ein Aufheben darum, den richtigen Mann zu finden«, sagte Nikki. »Sie will alles wieder in Ordnung bringen und hofft, dass ich ihrem guten Beispiel folge.«

»Dann hängt deine Annonce also auch bald am Heiratsvermittlungsbrett?«

»Im Leben nicht.«

»Gut. Schon schlimm genug, dass du mich im Tempel angequatscht hast.«

»Ich hab dich überhaupt nicht angequatscht«, gab Nikki empört zurück und knuffte Jason spielerisch gegen den Oberarm. »Komm, lass uns was essen gehen«, sagte er und streckte die Hände nach Nikki aus. Die nahm sie, und er zog sie hoch. Mit einem Ruck stand sie auf den Füßen, schwankte leicht. Er zog sie an sich, und dann lagen sie sich unvermittelt in den Armen. Und küssten sich. Die Straße um sie herum versank in friedvoller Stille, die auch dann nicht verflog, als sie sich schließlich sanft voneinander lösten und sich, wortlos, auf den Weg zum Restaurant machten.

Beim Abendessen erkundigte sich Jason, wie es mit Nikkis Job im Tempel lief. »Gut«, antwortete Nikki und zersäbelte mit dem Messer ihre Margherita. Sie biss ein Stück ab, und als sie wieder aufschaute, sah Jason sie immer noch erwartungsvoll an. »Da gibt es eigentlich nicht viel zu erzählen«, meinte sie achselzuckend. »Ich bringe alten Damen Lesen und Schreiben bei.«

»Klingt nach einer sehr lohnenden Beschäftigung.«

»Ist es auch«, antwortete Nikki. Sie konnte trotz des Lärms im Restaurant, dem Stimmengewirr und dem Besteckklappern, förmlich die Stimmen der Frauen hören, wie sie nach einer besonders pikanten Geschichte kollektiv aufseufzten.

»Wolltest du das immer schon machen?«

»Absolut«, sagte Nikki und konnte sich das Lächeln nun nicht mehr verkneifen. »Ich wollte mich immer schon sozial engagieren, und wenn's dann auch noch ums Schreiben geht, kommen zwei meiner großen Leidenschaften zusammen.« Beim Wort »Leidenschaften« musste sie glucksen.

»Wie viel Spaß dir dein Job macht. Toll«, staunte Jason. »Deine Mum und deine Schwester müssen echt stolz auf dich sein, dass du so viel für die Frauen in der Gemeinde tust.«

Nikki hatte unvermittelt ein Bild vor Augen: Mum und Mindi, die ganz hinten in ihrem Kurs saßen, die Bleistifte geziert gezückt, die Notizhefte auf dem Pult vor sich, und wie verdattert sie guckten, als die anderen Frauen anfingen, Sexszenen mit Gemüse zu beschreiben. Sie platzte laut los vor Lachen. Sie konnte es nicht unterdrücken, es war ein unkontrollierbares atemloses Lachen, von dem ihr der Bauch wehtat. Sie schüttelte den Kopf und schloss die Augen und bebte vor Lachen, und als sie die Augen schließlich wieder aufschlug, sah sie, wie Jason sie neugierig anschaute.

»O Gott«, keuchte Nikki. »Entschuldige bitte.« Die Tränen liefen ihr in Strömen übers Gesicht. »Jetzt muss ich dir die ganze Geschichte erzählen, oder?«

»Welche Geschichte?«

»Ich bin gar keine Lehrerin.«

»Was denn?«

»Ich leite einen Workshop, in dem verwitwete Punjabi-Frauen erotische Geschichten schreiben.«

Jason blinzelte verdutzt. »Wie meinst du das?«

»Genau so. Zweimal die Woche treffen wir uns unter dem Vorwand, Englisch zu lernen, im Gemeindezentrum des Tempels, aber statt Schreibübungen zu machen, denken die Frauen sich lieber Sexgeschichten aus.«

»Du verarschst mich«, sagte Jason. »Das kann nicht dein Ernst sein.«

Nikki nippte genüsslich an ihrem Wein und beobachtete fröhlich, wie Jasons Grinsen immer breiter wurde. »Mein voller Ernst«, entgegnete sie. »Wir geben dann alle unseren Senf dazu und machen Verbesserungsvorschläge, wie man die Geschichte möglichst realistisch erzählen kann. Manchmal dauert es eine ganze Unterrichtsstunde, bis eine Geschichte fertig ist.«

Jasons leichtes Stirnrunzeln irritierte Nikki. Vielleicht

hätte sie das lieber nicht erzählen sollen. »Was ist, was hast du gegen meinen tollen Job?«, fragte sie keck.

»Gar nichts. Ich kann es nur kaum glauben«, antwortete Jason.

»*Sie spürte ihren eigenen Pulsschlag an der süßen geheimen Stelle zwischen ihren Schenkeln*«, zitierte Nikki. »Das hat eine der Witwen geschrieben.«

Jason schüttelte ungläubig den Kopf, und ein erstauntes Lächeln schlich sich auf sein Gesicht. »Und wie bist du dazu gekommen?«

Also musste Nikki ganz von vorne anfangen und Jason erzählen, wie sie sich hatte übertölpeln lassen, weil sie geglaubt hatte, sie solle einen Alphabetisierungskurs unterrichten. Bei seinem immer breiter werdenden Lächeln wurde ihr ein bisschen schwindelig. »Sind das wirklich alles Witwen? Wie meine Oma?«

»Weiß ich nicht. Fantasiert deine Oma davon, die Rotis für deinen Opa mit dem nackten Hintern zu kneten? Denn die Geschichte hatten wir neulich erst.« Das war Arvinders Idee gewesen. Beide Beteiligten hatte das sehr angemacht – die halbnackte Frau, die ihr Hinterteil in den klebrigen Teig gepresst hatte, ebenso wie den Mann, der nachher die Roti gegessen und behauptet hatte, sie seien besonders zart geworden, was nur an der außergewöhnlichen Zubereitungsweise liegen könne.

»Ich kann mir nicht vorstellen, dass sie so eine schmutzige Fantasie hat. Sie würde sich doch nie eine derart unanständige Geschichte ausdenken.«

»Zumindest nicht vor dir. Aber ich würde wetten, mit ihren Freundinnen redet sie auch über solche Sachen.«

»Du meinst also, meine süße, unschuldige Nani-ji erzählt in ihrer Gebetsgruppe so einen Schweinkram?«

Nikki grinste. »Vor einem Monat hätte ich dich auch für verrückt erklärt, aber diese vier Witwen haben so viele verschiedene Geschichten auf Lager, sie sind so dermaßen kreativ. Von der Sorte muss es einfach noch mehr geben.« Inzwischen sah sie ältere Frauen mit ganz anderen Augen, und nicht nur die Punjabis.

»Meine Oma kann nicht mal ihren eigenen Namen schreiben. Als Kind hat sie mich mal beim Zocken am Computer gesehen und dachte, in der Kiste sind echte Männchen drin mit echten kleinen Schießgewehren, die da Amok laufen. Nie im Leben denkt sich so jemand derart raffinierte erotische Geschichten aus.«

»Aber Lust und Leidenschaft sind doch menschliche Grundbedürfnisse, oder nicht? Guten Sex können auch die ungebildetsten Menschen genießen. Du und ich, wir sehen das als eine Errungenschaft der modernen Welt, als etwas Fortschrittliches, weil wir es erst nach anderen grundlegenden Dingen kennengelernt haben – wie Lesen und Schreiben und einen Computer zu benutzen, all so was. Für die Witwen kommt Sex vor all solchen Sachen.«

»Ich hab gar nicht richtig mitbekommen, was du gerade gesagt hast, weil ich nur daran denken kann, wie meine Oma Sex-Roti backt.« Jason verzog das Gesicht.

»Pöterbrot«, sagte Nikki kichernd.

»Hinterbackentoast.« Jason schüttelte lachend den Kopf. »Ich stehe immer noch unter Schock. Wie kommt es, dass die Frauen dir derart vertrauen, dass sie dir das alles vorbehaltlos erzählen? Mal abgesehen von deinem charmanten Wesen, natürlich.«

»Ich nehme an, sie denken, ich verurteile sie nicht, weil ich eine moderne junge Frau bin. Aber alles erzählen sie mir auch nicht.« Sie musste an Preetams Ausbruch denken, als sie von Arvinders außerehelicher Affäre erfahren hatte, und wie Mayas Name plötzlich wieder gefallen war. Ohne weitere Erklärungen hatten die Frauen sich nach der Pause wieder an ihren Platz gesetzt, und Nikki hatte gemerkt, dass es noch lange dauern würde, bis sie die Frauen danach fragen konnte. »Genug von meinem Job. Erzähl mir was vom lustigen Ingenieursleben.«

»Du klingst ja schon bei der Frage gelangweilt.«

»Dem Ingenieur!«, rief Nikki und reckte die Faust in die Luft. »Ist nichts zu schwör!« Jasons schallendes Gelächter hallte durch das Restaurant. Einer der Kellner schaute sie strafend an.

Ins Kino gingen sie an diesem Abend nicht mehr. Gemütlich saßen sie da und bestellten noch eine Flasche Wein und schauten nur einmal kurz auf die Uhr, um dann einstimmig zu beschließen, dass sie lieber weiterreden wollten, statt sich den Film anzusehen. Jason wollte alles über die erotischen Kurzgeschichten wissen. Nikki erzählte und sah ihn dabei aufmerksam an. Keine Spur von Empörung oder Ekel. Er zuckte nicht mal mit der Wimper, als sie ihm irgendwann anvertraute, sie glaubte, eine Bresche für den Feminismus ins Leben dieser Frauen zu schlagen. Das Wort schien ihn nicht im Geringsten zu stören.

Irgendwann verließen sie gemeinsam das Restaurant. Es war ein kühler Abend, und die Londoner Laternen leuchteten am Straßenrand. Nikki schmiegte sich an

Jason, und er legte ihr den Arm um die Taille. Dann küssten sie sich wieder. »Das liegt nur an deinen versauten Geschichten«, murmelte Jason. Nikki lachte. *Nein, das liegt an dir,* dachte sie.

Achtes Kapitel

Nikki breitete die drei Blusen nebeneinander aus und knipste dann rasch ein Foto. Das schickte sie Mindi zusammen mit der Frage: *Welche soll ich nehmen?* Der Budenbesitzer, ein kleiner Mann mit schneeweißem Bart und großem rosa Turban auf dem Kopf, ratterte die vielen vermeintlichen Vorteile herunter: »Hundert Prozent Baumwolle! Sehr atmungsaktiv! Kein Abfärben – nicht mal das Rot wäscht sich aus!« Sein übertriebener Enthusiasmus ließ Nikki argwöhnisch vermuten, dass es höchstwahrscheinlich billige Polyesterblusen waren, die nach zehnminütigem Tragen nach Achselschweiß müffelten und ein Blutbad anrichten würden, sobald man sie mit der anderen Wäsche auch nur in denselben Korb legte.

Mindi rief sie prompt zurück. »Seit wann trägst du denn Kurti*-Blusen?«, fragte sie erstaunt.

»Seit ich in Southall einen Kleiderbazar entdeckt habe, wo man sie viel günstiger bekommt als in den hippen Vintage-Läden«, antwortete Nikki.

»Die blaugrüne ganz links ist am hübschesten.«

»Nicht die rotbraune?«

»Eher nicht«, sagte Mindi. »Die schwarze finde ich auch ganz süß, mit der silbernen Stickerei am Ausschnitt. Kaufst du mir auch so eine?«

»Willst du jetzt wieder rumlaufen wie damals in der Grundschule, als Mum uns gezwungen hat, uns immer identisch anzuziehen?«

Mindi stöhnte. »War das nicht furchtbar? Wie alle uns immer gefragt haben, ob wir Zwillinge sind?« Das über den Stand gespannte Dach aus Segeltuch senkte sich unter dem Gewicht des Regenwassers. Nikki rieb sich die Hände. Vor dem Nachbarstand, der heißen Chai verkaufte, bildete sich schon eine lange Schlange. »Was gibt es denn sonst noch so auf dem Bazar? Irgendwas Schönes?«, wollte Mindi wissen.

»Ein paar Stände mit frischem Obst und Gemüse, eine Handvoll Masala-Buden, indische Süßigkeiten«, zählte Nikki auf, während sie sich umschaute. »Eine Frau färbt dir deinen Modeschmuck so ein, dass er haargenau zu deinen Kleidern passt. Eine ganze Reihe nur mit Klimper-Glitzer-Hochzeits-Chichi, und einen Papagei hab ich auch gesehen, der dir dein Schicksal aus dem Hut zieht.« Frauen bummelten von Stand zu Stand, die Handtaschen fest unter den Arm geklemmt. Vorhin hatte Nikki versucht, sich unauffällig an ein Grüppchen älterer Damen heranzuschleichen, die wortreich die angebotenen Auberginen begutachteten. Zu ihrer großen Enttäuschung tauschten sie aber nur Rezepte aus.

Im Hintergrund war lautes Geklapper zu hören. »Bist du bei der Arbeit?«, fragte Nikki.

»Wollte gerade los. Ich muss nur noch die Make-up-Proben durchgehen, die Kirti mir für heute Abend mitgegeben hat. Ich kann mich einfach nicht zwischen zwei Eyelinern entscheiden.«

»Du machst das mehr für dich selbst als für den Kerl,

oder? Der wird den Unterschied doch bestimmt nicht bemerken.«

»Diese Woche treffe ich mich nur mit Frauen«, gab Mindi zurück.

»Dann solltest du dich mal erkundigen, ob im Gurdwara auch lesbische Trauungen vollzogen werden.«

Das Hintergrundgeklappere verstummte abrupt. »Ich dachte, ich hätte dir das erzählt.«

»Daran könnte ich mich ja wohl erinnern.«

»Mit der Anzeige im Tempel hatte ich kein Glück. Also hab ich eine Probemitgliedschaft bei SikhMate.com abgeschlossen. Viel diskreter, als man glaubt, und man kann die Suche mit ganz vielen Filtern verfeinern und einschränken.«

»Und jetzt hast du dir überlegt, dass dein Ehemann eine Vagina haben soll?«, fragte Nikki, ohne daran zu denken, wo sie gerade war. Der Budenbesitzer mit dem Turban schnappte nach Luft und taumelte zurück wie angeschossen. »'tschuldigung«, flüsterte Nikki tonlos. Beschämt deutete sie auf alle drei Blusen und zeigte ihm den gereckten Daumen. Er nickte und packte die Sachen in eine zerknitterte blaue Plastiktüte. »Auf SikhMate.com gibt es die Option, zuerst die Frauen der Familie kennenzulernen, bevor man sich mit dem potenziellen Heiratskandidaten trifft. Man trinkt gemeinsam einen Kaffee, und wenn man sich sympathisch ist, stellen sie dich ihrem Bruder, Neffen oder Sohn vor.«

Das klang wie ein wahrgewordener Albtraum. »Aber das setzt einen ja noch viel mehr unter Druck«, erwiderte Nikki entsetzt. »Die durchleuchten dich wie der MI6 und ziehen dich aus bis auf die Unterhose.« Ganz zu schweigen davon, wie gruselig der Gedanke war, in eine Familie einzuheiraten, in der Schwestern und Mütter die Ehefrauen für ihre männlichen Verwandten aussuchten.

»Es soll aber eigentlich den Druck aus der Sache rausnehmen«, gab Mindi zurück. »Außerdem, wenn ich dann heirate, werde ich ohnehin viel Zeit mit den Frauen der Familie verbringen, also wäre es doch gut, sich vorher zu vergewissern, ob man sich gut miteinander versteht.«

»Darf ich dann die Männer für dich aussuchen?«, fragte Nikki. »Darf ich ein Veto einlegen, wenn ich einen von ihnen nicht mag? Oder funktioniert das nur andersrum? Mal ehrlich, Mindi, für mich klingt das total daneben. Da wäre es mir ja fast schon lieber, du triffst dich mit ein paar der weniger attraktiven Männer vom Schwarzen Brett. Immer noch besser, als dich mit diesen SikhMate-Tanten zum Kaffeekränzchen zusammenzusetzen.«

Im Hintergrund wurde wieder munter geklappert. »Ich glaube, ich nehme den pflaumenblauen«, sagte Mindi. »Der ist etwas dezenter. Hinterlässt einen besseren ersten Eindruck.« Ein Wink mit dem Zaunpfahl, dass Nikkis Rat nicht erwünscht war. »Ich sag dir dann, wie es gelaufen ist.«

»Viel Glück«, murmelte Nikki. Sie verabschiedeten sich und legten auf. Nikki bezahlte den Standbesitzer. Dann stellte sie sich in der Chai-Schlange an und beobachtete die anderen Marktbesucher, während aus dem Schauer ein waschechter Wolkenbruch wurde. Sie drückte die Tüte mit den Blusen fest an sich. Mindi wusste das nicht, aber als Kind hatte Nikki es immer gemocht, genauso angezogen zu sein wie ihre Schwester.

Und als die beiden schließlich die Schlacht gegen Mum gewonnen hatten und sich endlich kleiden durften, wie sie wollten, war sie insgeheim traurig gewesen.

Arvinder und Preetam redeten nicht miteinander. Sie kamen im Abstand von zehn Minuten in den Kurs und suchten sich dann Plätze in entgegengesetzten Ecken des Raums. Zwischen ihnen lagen Sheenas Tasche, ihr Handy und ihr Notizbuch auf einem der Tische, aber von ihr selbst keine Spur. Auch Manjeet fehlte noch.

»Warten wir eben auf die anderen«, sagte Nikki. Sie lächelte Arvinder zu. Arvinder schaute weg. Preetam fummelte an der Spitzenkante ihrer Dupatta herum und schlug sie fest um. Das angestrengte Schweigen erinnerte Nikki an ihr erstes Zusammentreffen mit den Witwen.

Ihr Blick ging zu Tarampal, die still an ihrem Platz saß und gewissenhaft Buchstaben in ihr Arbeitsheft malte.

»Bin schon da, bin schon da«, keuchte Sheena atemlos und kam mit drei weiteren Frauen im Schlepptau hereingeschneit. »Das sind Tanveer Kaur, Gaganjeet Kaur und die Witwe von Jasjeet Singh. Wir nennen sie Bibi. Sie würden gerne an unserem Kurs teilnehmen.«

Nikki musterte die drei Frauen. Tanveer und Gaganjeet sahen aus wie Ende sechzig, aber Bibi war mehr in Arvinders Alter. Alle waren ganz in Weiß gekleidet. »Seid ihr Freundinnen von Sheena?«, fragte Nikki. Die Frauen nickten. »Ach, sehr gut«, seufzte sie erleichtert. »Dann wisst ihr also, worum es in unserem Kurs geht.« Das Letzte, was ihr jetzt noch fehlte, war eine weitere ernsthafte, streberhafte Englischschülerin wie Tarampal.

»Den meisten Leuten erzähle ich, dass ich diesen

Kurs besuche, um mein Englisch zu verbessern«, grinste Sheena. »Es sei denn, ich kann ihnen blind vertrauen.« Sie lächelte den neu dazugekommenen Witwen verschwörerisch zu.

Aus ihrer Ecke heraus meldete Arvinder sich zu Wort. »Man darf sich aber nicht auf die Vertrauenswürdigkeit der Freunde von Freunden verlassen. Die Leute, denen du davon erzählst, können es weitersagen und irgendwem davon erzählen, der kein Geheimnis für sich behalten kann.«

Bibi schnaubte empört. »Ich kann sehr wohl ein Geheimnis für mich behalten.«

»Sie meint nur, wir sollten sehr vorsichtig sein«, beeilte sich Sheena, Bibi zu beschwichtigen.

»Ihr seid hier alle willkommen. Wir dürfen uns nur nicht von den falschen Leuten erwischen lassen«, warf Nikki ein. Nach ihrem Einkaufsbummel hatte sie die Hauptstraße in Southall überquert und dabei aus den Augenwinkeln beobachtet, wie drei junge Punjabis an der Bushaltestelle patrouilliert und Schulmädchen scharf ermahnt hatten, sofort und ohne Umwege nach Hause zu gehen.

Preetams Blick folgte dem perlenbestickten Saum von Nikkis neuer Bluse. Jetzt, wo sie nicht mehr mit Arvinder allein war, wollte sie sich offensichtlich auch am Gespräch beteiligen. »Gefällt mir, was du anhast«, bemerkte sie.

»Danke«, erwiderte Nikki. »Und keine BH-Träger zu sehen.«

»Ja. Sehr hübsch«, sagte Gaganjeet. Und verzog dann ganz unerwartet das Gesicht – die Augen fielen ihr fast aus dem Kopf, und die Lippen waren gebleckt, dass man die dritten Zähne sehen konnte. Unvermittelt stieß sie einen spitzen Schrei aus. Entsetzt schaute Nikki sich um, was sie so erschreckt haben könnte.

»*Wahaguru*«, wünschte Arvinder ihr Gesundheit.

»Hast du gerade genießt?«, fragte Nikki verdattert.

»*Hanh*, ich bin schrecklich erkältet. Das ganze Wochenende habe ich ununterbrochen geniest und gehustet«, antwortete Gaganjeet.

»Das geht gerade um«, meinte Preetam. »Heute früh habe ich Manjeet im Tempel getroffen, und sie meinte, sie kann heute Abend nicht zum Kurs kommen. Vermutlich ist sie auch angeschlagen. Sie war ein bisschen blass um die Nase. Du solltest lieber was gegen die Erkältung nehmen, Gaganjeet.«

»Ich habe eben noch einen Chai getrunken«, sagte Gaganjeet. »Mit ganz viel Fenchel.«

»Ich meinte, du solltest Medikamente nehmen. Ist Boobie Singhs Apotheke nicht ganz in deiner Nähe?«

»Er heißt Bobby«, korrigierte Sheena sie.

»Der verlangt unverschämte Wucherpreise, dieser Boobie«, klagte Gaganjeet.

»Hat eine unserer neuen Teilnehmerinnen vielleicht eine Geschichte zu erzählen?«, erkundigte sich Nikki, um rasch das Thema zu wechseln. Auch das war ein Problem, wenn neue Kursteilnehmer dazukamen. Bevor sie anfingen, einander ihre Geschichten zu erzählen, klatschten und tratschten die Frauen gerne. Welche Farbe die Hochzeits-Lengha* der Enkelin einer Freundin hatte. Wann der Bus an dem Samstag am Markt gehalten hatte, als es zu den Vorfällen gekommen war. Wer neulich seine Sandalen vor dem Tempel verschusselt und dann angeblich einfach ein anderes Paar mitgenommen hatte, was eine ganze Kette von Schuhdiebstählen nach sich gezogen hatte, weil alle irgendwie heimlich ihr verschwundenes Schuhwerk ersetzen mussten.

»Nikki, warte noch ein bisschen, *nah*? Wir müssen unsere neuen Freundinnen doch erst mal kennenlernen«, wandte Arvinder ein. »Ich habe gehört, Kulwinder ist in Indien. Dann können wir doch heute Abend einfach ein bisschen länger hierbleiben.«

»Und ein bisschen lauter sein«, kicherte Sheena.

»Ich finde, wir sollten Kulwinders Abwesenheit nicht dazu nutzen, laxer zu werden«, entgegnete Nikki, auch wenn sie tatsächlich weniger angespannt war, weil das Büro am anderen Ende des Gangs in den kommenden vier Wochen leerstehen würde. »Und ich würde heute gerne pünktlich Schluss machen. Ich muss die Bahn nach Hause erwischen.«

»Du fährst abends allein mit der Bahn? Wo wohnst du denn?«, fragte Bibi.

»Shepherd's Bush«, erwiderte Nikki.

»Und wo genau? In der Nähe des Markts oder weiter weg?«

»Nicht in Southall. Ich wohne in Westlondon«, erklärte Nikki.

»Hier braucht man keine Angst zu haben, wenn man abends noch unterwegs ist«, meinte Bibi. »Ich bin ständig im Dunkeln draußen.«

»Kein Wunder, du bist ja auch eine alte Frau«, warf Tanveer ein. »Was sollte ein Mann, der sich in den Büschen versteckt, schon von dir wollen?«

»Ich bekomme rein zufällig eine stattliche Rente«, erwiderte Bibi spitz.

»Tanveer meint, dich würde keiner belästigen«, versuchte Sheena zu erklären. »Jüngere Frauen müssen sich viel mehr in Acht nehmen.«

»War das bei Karina Kaur auch so?«, wollte Tanveer wissen. »Ich habe die Vorschau für die neue Fernsehsendung zu ihrem Todestag gesehen. Das war ein paar Jahre, bevor wir aus Indien hergekommen sind. Ganz ehrlich, hätte ich gewusst, dass einem unserer Mädchen so was auch in London zustoßen kann, wären wir womöglich gar nicht erst hierhergezogen.«

Bei der Erwähnung von Karinas Namen legte sich ein spürbares Schweigen über den Raum. Einen Augenblick lang schienen alle tief in Gedanken, und Nikki spürte deutlicher als sonst, dass sie nicht dazugehörte. Sie ließ den Blick über die Gruppe schweifen. Sheenas Gesicht war die Anspannung deutlich anzusehen.

»Daran erinnere ich mich noch gut. Die Leute haben erzählt, sie sei mutterseelenallein in den Park gegangen. Um sich dort mit ihrem Freund zu treffen«, murmelte Arvinder.

»Und das darf mit Mord geahndet werden?«, zischte Sheena.

Arvinder wirkte schockiert. »Sheena, du weißt ganz genau, wie ich das gemeint habe.«

»Ich weiß«, sagte Sheena leise. Sie blinzelte und nickte Arvinder dann kaum merklich zu. »Entschuldige.«

Nikki hätte nie gedacht, dass dieses Thema Sheena so mitnehmen würde. Rasch überschlug sie im Kopf. Nach dem, woran sie sich von dieser grässlichen Geschichte noch erinnern konnte (und ihre Mutter sorgte dafür, dass sie sie nicht so schnell vergaß), mussten Karina und Sheena ungefähr im gleichen Alter gewesen sein, als es passierte. Nun fragte sie sich, ob die beiden sich womöglich gekannt hatten.

»Lass dir von diesen Geschichten nicht Bange machen, Nikki. Southall ist wirklich eine sehr sichere Gegend«, erklärte Gangeet strahlend. »Warum wohnst du nicht hier? Hier wohnen wir doch alle.«

»Nikki ist eine moderne Frau«, erklärte Arvinder den anderen. »Heute sieht man es nur nicht, weil sie wie ein braves Punjabi-Mädchen angezogen ist. Nikki, du solltest Armreifen dazu tragen.«

Nikki ließ Sheena nicht aus den Augen, die anscheinend tief in Gedanken war. Ihre Finger tasteten fahrig an ihrer Halskette herum, wie um sich zu vergewissern, dass sie noch da war. Nikki machte einen Schritt auf sie zu und wollte gerade fragen, ob alles in Ordnung war, aber Gaganjeet kam ihr dazwischen.

»Nikki, suchst du einen Mann? Vielleicht habe ich da jemanden für sich.«

»Nein«, antwortete Nikki sehr bestimmt.

»Warum denn nicht? Ich habe dir ja noch gar nichts über ihn erzählt.« Gaganjeet wirkte gekränkt und schnäuzte sich umständlich in ein zerknülltes Taschentuch. »Er ist vermögend«, fügte sie schniefend hinzu.

»Hat jede eine Geschichte zu erzählen?«, fragte Nikki und trat vor die Klasse. »Uns läuft die Zeit davon.«

»Okay, okay, drängele doch nicht so«, murrte Arvinder. »Sie ist immer noch ganz schön herrisch«, brummte sie den anderen zu.

»Ich habe eine Geschichte mitgebracht«, sagte Tanveer. Sie zögerte kurz. »Sie ist allerdings etwas ungewöhnlich.«

»Glaub mir, jede Geschichte, die wir hier erzählen, ist ungewöhnlich«, gab Preetam zurück.

»Ich meine, diese Geschichte enthält ein etwas außergewöhnliches Element«, erklärte Tanveer. »Ziemlich schockierend.«

»Nun ja, schockierender als beim letzten Mal wird es wohl kaum werden«, brummte Preetam und schaute Arvinder dabei schief von der Seite an.

»Erzähl uns deine Geschichte, Tanveer«, mischte Nikki sich ein, bevor sie anfingen sich zu streiten.

»Also gut«, sagte Tanveer.

Meera und Rita

In Meeras Haus hatte alles seinen eigenen Platz, denn sie liebte Ordnung. Sie und ihr Mann hatten sogar feste Zeiten für ihre nächtlichen Intimitäten. Sie machten es jeden Dienstag und Freitag, immer kurz vor dem Schlafengehen. Und immer nach demselben Muster. Meera zog sich nackt aus und legte sich auf das Bett, und dann starrte sie stur nach oben und zählte die winzigen Pockennarben an der Decke, während ihr Mann in sie eindrang und zustieß und mit einer Hand fest ihre rechte Brust umfasste. Nie gab es Überraschungen oder Abweichungen, doch Meera achtete immer darauf, »Oh! Oh!« zu rufen, als öffnete sie ein Geschenk, das ihr nicht sonderlich gefiel. Nach einem letzten Grunzen rollte ihr Mann dann zur Seite und schlief augenblicklich ein. Dieser Moment des Rituals hinterließ bei Meera stets einen faden Nachgeschmack – einerseits war sie erleichtert, dass es endlich vorbei war, andererseits ekelte es sie, dass er sich danach nicht wusch. Mittwochs und samstags zog sie die Betten ab.

Das Waschmittel, das Meera für die Bettwäsche nahm, war ein ganz besonderes Pulver mit Blütenduft. Es stand auf dem obersten Regal, über dem normalen Waschmittel, das sie benutzte, um die Anziehsachen ihres Mannes, ihrer Söhne und des jüngeren Bruders ihres Mannes, der mit ihnen im Haus wohnte, zu waschen. Als ihr Schwager irgendwann verkündete, er habe sich in eine junge Frau namens Rita verliebt und wolle sie heiraten, war Meeras erster Gedanke: »Und wo soll diese Rita hin?« Sie würde alles neu ordnen müssen, um Platz zu schaffen für ihre neue Schwägerin. Als sie ihrem Mann von ihrer Sorge berichtete, erinnerte der sie daran, dass sie die Ältere sein würde. »Du kannst ihr sagen, was sie zu tun und zu lassen hat.« Er sagte es so großmütig, als gewährte er ihr nach Jahren des Herumkommandiert-Werdens das Privileg, nun selbst jemanden herumzuscheuchen.

Meera beschloss, nett zu der Neuen zu sein – sie freundlich aufzunehmen, statt sie herumzuschubsen. Sie hatte sich immer eine Tochter gewünscht statt der beiden lauten, rabaukenhaften Jungs, die Dreck in ihren frisch gesaugten Teppich traten und sich wie die Affen um alles balgten. Aber bei der Hochzeit überkam Meera unvermittelt ein Anflug von Eifersucht. Rita war jung und sprühte nur so vor Leben. Die kurze Bluse ihrer Hochzeits-Lengha ließ den flachen honiggoldenen Bauch darunter aufblitzen. Zu Meeras Zeiten hätte eine solche Aufmachung als unanständig gegolten. Meera versetzte es einen Stich, als sie sah, wie Ritas Mann seine Braut während der Hochzeitsfeier begierig ansah. Sein Blick wanderte über ihren ganzen Körper, als könne er sich gar nicht sattsehen an ihr. Warte nur, bis sie ein paar Jahre verheiratet sind, *sagte Meera sich.* Der Reiz des Neuen wird schnell verflogen sein. *Der Gedanke war beruhigend, und doch wusste Meera, dass ihr Mann sie nie so angesehen hatte. Nicht einmal bei ihrer Hochzeit.*

Nachdem die frisch Vermählten aus den Flitterwochen zurückgekehrt waren, führte Meera Rita durchs Haus und zeigte ihr, wo alles war – von den Sofaüberwürfen zum Wechseln bis zu den Winterjacken. Rita schien aufmerksam zuzuhören, aber abends stapelte sie beim Abwaschen die Teller nachlässig aufs Geratewohl auf und stopfte das Besteck in jede noch so kleine Lücke dazwischen. Schäumend vor Wut zerrte Meera das Geschirr aus dem Abtropfgestell und machte alles noch mal. Es dauerte lange, bis sie an diesem Abend alles erledigt hatte, denn Rita achtete nicht darauf, was sie ihr zum Tischabwischen und zum Fegen unter der Arbeitsplatte zwecks Beseitigung verirrter Reiskörner gesagt hatte. Als sie endlich fertig war, war Meera heilfroh, dass es nicht Dienstag oder Freitag war – sie war viel zu müde und gereizt, um das immergleiche Stoßen ihres Mannes zu ertragen.

Als sie sich ins Bett legte, in dem ihr Mann schon längst lag und friedlich schnarchte, hörte Meera aus dem Nebenzimmer Geräusche. Ein Kichern, gefolgt von einem »Pssst!«. Und dann das unverwechselbare Lachen ihres

Schwagers. Neugierig presste Meera ein Ohr gegen die Wand. Ritas Stimme klang sehr bestimmt. »Gut«, *sagte sie.* »Weiter so. Fester.« *Entsetzt wich Meera zurück. Kein Wunder, dass Rita sich von ihr nichts sagen ließ. In ihrer Ehe hatte sie die Hosen an.* Das geht so nicht, *dachte Meera. In diesem Haus durfte nur eine das Sagen haben, und das war sie. Also beschloss sie, am nächsten Tag besonders streng mit Rita zu sein. Sie musste Rita noch einmal durch das ganze Haus führen und sie danach ins Kreuzverhör nehmen, ob sie es auch verstanden und sich alles gemerkt hatte.* »Wo kommt der Fensterreiniger hin? Und was ist mit den Plastiktüten aus dem Supermarkt?« *Durch die Wand hörte sie, wie Rita immer lauter stöhnte und das Bett heftig im Takt dazu quietschte. Verschwendete dieses unmögliche Mädchen denn keinen Gedanken daran, dass auch noch andere Menschen in diesem Haus lebten? Geräuschvoll öffnete Meera ihre Schlafzimmertür und schlug sie dann mit einem Knall zu, um die frisch Verheirateten daran zu erinnern, wie hellhörig das Haus war. Der Lärm verstummte, aber nur kurz, dann ging er unvermindert weiter. Ritas Stöhnen hallte durch das Haus wie die schrillen Töne einer Opernarie. Meera glühte vor Eifersucht. Auf Zehenspitzen schlich sie aus dem Zimmer, nur um enttäuscht festzustellen, dass die Tür zu Ritas Schlafzimmer geschlossen war. Wäre sie nur angelehnt gewesen, hätte sie hineinspähen können, um nachzusehen, was dort vor sich ging. Denn sie konnte es sich beim besten Willen nicht vorstellen. Wenn sie die Augen zumachte, sah sie nur Ritas flachen, straffen Bauch. In Gedanken schweifte ihr Blick nach oben, und sie sah die festen, runden Brüste der jungen Frau, die Brustwarzen hart und rosarot. Sie stellte sich vor, wie sich Lippen um sie schlossen, nur um mit Entsetzen festzustellen, dass es ihre eigenen Lippen waren. Schnell verdrängte sie dieses Bild aus ihrem Kopf und schob es auf die Müdigkeit, dass ihre Fantasie mit ihr durchging.*

Am nächsten Morgen sprang Meera aus dem Bett, um wie immer ihre vielen alltäglichen Pflichten zu erledigen. Sie ging an Ritas Zimmer vorbei und sah, dass die Tür noch immer fest verschlossen war. Während Meera Tee kochte, drang leises Kichern in die Küche. Meeras Söhne spitzten neugierig die Ohren nach der Zimmerdecke und warfen sich vielsagende Blicke zu. »Esst euer Frühstück«, kommandierte Meera streng. Über ihr hörte sie wieder, wie Rita Anweisungen gab. »Mit der Zunge«, kommandierte sie. »Ja, genau so.« Meera wurde rot. Da war es wieder, dieses eigenartige Kribbeln. Als spürte sie, wonach Rita verlangte.

Nachdem ihr Mann zur Arbeit und die Jungs zur Schule gegangen waren, kam Rita endlich nach unten. Im ganzen Haus war es still. Meera stürzte sich auf die Hausarbeit. »Kann ich dir irgendwie helfen?«, fragte Rita. Worauf Meera nur kühl entgegnete, sie brauche keine Hilfe. »Also gut«, meinte Rita achselzuckend. Meera spürte, wie die junge Frau sie beobachtete, und war plötzlich befangen.

»Du musst mich für völlig verstockt halten«, meinte Meera schließlich.

»Das habe ich nicht gesagt.«

»Du denkst es aber.«

»Bist du das denn?«

»Nein«, sagte Meera. Sie nahm den Wäschekorb und marschierte zur Waschmaschine. »Ich bin ein praktischer

Mensch. Ich nehme Rücksicht auf andere. Von deinen nächtlichen Umtrieben will ich nichts wissen.«

»Nächstes Mal sind wir ein bisschen leiser.« Ritas beiläufige Art machte Meera umso wütender. Sie sah sich um nach einer unmöglichen Aufgabe, die sie Rita übertragen konnte – Fensterputzen vielleicht. Die Wassertropfen trockneten immer viel zu schnell und hinterließen milchige Punkte auf dem Fensterglas, das dann fleckig und verdreckt aussah. Gerade wollte sie Rita schon anweisen, was sie zu tun habe, da fiel ihr auf, dass das Waschmittel nicht an seinem angestammten Platz stand.

»Wo ist es?«, herrschte sie Rita schroff an. »Habe ich dir nicht gesagt, das Waschmittel gehört in dieses Regal?« Worauf Rita ruhig erklärte, das Waschmittel sei doch im Vorratsschrank bei den anderen Putzsachen viel besser verstaut.

»Unfug«, schimpfte Meera. »Willst du so einen Haushalt führen?« Und damit stapfte sie empört zur Vorratskammer und holte das Waschmittel heraus. Im Halbdunkel des Vorratsschranks fiel ihr ein Karton auf, den sie noch nie gesehen hatte. Sie griff hinein. Drinnen allerlei Tonstäbe, geformt wie ein ganz bestimmter Teil des männlichen Körpers. Sie wollte sich gerade umdrehen und Rita mit ihrer Entdeckung konfrontieren, als sie einen warmen Atemhauch am Nacken spürte.

»Ich dachte, da findet sie niemand«, wisperte Rita.

»Ich dachte, du brauchst so was nicht«, entgegnete Meera und drehte sich zu ihr um. Ihre Kehle war staubtrocken, aber irgendwie schaffte sie es, die Worte herauszubringen. Ältere Frauen, so hieß es, töpferten diese Stäbe aus Ton und brannten sie, für den Fall, dass sie ein Verlan-

gen verspürten, das ihre Ehemänner nicht mehr befriedigen konnten. »Dazu bist du zu jung«, erklärte Meera entschieden.

Ritas Lachen klang wie Vogelzwitschern. »Zu jung? Ach Meera. Ich könnte dir so vieles zeigen.«

»Du? Mir?«, herrschte Meera sie an. »Ich bin die Ältere von uns beiden.« Doch noch während sie das sagte, beugte Rita sich vor und küsste sie auf den Hals. Federleicht folgte ihre Zunge Meeras Schlüsselbein. Meera schnappte verdattert nach Luft und wich in den Vorratsschrank zurück, während Ritas Mund Meeras Wange streifte und ihr dann einen langen, tiefen Kuss auf die Lippen drückte. »Ich kann dir so vieles zeigen«, murmelte Rita.

An dieser Stelle hielt Tanveer inne. Ihre Wangen brannten hochrot. Sie presste die Lippen zusammen und wartete ab. Es war so still im Raum, dass Nikki die Luft in den Heizungsrohren zischen hörte.

»Und dann?«, wollte Nikki wissen.

»Sie haben einander etwas... ausgeholfen«, antwortete Tanveer. Sie schien den durchdringenden Blicken der anderen Frauen auszuweichen. Nikki nickte ihr aufmunternd zu. »Bis dahin war ich noch nicht gekommen.«

»Ungewöhnlich«, meinte Sheena und klickte den Kassenrekorder aus. Die Geschichte schien sie ganz kribbelig zu machen. Kerzengerade saß sie da und beäugte Tanveer neugierig. Tanveer senkte den Kopf, als erwartete sie einen Rüffel. »Aber nicht schlecht«, beeilte Sheena zu versichern. »Einfach nur ungewöhnlich. Anders. Stimmt's, Nikki?«

»Stimmt«, antwortete Nikki, aber sie konnte förmlich spüren, wie die Atmosphäre im Raum immer angespannter wurde. Arvinder war tief in Gedanken. Gaganjeet hielt sich ein Taschentuch vor die Nase, um ein Niesen aufzufangen, das in dem Augenblick eingefroren schien, als Rita und Meera sich näherkamen. Bibi nickte langsam und bedächtig und dachte wohl noch über die Geschichte nach. »So was kommt öfter vor, als man glaubt«, sagte sie schließlich. »Zwei Mädchen aus meinem Dorf haben sich angeblich auch gegenseitig beglückt, aber ich glaube, nur mit den Fingern.«

Diese Worte rissen Gaganjeet aus ihrer Erstarrung. Unvermittelt verfiel sie in hektische Betriebsamkeit – nieste, hustete, zurrte den Reißverschluss ihrer Handtasche zu und griff zum Gehstock. »Ich hätte nicht herkommen sollen, solange ich noch krank bin. Entschuldige bitte«, sagte sie zu Nikki. Ihre Kniegelenke krachten wie Pistolenschüsse, als sie ruckartig aufstand und hastig nach draußen stürzte.

»Jetzt hast du sie verschreckt«, sagte Preetam vorwurfsvoll zu Tanveer. »Warum erzählst du so eine Geschichte? Das ist kein Kurs für Frauen mit perversen Neigungen.« Beschämt ließ Tanveer den Kopf hängen. Nikki ärgerte sich über Preetams Bemerkung. »In Tanveers Geschichte geht es um Lust«, sagte sie. »Ich glaube nicht, dass es einen Unterschied macht, mit wem Rita und Meera diese Lust empfinden.«

»Das ist widernatürlich. Abwegig. Wie Science-Fiction«, meinte Preetam. »Und sie sind beide verheiratet. Sie betrügen ihre Ehemänner.« Sie warf ihrer Mutter einen vielsagenden Blick zu.

»Vielleicht betrachten sie es als Übung. Oder vielleicht bereichert es ihr Eheleben«, gab Sheena zu bedenken. »In der nächsten Szene kommen ihre Männer nach Hause, und Rita und Meera machen eine kleine Showeinlage für sie. Und alle Beteiligten haben ihren Spaß.«

»Warum müssen ihre Männer denn unbedingt nach Hause kommen?«, fragte Arvinder enttäuscht. »Vielleicht sind die beiden Frauen ja auch ohne sie ganz glücklich. Es muss nicht in jeder Geschichte ein Mann vorkommen.«

»Intime Beziehungen sollten sich zwischen Mann und Frau abspielen«, sagte Preetam entschieden. »Du ermutigst solche Geschichten auch noch, als wären wir alle unzufrieden gewesen mit unseren Ehemännern.«

»Du hattest das Glück, dass dein Mann gut zu dir war. Wir hatten nicht alle diesen Luxus«, schoss Arvinder zurück.

»Ach Mutter, ich bitte dich. Er hat doch gut für dich gesorgt, oder? Du hattest ein Dach über dem Kopf. Er hat gearbeitet, er war deinen Kindern ein guter Vater. Was verlangst du denn noch?«

»Ich hätte gerne das gehabt, was die Frauen in diesen Geschichten erleben.«

»Klingt, als hättest du es bekommen«, murrte Preetam. »Bloß nicht von dem Mann, mit dem du verheiratet warst.«

»Verurteile mich nicht, Preetam. Wage es ja nicht«, zischte Arvinder leise.

Preetams Augen wurden groß und rund. »Ich habe keine Geheimnisse. Wenn du mir irgendwas anhängen willst, dann müsstest du lügen.«

»Das stimmt. Du hast keine Geheimnisse. Du hattest keinen Grund für Geheimnisse. Du hast eine glückliche Ehe geführt. Hast du mal darüber nachgedacht, warum das so war? Weil *ich* dich habe frei wählen lassen. Ich habe die Männer abgewimmelt, die aus allen Ecken angekrochen kamen, sobald du ins heiratsfähige Alter kamst. Es war mir gleich, dass meine Tochter so hübsch war und in jede angesehene Familie hätte einheiraten können – ich wollte dir selbst die Wahl lassen.«

»Vielleicht machen wir an dieser Stelle mal eine kleine Pause«, schlug Nikki vor, doch Arvinder fuhr ihr über den Mund. »Nikki, versuch dich nicht als Friedensstifterin. Manche Dinge müssen einfach ausgesprochen werden. Es wird langsam Zeit.«

Arvinder schaute Preetam streng an. »Die erste Zeit nach der Hochzeit ist für viele Frauen eine Qual. Du warst kein kleines Mädchen mehr wie Tarampal. Sie war erst zehn. Dir erging es nicht wie mir – überstürzt dem falschen Mann versprochen, der anderthalb Köpfe kleiner war als ich, nur weil beide Familien verzweifelt versuchten, ein dürregeplagtes Stück Land zu retten, bevor es all seinen Wert verloren hatte. Dein Vater fühlte sich neben mir so klein, dass sein Stecken immer welk war, und als ich es wagte mich zu beklagen, dass wir nie miteinander schlafen, drohte er, mich aus dem Haus zu werfen.«

Ihr unvermittelter Ausbruch schockierte alle so, dass niemand ein Wort sagte. Nikkis Gedanken überschlugen sich. Von all diesen unerwarteten Enthüllungen ging ihr die abscheulichste nicht mehr aus dem Kopf. »Tarampal war erst zehn?«, flüsterte sie entsetzt. Es war so still, dass ihre Worte von den Wänden widerzuhallen schienen.

Arvinder nickte. »Ihre Eltern haben sie zu einem Pandit gebracht, da war sie gerade zehn. Er hat ihr aus der Hand gelesen und dann erklärt, sie sei für niemand anderen bestimmt als für ihn selbst. Er erzählte ihnen, sie werde ihm fünf Söhne gebären, und sie würden allesamt wohlhabende Landbesitzer, die sich nicht nur gut um ihre Eltern kümmern, sondern auch für das Wohlergehen ihrer betagten Großeltern sorgen würden. Alle waren so aufgeregt angesichts dieser rosigen Aussichten, dass sein Alter – dreißig Jahre älter als sie – schnell vergessen war und sie mit ihm verheiratet wurde. Zehn Jahre später sind sie gemeinsam nach England gekommen.«

»Und was ist aus seiner Weissagung geworden? Tarampal hat doch nur Töchter«, warf Sheena ein.

»Bestimmt hat er ihr die Schuld dafür gegeben. So ist es doch immer.« Verbitterung schwang in Arvinders Stimme mit.

»Die meisten von uns waren genauso jung. Aber das Bett mussten wir mit unseren Ehemännern erst teilen, als wir ein bisschen älter waren«, warf Bibi ein.

»Wie viel älter?«, wollte Nikki wissen.

Bibi zuckte die Achseln. »Sechzehn, siebzehn vielleicht? Wer weiß das noch? Die nächste Generation hatte Glück und musste erst später heiraten. Deine Mutter war bestimmt schon achtzehn oder neunzehn.«

»Meine Mutter hat vorher studiert«, antwortete Nikki. »Sie war zweiundzwanzig.« Selbst das erschien ihr unglaublich jung, um eine derart wichtige, lebenslange Entscheidung zu treffen.

»Studiert.« Arvinder schien beeindruckt. »Kein Wunder, dass deine Eltern dich mitten in London großgezogen haben. Moderne Leute.«

»Mir kamen meine Eltern nie besonders modern vor«, gab Nikki zurück. Sie musste an die vielen endlosen Streitgespräche mit ihren Eltern denken, in denen es um die Länge (oder Kürze) ihrer Röcke gegangen war, und ob sie mit Jungs redete, Alkohol trank oder *zu britisch* war. Es ihnen rechtzumachen war ein nicht enden wollender Kampf gewesen, den sie bis heute ausfocht.

»Aber das sind sie. Sie konnten schon Englisch, bevor sie hierhergekommen sind. Southall ist entstanden, weil wir keine Ahnung hatten, was es eigentlich heißt, britisch zu sein.«

»Also bleibt man lieber unter seinesgleichen, zumindest war das der Gedanke«, erklärte Sheena. »Meiner Mutter war nicht wohl bei der Vorstellung, nach England zu gehen. Sie hatte gehört, indische Kinder würden in den Schulen verprügelt. Mein Vater ist zuerst allein hierhergekommen und hat sie dann überzeugt, dass wir in Southall unter unseren Leuten wären und gar nicht weiter auffallen würden.«

»Und wenn man in dem neuen, fremden Land irgendwelche Probleme hatte, waren die Nachbarn sofort zur Stelle und halfen einem aus – mit Geld oder Essen oder was auch immer man gerade brauchte. Das ist das Schöne daran, wenn man in einer so engen Gemeinschaft lebt«, sagte Arvinder. »Aber bei Problemen mit dem eigenen Ehemann half einem keiner; wenn man ihn verlassen wollte. Niemand wollte sich in fremde Familienangelegenheiten einmischen. ›Sei doch nicht so undankbar‹, bekam man zu hören, wenn man sich beklagte. ›Du bist verwöhnt. England hat dich verweichlicht.‹« Sie sah Preetam durchdringend an. »Ich habe dir alles Glück geschenkt, das mir nicht vergönnt war. Du hast deinen Mann geliebt und hattest eine gute Ehe. Schön für dich. Ich habe meine gerade so *überlebt*.«

Sobald die letzte der Frauen den Raum verlassen hatte, hastete Nikki mit einem ganz konkreten Plan im Kopf aus dem Gebäude. Die Hauptstraße lag hell und einladend im Licht der Straßenlaternen. Der rundbäuchige Inhaber von Sweetie Sweets stand auf der Schwelle seines Ladens und pries Süßigkeiten an. »Gulab Jamun* und Barfi*, alles fünfzig Prozent reduziert«, versuchte er sie zu locken. Beim Zeitungskiosk nebenan kündete ein unübersehbares Plakat vom Besuch dreier Bollywood-Schauspieler, an deren Namen und Gesichter Nikki sich dunkel aus Mindis umfangreicher Filmsammlung erinnerte. Ihre Wangen brannten von der Winterkälte. In kleinen Tröpfchen verfing sich der Nieselregen in ihren Haaren.

Ansell Road Nummer 16 war ein gedrungenes Backsteingebäude mit asphaltierter Einfahrt, genau wie die meisten anderen Häuser in dieser Straße. Nikki klopfte an die Tür. Sie hörte schnelle schwere Schritte, und dann öffnete sich die Tür einen Spaltbreit.

Hinter der Türkette erschien Tarampals Gesicht. Nikki

konnte beobachten, wie Tarampal sie erkannte und wie dann die Wut in ihren Augen aufflackerte.

»Bitte«, flehte Nikki. Sie legte die Hand auf die Tür, damit Tarampal sie ihr nicht vor der Nase zuschlug. »Ich möchte nur kurz mit dir reden.«

»Ich habe dir nichts zu sagen«, entgegnete Tarampal spitz.

»Du brauchst auch nichts zu sagen. Ich wollte mich entschuldigen.«

Tarampal rührte sich nicht. »In deinem Briefchen stand schon, dass es dir leidtut.«

»Dann hast du die Kassetten also bekommen?«

Die Tür fiel ins Schloss. Die kleinen Härchen auf Nikkis Armen sträubten sich gegen die eiskalte Luft. Es fing an zu regnen. Sie suchte Schutz unter dem Vordach und klopfte rasch ein paar Mal an die Tür. »Können wir uns nicht kurz unterhalten?« Aus den Augenwinkeln sah sie Tarampals Umriss am Küchenfenster. Sie ging hin und klopfte an die Scheibe. »Tarampal, bitte.«

Tarampal huschte davon, aber Nikki klopfte weiter an die Scheibe. Ihr war bewusst, dass sie gerade eine Szene machte. Es funktionierte. Die Haustür wurde aufgerissen, und Tarampal stürmte heraus und blieb auf der ersten Stufe stehen. »Was glaubst du, was das werden soll? Die Nachbarn sehen dich doch«, zischte sie. Schnell scheuchte sie Nikki ins Haus und schloss die Tür hinter ihnen. »Sarab Singh erzählt seiner Frau nachher bestimmt, ich hätte Besuch von einer Wahnsinnigen bekommen.«

Nikki hatte keine Ahnung, wer Sarab Singh war oder warum es Tarampal so wichtig war, was seine Frau von ihr dachte. Verstohlen sah sie sich im Flur um. Ein makellos ordentliches, aufgeräumtes Heim, das wohl kürzlich renoviert worden war und noch durchdringend nach Farbe roch. Ihr fiel wieder ein, wie die Damen im Langar erwähnt hatten, Tarampals Haus habe einige Schäden erlitten – anscheinend hatte sie es zwischenzeitlich wieder herrichten lassen. »Sind deine Kinder da? Deine Enkel?«

»Ich habe Töchter, alle verheiratet. Sie wohnen bei ihren Ehemännern.«

»Ich wusste nicht, dass du ganz allein lebst«, sagte Nikki.

»Jagdev hat ganz in der Nähe seiner neuen Arbeitsstelle eine Wohnung gefunden, aber an den Wochenenden besucht er mich. Er hat mir auch deinen Zettel vorgelesen.«

Wer war denn Jagdev? Nikki konnte sich die vielen neuen Namen nicht merken. »Ich kenne nicht viele Leute aus Southall...«, setzte sie an.

»Ach ja, du bist ja ein waschechtes Londoner Mädchen«, bemerkte Tarampal und verzog verächtlich das Gesicht, als sie den Namen der Stadt aussprach. Bei sich zuhause strotzte sie nur so vor Hochmut, Stolz und Selbstbewusstsein. Sie trug immer noch Witwenkleider, allerdings in einer moderneren Version der Tunika – am Hals weit ausgeschnitten und mit tailliertem, figurbetontem Schnitt.

Der Regen schlug von draußen gegen die Scheiben. »Dürfte ich vielleicht einen Tee haben?«, fragte Nikki. »Es ist kalt draußen, und ich bin den ganzen weiten Weg hierhergekommen.«

Es war ein kleiner Triumph, als Tarampal widerwillig und kaum hörbar »ja« knurrte. Bei einem Tee würde es leichter sein, Tarampal zu überreden, wieder zum Kurs zu kommen. Nikki folgte Tarampal in die Küche, wo eine Granitarbeitsplatte auf hochglänzenden Küchenschränken eine ganze Wand einnahm. Der Elektroherd war ein brandneues Modell, das ihre Mum sich schon lange wünschte, mit einer weißen Schnecke, die wie in die Fläche gemalt aussah und von der Hitze augenblicklich in ein digitales Leuchten getaucht wurde. Tarampal schaltete den Herd ein und kramte in einem der Schränke. Sie holte einen verbeulten Topf heraus und eine alte Keksdose, in der Samen und Gewürze rappelten. Nikki musste sich das Grinsen verkneifen. Selbst wenn Mum eine hypermoderne Küche hätte, sie würde ihr Dal trotzdem weiterhin in alten Eiscremebechern aufbewahren und die Teeblätter in einem ollen Topf aufbrühen.

»Zucker?«, fragte Tarampal.

»Nein, danke.«

Kurz erhellten Autoscheinwerfer die Küche. »Das ist bestimmt Sarab Singh auf dem Weg zur Nachtschicht«, murmelte Tarampal, während sie Milch in den Tee gab. »Ich glaube, er ist nicht gern allein zuhause. Vor ein paar Jahren, als Kulwinder und Maya nach Indien gefahren sind, hat er jede Nacht Doppelschichten gearbeitet. Der Himmel weiß, jetzt kann er noch mehr Ablenkung gebrauchen.«

»Kulwinder wohnt hier?«, fragte Nikki erstaunt. Sie schlenderte rüber ins Wohnzimmer und schaute aus dem Fenster. Die Einfahrt gegenüber sah genauso aus wie die von Tarampal.

»Ja. Du warst doch bei Mayas Hochzeits-Sangeet*, oder? Die war hier. Ich dachte, sie mieten bestimmt einen Festsaal, weil sie so viele Gäste eingeladen hatten, aber...« Tarampal hob die Hände, als wollte sie sagen, dass sie das nichts anging. Nikki blieb keine Zeit, ihr zu sagen, dass sie nicht unter den Hochzeitsgästen gewesen war. Tarampal war wieder in die Küche gegangen und kam mit zwei Tassen dampfendem Tee zurück.

»Danke schön«, sagte Nikki artig, als sie ihre Tasse entgegennahm. »Selbstgemachter Chai. Den trinke ich nicht jeden Tag.« Der Chai vom Marktstand vorhin war viel zu dickflüssig und überzuckert gewesen.

»Ich weiß, ihr Briten trinkt lieber Earl Grey«, bemerkte Tarampal naserümpfend.

»O nein«, widersprach Nikki. »Ich trinke gerne Chai. Aber ich wohne nicht mehr zuhause.« Der Nelkenduft ließ sie wehmütig an die Nachmittage in Indien denken, wenn sie Verwandte besucht hatten. Da kam ihr eine Idee. »Könntest du mir vielleicht das Rezept dafür aufschreiben?«

»Wie soll ich das denn machen? Du weißt doch, dass ich nicht schreiben kann«, erwiderte Tarampal.

»Vielleicht können wir das gemeinsam ändern. Wenn du wieder in den Kurs kommst.«

Tarampal stellte ihre Teetasse ab. »Von dir oder diesen Witwen habe ich nichts zu lernen. Es war ein Fehler, mich überhaupt für diesen Kurs anzumelden.«

»Reden wir darüber.«

»Kein Bedarf.«

»Wenn du Sorge hast, irgendjemand könnte das mit den Geschichten herausfinden...«

Als sie die Geschichten erwähnte, blähte Tarampal empört die Nasenlöcher. »Du denkst, diese Geschichten sind nicht weiter verwerflich, aber du weißt ja nicht, was sie in den Köpfen der Menschen anrichten.«

»Geschichten können Menschen nicht verderben«, gab Nikki zurück. »Vielmehr können wir durch sie unseren Horizont erweitern.«

»Unseren Horizont erweitern?«, schnaubte Tarampal. »Erzähl mir nichts! Maya war auch so ein Bücherwurm. Einmal habe ich gesehen, wie sie ein Buch gelesen hat – auf dem Umschlag ein Bild von einem Mann, der vor einem Schloss steht und eine Frau auf den Hals küsst. Mitten auf dem Umschlag!«

»Ich glaube nicht, dass Bücher einen schlechten Einfluss auf uns ausüben.«

»Nun, da irrst du dich. *Meine* Töchter waren, dem Himmel sei Dank, nicht so. Wir haben sie aus der Schule genommen, bevor sie auf dumme Gedanken kommen konnten.«

Tarampals Strenge war beängstigend. »Wie alt waren deine Töchter bei ihrer Hochzeit?«, erkundigte Nikki sich.

»Sechzehn«, antwortete Tarampal. »Sie wurden alle mit zwölf nach Indien geschickt, um Kochen und Nähen zu lernen. Und auch ihre Ehen wurden dort arrangiert, und dann sind sie wieder zurückgekommen und noch ein paar Jahre zur Schule gegangen.«

»Was, wenn sie mit ihren Ehemännern nicht einverstanden gewesen wären? Sie waren doch noch so jung.«

Tarampal machte eine wegwerfende Handbewegung. »Widerspruch gibt es bei mir nicht. Nur Zustimmung und Anpassung. Als meine Ehe arrangiert wurde, ist mir auch keine andere Wahl geblieben. Und als meine Töchter so weit waren, wussten sie, was von ihnen erwartet wurde.«

Diese Auffassung einer Ehe klang wie eine endlose Liste von Aufgaben und Verpflichtungen. »Klingt nicht besonders aufregend«, wendete Nikki ein. »Man würde doch denken, dass junge Mädchen, die in England aufgewachsen sind, von Leidenschaft und Romantik träumen.«

»*Hai*, Nikki. So war das früher nicht. Uns blieb keine Wahl.« Tarampal klang beinahe wehmütig.

»Und als es für deine Töchter dann an der Zeit war zu heiraten, wolltest du ihnen auch keine Wahl lassen?«, fragte Nikki, obwohl sie wusste, dass sie sich auf dünnem Eis bewegte. Aber sie wusste nicht, wie sie dieses heikle Thema behutsam angehen sollte. Schlagartig erlosch alles Sanfte in Tarampals Augen.

»Heutzutage treiben die Mädchen sich mit drei, vier Männern auf einmal herum und entscheiden selbst, wann sie so weit sind. Findest du das gut?«

»Wie meinst du das?«, gab Nikki zurück und beugte sich zu Tarampal vor.

Tarampal wich ihrem Blick aus. »Womit ich nicht sagen wollte, dass du auch so eine bist.«

»Nein – was du gerade gesagt hast: Sie entscheiden selbst, wann sie so weit sind. Wann sie für was so weit sind?«

»Ach, jetzt zwing mich nicht, es auszusprechen, Nikki. Die Mädchen hier sind verwöhnt von ihrer Entscheidungsfreiheit. Hier kann ein Mann nicht einfach ins Zimmer poltern und das Mädchen nackt ausziehen und von ihm verlangen, dass es ihm zu Willen ist. Im Tempel hat mir mal jemand erzählt, in England gebe es ein Gesetz, dass es dem Ehemann verbietet, gegen den Willen seiner Frau mit ihr zu schlafen. Der eigenen Ehefrau! Warum wird ein Mann dafür bestraft? Weil man die Ehe in England nicht so heiligt wie bei uns zuhause.«

»Es steht unter Strafe, weil es falsch ist, auch wenn man verheiratet ist. Das ist Vergewaltigung«, erklärte Nikki entschieden. Wieder eins der Worte, die so tabubehaftet waren, dass sie sie nie auf Punjabi gelernt hatte. Sie konnte es nur auf Englisch sagen. Kein Wunder, dass Tarampal die anderen Witwen so verachtete. Die wirkten zwar genauso zurückhaltend und konservativ wie sie, aber ihre Geschichten widersprachen allem, was Tarampal über die Ehe zu glauben gelernt hatte.

»Damals haben die Männer das so gemacht. Und wir haben uns nicht beklagt. Verheiratet zu sein bedeutet, erwachsen zu werden.«

Um Tarampals Augenwinkel erschienen eben die ersten feinen Fältchen. Die Haare waren noch dicht und dunkel, anders als die silbergrauen Dutte der anderen Witwen. Sie war noch jung, und doch war sie drei Viertel ihres Lebens verheiratet gewesen. Diese Erkenntnis traf Nikki wie ein Schlag. »Wie alt warst du?«, fragte sie.

»Zehn«, erwiderte Tarampal. Sie strahlte vor Stolz, und Nikki drehte sich der Magen um.

»Hattest du keine Angst? Hatten deine Eltern keine Angst?«

»Was gibt es da zu fürchten? Es war ein großes Glück, für Kemal Singh ausersehen zu sein, den Pandit höchstpersönlich«, erklärte Tarampal. »Unsere Horoskope stimmten überein, weißt du, also gab es kein Vertun. Wir waren füreinander bestimmt, trotz des gewaltigen Altersunterschieds.«

»Konntest du ihn denn vorher ein wenig kennenlernen?«, wollte Nikki wissen. »Vor der Hochzeitsnacht, meine ich.«

Tarampal ließ sich Zeit mit der Antwort und nippte an ihrem Tee. Nikki glaubte zu sehen, wie ein dunkler Schatten über ihr Gesicht huschte. »Tut mir leid. Ich sollte dich nicht bedrängen«, murmelte Nikki. »Die Frage war viel zu persönlich.«

»So funktioniert das nicht«, sagte Tarampal. »Es ist sehr viel schlichter, und sobald es anfängt, wünscht man sich, dass es vorbei ist. Romantik, Rücksicht auf die Bedürfnisse des anderen – das alles kommt erst viel später.«

»Aber es kam irgendwann, ja?«, hakte Nikki nach. Sie wusste nicht so recht, warum sie so erleichtert war, aber ihre Gefühle spiegelten sich in Tarampals Miene. Unerwartet umspielte ein Lächeln ihre Lippen. »Ja«, sagte sie mit hochroten Wangen. »Alles Gute kam später.« Sie räusperte sich und wandte das Gesicht ab, als schämte sie sich, dass Nikki gesehen hatte, wie sie in Erinnerungen schwelgte.

»Und wieso sollte man dann nicht darüber schreiben? Es mit anderen teilen?«, fragte Nikki behutsam.

»*Hai*, Nikki. Diese Geschichten sind unanständig. Warum muss man private Dinge aufschreiben, damit die ganze Welt sie lesen kann? Du verteidigst diese Geschichten, weil du noch nicht verheiratet bist; du weißt nichts. Du stellst es dir sicher mit jemandem vor – du hast einen bestimmten Jungen im Kopf, ja?«

»Ähm, ich? Nein.« Tarampal würde Nikki sicher aus dem Haus jagen und die Stühle mit Bleiche schrubben, wenn sie wüsste, dass Nikki mit mehr als einem Mann zusammen gewesen war und sich bei keinem ernsthaft hatte vorstellen können, ihn eines Tages zu heiraten. Und dann Jason. Gestern Abend war er in den Pub gekommen, und nach ihrer Schicht hatte sie ihn mit zu sich nach oben genommen. Die Dielen hatten bedenklich geknarzt, als sie zusammen in ihr Bett gestolpert waren. Danach hatte Nikki vorgeschlagen, sich beim nächsten Mal bei Jason zuhause zu treffen. »In meiner Wohnung geht es nicht«, hatte er gesagt. »Ich habe einen Mitbewohner, der immer zuhause ist, und die dünnsten Wände der Welt.« Ein leichtes Zittern in seiner Stimme verriet, dass das wohl gelogen war. Aber sie beließ es dabei. Was sollte sie auch sagen? Sie mochte ihn viel zu sehr.

Für einen Moment war alles still. Nikki schaute aus dem Fenster und betrachtete Kulwinders Haus. Die Gardinen waren zugezogen, und das Licht auf der Veranda war ausgeschaltet, weshalb das Haus düster wirkte, als sei es in Trauer. Dann wandte sie sich wieder Tarampal zu, und Nikkis Blick fiel auf etwas am Kühlschrank: ein Magnet-Clip der Fem Fighters.

»Ist das deiner?«, fragte Nikki erstaunt und zeigte auf den Magneten.

»Nein, natürlich nicht. Der hat Maya gehört«, erklärte Tarampal. »Sie hat ihn hier vergessen. Kulwinder und Sarab sind hier gewesen und haben alles mitgenommen – all ihre Anziehsachen, die Bücher, die Fotos. Nachdem sie hier waren, sind nur die kleinen Dinge geblieben – hier eine Büroklammer, dort eine Socke. Und dieser Magnet.«

»Sie hat hier gewohnt?«

Tarampal musterte sie irritiert. »Natürlich. Sie war mit Jagdev verheiratet. Wieso weißt du das nicht? Ich dachte, du warst mit Maya befreundet?«

»Nein.«

»Und woher kennst du Kulwinder?«

»Ich hab mich auf ein Stellenangebot gemeldet.«

»Ich dachte, du seist eine Freundin von Maya. Ich dachte, Kulwinder hätte dir den Job aus Gefälligkeit angeboten.«

Nikkis Blick ging wieder zu dem Magneten. Kein Wunder, dass Tarampal dachte, sie seien miteinander befreundet gewesen; anscheinend hatten sie einiges gemeinsam. In Tarampals Stimme klang immer so viel Verachtung mit, wenn sie Mayas Namen aussprach, dabei war sie mit ihr verschwägert gewesen. »Dann ist Jagdev dein Neffe?«

»Ein Freund der Familie aus Birmingham. Kein Blutsverwandter. Er ist nach London gekommen, um sich eine neue Arbeit zu suchen, nachdem er betriebsbedingt gekündigt worden war. Kulwinder wollte ihn unbedingt Maya vorstellen, weil sie fand, die beiden würden gut zueinander passen.« Tarampal seufzte. »Aber sie hat sich geirrt. Maya war ein sehr labiles Mädchen.«

Jagdev: der Sohn, den Tarampal sich immer gewünscht hatte. Nikki konnte sich lebhaft vorstellen, wie sehr sie die Rolle als herrische Schwiegermutter genossen haben musste. Sie wünschte, sie könnte Mindi irgendwie herbeamen, um ihr vor Augen zu führen, in was sie sich da hineinlavierte. Tarampal war nicht einmal mit Jagdev verwandt, und trotzdem konnte sie ihre Verachtung kaum verhehlen. Wie hoch standen die Chancen für Mindi, eine Schwiegermutter zu bekommen, die sie herzlich aufnahm? »Dann war es also eine arrangierte Ehe? Wie lange hatten sie Zeit sich kennenzulernen?«

»Drei Monate«, erwiderte Tarampal.

»Drei *Monate*?« Selbst Mindi und Mum würden sich bei diesem eng gesteckten Zeitrahmen die Nackenhaare sträuben. »Ich dachte, Maya war ein modernes Mädchen? Warum die Eile?«

»Die anderen Witwen haben dir das nicht erzählt?«

»Nein«, sagte Nikki.

Tarampal lehnte sich zurück und musterte sie. »Das wundert mich. Sonst tratschen sie doch den lieben langen Tag.«

»Sie sind keine Klatschbasen«, beeilte Nikki sich, die Witwen zu verteidigen. So frustrierend es war, von allen Gesprächen über Maya ausgeschlossen zu werden, bewunderte sie es doch, wie standhaft Sheena sie zu schützen versuchte. »Sheena ist besonders loyal. Ich denke mir, die Geschichten über sie werden meist verdreht. Das will sie verhindern.«

»Es gibt nur eine Geschichte«, widersprach Tarampal. »Sheena ist genau wie Kulwinder – sie will der Wahrheit nicht ins Auge sehen. *Das* ist die Wahrheit.« Sie wies zur Hintertür des Hauses. Durch ein kleines Fenster in der Tür konnte man den Garten sehen, nur dass es jetzt zu dunkel war, um irgendwas zu erkennen. Wieder schien Tarampal anzunehmen, dass Nikki die Wahrheit bereits kannte. Sie betrachtete den Fem-Fighters-Magneten. Würde Maya noch leben, vielleicht würde sie dann heute die Frauen unterrichten und irgendwie versuchen, unter Kulwinders Nase heimlich erotische Geschichten hineinzuschmuggeln. Was war das für ein schreckliches Schicksal, über das niemand sprechen wollte? Wenn Nikki mehr darüber erfahren wollte, musste sie mitspielen. »Na ja, ich hab Gerüchte gehört, Maya sei kein ehrbares Mädchen gewesen«, sagte sie.

»Maya hat sich heimlich mit einem englischen Jungen getroffen, hat Sheena dir das auch erzählt? *Hanh*, sogar heiraten wollte sie ihn. Ist mit einem Ring am Finger nach Hause gekommen und alles. Kulwinder hat ein Machtwort gesprochen und Maya gesagt, sie müsse sich entscheiden – den jungen Mann heiraten und ihre Familie nie wiedersehen oder ihn verlassen und bei ihrer Familie bleiben.«

Die Familie verlassen, dachte Nikki prompt. *Auf Nimmerwiedersehen. Wer braucht schon so altmodische Eltern.* Doch plötzlich musste sie an die ernüchternde Erfahrung der ersten einsamen Wochen allein in ihrer neuen Wohnung denken. »War eine Zwangsehe auch Teil der Bedingungen?«, fragte Nikki.

»Eine *arrangierte* Ehe, vermittelt von den Menschen, die sie am besten kannten und nur ihr Bestes wollten«, entgegnete Tarampal harsch. »Wir wollten alle nur das Beste für sie, verstehst du. Ich war eine gute Freundin von Kulwinder, und ich kannte Maya von klein auf. Wir wussten, was sie braucht.«

»Dann passten sie also gut zusammen?«, fragte Nikki. Und musste sich auf die Zunge beißen, um nicht zu sagen: *Stimmten ihre Blutgruppen überein?*

»Manchmal verstanden Maya und Jaggi sich gut, aber oft stritten sie auch. Meistens auf Englisch – aber ihre Körpersprache war unmissverständlich.« Tarampal warf sich in die Brust und reckte das Kinn, als stünde sie einem unsichtbaren Gegner gegenüber. »Einmal sagte sie auf Punjabi: ›Wir sollten uns eine eigene Wohnung suchen.‹ Sie wollte, dass ich es höre.«

Nikki spürte die Erregung, als Tarampal die Situation nachspielte. Tante Geeta war auch immer so aufgeregt, wenn sie mit frischem Klatsch im Gepäck zu Mum kam. »Die Ärmste, sie sucht einfach nur das Gespräch, den Kontakt zu anderen«, hatte Mum einmal zu ihrer Verteidigung gesagt, obwohl Nikki genau wusste, wie verstörend ihre Mum es fand: diese Bereitwilligkeit, mit der Leute nur der Unterhaltung wegen durch den Dreck gezogen wurden. Und doch fand Nikki es beinahe unmöglich, ihre Neugier zu zügeln. »Und, sind die beiden ausgezogen?«

»Sie war sehr labil, musst du wissen.« Das erwähnte Tarampal nun schon zum zweiten Mal. »Die Frage ist doch, wozu brauchte sie so viel Privatsphäre? In unserer Kultur ziehen die Mädchen nach der Heirat bei der Familie des Mannes ein – und da die Miete bei mir günstig war, wollte Jaggi hierbleiben und dieses Haus zu ihrem gemeinsamen Heim machen. Weißt du, Maya akzeptierte ihr Leben nicht, wie es war. Sie wollte leben, als hätte sie diesen *gora** geheiratet.«

Sie dachte, das geht irgendwie, dachte Nikki traurig.

»Also sind sie hiergeblieben?«, fragte sie und schaute sich um. Selbst ein modernes Haus wie dieses konnte ein Käfig sein, der eine Frau in einer unglücklichen Ehe gefangen hielt. »Ich nehme an, Maya war nicht besonders glücklich darüber.«

»Ganz und gar nicht. Irgendwann schüttete Jaggi mir sein Herz aus. Er hatte den Verdacht, sie könne womöglich eine Affäre haben. Maya parfümierte sich, ehe sie morgens zur Arbeit in die Stadt fuhr. Sie machte Überstunden und ließ sich von einem Kollegen aus dem Büro nach Hause fahren. Wer würde schon den ganzen Weg nach Southall fahren, nur um ein Mädchen nach Hause zu bringen, wenn er dafür nicht irgendeine Gegenleistung bekommt?«

»Ein Freund. Ein netter Kollege«, meinte Nikki.

Tarampal schüttelte den Kopf. »Unsinn«, sagte sie entschieden. »Maya und Jaggi hatten einen großen Streit deswegen. Sie packte ihre Sachen und zog wieder zu Kulwinder.«

Tarampal hielt inne und starrte aus dem Fenster. Nikki folgte ihrem Blick. Die schlichten Gardinen vor Kulwinders Erkerfenstern waren fest zugezogen. Was wohl passiert war, nachdem Maya beschlossen hatte auszuziehen? Nikki stellte sich vor, wie Kulwinder die Lippen fest zusammengepresst und ihrer Tochter streng befohlen hatte, sie solle gefälligst ihren ehelichen Pflichten nachkommen.

»Und dann?«, fragte Nikki schließlich.

»Maya war gerade eine Woche zuhause, als sie wieder zurückgeschickt wurde. Zuerst war alles friedlich, aber es dauerte nicht lange, da fingen die Streitereien wieder an«, seufzte Tarampal. »Man darf von seinem Ehemann nicht den Himmel auf Erden erwarten. Je eher ihr jungen Mädchen das begreift, desto weniger Enttäuschungen werdet ihr erleben.«

Unvermittelt musste Nikki an Mindis Dating-Profil denken, an diesen Hoffnungsschimmer in ihren Augen. Und war plötzlich sehr erleichtert beim Gedanken an ihre Schwester. Sie hatte viel mehr Kontrolle über ihr eigenes Leben, als Maya es je gehabt hatte. Auch wenn Nikki noch immer große Bedenken hatte, weil Mindi zuerst die Frauen der Familie kennenlernen wollte, hatte ihre Schwester zumindest die freie Wahl. Sie konnte nein sagen, und sie würde ganz sicher nicht nach dreimonatigem Kennenlernen zur Hochzeit gezwungen. Das würde Mum nie erlauben. »Meine Schwester sucht einen Mann, aber sie ist sehr wählerisch«, sagte Nikki zu Tarampal. »Sie möchte nicht enttäuscht werden.«

»Na dann, viel Glück deiner Schwester«, bemerkte Tarampal spitz. »Hoffen wir mal, dass sie am Ende nicht den Verstand verliert, so wie Maya.«

Tiefes Schweigen breitete sich zwischen ihnen aus, während Nikki sich im Zimmer umsah, nur um Tarampals durchdringendem Blick auszuweichen. Die Küche führte in ein Wohnzimmer mit einem weichen Wildledersofa vor einem modernen offenen Kamin. Eine Reihe von drei gerahmten Hochzeitsfotos zierten die Wand über dem Sims. Jede der schmuckbehangenen Bräute trug einen großen Goldring in der Nase, und reichverzierte Binis* folgten dem Schwung ihrer Augenbrauen. »Wie ist Maya gestorben?«, fragte Nikki leise.

»Sie hat sich das Leben genommen.«

»Wie?« Eine makabre Frage, aber Nikki musste sie stellen.

»So wie Frauen in unserer Kultur sterben, die Schimpf und Schande über sich gebracht haben«, sagte Tarampal. Blinzelnd wandte sie sich ab. »Durch Feuer.«

Entsetzt starrte Nikki sie an. »Feuer?«

Tarampal nickte zur Haustür. »Im Garten ist immer noch ein Flecken verbranntes Gras. Seitdem gehe ich nicht mehr da raus.«

Darauf hatte Tarampal also vorhin gedeutet. Die unerwartete Enthüllung verschlug Nikki den Atem. Aus dem Augenwinkel sah sie den Garten in tiefschwarzen Schatten liegen, und sie rückte den Stuhl herum, damit sie ihn nicht mehr sehen musste. Wie konnte Tarampal das nur ertragen?

Kein Wunder, dass das Haus so aufwendig renoviert worden war – wohl ein verzweifelter Versuch, die Erinnerung an Mayas grausamen Suizid zu verwischen. Nikki bekam einen Kloß im Hals beim Gedanken daran, dass Kulwinder und Sarab gleich auf der anderen Straßenseite von dem Ort wohnten, an dem ihre Tochter sich selbst getötet hatte. »War irgendwer zuhause, als es passiert ist?«, fragte sie. *Bestimmt hätte jemand sie aufhalten können*, dachte sie und wurde überwältigt von dem heftigen, verzweifelten Wunsch, Maya vor sich selbst zu retten.

»Ich war im Tempel, Jaggi war halb die Straße hinunter. Er hatte eine Nachricht auf Mayas Handy gefunden von dem Mann, mit dem sie ihn betrogen hat. Er hat ihr gesagt, dass er die Scheidung will. Und Maya wurde panisch. Sie wollte nicht geschieden werden. Sie hatte

Angst, vor der Gemeinde das Gesicht zu verlieren oder ihren Eltern nie wieder unter die Augen treten zu können. Maya wurde völlig hysterisch und flehte ihn an, sie nicht zu verlassen. Jaggi stürmte aus dem Haus und herrschte sie an: ›Es ist aus.‹ Da lief sie in den Garten hinter dem Haus, übergoss sich mit Benzin und zündete ein Streichholz an.«

»Du meine Güte«, flüsterte Nikki. Sie kniff fest die Augen zusammen, doch die entsetzliche Szene lief trotzdem wie ein Film vor ihr ab. Tarampal redete immer weiter, aber ihre Stimme klang wie aus weiter Ferne zu ihr herüber. »Das ist das Problem, wenn man zu viel Fantasie hat, Nikki. Ihr jungen Mädchen verlangt einfach zu viel.«

Diese kaputte, kranke, verdrehte und doch unverrückbare Logik war schier zum Wahnsinnigwerden. Nikki wusste nicht, wie Maya ausgesehen hatte, aber sie stellte sich vor, dass sie Kulwinder ähnlich gesehen haben musste, nur jünger und schlanker, in Jeans und mit einem lockeren Pferdeschwanz. Eine moderne junge Frau. Sie musste an die kaltschnäuzigen Bemerkungen der Frauen aus dem Langar denken. *Ein ehrloses Mädchen.* Von den Menschen in ihrer Gemeinde derart gebrandmarkt, hatte sie vermutlich keinen Sinn mehr im Leben gesehen.

»Arme Kulwinder, armer Sarab«, murmelte Nikki.

»Armer Jaggi«, sagte Tarampal. »Du hättest ihn bei der Beerdigung sehen sollen – wie er sich die Haare gerauft hat, wie er sich auf den Boden geworfen und sie angefleht hat zurückzukommen, trotz allem, was sie ihm angetan hat. Er hat viel mehr gelitten.«

Dabei war Trauer doch kein Wettbewerb. »Sicher war es für alle schwer, auch für dich«, gab Nikki zurück.

»Für Jaggi war es *viel* schwerer«, entgegnete Tarampal beharrlich. »Denk nur, was Kulwinder und Sarab ihm alles vorgeworfen haben: dass er Maya dazu getrieben, dass er sich nicht genug um sie gekümmert habe. Warum sollte sein guter Ruf so beschädigt werden?«

Nikki wurde übel, als sie das hörte. Wann hatte dieses Gespräch bloß eine solche Wendung genommen? Vor einer Stunde war sie noch über die Hauptstraße gehastet in der Hoffnung, Tarampal dazu bewegen zu können, wieder in den Kurs zu kommen. Aber sie war sturer, als Nikki gedacht hatte.

»Das Haus ist wirklich sehr hübsch«, sagte sie rasch, bevor Tarampals Hasstirade die dunkle Seite von Stolz und Ehre erreichte.

»Danke«, erwiderte Tarampal.

»Meine Mum möchte bei uns zuhause auch renovieren«, sagte Nikki. »Kannst du mir deine Handwerker empfehlen? Mum fände das sicher toll – ein Punjabi-Bauunternehmer, der auf alle ihre Wünsche eingeht, um das Haus für Mindis Hochzeit so luxuriös wie möglich herzurichten.«

Tarampal nickte und ging aus der Küche. Was für eine Erleichterung, einen Augenblick allein zu sein. Nikki atmete tief durch und trank hastig ihren Tee aus. Sogar die sandigen Rückstände von Körnern und Blättern, die das Sieb nicht aufgefangen hatte, schluckte sie herunter. Im Haus war es totenstill bis auf den prasselnden Regen draußen. Sie pflückte den Fem-Fighters-Magneten vom Kühlschrank und wog ihn in der Hand. Wenn sie nur daran dachte, dass sie bei Kundgebungen im Hyde Park hunderte dieser Magnete verteilt hatte und dass irgendwo in der pulsierenden sommerlichen Menschenmenge Maya gestanden haben könnte.

Tarampal kehrte mit der Broschüre des Bauunternehmens zurück. Oben angeheftet war die Visitenkarte des Besitzers, der Name in erhabenen Goldbuchstaben aufgedruckt: RICK PETTON. UMBAU UND RENOVIERUNGEN.

»Ein Engländer«, sagte Nikki verblüfft.

»Jaggi hat mir geholfen, mich mit ihm zu verständigen«, erklärte Tarampal. »Er ist jetzt wieder in Birmingham, aber er kommt mich gelegentlich besuchen.«

»Wie ein guter Sohn«, sagte Nikki.

Tarampal zuckte zusammen. »Er ist *nicht* mein Sohn«, erwiderte sie.

»Natürlich nicht«, beschwichtigte Nikki. Was musste das für eine Strafe für sie gewesen sein, dem geistigen Oberhaupt der Gemeinde keinen Sohn gebären zu können. Es tat ihr leid, dass sie das gesagt hatte. Tarampal sah noch immer missmutig drein, als Nikki nach ihrer Tasche griff.

Auf dem Weg durchs Wohnzimmer zur Haustür spürte sie die starren Blicke von Tarampals Töchtern, die ihr von den Porträts an den Wänden nachschauten. Ihre Augen funkelten vor jugendlicher Frische. Unter der dicken Schicht aus Schminke und Hochzeitsschmuck konnte man kaum eine Gefühlsregung ausmachen. War es Aufregung?, fragte Nikki sich. Oder nackte Angst?

Neuntes Kapitel

Nikki streckte das Bein aus und versuchte, einen Zipfel des Vorhangs mit den Zehen zu angeln, um ihn vor das Fenster zu ziehen. Jason regte sich neben ihr. »Lass ihn doch auf«, murmelte er.

»Exhibitionist«, neckte Nikki ihn. »Es ist mir zu hell.« Es war später Morgen. Letzte Nacht hatten sie einander stundenlang Geschichten vorgelesen, nur unterbrochen von kurzen Pausen, in denen sie die besten Szenen nachgespielt hatten.

Jason gab ihr einen kleinen Klaps auf den Po. »Ungezogenes Mädchen«, murmelte er. Er beugte sich vor und zog den Vorhang zu, dann ließ er sich wieder in die Kissen fallen und drückte Nikki einen feuchten Kuss aufs Ohr. Sie schmiegte sich an seine Brust und zog ihnen beiden die Bettdecke über den Kopf.

Jason rückte ab und drehte sich auf die Seite. Dann raschelte es. Mit einem leicht verknitterten Blatt Papier kam er zurück. »Vor Jahrhunderten lebte am Rand einer Königsstadt ein talentierter, aber bescheidener Schneider ...«, begann er zu erzählen.

»Die Geschichte mit dem Schneider hatten wir schon.«

»Ich schreibe gerade an der Fortsetzung«, meinte Jason. Seine Hand verschwand unter dem Lacken und glitt an ihrem Rücken entlang nach unten. Nikki zitterte.

Jason strich mit den Lippen über ihren Hals, nach oben und wieder nach unten, und bedeckte ihn mit federleichten, trockenen Küssen. Dann schob er die Hand zwischen ihre Beine und fing an, mit den Fingern Kreise an der Innenseite ihrer Oberschenkel zu beschreiben und langsam immer weiter nach oben zu wandern, bis er die Hand plötzlich wegzog. Nikki versank wieder in den weichen Tiefen des Bettes.

Versengtes Fleisch.

So unvermittelt blitzte das Bild vor ihren Augen auf, dass Nikki entsetzt auffuhr. Erschrocken wich Jason zurück. »Was ist los?«, fragte er und schaute sie so besorgt an, dass Nikki sich albern vorkam.

»Nichts«, antwortete sie. »Ich hab letzte Nacht schlecht geträumt und musste gerade wieder daran denken.« Splitter des Traums bohrten sich in ihr Bewusstsein. Ein Hauch von Brandgeruch und ein weit aufgerissener Mund, der einen Todesschrei ausstieß. Sie schüttelte den Kopf. Seit ihrem Besuch bei Tarampal hatte sie jetzt schon dreimal von Maya geträumt.

Jason küsste sie sanft aufs Schlüsselbein und legte sich wieder hin, einen Arm fest um ihre Taille. »Willst du es mir erzählen?«

Nikki schüttelte den Kopf. Eine Woche war seit ihrem Besuch bei Tarampal vergangen, und sie hatte versucht, das alles zu vergessen. Aber sie konnte das Gehörte nicht einfach so verdrängen – zwar gingen ihr keine Gesprächsfetzen mehr durch den Kopf, aber gewisse Bilder tauchten immer wieder ohne Vorwarnung auf.

»Ein Albtraum oder nur schlecht geträumt?«, fragte Jason.

»Wo ist denn da der Unterschied?«

»Ein Albtraum macht einem Angst. Schlecht geträumt ist einfach nur... schlecht geträumt.« Nikki drehte sich zu ihm um und sah ein Lächeln um Jasons Mundwinkel spielen. »Wie die Geschichte von der Frau, die in ihrem Haushalt immer alles unter Kontrolle haben muss und dabei keine Zeit mehr für ihren Ehemann hat.«

Nikki erinnerte sich noch an diese Geschichte der Witwen. Jason erzählte weiter: »Also beschließt sie, ein Hausmädchen anzustellen, ohne ihrem Mann etwas davon zu sagen. Das Hausmädchen kommt, nachdem der Mann morgens zur Arbeit gegangen ist, und geht, bevor er abends heimkehrt. Jetzt hat die Frau genügend Zeit, tagsüber zu tun und zu lassen, was sie will, weil sie keinerlei Verpflichtungen mehr hat – weder die Kinder von der Schule abholen noch einkaufen. Den ganzen Tag über lässt sie sich im Spa verwöhnen oder sieht sich Londons Sehenswürdigkeiten an, wozu sie früher nicht gekommen ist.«

»Und ihr Plan geht auf«, spann Nikki den Faden weiter. »Bis ihr Mann eines Tages nach Hause kommt, weil er ein paar wichtige Unterlagen vergessen hat. Und da sieht er das Hausmädchen stehen und die Schränke abstauben. ›Wer sind Sie?‹, fragt er perplex.«

»Und sie dreht sich erschrocken um und sieht einen großen Mann auf sich zukommen«, fuhr Jason fort. »›Bitte seien Sie nicht böse‹, stammelt das Hausmädchen und erzählt ihm vom Plan seiner Frau. ›Sie wollte einfach ein bisschen Zeit für sich. Darum helfe ich ihr.‹«

»Der Mann weiß nicht, was er darauf sagen soll. Er starrt das Hausmädchen nur stumm an und fragt sich, wie lange das wohl schon so geht. Dem Hausmädchen entgeht nicht, wie attraktiv er ist. ›Ich mache alles, was Ihre Frau macht‹, flüstert sie leise und geht auf ihn zu. ›Ich habe alle Ihre Hemden gebügelt.‹ Sie zupft an seinem Kragen. ›Ich habe Ihnen neue Rasierklingen gekauft.‹ Sie streicht ihm über die Wange und spürt die kratzigen kleinen Stoppeln. ›Was macht sie sonst noch?‹«

»Das Hausmädchen wartet seine Antwort gar nicht erst ab. Sie öffnet seine Hose, und sofort schnellt sein großer Hammer heraus«, sagte Jason.

Nikki lachte laut auf. »Nennst du ihn so?«

»Er ist eben ein echter Kracher.«

»*Du* bist ein Kracher«, sagte Nikki und gab Jason einen Schubs.

»Das war eine Steilvorlage. Also gut, sein Gerät?«

»Das klingt so technisch«, sagte Nikki. »Wie ein Presslufthammer.«

»Oder etwas, das man für sehr feine Arbeiten braucht«, erwiderte Jason.

»Versuch's mal mit einem Gemüse.«

»Heraus schnellt sein Rettich.«

»Vielleicht etwas, das mehr der eigentlichen Form entspricht.«

»Du bist ganz schön penibel mit dem Vokabular.«

»Es soll halt richtig klingen.«

»Also gut, seine Zucchini.«

»Die Franzosen nennen sie Courgette.«

»Das gefällt mir. Klingt sehr schick und elegant, wie eine Corvette«, überlegte Jason.

»Seine Courgette liegt seidig glatt in ihrer Hand«, fuhr Nikki fort.

Jason runzelte die Stirn. »Als ich das letzte Mal Zucchini gekocht habe, war die Schale ganz rau und warzig. Ich musste sie schälen.«

»Du hast doch bestimmt schon mal eine glatte Zucchini gesehen.«

»Nö.«

»Wo kaufst du denn ein?«

»Wie soll ich das verstehen?«

»Und jetzt?«, fragte Nikki. Sie legte ein Bein über Jason und setzte sich auf ihn.

»Jetzt habe ich alles vergessen, was ich je gewusst habe«, murmelte Jason und starrte auf Nikkis nackte Brüste.

»Sie vögeln in jedem Zimmer des Hauses. Danach hat der Mann ein schrecklich schlechtes Gewissen und beichtet seiner Frau alles. Zu seinem Erstaunen ist sie hocherfreut. ›Ich dachte mir schon, dass so was passiert‹, sagt sie. Wie sich herausstellte, hatte sie die Unterlagen ihres Mannes versteckt, damit er nach Hause zurückkommen musste. Sie hatte alles eingefädelt, damit das Hausmädchen und ihr Mann es miteinander treiben. Und jetzt will sie ihnen dabei zusehen, weil sie das anmacht.«

»Wo finde ich so eine Frau?«, seufzte Jason.

»Mach die Augen zu«, kommandierte Nikki. Sie beugte sich herunter und küsste ihn und atmete den herben Moschusduft seiner Haare ein. »Sie schaut uns gerade dabei zu«, wisperte sie ihm ins Ohr. »Meinst du, es macht sie an?«

Jason schaute zu ihr auf. »Glaub schon.« Ein Klingeln schrillte durch die Wohnung und ließ beide aufschrecken. Jasons Lächeln war plötzlich wie weggewischt. Hektisch beugte er sich über Nikki und angelte nach seinem Handy, das in seiner Jeans unterm Bett steckte. »Entschuldige«, murmelte er mit einem Blick aufs Display. »Da muss ich rangehen.« Er stieg in die Hose und zog sie hoch.

Könnte was Berufliches sein, dachte Nikki. Aber es war Sonntag, und Jasons Gesicht wirkte zu düster für jemanden, der bloß von seinem nervigen Chef belästigt wurde. Das war schon das dritte Mal, dass plötzlich das Telefon klingelte und Jason so schnell verschwunden war, dass er beinahe wie im Comic eine Staubwolke aufwirbelte. »Wer war das denn?«, hatte sie ihn letztes Mal gefragt. Sie wollte nicht neugierig erscheinen, aber der Anruf hatte sie schon wieder bei einer Essensverabredung gestört, bei der sein Telefon immer unbedingt auf dem Tisch liegen musste. Zwanzig Minuten war er weg gewesen. »Nur Jobkram. Sorry, aber das ging leider nicht anders«, hatte Jason gesagt.

Nikki spitzte die Ohren, hörte aber nur gedämpft Jasons Stimme. Er war im Badezimmer. Auf Zehenspitzen schlich sie in den Flur, aber eine knarzende Diele verriet sie. Schnell flitzte sie in die Küche und begann damit, Frühstück zu machen.

»Kein Kaffee mehr da«, sagte sie zu Jason, als er schließlich wieder auftauchte. Er wirkte müde. Sie tat, als merkte sie es nicht. Er setzte sich an den Tisch und vergrub das Gesicht in den Händen. Nikki setzte sich neben ihn und drückte ihm die Schulter. »Wer war das?«

»Nur die Arbeit«, brummte er. Nikki sah zu, wie er sich hastig anzog, mit finsterer Miene und ganz in Gedanken.

»Ich wollte Omelette machen«, sagte Nikki und machte den Kühlschrank auf. »Möchtest du zwei Eier oder nur eins?«

»Gerne«, murmelte Jason.

»Gut, dann also zwei«, sagte Nikki.

Jason schaute auf. »Ach, hey, entschuldige.« Er lächelte. »Ein Ei wäre prima. Danke.«

Nikki nickte und ging wieder an den Herd. »Ich hab mir gedacht, wir könnten uns doch vielleicht nachher diesen französischen Film anschauen. Ich würde ihn ganz gerne sehen.«

»Gute Idee«, erwiderte Jason. »Läuft der denn noch?«

»In dem Kino laufen die Filme immer ewig«, erklärte Nikki. »Ich glaube, an dem Wochenende lief er gerade erst eine Woche. Einmal haben sie eine Dokumentation über die Slums in Kalkutta gezeigt. Meine Eltern haben ihn sich im Laufe eines halben Jahres dreimal angesehen.«

»Ein Hoch auf alle Filme-mehrfach-Gucker. Die halten solche kleinen Kinos am Leben.«

»Meine Eltern hatten immer einen sehr unterschiedlichen Geschmack. Dad mochte Geschichtsdokus oder Filme über das aktuelle Zeitgeschehen, und Mum schaute nur indische Dramen oder romantische Hollywood-Komödien. Aber in dem Film war wohl für beide was dabei.« Sie lächelte bei der Erinnerung daran, wie Mum und Dad nach einer Matineevorstellung nach Hause gekommen waren, mit rosigen Wangen wie frisch Verliebte.

»Klingt, als hätten sie das mit ihrer arrangierten Ehe ganz gut hinbekommen«, meinte Jason.

»Haben sie auch«, murmelte Nikki und staunte nicht schlecht über diese Erkenntnis. Heiße Tränen brannten ihr in den Augen. »Also, möchtest du Käse im Omelette?«

»Was für eine Frage«, sagte Jason. Wieder klingelte sein Handy. Nikki drehte sich um und sah ihn stirnrunzelnd auf das Display schauen. »Ich muss da noch mal ran, Nikki. Entschuldige.« Rasch lief er aus der Wohnung. Nikki widerstand dem Drang, auf Zehenspitzen zur Tür zu schleichen und das Gespräch zu belauschen. Sie hörte ihn draußen auf dem schmalen Flur auf und ab laufen. Als er schließlich wieder hereinkam, versuchte er ein aufmunterndes Lächeln, aber es wollte ihm nicht recht gelingen.

»Was ist denn los?«, fragte Nikki.

»Nur blöder Jobkram«, antwortete Jason ausweichend. »Schwer zu erklären. In nächster Zeit wird es ziemlich stressig.«

Nikki servierte das Omelett, und dann saßen sie da und aßen schweigend. Irgendetwas lastete schwer auf der Wohnung. Ob Jason gespürt hatte, dass sie ihn mit dem Frühstück ködern wollte, um ihn – ganz beiläufig – zu fragen, wo ihre Beziehung eigentlich hinsteuerte? Vielleicht war es noch zu früh, aber seit ihrer ersten Verabredung sahen sie sich beinahe jeden Abend. Feuerwerk und Tschingdarassabumm waren ja schön und gut, aber große Gefühle verflogen auch schnell wieder, und Nikki wollte keine belanglose Affäre.

Jason aß zu Ende und verabschiedete sich dann mit weiteren Entschuldigungen und dem Versprechen, Nikki später anzurufen. *Er hat einen stressigen Job. Er muss sich um wichtige Sachen kümmern*, sagte sie sich und lauschte darauf, wie glaubwürdig das klang. Irgendwie nicht sehr überzeugend.

Als Nikki an diesem Abend runter zu O'Reilly's ging, stand eine junge Frau an der Bar, die sie noch nie gesehen hatte. Die braunen Haare hatte sie zu einem Pferdeschwanz zusammengebunden, und sie war so stark geschminkt, dass ihre Augen wie aufgemalt wirkten. Sie lächelte Nikki flüchtig zu und wickelte dann weiter gelangweilt die Spitze ihres Pferdeschwanzes um den Zeigefinger. »Hallo«, sagte Nikki.

»Ich bin Jo«, erwiderte die junge Frau ohne weitere Erklärungen.

Sam kam aus dem Hinterzimmer. »Ach, schön – Nikki, dann hast du Jo ja schon kennengelernt. Jo, das ist Nikki. Ich lerne Jo gerade an der Theke an, also müsste ich dich bitten, heute Abend in der Küche auszuhelfen.«

»Okay«, brummte Nikki. Hätte sie das gewusst, hätte sie sich mental darauf vorbereiten können, den ganzen Abend mit den beiden Halbaffen in der Küche eingesperrt zu sein. Aber irgendwie war heute wohl nicht ihr Tag. Auf dem Weg in die Küche musterte sie Jo aus den Augenwinkeln. Eine hübsche junge Frau, und die schadenfroh lachenden Russen würden sicher wieder irgendwelche Bemerkungen machen bezüglich Sams eher fragwürdigen Einstellungskriterien. Jo wirkte vollkommen desinteressiert an allem, was Sam ihr erklärte, wobei er sich ganz dicht zu ihr hinüberbeugte. *Ach bitte, Sam*, dachte Nikki. Sie wünschte, Olive wäre da, aber die war in Mistwetter-Streik getreten und kurzentschlossen mit einem günstigen Last-Minute-Angebot übers Wochenende nach Lissabon geflogen. Nikki kramte das Handy heraus und tippte rasch eine Nachricht an sie:

London nervt gerade enorm. Komm zurück!

Als Antwort bekam sie ein Foto von einem einsamen, sonnigen Sandstrand. Nikki schrieb zurück:

Du musst es mir nicht noch unter die Nase reiben.

DEN werde ICH MIR gleich unter die Nase reiben hahahaha

Gleich darauf erschien ein weiteres Foto auf Nikkis Display. Ein braungebrannter Mann am Strand, mit freiem Oberkörper und derart definierten Muskeln, dass sie fast aussahen wie aufgemalt. Er hatte den Arm um Olives nackte Taille gelegt, und sie schmiegte ihre Wange an seine Brust. Mit einem Auge zwinkerte sie in die Kamera. *Bring mir auch einen mit*, schrieb Nikki zurück.

In der Küche ging es drunter und drüber, es war laut und hektisch, und unverständliche Sprachfetzen flogen Nikki schon beim Reinkommen um die Ohren. Die Russen riefen einander etwas zu, und Sanja flitzte zwischen den beiden hin und her. Kaum hatten sie Nikki gesehen, verstummten die beiden und grinsten einander vielsagend zu. Nikki sah Sanja an der Nasenspitze an, dass sie den Witz gehört und verstanden hatte. Jenseits der Küche tobte der Pub vor Applaus und Gelächter. Es war mal wieder Kneipenquizabend, und der Moderator wärmte das Publikum gerade mit ein bisschen Stand-up-Comedy auf.

Unvermittelt stand Garry neben Nikki. »Hast du mich nicht gehört?«, fragte er. »Ich sagte, bring das zu Tisch fünf.«

»'tschuldigung«, murmelte Nikki.

»Du musst zuhören«, raunzte er sie an. »Wir sind hier in der Küche, nicht in Sams Büro.« Dabei wackelte er lasziv mit den Hüften.

»Hör zu, Garry, ich finde es wirklich unangebracht, mir zu unterstellen…«

Nikki hatte den Satz noch nicht zu Ende gebracht, da war Garry schon wieder weg. Mit vor Scham glühend heißen Wangen trug sie die Bestellung nach draußen. Vorbei an Jo, die gerade mit ihrem Handy beschäftigt war. »Ich glaube, du hast Kundschaft«, bemerkte Nikki. Jo stierte sie finster an.

Auf dem Rückweg traf sie Sanja an der Tür. »Lass dich von denen nicht ärgern«, riet sie Nikki. »Das sind Arschlöcher. Die würden halt gerne hinterm Tresen stehen, weil sie glauben, damit könnten sie Frauen rumkriegen.«

»Ich glaube, hinterm Tresen zu stehen würde ihnen da auch nicht weiterhelfen.«

»Ich arbeite eigentlich lieber in der Küche. Aber bestimmt wäre ich besser als die Neue.«

»Jeder wäre besser als die Neue«, erwiderte Nikki. »Ich weiß wirklich nicht, was Sam sich dabei gedacht hat.« Aber beim Blick auf das pralle Dekolleté, das Jo freizügig präsentierte, als sie sich zu einem Gast vorbeugte, dachte Nikki, *vielleicht ja doch.*

Sie ging wieder in die Küche und konzentrierte sich auf die Bestellungen. Hoffentlich würde der Abend schnell vergehen. Sie wollte sich oben in ihrer Wohnung verkriechen und sich die Bettdecke über den Kopf ziehen. Das Geklapper in der Küche war ohrenbetäubend, und immer, wenn die Tür aufschwang, hörte man den Quizmaster mit dröhnender Stimme seine Fragen herausplärren.

»In Australien heimisch ist dieses eierlegende Säugetier.«

»Welche Schauspielerin spielte die Marta in Sound of Music*?«*

»Womit hat Jesus seine Jünger in die Welt hinausgesandt? A) Stöcke und Steine, B) Brot und Geld, C) Hirtentasche, D) Stäbe.«

Was ist denn eine Hirtentasche?, fragte Nikki sich, während sie den Geschirrspüler öffnete. Eine siedend heiße Dampfwolke fuhr ihr ins Gesicht. Kreischend schlug sie die Tür wieder zu. Sanja war sofort bei ihr. »Komm her, mach das Auge auf, lass mich mal sehen.«

Nikki blinzelte ein paar Mal, bis sie Sanjas Gesicht wieder klar sehen konnte. »Bei dem Ding musst du echt aufpassen«, warnte Sanja sie und guckte den Geschirrspüler böse an. »Der Signalton piepst immer, bevor das Geschirr ganz trocken ist. Ich hätte dich warnen müssen.«

Garry rief Sanja etwas zu, und sie antwortete in maschinengewehrschnellem Russisch. »Danke«, sagte Nikki leise. Sie machte die Augen wieder auf. »Danke, dass du mich verteidigt hast.«

»Du weißt doch gar nicht, was ich gesagt habe.«

»Klang wie ›verpiss dich‹ auf Russisch.«

»Stimmt«, grinste Sanja.

Sanjas freundliche Art half Nikki, die restliche Schicht zu überstehen. Die Quizteilnehmer heute Abend waren brav und bester Laune, selbst als Steve mit dem Rassisten-Opa eine Frage zu Nordkorea mit »Me love you long time!« beantwortete. Aber selbst bei Schichtende war Nikkis Wut auf Sam noch nicht ganz verraucht. Sauer marschierte sie geradewegs zu seinem Büro und klopfte energisch an die Tür. »Herein!«, rief er.

Nikki öffnete die Tür. »Der Geschirrspüler hat ein Problem«, erklärte sie.

»Ja, ich weiß«, erwiderte Sam, ohne von den Papieren auf seinem Schreibtisch aufzuschauen. »Ich lasse das bald reparieren.«

»Du musst das sofort reparieren lassen«, widersprach Nikki. Ihre Stimme zitterte.

Jetzt schaute Sam auf. »Ich lasse es reparieren, sobald ich das Geld dafür habe, Nikki. Falls es dir noch nicht aufgefallen ist, bin ich momentan ein bisschen knapp bei Kasse.«

»Das Ding ist gemeingefährlich«, betonte sie. »Außerdem, wenn du kein Geld hast, warum stellst du dann neues Personal ein? Was ist das für eine Geschichte mit dieser Jo?«

Zufrieden stellte sie fest, dass diese Frage Sam völlig aus dem Konzept brachte. »Soll ich in Zukunft sämtliche Personalfragen erst mit dir besprechen?«

»Ich glaube, in diesem Fall wäre mein Urteil professioneller ausgefallen als deins.«

»Ach, tatsächlich?«, fragte Sam ironisch.

»Weißt du eigentlich, was die Idioten in der Küche über mich erzählen? Dass du mich nur eingestellt hast, weil ich dir den Kopf verdreht habe. Stimmt das, Sam? Denn davon weiß ich nichts. Und ich Dummchen dachte, ich hab den Job bekommen, weil ich hart arbeite, aber...«

»Nikki, an dieser Stelle muss ich dich kurz unterbrechen.« Sam klang ruhig, aber er hatte Sorgenfalten auf der Stirn. »Ich habe Jo nicht eingestellt. Sie ist meine Nichte – die Tochter meiner Schwester. Erinnerst du dich an mein Wochenende in Leeds? Da hab ich Jo wieder nach Hause gebracht. Ich tue meiner Schwester den Gefallen, sie hier arbeiten zu lassen. Sie ist gerade achtzehn geworden und hat keinen Schimmer, was sie mit ihrem Leben anfangen soll. Sie und meine Schwester verstehen sich nicht so besonders. Und da komme ich dann ins Spiel.«

Das war wieder typisch Sam. »Aber das ist noch lange keine Entschuldigung...«, setzte Nikki an.

Sam winkte ab. »Ich hätte mit dir über diese ganze Sache damals reden sollen. Es war mir halt zu peinlich. Ich hatte keine Ahnung, dass die Typen dich deswegen mobben. Denen werde ich die Meinung geigen.«

»Das brauchst du nicht.«

»Wäre es nicht angenehmer für dich, wenn ich ihnen sage, sie sollen das sein lassen?«

»Das sage ich ihnen lieber selbst«, entgegnete Nikki. »Wenn du ihnen meinetwegen den Kopf wäschst, bestätigt sie das doch bloß in ihrer Annahme.«

»Also gut«, sagte Sam. »Hauptsache du weißt, dass ich dich angestellt habe, weil du zuverlässig und gewissenhaft bist. Du bist ein fleißiges Lieschen. Das hab ich gleich gesehen.«

»Genau das Gegenteil von dem, was mein Juraprofessor zu mir gesagt hat. Er war der Meinung, ich hätte keinen Funken Ehrgeiz im Leib.«

»Du wusstest halt, dass du deine Zeit nicht auf dieses Studium verschwenden wolltest. Das an sich ist schon eine bemerkenswerte Fähigkeit. Ehrlich, ich wünschte, ich hätte auf mein Bauchgefühl gehört, als ich damals den Pub übernommen habe. Er ist 'ne absolute Bruchbude, und ich wünschte, meine Liebe für den Pub wäre so groß wie die Summe, die ich investieren müsste, um ihn wieder auf Vordermann zu bringen.«

Nikki war ihr Ausbruch von vorhin schrecklich peinlich. Sie holte aus ihrer Handtasche die Visitenkarte von Tarampals Bauunternehmer und reichte sie Sam.

»Falls du Interesse hast, die sollen ziemlich gut sein, und wohl auch einigermaßen bezahlbar. Sie haben das Haus einer Bekannten in Southall renoviert.«

Sam warf einen Blick auf die Karte und pfiff durch die Zähne. »Machst du Witze? Bezahlbar? Die hab ich angerufen, um mir ein Angebot für die Renovierung der Toiletten machen zu lassen. Der Kostenvoranschlag war astronomisch.«

»Echt?«, fragte Nikki verdutzt, nahm die Karte wieder an sich und betrachtete sie nachdenklich. Wie konnte Tarampal als alleinstehende Frau sich das leisten? »Hey, Sam, die Kürzungen betreffen aber nicht meinen Job, oder?«

Sam schüttelte den Kopf. »Was mich angeht, kannst du von mir aus für den Rest deines Lebens hier arbeiten.«

Nikki lächelte erleichtert. Sam fuhr fort: »Aber das

heißt nicht, dass du das tatsächlich tun solltest. Versuch es mit was anderem, Nikki. Du mit deinem hellen Köpfchen und deiner Art mit Menschen umzugehen.«

»Aber ich weiß nicht, was.«

»Das findest du schon noch heraus«, meinte Sam. Seufzend schaute er sich um. »Ich würde alles anders machen, wenn ich noch mal so ein junger Hüpfer wäre wie du. Ich hab den Pub von meinem Dad übernommen, weil es sich so ergeben hat. Hätte ich das nicht, dann hätte ich vielleicht irgendwo neben einem Strandclub einen Fahrradverleih eröffnet. Jetzt sitze ich hier fest. Anfangs hatte es seinen Reiz. Und es hat mir eine Weile lang auch großen Spaß gemacht, in Dads Fußstapfen zu treten. Aber irgendwann war es einfach nur noch ein Job wie jeder andere. Ich glaube, mit den Fahrrädern wäre es mir nicht so ergangen, aber solange der Pub noch steht, stehe ich auch hier.« Er zuckte die Achseln. »Verpflichtungen, verstehst du?«

Im Regen tanzen

Nach der Arbeit duschte er gerne lange und ausgiebig, um sich den Stress des Tages vom Körper zu spülen. Seine Frau beklagte sich, sie bekomme ihn nie zu sehen. Frühmorgens ging er aus dem Haus, und abends wusch er stundenlang Schmutz und Schweiß der harten körperlichen Arbeit weg. Ihre Wasserrechnung war ungeheuerlich, und wenn er endlich fertig war, gab es kein Heißwasser mehr.

»Ich kann doch nichts dafür«, versuchte er sich zu verteidigen. »Das ist die einzige Entspannungsmöglichkeit, die ich habe.« Was seine Frau zutiefst kränkte. »Man kann sich auch anders entspannen«, sagte sie zu ihm. Verdattert schaute der Mann seiner Frau nach, als sie sich auf dem Absatz umdrehte und ging. Er zuckte die Achseln, betrat das Badezimmer und begann sich auszuziehen. Alle Muskeln taten ihm weh, und seine Schultern waren verspannt.

Einen Augenblick später ging die Badezimmertür auf, und seine Frau kam herein, nur mit einem Handtuch bekleidet. Langsam dämmerte es dem Mann, aber er wollte lieber allein sein. Abwehrend hob er die Hände und winkte seiner Frau zu verschwinden, und er schalt sie, dass sie ihn bei seiner wohlverdienten Ruhepause störte. Aber seine Frau hörte nicht auf seinen Protest. Sie hob die Arme und ließ das Handtuch fallen. Es glitt zu Boden, und er musste sie einfach ansehen. Und als er sie so vor ihm stehen sah, fragte er sich, wann er sie das letzte Mal nackt gesehen hatte. Er drehte sich um und drehte die Dusche auf und merkte, wie sie hinter ihn trat und ihre Brustwarzen sich hart gegen seinen Rücken drückten. Das Wasser spritzte ihnen ins Gesicht, als tanzten sie im Regen, aber sie bewegten sich wie in Zeitlupe. Mit ihren zarten Händen fuhr sie behutsam über seinen Körper und wischte Schmutz und Staub fort von seiner Arbeit tief unter der Erde, so weit entfernt von den kleinen Annehmlichkeiten des Lebens wie der erste Schauer klaren Wassers nach einem unerträglich heißen Tag. Er schauderte, als ihre Hände nach unten zu seinem großen Schaft wanderten und anfingen, ihn zärtlich zu liebkosen. Sie küsste sein Gesicht, seine Lippen, seinen Hals. Sie erhöhte das Tempo im Takt seiner heiseren, abgehackten Atemzüge. Er stieß mit seinem Gemächt gegen ihre Handfläche. Mit der anderen Hand fuhr sie ihm ganz leicht mit den Fingernägeln über den Rücken. Ihre Fingerspitzen schrieben Liebkosungen auf seine wasserglänzende Haut. Mit einem kehligen Stöhnen ergoss er sich schließlich in ihre Hand. »Das haben wir noch nie gemacht«, keuchte er. Lächelnd vergrub sie das Gesicht in seinen Haaren. Es gab so vieles, was sie noch nie gemacht hatten.

Als er an der Reihe war, gab er sich besonders viel Mühe. Mit dem Rücken gegen die Wand stand sie da und spreizte leicht die Beine. Seine Zunge schnippte gegen die feste kleine Knospe in der Mitte. Das Wasser prasselte weiter auf sie herab. Ihre Beine zitterten vor Spannung, und sie krallte sich in seine Haare, während in ihrem Inneren warme Wellen kreisten wie ein Strudel und sie kurz davor stand zu explodieren. Es war so intensiv, dass es schon fast wehtat – ihre Haut kribbelte vom Wasser, das auf ihren Körper klatschte. Mit allen Sinnen war sie da, hellwach, und sie schrie laut auf. »Hör nicht auf«, keuchte sie. »Hör nicht auf.« Und er hörte nicht auf.

Der Kurs applaudierte. Preetam wurde rot. Eine ungewöhnliche Geschichte für sie, dachte Nikki, und dann ging ihr auf, dass eine Kleinigkeit fehlte.

»Wie heißen denn die beiden in deiner Geschichte?«
»Sie haben keine Namen.«

»Ach, gib ihnen doch einen Namen«, sagte Arvinder mitleidig, als bitte sie darum, sie solle einem kleinen Kind ein paar Süßigkeiten geben.

»John und Mary«, sagte Preetam.

Die Kursteilnehmerinnen prusteten und protestierten. »Gib ihnen Punjabi-Namen. Oder wenigstens indische«, verlangte Bibi.

»Ich kann mir einfach nicht vorstellen, dass Inder so was miteinander machen«, wendete Preetam ein.

»Was meinst du eigentlich, wie man Kinder macht?«, fragte Arvinder.

»Das meine ich nicht«, entgegnete Preetam. »Die beiden machen keine Kinder. Die vergnügen sich miteinander.«

»Wie bist du eigentlich auf diese Geschichte gekommen, Preetam?«, erkundige sich Tanveer und schaute Preetam mit leicht zusammengekniffenen Augen an.

»Die habe ich mir ausgedacht«, antwortete Preetam.

Tanveer schaute Nikki an. »Nikki, wie nennt man es, wenn man sich mit fremden Federn schmückt und das Werk eines anderen als sein eigenes ausgibt? Dafür kann man von der Uni fliegen – Satpreet Singhs Sohn wurde dabei erwischt. Es gibt ein englisches Wort dafür.«

»Plagiat«, antwortete Nikki.

»Genau«, rief Tanveer. »Ich erinnere mich daran, weil niemand wusste, was es heißt. Sogar Satpreet Singh war ganz ratlos. Er konnte nicht glauben, dass man so schwer dafür bestraft wird, in der Bibliothek ein paar Absätze aus einem Buch abzuschreiben. »Mein Sohn hat seinen Verstand gebraucht«, hat er immer gesagt. Aber die Engländer sind pingelig, wenn es um die Wahrheit geht. Preetam, deine Geschichte ist ein Plagiat.« Ihr Akzent verstümmelte das Wort fast bis zur Unkenntlichkeit.

»Du spinnst ja«, schnaubte Preetam, wirkte aber leicht verunsichert. »Ich kann doch gar kein Englisch lesen. Wo sollte ich die Geschichte denn herhaben?«

»Channel Fifty-Six um ein Uhr nachts.«

Verstohlen schauten die anderen Frauen einander an. Nikki brauchte nicht zu fragen, was um ein Uhr nachts auf diesem Sender lief, denn das vielsagende Lächeln verriet ihr alles. »Neulich Abend lief ein Film mit genau so einem Pärchen. Der Mann kam nach Hause und hatte so eine Warnweste an – wie ein Minenarbeiter oder so, und dann hat er was auf Englisch gesagt, und dann hat seine Frau ihn ins Badezimmer geführt. Und dann haben sie genau dasselbe gemacht wie in deiner Geschichte.«

»Das war kein Englisch«, wendete Arvinder ein. »Das klang nicht wie Englisch. Ich glaube, das war eher Spanisch. Oder Französisch.«

»Die Deutschen sind die besten«, rief Bibi dazwischen. »Die Männer sind immer so gut gebaut.«

Preetam wand sich unbehaglich. »Auf den indischen Sendern kommt so spätabends nichts mehr«, versuchte sie sich zu verteidigen.

»Machen wir doch einfach weiter«, schlug Nikki vor.

»Meine Geschichte ist jetzt fertig«, sagte Tanveer.

»Die mit Rita und Meera?«, fragte Arvinder. Tanveer nickte.

»Ja, bitte, erzähl uns, wie es weitergeht.«

Rita führte Meera zu ihrem Bett. Die Laken waren noch leicht zerknüllt von der letzten Nacht, doch Meera unterließ es, die junge Frau dafür zu schelten, dass sie das Bett nicht gemacht hatte. Sie legte sich auf das Bett und schloss die Augen, wie Rita es ihr sagte, und plötzlich hatte Meera ein heftiges, dringliches Pulsieren in den Lenden. Ritas Atem brannte heiß auf Meeras Haut. Sie küssten sich leidenschaftlich und ließen spielerisch die Zungen aneinanderschnippen. Rita knöpfte Meeras Oberteil auf und biss ihr dann durch den Stoff des BHs sanft in die Brustwarzen. Meera presste die Lippen aufeinander. Bei den Liebkosungen der jungen Frau hätte sie am liebsten vor Ekstase aufgeschrien, aber sie wusste, das war erst der Anfang. Rita strich zärtlich über den flaumigen Pfirsich zwischen Meeras Beinen. Meera verströmte eine solche Hitze, dass es für Rita keinen Zweifel gab: Sie war bereit. Rasch streifte Rita Meera die Kleider ab und ließ ihre Finger in die nasse, geschwollene Höhle gleiten. Meera wimmerte vor Wonne. Aus dem Wimmern wurde tiefes Stöhnen, als Rita anfing, rhythmisch die Finger zu bewegen und sanfte Kreise zu beschreiben, um Meera auf das vorzubereiten, was noch kommen sollte. Der Tonstab lag auf dem Nachttischchen. Hin und wieder linste Meera aus den Augenwinkeln dorthin. Doch Rita schüttelte nur den Kopf. »Noch nicht«, sagte sie sehr bestimmt. Sie wusste, wie grausam es war, dieser Frau, die so verzweifelt danach verlangte, den Genuss noch länger vorzuenthalten. Aber Rita wollte es noch ein wenig hinauszögern. Sie hatte jetzt große Macht über Meera. Sie konnte sie dazu bringen, alles zu tun, was sie wollte. Was Rita jetzt tat, konnte den weiteren Verlauf ihres Lebens in diesem Haushalt bestimmen.

Rita löste sich von Meera und nahm eine Flasche Kokosöl aus dem Nachtschränkchen. Sie und ihr Mann hatten in ihrer ersten gemeinsamen Nacht Kokosöl benutzt, und um ihn zu überraschen, rieb sie sich manchmal von Kopf bis Fuß damit ein und erwartete ihn dann, nackt und glänzend, im Bett. Jetzt machte sie es ganz langsam und verführerisch und zog sich provokativ vor Meera aus, die sie nicht aus den Augen ließ. Sie goss sich etwas von dem Öl in die Hände und fuhr dann lasziv über Brüste und Bauch und Beine. Ihr war absolut bewusst, wie unwiderstehlich sie dabei wirkte – wie eine Göttin mit bronzen schimmernder Haut. Dann ging sie wieder zum Bett und griff nach dem Tonstab, den sie langsam über ihren Körper rollen ließ, vom Hals bis über den Bauch, bis er glitschig und glänzend war vom Öl. Meera genoss die kleine Privatvorstellung. Sie drehte sich auf die Seite und schaute Rita wie gebannt zu. »Zeig mir, was du damit machst«, flüsterte sie.

Rita legte sich hin und versenkte den Stab zwischen ihren seidigen Falten. Sie zog ihn heraus und stieß dann wieder zu und bäumte sich auf und keuchte, wie sie es sonst bei ihrem Mann tat. Mit einer Hand griff sie an ihre nackte Brust und drehte die harte Brustwarze zwischen den Fingern. Sie sah Meera tief in die Augen und fragte: »Verstehst du es jetzt?«

Rita zog den Stab heraus und setzte sich auf. »Jetzt bist du dran«, erklärte sie. »Leg dich hin.«

Meera schüttelte den Kopf. »Mach weiter«, sagte sie.

»Ach, jetzt sag bitte nicht, du willst aufhören.«

»Ich will nicht aufhören.«

»Was denn dann?«

Scheu schweifte Meeras Blick über Ritas nackten Körper. »Die ganze Zeit, die ich neidisch auf dich war, habe ich dich insgeheim begehrt. Ich möchte deinen Körper noch ein wenig bewundern.«

Jetzt wurde Rita plötzlich befangen. »Das wusste ich nicht«, sagte sie. »Ich dachte, du kannst mich nicht ausstehen.«

Meera drückte ihre Lippen auf Ritas Mund. Sie küssten sich lange und leidenschaftlich, und währenddessen griff Meera hinunter und legte die Hand um den Stab. Sie ließ ihn in Rita hineingleiten und begann ganz langsam, ihn vor- und zurückzubewegen. »Was soll ich tun?«, fragte Meera.

Erstaunt riss Rita die Augen auf. Nie hätte sie gedacht, Meera einmal um etwas bitten zu können, und doch bot die Ältere gerade an, ihr zu Diensten zu sein und zu tun, was sie von ihr verlangte. »Mach schneller«, verlangte Rita. Meera tat, wie ihr geheißen. »Schneller«, sagte Rita. Sie stöhnte und legte den Kopf in den Nacken. Von Meeras fieberhaften Bewegungen zitterten ihr die Schenkel. Sie zog die Beine an, damit Meera den Stab noch tiefer in ihr versenken konnte. »Ah! Ah!«, schrie sie. Das Laken unter ihr war nass von ihrem Schweiß und ihrem Saft. Sie zog Meeras Gesicht zu sich heran. »Ich bin kurz davor«, flüsterte sie.

Meera zog den Stab heraus. Dann legte sie sich auf Rita und rieb sich an ihr. Das Gefühl von Meeras heißer nackter Haut an ihrem Körper ließ Ritas Erregung rasch ins Unendliche wachsen. Sie legte die Beine um Meeras

Hüften. Jede ihrer treibenden Bewegungen ließ Rita keuchend nach Luft schnappen und aufstöhnen. Die beiden Frauen hielten sich eng umschlungen, um das Gefühl so lange wie möglich hinauszuzögern. Schnell kamen sie zum Höhepunkt. Meera schauderte und ließ den Kopf an Ritas Schlüsselbein sinken. Rita strich ihr über die Haare. In diesem kurzen Augenblick waren die beiden Frauen einander näher, als sie es je für möglich gehalten hätten, und doch waren beide ganz in ihrer eigenen Welt. Meera fragte sich, ob sie nach dieser Erfahrung je wieder mit ihrem Mann ins Bett würde gehen können. Und Rita dachte über Meeras Leben nach, dessen Ordnung sie gerade auf den Kopf gestellt hatte. Von jetzt an entscheide ich, wo alles hinkommt, *dachte Rita zufrieden.*

»Ach, herrje«, murmelte Arvinder. »Was für eine verstörende Wendung.«

»Sehr gut«, bemerkte Bibi.

»Danke«, erwiderte Tanveer.

»Findest du die Geschichte etwa nicht gut, Preetam?«, fragte Arvinder. »Sie ist sehr originell.«

Preetam, die ihre Fingernägel plötzlich sehr faszinierend zu finden schien, murmelte nur leise: »Ja.«

Als die Frauen gegangen waren, blieb Sheena vor Nikkis Schreibtisch stehen. »Ich weiß jetzt, warum Manjeet nicht mehr kommt.«

Nikki hatte ebenfalls bemerkt, dass Manjeet nun schon zum zweiten Mal in Folge gefehlt hatte. »Ist alles in Ordnung?«

»Sie wohnt nicht mehr in Southall.«

»Was? Warum?«

»Ihr Mann hatte letzte Woche einen weiteren Schlaganfall, und seine Krankenschwesterfreundin hat sich wohl überlegt, dass sie keine Lust mehr hat, ihn zu pflegen. Hat ihn Knall auf Fall sitzengelassen. Als Manjeet hörte, dass er krank ist und mutterseelenallein, hat sie ihre Siebensachen gepackt und ist zu ihm gefahren, um sich um ihn zu kümmern.«

»Sie ist weg? Für immer?«, fragte Nikki.

Sheena zuckte die Schultern. »Mehr weiß ich auch nicht. Eine ihrer Töchter, die gestern bei uns in der Bank war, um ihnen ein bisschen Geld zu überweisen, hat mir davon erzählt. Sie meinte, wenn man Manjeet reden hört, klänge es, als wäre alles wieder beim Alten. Als wäre er nie weg gewesen.« Sie schüttelte den Kopf. »Nach allem, was sie durchgemacht hat! Und dann wohnt sie auch noch in dem Haus in Blackburn, das er mit seiner Freundin zusammen gekauft hat. Ich frage mich, ist sie nun eine treusorgende Ehefrau oder eher ein rückgratloses Weichei?«

Was für Nikki irgendwie beides aufs Gleiche hinauslief. Sie schaute sich im leeren Kursraum um. »Ich wünschte, ich hätte die Chance gehabt, es ihr auszureden. Oder wenigstens auf Wiedersehen zu sagen. Gut, dass Tanveer und Bibi dazugekommen sind. Ohne Tarampal und Manjeet hätte es sonst sein können, dass der Kurs wegen Teilnehmermangel eingestellt wird.«

»Ja«, stimmte Sheena ihr zu. »Ich muss dir noch was sagen.« Sie zögerte. »Aber du musst versprechen, dass du dich nicht aufregst.«

»Was auch immer du angestellt hast, es wird schon nicht so schlimm sein.«

»Und du bist nicht sauer?«

»Ich bin nicht sauer.«

Sheena holte tief Luft und platzte dann mit ihrem Geständnis heraus: »Ich hab die Geschichten kopiert und ein paar Freundinnen gezeigt.«

»Ach.«

»Bist du jetzt sauer?«

Nikki schüttelte den Kopf. »Ich glaube, das war zu erwarten. Die Geschichten hätten sich vermutlich so oder so irgendwie verbreitet. Wenn ein paar Freundinnen von dir sie lesen, finde ich das halb so wild.«

»Das Ding ist nur, meinen Freundinnen haben die Geschichten echt gut gefallen, vor allem die mit dem Schneider. Also haben sie ebenfalls Kopien für ihre Freundinnen gemacht. Und ihre Freundinnen wollen jetzt vielleicht auch in den Kurs kommen.«

»Von wie vielen Freundinnen reden wir hier?«

»Weiß ich nicht.«

»Drei?«

»Mehr.«

»Fünf? Zehn? Wir müssen aufpassen, damit wir keinen Verdacht erregen.«

»Mehr. Da sind auch einige Frauen dabei, die gar nicht in Southall wohnen.«

»Wie kommt das denn?«

»E-Mails. Irgendwer hat eine der Geschichten eingescannt, und dann wurden sie per Mailingliste herumgeschickt. Heute hat mich eine Frau im Tempel darauf angesprochen, die eigentlich in Essex wohnt.«

Wortlos starrte Nikki Sheena an. »Du hast versprochen, dass du nicht sauer bist«, meinte Sheena kleinlaut.

»Ich bin nicht sauer«, erwiderte Nikki. »Ich bin schockiert. Ich bin ...« Sie schaute sich im Kursraum um, sah die leeren Plätze und musste daran denken, wie sie am ersten Tag in vorfreudiger Erwartung die Tische umgestellt hatte. »Irgendwie bin ich fast ein bisschen beeindruckt«, murmelte sie. »Ich hab auch schon daran gedacht, die Geschichten zu sammeln und als Buch herauszugeben, aber es wäre mir nie in den Sinn gekommen, einfach eigenmächtig Kopien zu machen und ungefragt herumzureichen.«

»Eigentlich wollte ich sie auch gar nicht herumreichen. Ich hab nur eine Kopie für eine Freundin gemacht, die aus Surrey zu Besuch bei mir war und herumgejammert hat, sie hätte nichts Gutes zu lesen. Als sie wieder zuhause war, hat sie mich irgendwann angerufen und meinte: »Ich brauche Nachschub!« Also hab ich noch ein paar Geschichten eingescannt, aber dabei ist mir ein Malheur unterlaufen. Ich hab die Originale im Büro im Kopierer liegengelassen. Und rate mal, wer sie gefunden und mir zurückgebracht hat?«

»Rahul?«

Sheena wurde rot. »Er hat getan, als hätte er kein Wort davon gelesen, aber er muss die Geschichte zumindest überflogen haben. Am nächsten Tag meinte er nämlich beim Mittagessen zu mir: ›Du hast aber eine ziemlich lebhafte Fantasie.‹«

»Ooh«, sagte Nikki. »Und was hast du geantwortet?«

»Ich hab bloß geheimnisvoll gelächelt und gesagt: ›Es ist ein schmaler Grat zwischen Fantasie und Wirklichkeit.‹«

»Sehr lässig.«

»Rahul verrät es ganz sicher niemandem«, sagte Sheena.

»Um ihn mache ich mir auch keine Sorgen«, antwortete Nikki. »Ich fürchte bloß, früher oder später werden die Brüder davon Wind bekommen.«

»Ich auch«, erwiderte Sheena. »Aber wenn wir uns immer wegducken, überlassen wir ihnen das Sagen, oder?« Auch wenn die Frage zögerlich klang, lag in Sheenas Stimme doch unüberhörbar eine ganz neue Stärke.

»Das stimmt«, sagte Nikki. Sie öffnete den Kassettenrekorder und holte die Kassette heraus, ein wenig zu schwungvoll jedoch: ein langer brauner Schweif aus Bandsalat hatte sich im Gerät verheddert.

»Hier, spul sie eben zurück«, sagte Sheena und gab Nikki einen Stift. Nikki schaute sich die Kassette etwas genauer an. »Es ist gerissen«, stellte sie enttäuscht fest. »So ein Mist. Die Geschichten von heute Abend sind alle futsch.«

»Halb so wild. An die meisten Einzelheiten kann ich mich eh noch erinnern. Ich schreibe einfach auf, was ich behalten habe, und lese es nächstes Mal allen vor«, bot Sheena an.

»Danke, Sheena«, sagte Nikki. Sie nahm das lose Band und wickelte es um das Plastikgehäuse. »Und das war außerdem meine letzte Kassette.«

»Hast du keine Ersatzkassetten mehr?«

»Die muss ich in dem Karton vergessen haben, den ich Tarampal gegeben habe«, meinte Nikki. Sheena schaute sie fragend an. »Ich hab Tarampal letzte Woche ein paar Hörbücher vorbeigebracht. Ich hatte ein schlechtes Gewissen, weil ich sie nicht richtig unterrichtet habe. Es war als kleine Entschuldigung gedacht.«

»Und, was hat Tarampal gesagt?«

»Sie will zwar immer noch Lesen und Schreiben lernen, weigert sich aber standhaft, wieder in den Kurs zu kommen. Ich hab versucht, sie zu überreden, aber...«

»Hol sie lieber nicht zurück«, unterbrach Sheena sie. »Besser, sie kommt nicht wieder.«

»Du kannst sie wirklich nicht ausstehen, hm? Ich weiß, sie ist ein bisschen konservativ, aber ich dachte, ihr seid alle miteinander befreundet.«

»Tarampal ist mit *niemandem* befreundet«, sagte Sheena.

»Das verstehe ich nicht.«

Die Sekunden vertickten fast hörbar, während Sheena Nikki musterte und sich zu einer Entscheidung durchzuringen schien. Als sie schließlich antwortete, klang sie sehr entschlossen. »Was ich jetzt sage, bleibt unter uns, ja?«

»Versprochen.«

»Zuerst muss ich dich was fragen: Warst du bei Tarampal zuhause? In ihrem Haus?«

»Ja.«

»Wie fandst du es? Dein erster Eindruck.«

»Sehr schick«, erwiderte Nikki. »Wirkte alles frisch renoviert.«

»Hast du sie gefragt, wie sie die Renovierung bezahlt hat?«

»Nein, so unhöflich wollte ich nicht sein. Aber ich hab mich das schon gefragt. Sie hat mir die Karte ihres Bauunternehmers gegeben, und ich hab ihn meinem Boss weiterempfohlen. Und der meinte nur, die Firma sei unverschämt teuer. Unbezahlbar.«

»Darauf würde ich wetten. Nur vom Feinsten, solange andere dafür zahlen«, meinte Sheena.

»Wer?«

»Die Gemeinde«, antwortete Sheena und wies nach draußen. Durch das Fenster war die Kuppel des Tempels zu sehen. Auf dem Parkplatz wimmelte es vor Menschen. »Alle, die ein bisschen Geld haben, bezahlen Tarampal, damit sie ihre Geheimnisse für sich behält.«

»Tarampal *erpresst* die Leute?«

»So würde sie es nicht nennen«, widersprach Sheena. »Sie sieht es mehr als kleine Hilfestellung. So, wie ihr Mann es auch immer gemacht hat.«

»Hat sie je Geld von dir verlangt?«, fragte Nikki. »Meinst du, sie könnte auf die Idee kommen, uns wegen des Kurses zu erpressen?«

Sheena schüttelte den Kopf. »Äußerst unwahrscheinlich. Sie hat es nur auf Leute mit dickem Portemonnaie abgesehen.«

Nikki musste daran denken, wie Arvinder ihre Handflächen nach oben gehalten und gesagt hatte, die würde sie Tarampal zeigen. Jetzt verstand sie, was Arvinder damit gemeint hatte. Sie waren leer; von einer Witwe war nichts zu holen. »Ihr ist klar, dass sich das nicht lohnt«, überlegte Nikki. »Woher weißt du das alles, Sheena?«

»Letztes Jahr hab ich mir zum Geburtstag eine Maniküre bei Chandanis gegönnt. Das Mädchen, das mir die Nägel gemacht hat, hat es mir erzählt. Sie meinte, Tarampals Opfer sind größtenteils Stammkunden des Salons – wie die gutsituierten jungen Frauen, die wir neulich Abend in der Langar-Halle gesehen haben. Tarampals Mann hat ihr eine ganze Liste von Leuten aus der Gemeinde hinterlassen, die ihn wegen der einen oder anderen Indiskretion um Rat gefragt haben. Er hatte akribisch Buch darüber geführt, was die Leute ihm anvertrauten und welche Gebete er ihnen dafür aufgab. Tarampal benutzt nun diese Liste, um die Leute zu erpressen. Die Ehre und den guten Ruf der Familie zu schützen ist diesen Menschen viel wert, vor allem denen, die es sich leisten können. Wie die Eltern von Sandeep Singh – der junge Mann, der sie im Auto mitgenommen hat, als sie neulich Abend aus dem Kurs gestürmt ist. Der ist schwul. Seine Mutter hatte Tarampals Mann gebeten, ob er nicht irgendwas tun könne, um ihn wieder auf den rechten Weg zu bringen. Sandeep muss Tarampal jetzt oft herumchauffieren, um seine Schulden bei ihr abzuarbeiten.«

»Wie viel presst sie den Leuten denn ab?«, fragte Nikki.

»Was immer sie will. Wobei sie das natürlich nie so sagen würde. Sie behauptet, sie führe das Werk ihres verstorbenen Mannes fort und bitte in Indien um besondere Gebete, um die Gestrauchelten wieder auf den rechten Weg zu bringen. Sie behauptet, mit dem Geld würde sie nur ihre Kosten decken, für Ferngespräche und die Reisekosten ihrer Gebetsfürsprecher. Und das alles mit ganz viel Mitgefühl und sanftem Lächeln. Aber alle wissen, dass sie insgeheim ein florierendes Unternehmen führt, das sich auf Scham und Schande gründet.«

»Wow«, murmelte Nikki. Ihr fiel wieder ein, wie stahlhart Tarampals Blick geworden war, als sie über Ehre und deren Verlust gesprochen hatte. Kein Wunder, dass es ihr damit so ernst war. Sie verdiente ihren Lebensunterhalt damit. »Es fällt schwer sich vorzustellen, dass Tarampal ein Unternehmen führt, ganz gleich was für eins.«

»Sie ist ziemlich geschickt. Und sie glaubt wirklich, das Richtige zu tun: Sie bietet ihre Dienste an, um den Menschen ihren Stolz zurückzugeben. Und auch die Leute, die ihr dafür Geld geben, glauben fest daran. Sonst würden sie nicht mit dem Geld herausrücken.«

Als sie darüber gesprochen hatten, dass Maya sich selbst getötet hatte, war Tarampal Nikki so mitleidlos vorgekommen, so gefühllos, herzlos. Ihre ganze Sorge schien allein Jaggis gutem Ruf zu gelten. Nikki hatte angenommen, Tarampal sei bloß etwas überbesorgt; eine typische indische Glucke. Aber nun ergab das alles plötzlich einen Sinn. »Eigentlich ziemlich genial«, musste Nikki zugeben. Sheena kniff die Augen zu einem Schlitz zusammen und hob zu einer Erwiderung an. »Nicht, dass ich es irgendwie gutheißen würde. Ich werde sie ganz bestimmt nicht noch einmal bitten, wieder in den Kurs zu kommen«, versicherte Nikki rasch.

»Gut«, seufzte Sheena und wirkte erleichtert. »Ich möchte nicht, dass sie ihre Nase in meine Angelegenheiten steckt.«

»Kann ich verstehen. Der Einzige, von dem du dir wünschst, er würde seine Nase in deine Angelegenheiten stecken, ist Rahul«, bemerkte Nikki breit grinsend.

»*Nikki.*«

»Entschuldige, der musste raus.«

»Zwischen Rahul und mir läuft nichts.«

»Immer noch nicht?«, fragte Nikki verständnislos. »Ach, komm schon.«

Sheena senkte die Stimme und klimperte kokett mit den Wimpern. »Letztes Wochenende waren wir zusammen essen.«

»Und...?«

»Es war sehr nett. Er hat mich in ein Restaurant in Richmond eingeladen. Wir haben mit Blick auf die Themse gesessen, haben köstlich gegessen und Wein getrunken. Nach dem Essen haben wir einen Spaziergang am Fluss entlang gemacht. Und als der Wind zu frisch wurde, hat er mir seine Jacke um die Schultern gelegt.«

»Wie süß«, sagte Nikki. Sheenas Augen glänzten vor Aufregung. Sie wirkte wie frisch verliebt. »Seht ihr euch bald wieder?«

»Vielleicht«, antwortete Sheena. »Wenn wir uns noch eine Weile außerhalb von Southall treffen können, dann bestimmt. In Richmond ist uns kein einziger Punjabi begegnet. Zuerst hatte ich Angst, dass uns irgendwer über den Weg läuft, den wir kennen – so weit weg ist es schließlich auch nicht, und meine Schwiegerfamilie hat massenweise Verwandtschaft in Twickenham. Aber irgendwann hab ich gar nicht mehr darüber nachgedacht. Wenn man sich wohlfühlt, achtet man nicht mehr darauf, wer einen sieht. Und es ist einem auch egal.«

»Ob Tarampal versuchen würde, Rahul zu erpressen, wenn sie von euch beiden Wind bekäme?«, überlegte Nikki. Und plötzlich war Sheenas Unbeschwertheit wie weggeblasen.

»Wir haben nicht genug zu bieten«, entgegnete sie. »Sie interessiert sich nur für wohlhabende Leute, schon vergessen?«

Nikki schüttelte den Kopf. »Und mir hat sie leidgetan, weil sie diese entsetzliche Tragödie miterleben musste.«

Sheena schaute Nikki scharf an. »Sie hat mit dir über Maya geredet?«

Ja, wollte Nikki gerade sagen, aber dann fiel ihr wieder ein, was Sheena ihr über Tarampal erzählt hatte. In ihrer Brust keimte erstes Unbehagen. Und wieder kam sie sich vor wie eine absolute Außenseiterin. Für jede Frage, die sie stellte, gab es hundert weitere, die unbeantwortet blieben. »Ich weiß nur, was sie mir gesagt hat«, erwiderte Nikki schließlich.

»Und sie hat dir sicher eine gute Geschichte erzählt«, brummte Sheena. Dann nahm sie ihre Handtasche und war so schnell zur Tür hinaus, dass Nikki keine Gelegenheit mehr hatte, sie aufzuhalten.

Zehntes Kapitel

Kulwinder spürte in den Knochen, dass sie wieder in London war. Noch ehe der Pilot die umittelbar bevorstehende Landung ankündigte, fühlte sie, wie ihr der Rheumatismus nass in den ganzen Körper sickerte. In Indien hatte sie treppauf und treppab laufen und sich den Weg durch Menschenmassen bahnen müssen. Ihre Sandalen hatten auf der Erde, die ihre Vorfahren bestellt hatten, laut geklappert, um von ihrer Ankunft zu künden. Und jetzt stand sie in Joggingschuhen und einer alten Salwar Kamiz in Heathrow und musste sich von einer missmutigen Sicherheitsbeamtin in die Zollschlange dirigieren lassen.

Das letzte Mal war sie zusammen mit Maya in Indien gewesen. Stundenlang hatten sie gemeinsam die zahllosen Bazar-Stände abgeklappert und die Stoffe der exquisiten Saris befühlt, die zart zwischen ihren Finger knitterten. Kulwinder hatte Maya ein Paar kleine goldene Creolen gekauft. »Ach, Mum«, hatte Maya gesagt, und ein Lachen hatte sich auf ihrem Gesicht ausgebreitet, als sie die Ohrringe aus der Schachtel genommen hatte. »Das wäre doch nicht nötig gewesen.« Aber Kulwinder war bei dieser Reise jedes Mal das Herz übergegangen, wenn sie ihre Tochter angesehen hatte, und sie hatte einfach nicht widerstehen können und immer wieder hübsche Sachen für sie gekauft. Als hätte sie geahnt, dass ihre gemeinsamen Tage gezählt waren, war sie versucht gewesen, ihrer Tochter die Welt zu Füßen zu legen.

»Pässe – international da drüben, britische Staatsbürger hier«, rief die Sicherheitsbeamtin und riss Kulwinder damit aus ihren Gedanken. Die Schlange begann sich zu teilen, und die Leute stellten sich entsprechend an. Die Beamtin wiederholte ihre Ansage, als Kulwinder immer weiter in der Warteschlange aufrückte, und schaute sie durchdringend an.

»Dürfte ich bitte Ihren Ausweis sehen, Ma'am?«, fragte sie. Nicht unbedingt unfreundlich, aber erwartungsvoll; als kenne sie Kulwinder und ihre Geschichte schon. Kulwinder reichte ihr den Pass. »Britisch«, erklärte sie der Dame, die ihr den Pass zurückgab und sich dann umdrehte und ging, als hätte sie es gar nicht gehört. Es war nicht das erste Mal, dass Kulwinder das passierte. Grummelnd hatte sie sich darüber bei Maya beklagt, die nicht verstand, worüber ihre Mutter sich beschwerte. *Was erwartest du denn, was sie denken sollen, Mum?*, hatte Maya gefragt und Kulwinders Aufmachung derart pointiert gemustert, dass die sich ernsthaft fragen musste, wie es sein konnte, dass man die eigene Tochter gleichzeitig so sehr lieben und so sehr hassen konnte.

Sarab wartete schon auf der anderen Seite der Absperrung, als sie herauskam. Er drückte ihr freundlich und zurückhaltend die Hand, als wäre sie eine Fremde, und fragte höflich: »Wie war's?«

»Gut«, erwiderte sie. »Wie immer eigentlich. Wie nach Hause kommen.« Doch als sie das sagte, füllte sich ihr Herz mit Kummer. Maya hatte bei dieser Reise mehr Raum eingenommen als erhofft. Kulwinder hatte Tempel besucht und Kerzen für Maya angezündet, und dafür, dass die Wahrheit über Mayas Tod ans Licht kommen möge. Mitten in der Hochzeitszeremonie entfernter Verwandter hatte sie unvermittelt aufstehen und gehen müssen. Demonstrativ hatte sie sich dabei den Bauch gehalten, damit alle dachten, ihr sei nicht gut, aber tatsächlich war es der unerträgliche Schmerz gewesen, Braut und Bräutigam zu sehen, wie sie bedächtigen Schrittes das Heilige Buch umrundeten.

London hatte sich nicht verändert. Der Wind blies ihr ins Gesicht und besprühte ihre Haare mit feinem Nebel. Sie zog sich den Schal über den Kopf und folgte ihrem Mann zum Wagen. Die öden Ausläufer der Stadt begrüßten Kulwinder mit der üblichen trostlosen Aussicht: mit Graffiti beschmierte Wände, schiefergraue Dächer und die weitläufigen, fluoreszierenden Vorplätze der Tankstellen.

»Hast du Hunger?«, fragte Sarab, als sie schon beinahe in Southall waren.

»Ich habe im Flieger gegessen.«

»Wir können auch irgendwo anhalten und was essen, wenn du willst.«

Das war seine Art ihr zu sagen, dass er noch nichts zu Mittag gegessen hatte. Kulwinder überschlug rasch, wie viele Mahlzeiten sie ihm dagelassen hatte. Eigentlich hätte es reichen sollen, bis sie wieder da war, den heutigen Abend eingeschlossen. »Vielleicht McDonald's«, schlug er vor. Kulwinder blieb stumm, und Sarab zog rasch rechts rüber in den Drive-Thru. Sie stellte sich vor, wie er jeden Abend hier gesessen und sein übliches

Menü – Filet-o-Fish und Chicken McNuggets – gegessen und dabei ganz langsam gekaut hatte, um ein bisschen Zeit totzuschlagen. Die vorgekochten Mahlzeiten würden sie zuhause unberührt im Gefrierfach erwarten, und sie würde nichts sagen und sie einfach ohne Aufhebens nächste Woche zum Essen aufwärmen. So ging das immer, wenn sie ohne ihn verreiste. Auf eine eigenartige Art und Weise hatte es etwas sehr Tröstliches. Wenn Sarab ohne sie das selbstgekochte Essen nicht essen mochte, musste das doch bedeuten, dass sie ihm fehlte und er dieses Gefühl einfach nicht in Worte fassen konnte. Und es führte Kulwinder immer wieder vor Augen, dass er auch ohne sie überlebensfähig war.

»Lass uns lieber reingehen«, bat Kulwinder. »Ich esse nicht gerne beim Fahren.«

Sarab willigte ein. Sie stellten den Wagen ab und gingen dann nach drinnen, wo sie sich eine Sitznische gleich vor dem Fenster aussuchten. Im Restaurant wimmelte es nur so vor Teenagern, die einen unglaublichen Lärm veranstalteten; es war Freitagabend. Aus den Augenwinkeln sah Kulwinder ein paar Punjabi-Mädchen, aber sie war zu müde vom Jetlag, um zu überlegen, wessen Töchter das sein mochten.

»Dein Schreibkurs erfreut sich anscheinend größter Beliebtheit«, bemerkte Sarab. »Ich war neulich im Tempel und habe die Frauen hineingehen gesehen.«

»Welche Frauen?«, fragte Kulwinder. Während der Zeit in Indien waren die Probleme mit Nikki so weit weg gewesen wie London selbst.

»Ich weiß nicht, wer genau das war«, antwortete Sarab. »Vor ein paar Tagen bin ich Gurtaj Singh im Langar begegnet, und er hat mich gefragt, was in diesen Kursen eigentlich unterrichtet wird. Ich habe ihm gesagt, dass Nikki den Frauen Lesen und Schreiben beibringt. Und er meinte: ›Sonst nichts?‹«

»Wirkte er irgendwie misstrauisch?«, fragte Kulwinder. Sie erinnerte sich an den Zettel, den Nikki Tarampal vor die Tür gelegt hatte. Sie konnte sich immer noch keinen Reim darauf machen – wofür hatte Nikki sich entschuldigt? Aber wenn die Kurse inzwischen besser besucht waren, musste das wohl heißen, dass Kulwinders Initiative auf Gurtaj Singh den Eindruck machen musste, als sei sie ein durchschlagender Erfolg.

»Er schien beeindruckt«, meinte Sarab.

Sie aßen und fuhren dann nach Hause. Das Haus roch vertraut und doch fremd. Kulwinder atmete den Duft ein, und plötzlich traf es sie wie ein Faustschlag in den Magen. *Unsere Tochter ist tot.* Sie drehte sich zu Sarab um und hoffte, er würde sie ansehen, aber sein Gesicht war verschlossen, und er wich ihrem Blick aus. Er schob sich an ihr vorbei ins Wohnzimmer, und gleich darauf plärrten die Punjabi-Nachrichten durchs Haus und verschluckten die Stille.

Kulwinder lehnte den Koffer an die unterste Treppenstufe und ließ ihn dort stehen. Sarab würde ihn nachher für sie ins Schlafzimmer tragen, und dann würde er wieder nach unten ins Wohnzimmer gehen und vor dem Fernseher einschlafen. Fast schlafwandlerisch stieg sie die Treppe hinauf, ging ins Schlafzimmer und öffnete ihren Salwar Kamiz. Die Schulter tat ihr weh, wenn sie sich so verrenken musste, aber sie wollte Sarab nicht um Hilfe bitten. Was, wenn er das für eine Aufforderung hielt, sie intim zu berühren? Oder schlimmer noch, was, wenn er es tatsächlich tat? Sie schaffte es irgendwie, den Reißverschluss zu fassen zu bekommen und mühsam hinunterzuzerren. Auf dem Weg ins Bad kam sie an Mayas Zimmer vorbei und blieb kurz stehen. Die Tür stand offen. Früher einmal war dieser Raum ein Schrein all jener Dinge gewesen, die Kulwinder an Mayas westlichem Lebensstil verabscheute. Aber bei ihrem Umzug ins eheliche Heim war das Zimmer förmlich ausgeweidet worden – die Zeitschriftenstapel waren im Altpapier gelandet, der Türhaken, an dem ein Dutzend Handtaschen gehangen hatten, wanderte in den Müll, die hochhackigen Schuhe, der Lippenstift, die Kartenabrisse von Konzerten, die Romane, alles achtlos in Kisten und Kartons geworfen. Kulwinder erinnerte sich nicht daran, die Tür aufgemacht zu haben. Sarab musste während ihrer Abwesenheit hineingegangen sein.

Ob er ihr je verzeihen würde? Manchmal wollte sie ihn am liebsten anschreien: *Es war alles meine Schuld, stimmt's?* Sie hatte Maya vor diese unmögliche Wahl gestellt. Sie hatte diese Ehe arrangiert und es für einen Glücksfall gehalten, einen so willigen und passenden Bräutigam gefunden zu haben, noch dazu gleich auf der anderen Straßenseite, wo sie Maya weiter jeden Tag sehen konnte. »Bring mich nicht wieder in Verlegenheit«, hatte Kulwinder gesagt, als Maya nach Hause zurückgekehrt war und erklärt hatte, ihre Ehe sei am Ende. In ihren schlimmsten Augenblicken dachte Kulwinder, die anderen hatten Recht: Dass es kein Geheimnis um Mayas Tod gab. Dass sie ihrem Leben selbst ein Ende gesetzt hatte, weil Kulwinder sie zurückgeschickt hatte.

Verstohlen schaute Kulwinder aus dem Fenster und sah die gespenstigen Umrisse der Gardinen in Tarampals Wohnzimmer. Sie wandte sich ab. Die Reue traf sie wie ein Hieb, und mit ihr kamen die Erinnerungen. Bei der Hochzeit das plötzliche Unbehagen, als Tarampal Jaggi länger umarmte, als es schicklich war. Die Angst, die in Mayas Gesicht aufgezuckt war. Der fragende Blick, den Sarab Kulwinder zugeworfen hatte. Wie Kulwinder auf dem Heimweg Sarabs Bedenken zerstreut und gesagt hatte: »Sie ist jetzt verheiratet. Sie wird glücklich.«

Wenn dich ein Mann anruft, sag ihm: »Ach, hey. Ich komme gerade aus der Dusche.« Dann hat er sofort ein aufreizendes Bild im Kopf. Das war der einzige Tipp, an den Nikki sich noch aus dieser Dating-Kolumne erinnerte, die sie mal in einer von Mindis Frauenzeitschriften gelesen hatte. Endlich konnte sie den Rat in die Tat umsetzen. Sie stand unter der Dusche, und ihr Handy bimmelte mit dem Klingelton, den sie eigens für Jason eingestellt hatte. Sie ermahnte sich, kühl und distanziert zu bleiben, als sie ihn zurückrief. *Cool. Lässig. Ich hab nicht mit dem Telefon in der Hand auf seinen Anruf gewartet.*

»Hi, Nikki«, sagte Jason.

»Ach, hey, was geht? Ich hab gerade geduscht«, platzte sie heraus.

»Cool«, sagte Jason.

»Ich meinte, ich stand gerade unter der Dusche, als du angerufen hast.«

»Oh. Ach so. Entschuldige die Störung.«

»Nein, schon okay. Ich war eigentlich schon fertig – weißt du was, ist auch egal. Wie geht es dir?«

»Mit geht's gut. War alles bisschen irre.«

»Arbeit?«, fragte Nikki.

Er zögerte für den Bruchteil einer Sekunde. »Ja«, erwiderte er dann. »Unter anderem. Ich muss mit dir über was Bestimmtes reden. Können wir uns nachher sehen?«

»Ich hab heute Abend eine Doppelschicht im O'Reilly's«, erwiderte Nikki.

»Kann ich rüberkommen?«

»Okay. Nach acht wird es mittwochs abends meistens ziemlich voll, also vielleicht am besten vorher?«

»Okay.«

»Hey, Jason ...«

»Ja?«

»Das ist echt komisch.«

»Was denn?«

»Das – du. Mich aus dem Nichts anzurufen und dich mit mir treffen zu wollen.«

»Willst du mich heute Abend lieber nicht sehen?«

»Doch. Aber – ich hab eine Weile nichts von dir gehört, und auf einmal rufst du mich an und sagst, du willst mich sehen, und ...« Sie rang um die richtigen Worte. »Verstehst du, was ich meine?« Jasons Schweigen machte sie langsam wütend. »Hör zu, ich hab es allmählich satt, dass du nur mit den Fingern schnippen musst, und ich springe, wann immer es dir passt«, sagte sie. »Wie du neulich morgens einfach abgehauen bist, war echt unmöglich.«

»Das tut mir wirklich leid.«

»Ich mag dich«, sagte Nikki. »Ich kann dir das ganz ehrlich sagen. Für mich ist das überhaupt nicht kompliziert.«

»Für mich ist es aber kompliziert. Ich würde dir gerne alles in Ruhe erklären. Es gibt gewisse Umstände, für die ich nichts kann.«

»Immer diese Umstände, hm? Übernatürliche Kräfte, die ihr Jungs einfach nicht beeinflussen könnt.«

»Das ist nicht fair.«

Nikki verstummte. Jason redete weiter. »Ich mag dich auch, Nikki. Sehr sogar. Aber ich muss mit dir persönlich darüber sprechen, wo ich gerade stehe. Können wir uns heute Abend sehen?«

So leicht wollte Nikki nicht nachgeben, aber sie wollte ihn auch gerne sehen. Sie sagte nichts, und das Schweigen wurde immer länger. »Nikki?«, fragte Jason. Seine Stimme klang weich und unsicher.

»Ja, gut«, brummte Nikki. *Letzte Chance*, dachte sie sich, obwohl sie es nicht über sich brachte, es laut zu sagen.

Steve mit dem Rassisten-Opa hatte ein Mädchen dabei. Die langen rotblonden Haare fielen ihr weich über die Schultern, als sie den Kopf in den Nacken legte und über den Witz lachte, den er ihr wohl gerade ins Ohr flüsterte. Das war eine offizielle Meldung wert. Nikki tippte eine Nachricht an Olive:

Steve hat 'ne Freundin!

Prompt kam Olives Antwort:

Ich würde ja vorbeikommen, um das mit eigenen Augen zu sehen, aber heute ist Elternabend. Ist sie aufblasbar?

Sie ist echt! Ich fasse es nicht, dass irgendwer sich mit dem abgibt.

Ich weiß! Alle guten Männer sind vergeben, und die beschissenen kriegen nicht mal gesagt, wie scheiße sie sind.

Dein Glück nicht in Übersee gefunden?

Ne. Lissabon-Boy spricht kaum Englisch. Aber mein Intellekt möchte genauso stimuliert werden wie gewisse andere Körperstellen.

Nikki antwortete mit einem Zwinker-Smiley und widmete sich dann wieder ihren Gästen. Grace nahm die Bestellungen einer Gruppe Anzugträger am anderen Ende der Theke auf. Sie winkte Nikki zu. »Wie geht's deiner Mum, Süße?«
»Gut.«
»Wenigstens ist es nicht mehr so kalt. Sag ihr, bald kommt der Sommer.«
Grace hatte Recht. Die noch recht kühle Luft schien mit jedem Tag ein bisschen milder zu werden, und nachmittags gab es schon lichte Augenblicke, in denen die Sonne schon spürbar wärmte. Bald würde es Sommer werden. Das Café nebenan würde seine Sonnenterrasse öffnen, und gelegentlich würde sich ein amerikanischer Tourist hierher verirren, auf der Suche nach einem authentischen englischen Pub-Erlebnis, und das O'Reillys würde ihn mit seinem unwiderlegbaren Mangel an Charme zutiefst enttäuschen. Und Nikki würde

immer noch hier arbeiten. Irgendwie störte sie dieser Gedanke heute mehr als sonst. Ein Bild zuckte vor ihrem inneren Auge auf, wie sie sich unmerklich und doch unaufhaltbar in Grace verwandelte und ihre Stimme heiser wurde vom lebenslangen Schäkern mit den Gästen.

Steves schallendes Lachen riss sie aus ihren Gedanken. »Nikki, guck dir den Kerl im Fernsehen an. Nola meint, er soll die Kunst sausen lassen und lieber Osama-Bin-Laden-Double werden.« Ein dürrer Mann im Turban mit traditioneller Kurta* saß auf einer überdimensionalen Bühne und schlug mit dem Handballen gekonnt gegen eine Tabla.

Das Mädchen rutschte etwas unbehaglich auf seinem Hocker herum. »Das hast *du* gesagt«, widersprach es.

Die Kamera schwenkte zu den Juroren, die gebannt dem Perkussionisten lauschten. Es war *Britain's Got Talent*. Nikki ging zurück zur Theke und suchte die Fernbedienung. Grace war zwar gerade beschäftigt, aber es ging einfach nicht, dass sie sich nachher wegen der herzerweichenden Hintergrundgeschichten der Teilnehmer die Augen ausheulte. Wo zum Kuckuck war die verflixte Fernbedienung abgeblieben? Flugs lief sie zu Sams Büro und klopfte an die Tür. Keine Antwort, aber die Tür war nicht abgeschlossen. Auf dem Schreibtisch ein apokalyptisches Durcheinander aus Unterlagen und Kaffeepfützen. Nikki entdeckte die Fernbedienung auf dem Stuhl. Bestimmt war er in Gedanken gewesen und hatte sie da liegengelassen. Sie ging wieder rüber in den Pub und schaltete um.

»Wir wollten das sehen«, protestierte Steve.

»Und jetzt schaut ihr halt *Top Gear*«, erklärte Nikki.

Immer mehr Gäste strömten herein. Von Jason keine Spur. Und es wurde immer später. Nikki sah auf die Uhr – schon nach neun. Sie schaute auf dem Handy nach, ob sie vielleicht einen Anruf überhört hatte. Nichts. Sie schrieb ihm eine Nachricht. *Kommst du heute noch?* Ihr Daumen verharrte über Senden. Das klang irgendwie weinerlich. Verzweifelt. Sie löschte die Nachricht wieder.

Die Küchentür ging auf, und heraus kam Garry mit zwei großen Tellern auf dem Arm. »Hast du Sam irgendwo gesehen?«, fragte er, nachdem er das Essen an den entsprechenden Tisch gebracht hatte.

»Im Büro ist er nicht«, erwiderte Nikki.

»Sag ihm, ich gehe«, knurrte Garry. »Ich kündige.«

»Wie? Jetzt?«

»Jetzt«, sagte Garry.

»Was ist denn passiert?«

»Die Bezahlung ist Mist«, antwortete Garry. »Ich habe gefragt für Gehaltserhöhung – er sagt vielleicht, vielleicht. Und dann nichts. Viktor kündigt auch.«

Durch das Fenster in der Tür sah Nikki, wie Viktor seine Sachen zusammenpackte. »Garry, hier ist gerade die Hölle los.«

Garry zuckte die Schultern.

»Könnt ihr nicht diese Schicht noch zu Ende machen und dann mit ihm reden?«

Viktor kam aus der Küche. »Reden nützt nix«, erklärte er. »Vielleicht gibt Sam dir eine Sonderzulage, wenn du gehst in sein Büro.«

Der Kommentar verschlug Nikki die Sprache. Sie sah, dass irgendwer wieder umgeschaltet hatte. Die Kamera zeigte den Tabla-Mann in Nahaufnahme, wie er sich mit bescheiden vor der Brust zusammengepressten Händen bei den Juroren bedankte. Steve zeigte hämisch auf den Bildschirm und gluckste. Wut überrollte Nikkis Brust wie eine gigantische Flutwelle.

»Hört zu, ihr kleinen Wichser«, schäumte sie. »Ich hatte nie was mit Sam. Und selbst wenn, ginge euch das einen feuchten Kehricht an. Von mir aus könnt ihr beiden gerne verschwinden – mir persönlich würde es das Leben enorm erleichtern. Aber solltet ihr es euch doch noch anders überlegen, dann schlage ich vor, ihr kümmert euch einfach um euren eigenen Mist. Vielleicht zahlt Sam euch dann auch so viel, wie ihr meint, verdient zu haben.«

Im Pub wurde es totenstill. Dürftiger Applaus tröpfelte aus dem Fernseher, als der Tabla-Spieler von der Bühne ging. Aus Steves Ecke hörte man einen gedämpften Pfiff. »Zeig's ihnen, Nikki!«, rief er.

Nikki wirbelte auf dem Absatz herum und sah Steve an. »Ach, jetzt spiel dich bloß nicht so auf. Du bist doch auch nicht besser. Ich hab mir deinen rassistischen Dreck schon viel zu lange angehört. Du kannst deine ignoranten Sprüche einpacken und zusehen, dass du Land gewinnst.«

Langsam und mit großen Schritten marschierte Nikki in die Mitte des Pubs. »Zur allgemeinen Information, in dieser Lokalität wird die Unterhaltung von der Geschäftsleitung bestimmt.« Mit dem Daumen zeigte sie auf ihre Brust. »In diesem Falle bin ich das. *Ich* entscheide, was auf diesem Bildschirm läuft. Wer auch immer die Fernbedienung geklaut hat: In zehn Sekunden ist das Ding wieder hier oder zumindest der Sender gewechselt, denn *wir sehen uns ganz sicher nicht* Britain's Got Talent *an*, verdammt.«

Grace trat vor und hielt ihr mit schuldbewusst eingezogenem Kopf die Fernbedienung hin. Irgendwo weit hinten fing jemand dummerweise auch noch an, ganz langsam zu klatschen, hörte aber gleich wieder auf. Nikki schaltete um und ging dann wieder hinter die Theke, während Garry und Viktor sich nervös anschauten und dann rasch in der Küche verschwanden.

»Wie wäre es, wenn ich den Rest deiner Schicht übernehme, Liebes? Ich mach das schon«, bot Grace ihr an.

»Schon gut, alles bestens. Es war bloß... dauernd sagen sie so fiese Sachen, und auf einmal war ich so stinksauer, weil ich nie dagegenhalte, und...«

Grace schaute sie mitfühlend an. »Du hast gesagt, was gesagt werden musste, Süße. Dafür brauchst du dich nicht zu entschuldigen.«

»Ich wollte nicht so gemein sein wegen der Fernbedienung«, murmelte Nikki.

»Schon gut«, erwiderte Grace. »Ich weiß nicht, was diese Sendung mit mir macht: Ich fange an zu heulen und kann nicht mehr aufhören. Du hast es ja selbst gesehen.«

»Hab ich«, erwiderte Nikki.

»Mein Mann meint: ›Typisch Frauen. Das sind die Hormone. Ihr könnt das nicht kontrollieren, ihr seid euren Gefühlen hilflos ausgeliefert.‹ Aber bei schnulzigen Filmen oder traurigen Reportagen muss ich nie weinen. Neulich war ein Beitrag in den Nachrichten von einem kleinen Mädchen, bei dem eine seltene Krebsart diagnostiziert wurde – ich hab die Stirn gerunzelt und gedacht: ›Schlimm, schlimm‹, und dann hab ich mich umgedreht und nicht mehr weiter darüber nachgedacht. Aber der Mann, der zwei Jobs stemmt, nur um die Akrobatikkurse für seine Schwester zu bezahlen, damit sie ihren Traum verwirklichen kann, eines Tages in der *Royal Variety Show* aufzutreten...« Grace versagte die Stimme.

In diesem Augenblick war alles besser für den Pub als *Britain's Got Talent*. Nikki drückte Grace aufmunternd die Schulter und schaltete wahllos auf einen anderen Sender. Unversehens landete sie mitten in einer düsteren Szene: Polizisten, die ein dicht bewachsenes Waldstück durchkämmten, und dann ein Sergeant, der in die Kamera sprach. *Ganz toll*, dachte sie. Die Gäste gingen Nikki aus dem Weg, und sie stand allein hinterm Tresen. Wieder schaute sie auf ihr Handy, um nach der Uhrzeit zu sehen, und sah sich im Pub um. Kein Jason. Jetzt reichte es. Sie rief seinen Kontakt auf, atmete tief durch und löschte seine Nummer. Sie wollte nicht in Versuchung geraten, ihn noch mal anzurufen.

In der Ecke beugte Steve sich zu Nola hinüber und flüsterte ihr etwas zu, woraufhin sie entrüstet aufsprang und wütend aus dem Pub stürmte. Steves süffisantes Grinsen war wie weggeblasen. Hastig stürzte er hinter Nola her. Grace sprintete zum Ausgang und versperrte ihm den Weg. »Du hast vergessen zu zahlen«, erklärte sie ruhig. Und dann sagte sie noch etwas, das Nikki nicht verstand. Schmollend zog Steve das Portemonnaie heraus, warf Grace ein paar Geldscheine hin und ging. Grace sammelte das Geld ein und brachte es Nikki an die Theke. »Er hat aus Versehen doch tatsächlich Trinkgeld gegeben«, sagte sie. »Hier, dein Anteil.«

»Ach Grace, nicht doch. Du hast ihn den ganzen Abend ertragen.«

»Du erträgst ihn schon seit Jahren«, entgegnete Grace. »Sieh's einfach als kleine Wiedergutmachung. Die hast du mehr als verdient. Ich hab ihm gesagt, sollte er sich hier noch mal blicken lassen, sorge ich dafür, dass Sam ihn vor die Tür setzt. Er hat ab sofort Hausverbot, weil er uns und unsere Gäste nervt.« Sie drückte Nikki die Geldscheine in die Hand.

Graces Geste rührte Nikki. So sehr, dass sie mit einem Mal ganz schrecklich ihre Mum vermisste, die ihr mit genau derselben sanften, aber nachdrücklichen Beharrlichkeit gegen ihren Willen Geld in die Hand gedrückt hatte, als sie das erste Mal nach ihrem Auszug wieder zu Besuch zuhause gewesen war.

Nikki hatte das Handy noch in der Hand. Sie suchte die Nummer ihrer Mum heraus und wollte eine Nachricht an sie tippen, aber sie wusste nicht, was sie schreiben sollte. Ihr fehlten die Worte. Also rief sie einfach an. Es klingelte, mehrmals und langanhaltend, und Nikki wollte gerade schon wieder auflegen, als ihre Mum doch noch dranging. »Nikki?«

»Hi, Mum. Wie geht's?«

»Ich habe gerade an dich gedacht.«

Bei diesen Worten wurde es Nikki ganz warm ums Herz. »Ich habe auch an dich gedacht, Mum.«

»Ich muss dich um einen Gefallen bitten.« Ein Anflug von Panik schwang in Mums Stimme mit. »Tante Geeta kommt morgen Nachmittag zum Tee, und ich habe keine indischen Snacks mehr im Haus. Normalerweise kaufe ich die immer in Enfield ein, aber der Laden ist vorübergehend geschlossen – wegen eines Todesfalls in der Familie, habe ich gehört –, und die anderen Läden haben nicht annähernd so viel Auswahl. Wärst du so lieb und fährst für mich nach Southall und besorgst ganz fix ein paar Süßigkeiten? Gulab Jamun, Ladoo, Barfi, Jalebi – was immer du bekommst. Und bringst sie mir dann her? Ach ja, und ich brauche Kardamom für den Tee. Bei Waitrose ist der Kardamom so unverschämt teuer.«

Und Nikki hatte doch tatsächlich gedacht, einen innigen Mutter-Tochter-Moment zu erleben. Aber gut. Morgen hatte sie ohnehin noch nichts vor. »Klar, Mum«, sagte sie. Und verkniff sich die Frage, warum ihre Mutter eigentlich immer noch mit Tante Geeta befreundet war, für die zu wenig Naschkram zum Nachmittagstee symbolisch für das vollkommene Scheitern einer Frau stand.

»Was ist das für ein Lärm?«

»Öhm, ich bin im Kino.«

»Geht es gut mit deinem neuen Job?«

»Mhm.«

»Hast du Spaß am Unterrichten? Vielleicht wäre das ja ein neuer Beruf für dich?«

»Keine Ahnung, Mum«, murmelte Nikki, die das Gespräch am liebsten schnell wieder beenden wollte. »Ich muss los. Wir sehen uns dann morgen Nachmittag.« Mum verabschiedete sich, und Nikki steckte das Handy zurück in ihre Tasche. Sie wusste nicht, ob sie nun enttäuscht sein sollte, erleichtert oder amüsiert, wie dieses Telefonat verlaufen war. Wenn doch Jason bloß da wäre. Dann hätten sie gemeinsam darüber lachen können.

Einer der Gäste trat zögernd zu Nikki an den Tresen und fragte, ob noch Happy Hour sei. »Klar«, antwortete Nikki, obwohl die eigentlich schon seit einer Viertelstunde vorbei war, und zapfte ihm ein Lager. Sie gab sich allergrößte Mühe, nicht an Jason zu denken, ertappte sich aber immer wieder dabei, wie sie verstohlen zur Tür schaute in der Hoffnung, er würde doch noch kommen und sich entschuldigen, dass es so spät geworden war.

Nikkis Handy brummte. Sie zog es aus der Tasche. Es war eine Nachricht von Mum:

Noch was: Bitte sei vorsichtig in Southall. Auf Channel Four zeigen sie gerade, was Karina Kaur damals passiert ist – lauf da um Himmels willen nicht alleine im Dunkeln herum!!!

Nikkis Blick ging wieder zum Fernseher. Unten in der Ecke leuchtete das Logo von Channel Four. Die Stimme aus dem Off war kaum hörbar, also schaltete Nikki die Untertitelung ein.

[AM 8. April 2003 VERSCHWAND EIN JUNGES MÄDCHEN, NACHDEM ES NACH DER SCHULE NICHT NACH HAUSE GEKOMMEN WAR.]

[KARINA KAUR, DIE DIE ZWÖLFTE KLASSE DES SOUTHALL SECONDARY COLLEGE BESUCHTE, STAND KURZ VOR DEN ABSCHLUSSPRÜFUNGEN.]

[NACH ACHTUNDVIERZIG STUNDEN BEGANN DIE SUCHE NACH DER VERMISSTEN SCHÜLERIN.]

Zwei junge Frauen winkten Nikki von ihren Tischen zu. »Ist noch Happy Hour?«, fragte eine von den beiden.

Nikki schüttelte den Kopf. Die Frau schaute irritiert rüber zu dem Mann mit seinem Lager. »Ganz bestimmt nicht?«, hakte sie nach.

Nikki nahm ihre Bestellung auf, ohne den Fernseher aus den Augen zu lassen. Die nächsten Untertitel liefen vor dem Hintergrund kleiner züngelnder Flammen. Dann öffnete sich die Perspektive, und man sah aberdutzende Highschool-Schüler in Schuluniform mit Kerzen in den Händen.

[NACH DER ENTDECKUNG VON KARINA KAURS LEICHE WURDE VOR IHRER SCHULE EINE MAHNWACHE ORGANISIERT.]

»Ich hab doch gesagt, du sollst dir den restlichen Abend freinehmen. Geh. Ruh dich aus«, sagte Grace energisch und stellte ihr Tablett ab.

Nikki nickte Grace geistesabwesend zu, konnte sich aber nicht vom Bildschirm losreißen. In Großaufnahme war eine junge Punjabi zu sehen, die vor den hohen eisernen Toren einer Schule stand. In den manikürten Händen hielt sie eine brennende Kerze – die Nägel waren auffällig neonpink lackiert, mit glitzernden goldenen Spitzen. Die Kerzenflamme beleuchtete die Tränen, die ihr in Strömen über das Gesicht liefen, und den goldenen Anhänger, der auf ihrem Schlüsselbein lag; ein kleines G.

Der Mann hinter der Theke bei Sweetie Sweets wollte Nikki sicherlich ein Kompliment machen. »Die Gulab Jamun sind die Kalorien wert«, bemerkte er und musterte sie von oben bis unten. »Wobei Sie sich da ja keine

Sorgen zu machen brauchen, was? Zumindest noch nicht.« Er gluckste. »Vor unserer Hochzeit war meine Frau auch so schlank...«

»Wenn Sie mir die Schachtel eben einpacken könnten, das wäre sehr nett«, unterbrach Nikki sein Gesäusel.

»Sicher, Schätzchen. Feiert ihr eine kleine Party? Bin ich auch eingeladen?«, fragte er grinsend und beugte sich vertraulich über die Theke.

Nikki wollte dem Kerl am liebsten sein Gulab Jamun ins Gesicht klatschen, da trat seine Frau unvermittelt aus dem Hinterzimmer. Und mit einem Mal hatte er es sehr eilig, eine Schachtel für die Süßigkeiten zu suchen. Seine Frau stierte Nikki finster an, die rasch zahlte und ging.

Sie schaute auf ihrem Handy nach der Uhrzeit. Es war noch zu früh, zu Mum zu fahren, weil sie es sonst riskierte, sich einem unerbittlichen Kreuzverhör auszusetzen. Mum würde sie erbarmungslos in die Zange nehmen und mit Fragen zu ihrem neuen Lehrerjob bombardieren, die sie nicht beantworten wollte und konnte. Also bummelte sie den Broadway entlang, auf dem sich Kleiderständer mit heruntergesetzten Anziehsachen und übervolle Gemüsekisten drängten. Männer standen in einer windschiefen Warteschlange vor einem Mobilfunkladen, der Telefonkarten für Überseegespräche verkaufte. Über den Läden im Erdgeschoss waren weitere Geschäfte untergebracht, deren konkurrierende Schilder übereinander und voreinander hingen, und aus den Gebäuden blubberten wie Sprechblasen in einem Comic: Pankay Madhur, Buchhalter. Himalaya Gästehaus. RHP Surveillance Pte Ltd. Was Nikki früher chaotisch vorgekommen war, fühlte sich nun sehr vertraut an, während sie sich so durch die Menschenmenge schlängelte, die Schachtel mit den Süßigkeiten fest unter den Arm geklemmt. Schließlich kam sie an eine Kreuzung, und als sie die Straße überquert hatte, stand sie unvermittelt vor dem Eingang der Bank of Baroda.

Sheena saß an einem der Schalter und war gerade in einem Kundengespräch, als Nikki hereinspazierte. »Der Nächste bitte«, rief die Dame am Schalter nebenan.

»Nein, danke«, sagte Nikki. »Ich möchte Sheena sprechen.«

Sheena schaute auf. Dann widmete sie sich wieder ihrem Kunden, und schließlich kam sie zu Nikki und begrüßte sie mit einer professionellen Distanziertheit, die ihren verwirrten Gesichtsausdruck Lügen strafen wollte. »Kelly, ich mache eben Mittagspause«, rief sie.

Kaum waren sie zur Tür hinaus, war Sheenas Lächeln verflogen. »Was machst du denn hier?«, fragte sie besorgt.

»Können wir reden?«

»Ach Nikki, ich wusste, ich hätte dich fragen sollen, bevor ich die Geschichten weitergebe. Du bist sauer, stimmt's? Hör zu, die Frauen, die neu in den Kurs kommen wollen, sind absolut vertrauenswürdig. Wir besprechen heute Abend, was wir sagen, sollten die Brüder uns dazu befragen.«

»Es geht nicht um die Geschichten«, unterbrach Nikki sie. »Es geht um Karina Kaur.«

Die Sorge wich aus Sheenas Gesicht. »Und dafür störst du mich in der Mittagspause?«

»Im Tempel können wir uns nicht in Ruhe unterhalten, da gibt es zu viele Lauscher an der Wand. Ich musste hierherkommen.«

»Wie kommst du darauf, ich könnte irgendwas darüber wissen?«

Nikki beschrieb die Videoaufnahmen der Mahnwache vor der Schule mit den vielen Kerzen. »Ich bin mir ziemlich sicher, dass du das warst.«

»Unmöglich«, widersprach Sheena. »Damals war ich längst nicht mehr auf der Schule. Ich war gerade frisch verheiratet.«

»Dann muss es jemand gewesen sein, der dir verdammt ähnlich gesehen hat. Sie trug sogar denselben rosa glitzernden Nagellack.«

»Den tragen in Southall viele Frauen«, entgegnete Sheena.

»Das warst du. Das wissen wir doch beide. Du hattest deine Kette um mit dem kleinen goldenen G.«

Sheena zuckte zusammen, als hätte Nikki mit einem Messer zugestochen, und erholte sich erst, als sie die zarte goldene Kette am Hals wieder unter dem Kragen ihrer Bluse hatte verschwinden lassen. »Wozu, Nikki? Warum willst du das wissen? Denn wenn du einfach nur neugierig bist, erfährst du von mir gar nichts. Wir haben hier schon genug Probleme in unserer Community.«

»Es geht mir nicht um schnöde Sensationslust.«

»Und warum willst du es dann wissen?«, hakte Sheena nach.

»Das hier ist auch meine Community«, antwortete Nikki. »Ich wohne zwar nicht hier, aber ich gehöre trotzdem dazu. In meinem ganzen Leben habe ich mich noch nie so frustriert, amüsiert, geliebt und verstört gefühlt wie in den vergangenen zwei Monaten. Aber irgendwie scheint es unter der Oberfläche zu brodeln; es passieren Dinge, von denen ich nichts wissen soll.« Seufzend wendete sie den Blick ab. »Ich bin nicht so naiv zu glauben, ich könnte irgendwas ausrichten, aber ich wüsste doch gerne, was hier vor sich geht.«

Sheenas Blick wurde plötzlich weich. Ein kleiner Flecken Nachmittagssonne lugte durch die Wolken und ließ ihre hennaroten Haare leuchten. Nikki ließ sie nicht aus den Augen, selbst als Sheena tief in Gedanken an ihr vorbei in die Ferne schaute.

»Komm, wir fahren ein Stückchen«, schlug sie schließlich vor. Nikki folgte ihr nach hinten auf den Parkplatz, wo Sheenas kleiner roter Fiat stand. Sheena steckte den Schlüssel ins Zündschloss. Aus den Lautsprechern dröhnte eine Bhangra-Melodie. Schweigend fuhren sie los und sagten nichts, während sie an mehreren Reihen porzellanweißer Häuser vorbeifuhren. Dahinter wurde die Straße breiter, allmählich verschwanden die Häuser, und stattdessen säumte eine weitläufige Parklandschaft die Straße. Sheena bog auf einen Schotterweg ab, der zu einem kleinen See führte. Die Sonne schimmerte auf dem Wasser.

»Das Mädchen, das du in der Doku gesehen hast, war Gulshan Kaur. Sie war eine meiner besten Freundinnen«, sagte Sheena. »Sie ist bei einem Unfall mit Fahrerflucht umgekommen, gar nicht weit von hier. Der Fahrer hat sich nie gestellt.«

»Das tut mir leid«, sagte Nikki.

»Nach ihrem Tod hat ihre Mutter mir die Kette gegeben, die sie zu ihrer Geburt bekommen hatte. Zuerst wollte ich sie nicht annehmen, aber sie bestand darauf. Es rankt sich einiges an Aberglaube darum, das Gold einer Verstorbenen im Haus zu haben. Angeblich soll es Unglück anziehen. Die meisten Leute verkaufen es oder lassen es einschmelzen, aber Gulshans Mutter bestand darauf, dass ich diese Kette bekomme. Seitdem trage ich sie.«

»Manchmal spielst du daran herum«, bemerkte Nikki. »Als würdest du an sie denken.«

»Würde Gulshan heute noch leben, wir würden uns jeden Tag sehen«, meinte Sheena. »Sie wäre immer noch meine Freundin, auch wenn die anderen Frauen mir die kalte Schulter zeigen und nichts mehr mit mir zu tun haben wollen, weil sie nach Arjuns Tod der Überzeugung sind, ich bringe Unglück. Die Wahrheit war ihr wichtig. Das hat sie das Leben gekostet.«

»Wie meinst du das?«

Bebend holte Sheena Luft. »Karina war Gulshans Cousine. Gulshan und ich waren ein paar Jahre älter als sie, und wenn sie von ihrer Cousine redete, hatte ich immer dieses kleine lebhafte Mädchen vor Augen, für das Gulshan wie eine große Schwester war. Karina war aufmüpfig. Einmal bekam sie einen Schulverweis, weil sie einer jüngeren Mitschülerin Zigaretten verkauft hatte. Außerdem hat sie sich heimlich aus dem Haus geschlichen und sich mit Jungs getroffen. Gulshan hat ihr immer ins Gewissen geredet. Karinas Vater war innerhalb der Gemeinde ein angesehener Mann, und immer, wenn Karina wieder etwas ausgefressen hatte, haben die Leute getuschelt: ›Was ist bloß in dieses Mädchen gefahren? Sie stammt aus so einem guten Elternhaus. Das ist einfach unentschuldbar.‹ Aber Gulshan wusste die Wahrheit. Karinas Vater war Alkoholiker. Er hat nur hinter verschlossenen Türen getrunken. Ein paar Mal hat Karina Gulshan die blauen Flecken gezeigt, nachdem ihr Vater sie verprügelt hatte.«

»Und Karinas Mutter?«, wollte Nikki wissen.

»Die war nie da. Das war einer der Gründe, warum Karinas Vater so streng war – er wusste sich nicht anders zu helfen, wusste nicht, wie er seine aufmüpfige Tochter bändigen sollte. Also hat er sie für jede Kleinigkeit bestraft und sie immer öfter geschlagen. Schließlich hat er sie unter Druck gesetzt, von der Schule abzugehen und in Indien einen deutlich älteren Mann zu heiraten. Eines Tages bekam Gulshan einen Anruf von Karina, aus einer Telefonzelle. Sie sagte, sie wolle mit ihrem Freund durchbrennen, und sie würde sich wieder bei ihr melden, wenn sie in Sicherheit waren. Gulshan hat versucht, ihr das auszureden, aber Karina meinte nur: ›Dazu ist es zu spät. Wenn ich jetzt nach Hause zurückgehe, bringt mein Vater mich um.‹« Gulshan hat niemandem von Karinas Anruf erzählt, aber ein paar Tage später wurden sie und ihr Freund aufgespürt.«

»Von einem Kopfgeldjäger, vermutlich?«, sagte Nikki.

»Ja. Ein Taxifahrer, der scharf auf die ausgesetzte Belohnung war. Er hat sie meilenweit entfernt in Derby entdeckt. Stell dir das mal vor, Nikki. So weit weg war sie schon, und trotzdem haben unsere Leute es geschafft, sie ausfindig zu machen.« Sheena erstickte fast an diesen letzten Worten.

»Und dann wurde sie wieder nach Hause gebracht?«, fragte Nikki leise. Sheena nickte. Sie holte ein Papiertaschentuch aus der Handtasche und tupfte sich die Augen.

»Nachdem Karina wieder nach Hause gekommen war, hörte Gulshan nichts mehr von ihr. Gulshans Eltern haben sie gewarnt, sie solle sich aus der Sache raushalten, aber eines Tages hat sie verzweifelt zu mir gesagt: ›Sheena, etwas ganz Schlimmes wird meiner kleinen Cousine zustoßen. Sie wird sterben.‹ Zuerst wollte ich ihr das nicht glauben. Karinas Vater hat hier in London eine Spendensammlung für Neuankömmlinge gestartet. Er hat meiner Familie unter die Arme gegriffen, als wir damals nach England gekommen sind. Er hat uns geholfen, Formulare auszufüllen, die Steuererklärung zu machen, Arbeit zu finden. Ich habe Gulshan gesagt, dass junge Mädchen dazu neigen, alles zu dramatisieren. Ich war felsenfest davon überzeugt, dass dieser Mann niemals seine eigene Tochter umbringen würde. Karina war vermutlich schon auf dem Weg nach Indien, um zu heiraten und die bedrohte Familienehre zu retten.«

»Aber dann habe ich eines Abends die Nachrichten eingeschaltet, und Karina war bei der Polizei als vermisst gemeldet worden. Ihr Vater hatte die Vermisstenmeldung selbst aufgegeben. Und da traf es mich wie ein Schlag.« Sheena unterbrach sich. In der Stille hörte man ein anderes Auto den Schotterweg entlangfahren. Es hielt neben ihnen, und heraus stieg eine Familie mit zwei Kindern, die über die angrenzende Wiese liefen. Sheena starrte an ihnen vorbei und redete weiter.

»Wenn ihr Vater der Polizei erzählt hatte, sie sei verschwunden, dann wusste er, dass sie nicht zurückkommen würde. Ein paar Tage später fand man ihre Leiche in einem kleinen Waldstück in der Nähe des Herbert Parks. Das war eine beängstigende Zeit für die Gemeinde. Alle haben ihre Töchter zuhause eingesperrt, weil sie der festen Überzeugung waren, da draußen läuft ein Mörder frei herum.«

»Aber Gulshan verdächtigte Karinas Vater, sie umgebracht zu haben«, sagte Nikki langsam. Ihr lief es eiskalt den Rücken hinunter.

»Ja«, antwortete Sheena. »Sie konnte es nicht mit Gewissheit sagen. Aber nachdem die erste Aufregung sich gelegt hatte und der Medienrummel vorbei war, fing sie an, sich Fragen zu stellen. War es nicht eigenartig, dass ihr Vater sie bei der Polizei als vermisst gemeldet hatte, während beim ersten Mal, als sie weggelaufen war, alles unter den Teppich gekehrt worden war? Warum hatte er nicht auch diesmal wieder einen Kopfgeldjäger engagiert? Er musste gewusst haben, dass sie tot war. Dann, ein paar Tage später, rief Gulshan mich an. Sie war vollkommen außer sich. Sie sagte: ›Sheena, endlich hab ich den Beweis.‹ Sie war mit ihren Eltern bei Karina zuhause gewesen, um ihr beim Gebet die letzte Ehre zu erweisen. Irgendwie hatte sie es geschafft, sich unbemerkt in Karinas Zimmer zu schleichen, und fand dort ihr Tagebuch. Darin waren in allen Einzelheiten Karinas schlimmste Ängste beschrieben – dass ihr Vater sie umbringen könnte, nur um die beschmutzte Familienehre zu retten. Gulshan konnte das Tagebuch nicht unentdeckt hinausschmuggeln, also legte sie es wieder dahin zurück, wo sie es gefunden hatte. Sie fand, es sei sicherer, die Polizei zu alarmieren und ihnen einen Hinweis zu geben, damit sie Karinas Zimmer durchsuchten. Aber dann ...« Sheena biss sich auf die Lippen.

»Der Unfall«, murmelte Nikki. »Gulshan ist gestorben, ehe sie zur Polizei gehen konnte.« Sie schloss die Augen, als könnte sie, indem sie die Welt kurz aussperrte, die himmelschreiende Ungerechtigkeit dieser ganzen Geschichte um Karina und Gulshan ein wenig lindern.

»Irgendwer muss Karinas Vater erzählt haben, dass Gulshan Fragen gestellt hat, dass sie das Tagebuch gelesen hat«, meinte Sheena. »Das ... das Tagebuch wurde nie gefunden.«

»Wem hat Gulshan noch von dem Tagebuch erzählt?«

»Nur mir«, sagte Sheena leise. »Und ich hab es meiner Schwiegermutter gesagt. Da war ich gerade ganz frisch verheiratet, und wir beide fingen eben erst an, uns miteinander anzufreunden. Ich hab mir gar nichts dabei gedacht. Und meine Schwiegermutter fand auch nichts dabei, es einer Freundin zu erzählen, die es wiederum einer anderen Freundin gesagt hat ...« Sheena schüttelte den Kopf, und wieder drohten ihr die Worte im Hals stecken zu bleiben. »Aus Pflichtgefühl schien irgendwer sich dafür verantwortlich zu fühlen, Gulshan aufzuhalten. Sie aufzuhalten, bevor sie die ganze Gemeinde bloßstellte. Bevor sie uns wie einen Haufen Barbaren dastehen ließ, die ihre eigenen Kinder abschlachten.«

»Ach, Sheena«, seufzte Nikki. »Es tut mir ja so leid.«

»Mir auch«, wisperte Sheena.

Sheenas Geheimnis lastete schwer auf ihnen, und so saßen sie wortlos da und schauten starr geradeaus und beobachteten den See, der glitzernd und funkelnd dalag wie ein geschliffener Edelstein. Eine leichte Brise wehte durch die Parklandschaft ringsum und wirbelte die Blätter an den Bäumen auf, die ihre dunkle Unterseite nach oben kehrten. Die Häuser von London waren nurmehr eine verschwommene Silhouette in der Ferne.

»Kommst du oft hierher?«, fragte Nikki.

Sheena starrte aus dem Fenster. »Ständig. Gulshan wohnte nicht weit von hier, und dreimal die Woche kam sie zum Joggen hierher. Oft musste sie sich dumme Kommentare anhören, du weißt schon – ein Punjabi-Mädchen, das mit nackten Beinen herumläuft.«

»Der Fahrer des Wagens wusste also vermutlich, wo sie zu finden war«, überlegte Nikki.

»Ganz genau. Nach Gulshans Tod war ich am Unfallort und hab mir mal die Kurve angesehen. Das ist eine uneinsehbare Stelle. Nach dem Unfall hat die Verwaltung sich dafür eingesetzt, dort ein Schild aufzustellen, um Fußgänger zu warnen. Vielleicht hatte Gulshan Kopfhörer auf und hat nicht aufgepasst. Ich versuche mir immer wieder einzureden, dass es tatsächlich ein Unfall gewesen sein könnte. Dass die einfachste Erklärung auch die plausibelste ist.«

»Vielleicht ist es das tatsächlich gewesen«, meinte Nikki. »Ein Unfall.« Doch das merkwürdige Zusammenspiel der Ereignisse ließ sie daran zweifeln. Wie musste es erst in Sheena aussehen?

»Ich werde es wohl nie erfahren«, sagte Sheena seufzend. »Aber in dieser Gemeinde glaube ich nicht so recht an Unfälle. Ein paar Jahre später kam Karinas Vater wegen einer Leberzirrhose ins Krankenhaus. Ich hab gehört, er soll große Schmerzen gehabt haben, und ich dachte mir nur: *Geschieht ihm recht.* Er versuchte gar nicht mehr, seine Trinkerei zu vertuschen. Die Leute schoben es auf Karinas Tod. Sie nannten ihn einen gebrochenen Mann, einen trauernden Vater. Ich hatte keinen Funken Mitleid mit ihm. Bei der Beerdigung habe ich Gulshans Kette zum ersten Mal getragen. Die Leute haben draufgestarrt, aber nichts gesagt. Sie haben es alle gewusst.«

Nikki spürte fast die bohrenden Blicke der anderen. »Du bist wirklich mutig, dass du so was machst«, meinte sie.

Sheena drehte den Anhänger zwischen Daumen und Zeigefinger. Sie zuckte die Achseln. »Es war nur eine kleine Geste. Ich bin mir sicher, nachher hat keiner mehr einen Gedanken daran verschwendet.«

»Doch, bestimmt.«

»Oder auch nicht«, erwiderte Sheena. Nikki staunte, wie nachdrücklich sie das sagte. Vielleicht fühlte Sheena sich für Gulshans Tod mitverantwortlich. Nikki schwieg und wartete, bis die Anspannung sich ein bisschen gelegt hatte.

»Lass uns zurückfahren«, sagte Sheena schließlich. Sie drehte den Schlüssel im Zündschloss und fuhr rückwärts an. Das Radio schaltete sich ein, und eine alte Hindi-Ballade erfüllte den Wagen. Je weiter sie sich von dem einsamen Park entfernten, desto ruhiger und entspannter schien Sheena zu werden. Leise summte sie die Melodie mit.

»Kennst du das Lied?«, fragte Sheena, als der Sänger zum Refrain ansetzte.

»Meine Mum würde es bestimmt kennen«, antwortete Nikki.

»Ganz bestimmt. Das ist ein Klassiker.« Sheena drehte das Radio lauter. »Man hört richtig den Schmerz in seiner Stimme.« Sie lauschten dem Sänger, wie er über sein schweres Herz und seine Sehnsucht sang. Nikki musste gestehen, dass das Lied sie irgendwie berührte. Die Straßen von Southall tauchten vor ihnen auf, und die Ballade lieferte den passenden Soundtrack zu den Juwelierläden und den Jalebi-Buden, an denen sie vorbeifuhren. Der düsteren Geschichte zum Trotz, die Sheena ihr gerade erzählt hatte, konnte Nikki verstehen, dass man sich hier zuhause fühlte und warum es manchen undenkbar erschien, von hier fortzugehen.

Sie fuhren gerade auf den Parkplatz der Bank, als Sheena plötzlich »Mist« murmelte. Ihr Blick ging an Nikki vorbei. »Ist das da hinten Rahul?«, fragte Nikki mit zusammengekniffenen Augen. Sheena nickte. Sie parkte so weit wie möglich entfernt vom Eingang und schaltete den Motor ab, machte aber keinerlei Anstalten auszusteigen. »Ich warte einfach, bis er wieder reingeht«, murmelte sie.

»Wann willst du endlich aufhören, ihm in der Öffentlichkeit aus dem Weg zu gehen?«, fragte Nikki.

»Im Moment gehen wir einander auch privat aus dem Weg«, gestand Sheena.

»Warum? Was ist passiert?«

Sheena drehte den Zündschlüssel. Der Motor schnurrte, und eine Melodie dudelte aus dem Radio. »Wir sind uns körperlich ziemlich nahegekommen.«

»Und?«

»Das geht mir alles viel zu schnell. Mein Mann hat mir monatelang den Hof gemacht, bevor wir auch nur

Händchen gehalten haben. Bei Rahul hat es bloß zwei Verabredungen gebraucht von einem Küsschen auf die Wange zum vollen Programm.«

»Bestimmt geht es gerade nur so schnell, weil ihr beiden verrückt nacheinander seid und alles noch so neu ist. Außerdem bist du kein unerfahrenes junges Mädchen mehr. Du kannst deine heutige Romanze nicht mit dem Liebeswerben vor vierzehn Jahren vergleichen – vor deiner ersten Ehe.«

»Das weiß ich ja alles«, erwiderte Sheena. »Aber mir fehlt das Kribbeln, das langsame Herantasten.«

»Vielleicht solltest du mit Rahul darüber reden.«

»Vergiss es. *Dir* kann ich das erzählen, aber mit ihm könnte ich nie darüber sprechen.«

»Versuch's doch wenigstens.«

Sheena seufzte. »Gestern Abend hab ich ihm gesagt, dass ich ein bisschen Abstand brauche. Heute Morgen ist er mir sehr konsequent aus dem Weg gegangen. Ich möchte ihm jetzt lieber nicht begegnen, sonst denkt er nachher noch, das ist bloß ein albernes Spielchen, und ich mime die Spröde, die nicht so leicht zu haben ist.«

Unvermittelt schnappte Sheena nach Luft und duckte sich. Verdattert schaute Nikki sie an. »Er kommt hierher«, zischte Sheena. Tatsächlich steuerte Rahul geradewegs auf sie zu. Und Sheena hatte auf einmal alle Hände voll zu tun. Geschäftig fummelte sie am Radio herum und beugte sich über Nikkis Schoß, klappte das Handschuhfach auf und kramte in den alten Parkscheinen herum. Rahul klopfte ans Fenster.

Sheena kurbelte es herunter. »Ach, hallo«, sagte sie nonchalant.

»Hi«, sagte Rahul. »Alles okay?«

»Hmm? Ja, klar«, antwortete Sheena. »Wir unterhalten uns gerade, wenn du uns also entschuldigen würdest...«

»Natürlich. Ich hab nur gesehen, dass dein Auto hier steht und das Licht noch an ist, also dachte ich, ich schaue lieber nach, was da los ist. Ich hatte Angst um deine Batterie.«

»Danke«, entgegnete Sheena. »Alles bestens bei uns.« Ihre hochroten Wangen verrieten allerdings, dass es Sheena alles andere als bestens ging.

»Okay«, sagte Rahul gedehnt. Dann ging er. Als er wieder in der Bank verschwunden war, atmete Sheena hörbar auf. »Findest du, ich bin lässig rübergekommen? Ich weiß ja nicht. Er hat mich gerade völlig aus dem Konzept gebracht.« Mit beiden Händen fächelte sie sich Luft zu. »Jetzt komme ich zu spät zurück zur Arbeit. Mit feuerrotem Kopf kann ich da unmöglich reingehen.«

»Ich hätte dich nicht so lange aufhalten sollen«, sagte Nikki mit einem Blick auf die Uhr an Sheenas Armaturenbrett. »Ich weiß auch nicht, was ich mir dabei gedacht habe, als ich einfach so in die Bank marschiert bin. Als könnten wir über so ein Thema am Schalter plaudern.«

Sheena fächelte unverdrossen weiter. Fast sah es aus, als wollte sie Nikkis Entschuldigung fortwedeln. »Du hast sicher nicht mit so einer vertrackten Geschichte gerechnet. Wer würde das schon. Wenn ein junges Mädchen zu Tode kommt, ist es eigentlich undenkbar, die Angehörigen könnten etwas damit zu tun haben. Man käme nie auf den Gedanken, solange man nicht weiß, was innerhalb dieser Gemeinde vor sich geht.«

»Ich dachte eigentlich, das wüsste ich«, erwiderte Nikki. »Als Tarampal mir von Mayas Suizid erzählt hat, hat mich das schrecklich schockiert, aber dann musste ich daran denken, was für eine wichtige Rolle die Familienehre in dieser Gemeinde spielt. Ich hätte nicht gedacht, dass noch mehr dahinterstecken könnte ...«

Nikki verstummte. *Mayas Suizid.* Laut ausgesprochen in diesem engen Raum klangen die Worte blechern und falsch. Ein schrecklicher Gedanke formte sich in ihrem Kopf. Sheena musste das bemerkt haben. Abrupt hörte sie auf, sich Luft zuzuwedeln, und ließ die Hände in den Schoß fallen. Ein schweres Schweigen legte sich über sie, bis Nikki all ihren Mut zusammennahm und die entscheidende Frage stellte.

»Hat Maya sich wirklich selbst getötet?«

Sheena antwortete unerwartet prompt: »Meinst du, sie hätte so was getan?«

»Ich hab sie ja nicht gekannt«, erwiderte Nikki.

Die Ungeduld in Sheenas Stimme war unverkennbar. »Ach, ich bitte dich, Nikki. Ein modernes Mädchen, das einen Abschiedsbrief hinterlässt, in dem es seine ›Sünden‹ beichtet und gesteht, ›die Familienehre beschmutzt‹ zu haben? Maya war viel zu westlich, um auf solch abwegige Gedanken zu kommen.«

Von einem Abschiedsbrief hatte Tarampal nichts gesagt. In ihrer Version der Geschichte hatte es eher nach einer kopflosen Affekthandlung geklungen – Jaggi, der mit Scheidung drohte, woraufhin Maya in Panik geraten war. »Und wer soll den Abschiedsbrief dann geschrieben haben?«, fragte Nikki.

»Vermutlich ihr Mörder.«

»Damit willst du aber jetzt nicht sagen...« Nikkis Beine wurden eiskalt vor Entsetzen. »Jaggi? Wegen ihrer heimlichen Affäre?«

»Wenn sie überhaupt je eine Affäre gehabt hat. Wer weiß das schon?«, erwiderte Sheena. »Jaggi war ein eifersüchtiger Typ. Und Tarampal hat es nicht besser gemacht. Immer hat sie Maya hinterherspioniert und bei jedem Mann, den Maya auch nur angelächelt hat, gleich vermutet, sie würde mit ihm ins Bett gehen. Ständig hat sie sich in ihre Ehe eingemischt.«

»Aber hat die Polizei denn nicht ermittelt? Wie kann das sein?«

Sheena zuckte die Achseln. »Ich weiß, dass Kulwinder einmal versucht hat, mit der Polizei zu reden, aber sie haben ihr nicht geglaubt, dass es Hinweise auf Fremdverschulden gibt.«

»Also wurde der Fall geschlossen?«, fragte Nikki.

»Es gab einige Zeugenaussagen – einige Frauen von Jaggis Freunden berichteten, Maya habe schon seit einiger Zeit Selbstmordgedanken geäußert. So, wie sie es erzählten, waren sie alle ganz eng miteinander gewesen – ein kleiner exklusiver Ehefrauenclub –, aber ich kann dir versichern: Maya hat kaum ein Wort mit denen geredet. Sie hatte ihre eigenen Freunde.«

»Und wer waren die?«, wollte Nikki wissen. »Warum haben die nicht ausgesagt?«

»Aus Angst, nehme ich an«, antwortete Sheena. »Alle hatten viel zu viel Angst, um sich für Maya einzusetzen. Das Risiko war zu hoch, und es wusste ja auch niemand mit Sicherheit, ob an der Sache tatsächlich irgendwas faul war. Sogar Kulwinder macht inzwischen einen großen Bogen um die Polizei. Ich hab schon gesehen, wie sie einen Umweg zum Supermarkt gegangen ist, nur um nicht an der Wache vorbeizukommen. Vermutlich hat jemand sie gewarnt, dass sie lieber keinen Staub aufwirbeln soll.«

Nikki schauderte es. Sie war vollkommen arglos in ein Haus spaziert, in dem womöglich ein Mord passiert war – *ein von langer Hand geplanter*. »Aber Tarampal war nicht zuhause, als es passiert ist, oder?«

»Nein. Ich weiß noch, dass ich sie an dem Abend bei irgendeiner Veranstaltung im Tempel gesehen habe. Aber Kulwinder hat ihr bis heute nicht verziehen. Tarampal hat der Polizei gesagt, Maya habe am Abend vor ihrem Tod gedroht, das ganze Haus niederzubrennen.« Sheena verdrehte die Augen. »Sollte Maya tatsächlich so was gesagt haben, war es ganz sicher vollkommen aus dem Zusammenhang gerissen. In Tarampals Aussage klang Maya wie eine gramzerfressene Ehefrau aus einem altmodischen Hindi-Drama.«

Labil, hatte Tarampal mehrmals gesagt. »Und da erschien ein Suizid natürlich logischer.«

»Ja«, sagte Sheena. »Tarampal hält voll und ganz zu dem Jungen.«

Der Sohn, den Tarampal sich immer gewünscht hatte. Nikki schüttelte den Kopf. »Das ist so …«

»Krank? Kaputt?«, schlug Sheena vor. »Verstehst du jetzt, warum ich dich gewarnt habe, lieber nicht herumzuschnüffeln? Das ist gefährlich.«

Nikki konnte das zwar verstehen, aber sie wollte trotzdem nicht lockerlassen. »Und was ist mit dem Abschiedsbrief? War der in Mayas Handschrift geschrieben?«

»Muss zumindest nahe dran gewesen sein. Die Polizei war von seiner Echtheit überzeugt. Kulwinder haben sie gesagt, die Tinte sei verschmiert gewesen; als hätte Maya geweint.«

»Schönes Detail«, bemerkte Nikki trocken. »Klingt, als hätten sie sich auf alles gestürzt, was ihre These von einer Selbsttötung stützte. Keine unangenehmen Ermittlungen, kein Wespennest, in das man unversehens sticht.« Die arme Kulwinder.

»Das denke ich auch. Kulwinder hatte keine Gelegenheit, in Tarampals Haus zu gehen, geschweige denn nach einer Schriftprobe von Maya zu suchen.«

Nikki ließ den Kopf in die Hände sinken. »Das ist widerlich, Sheena«, murmelte sie. »Wir beide sitzen hier und sind uns so gut wie sicher, dass eine unschuldige Frau kaltblütig ermordet wurde.«

»Aber wir können es nicht beweisen«, erwiderte Sheena seufzend. »Denk immer daran, Nikki. Versuch nicht, die Heldin zu spielen. Das bringt nichts.« Und damit richtete sie ihren Kragen, der den goldenen Anhänger wieder verschluckte, und stieg aus dem Wagen.

Elftes Kapitel

Geeta gestikulierte wie wild, und die hennagefärbte Bienenkorbfrisur bebte unter ihren ausholenden Bewegungen. »Und dann haben sie ihm gesagt, seine Schuhe sind zu matschig, um in ihr Land einzureisen. Kann man sich das vorstellen? Nikki und Mindi können von Glück sagen, dass sie nicht ständig auf Geschäftsreisen im Ausland sind. Die Zollbeamten sind manchmal so was von pingelig.«

»Ich dachte, die Zollbehörden in Australien sind deshalb so strikt, was matschige Schuhe betrifft, weil sie verhindern wollen, dass fremde Erdpartikel eingeschleppt werden«, sagte Harpreet und ignorierte geflissentlich Geetas unterschwelligen Seitenhieb, dass ihre Töchter beruflich nicht ständig verreisen mussten und ihre Karriere daher auch nicht weiter erwähnenswert war.

»*Leh*. Fremde Erdpartikel. Was ist denn bitte fremd an britischer Erde? Nein, ich sage dir, diese Leute haben ihn nur herausgepickt, weil sie ihn für einen Muslim gehalten haben.«

Nachdem sie sich selbst bei Harpreet zum Tee eingeladen hatte, genoss Geeta es sichtlich, ein Publikum für ihr unablässiges Lamento gefunden zu haben. Wenn sie nicht gerade meckerte, dann prahlte sie, und das nicht eben sehr subtil. In den vergangenen zehn Minuten hatte sie bereits viermal betont beiläufig die wichtige Geschäftsreise ihres Sohnes nach Sydney erwähnt. Harpreet wünschte, sie wäre gestern in den Tempel gegangen. Sie hatte es nicht getan, weil sie wusste, dass Geeta gewissenhaft an fast allen wöchentlichen Programmen des Gurdwara in Enfield teilnahm. Und dann war sie ihr auf dem Parkplatz vor Sainsbury über den Weg gelaufen. Harpreet schaute auf die Uhr. Noch mindestens eine Stunde, bis Mindis Schicht im Krankenhaus vorbei war und sie wieder nach Hause kam.

»Suresh meint, Sydney hat ihn sehr an London erinnert«, setzte Geeta erneut an.

»Was hat er dort gemacht?«, fragte Harpreet höflich.

»Seine Firma hat ihn zu einer Konferenz dorthin geschickt. Alles auf Firmenkosten, versteht sich. Sie haben ihm Plätze in der Businessclass gebucht, und er meinte zu mir: ›Mummy-ji, eigentlich fliegen immer nur die Bosse Businessclass. Das muss bestimmt ein Versehen gewesen sein. Inzwischen wird überall gespart, sogar unsere Firmenchefs fliegen Economy.‹ Aber als er nachfragte, hieß es, nein, nein, das sei kein Versehen. Alles Teil seiner Sonderzulagen.«

»Wie schön«, murmelte Harpreet. Von ihren Kindern gab es keine Neuigkeiten zum Prahlen. Mindi war immer noch unverheiratet, und Nikki – nun ja, Nikki hatte kein Wort mehr über den Job in Southall verloren. Am frühen Nachmittag hatte Nikki die Süßigkeiten vorbeigebracht und war dann schleunigst wieder verschwunden, weil sie, wie sie behauptete, einen wichtigen Termin hatte, gerade als Harpreet sie fragen wollte, wie sie ihren neuen Job fand und was genau sie denn nun damit *machen* wollte. Harpreet hatte irgendwie den Eindruck, dass Nikki nicht darüber reden wollte, was vermutlich hieß, dass sie den Job schon wieder hingeworfen hatte, genau wie damals ihr Studium.

Auf Harpreets Schweigen schaute Geeta sie mitleidig an. »Kinder. Tun und lassen, was sie wollen«, bemerkte sie großzügig.

Deine Kinder nicht, dachte Harpreet. Aber wer wollte schon Söhne wie die von Geeta – erwachsene Männer, die sie immer noch Mummy nannten? »Wie gefallen dir die Yoga-Stunden?«, fragte Harpreet, um endlich das Thema zu wechseln.

»Gut, gut«, erwiderte Geeta. »Regt die Durchblutung an. In unserem Alter braucht man einfach mehr Bewegung. Die Lehrerin ist gertenschlank, dabei ist sie schon Mitte fünfzig. Sie sagt, sie macht erst seit ein paar Jahren Yoga, aber sie ist viel beweglicher geworden.«

»*Hanh*, von Yoga bekommt man auch viel Kraft.«

»Du solltest dienstags abends dazukommen.«

Harpreet konnte sich nichts Schlimmeres vorstellen als einen gemeinsamen Yogakurs mit Geeta und ihrer schnatternden Gänseschar von Freundinnen, die mehr Zeit mit himmelschreiender Prahlerei verbrachten als mit herabschauenden Hunden. »Mir ist das Fitnessstudio lieber.«

»Du gehst ins Fitnessstudio?«

»Seit ein paar Wochen«, bestätigte Harpreet. »Ein kurzer knackiger Marsch auf dem Laufband und hin und wieder eine kleine Runde auf dem Standrad. Am liebsten gehe ich morgens hin. Dann habe ich mehr Energie für den Tag.«

»Energie, wozu denn?«, fragte Geeta. »In unserem Alter sollten wir allmählich ein bisschen kürzertreten.« Ihre Worte trieften nur so vor Missbilligung.

»Jeder ist da anders«, entgegnete Harpreet.

Geeta beugte sich vor, um ein Stückchen Ladoo* vom Tablett zu angeln, und entblößte dabei ihr beachtliches Dekolletee. »Am besten am Yoga finde ich, dass da nur Frauen sind. Ist dein Studio gemischt?«

Harpreets Wangen brannten. Sie fühlte sich in die Ecke gedrängt. Was war denn schon dabei, wenn auch Männer in ihrem Fitnessstudio waren? »Ja«, murmelte sie.

»Komm doch zum Yoga«, sagte Geeta. Das war ein Rüffel. »Da sind nur Frauen wie wir«, setzte sie hinzu.

»*Hanh*, Frauen wie wir«, wiederholte Harpreet leise. Bekämen Punjabi-Frauen über fünfzig eine Uniform und einen Verhaltenskodex in die Hand gedrückt, Geeta hätte beides entworfen.

»Wie geht es Mindi?«, erkundigte Geeta sich.

»Es geht ihr gut. Sie arbeitet heute.«

»Schon einen Mann gefunden?«

»Weiß ich nicht«, erwiderte Harpreet. Damit würde sie in Zukunft alle Fragen bis zu Mindis offizieller Verlobung abwiegeln, dachte sie. Tatsächlich hatte Mindi sich einige Male mit einem jungen Mann getroffen, aber in letzter Zeit hatte sie ihn nicht mehr erwähnt. Harpreet traute sich nicht nachzufragen. Einerseits wünschte sie sich, Mindi würde einen netten jungen Mann kennenlernen und eine eigene Familie gründen. Andererseits hieße das, jeden Abend allein in einem leeren Haus zu sitzen, und daran mochte Harpreet gar nicht denken.

»Dann sollte sie sich besser beeilen, was? Wenn sie zu lange sucht und doch keinen findet, macht das keinen guten Eindruck.«

»Sie findet schon jemanden«, versicherte Harpreet. »Sie unter Druck zu setzen bringt nichts. Sie hat ihren eigenen Kopf.«

»Natürlich«, murmelte Geeta.

Harpreet goss den letzten Rest Chai in Geetas Tasse. Kleine schwarze Pünktchen Lipton-Teeblätter sprenkelten die Oberfläche. »Komm, ich filtere sie rasch heraus«, sagte sie und nahm Geeta die Tasse aus der Hand. Während sie in der Küche nach einem kleinen Sieb suchte, musste sie daran denken, wie sie das Siebchen, das ihre Mutter ihr gegeben hatte, als sie nach England gegangen waren, weggeworfen hatte: Nikki und Mindi hatten damit ihren Goldfisch aus dem Aquarium geangelt. Ein Anflug von Traurigkeit überkam sie. Was war ein Zuhause ohne eine Familie?

Geeta wischte sich gerade Krümel von der Lippe, als Harpreet wieder ins Wohnzimmer kam. »Keinen Zucker bitte«, sagte sie mit dem Edelmut einer ewig Entsagenden. Aber keine noch so vielen Yoga-Stellungen konnten die Kalorien all dieser Ladoos verbrennen, dachte Harpreet schadenfroh und musste sich ein süffisantes Grinsen verkneifen.

»Jetzt erzähl mal«, sagte Geeta, nachdem sie an ihrem Tee genippt hatte. »Hast du schon von diesen Geschichten gehört?«

»Was für Geschichten?«

»Den *Geschichten*«, sagte Geeta vielsagend.

Harpreet konnte ihre Verärgerung kaum verhehlen.

Warum wiederholten sich die Leute bloß immer, statt sich zu erklären? »Ich weiß nicht, wovon du redest«

Geeta stellte die Tasse auf die Untertasse. »Die Geschichten, die in den Punjabi-Gemeinden von ganz London kursieren. Als Mittoo Kaur mir davon erzählt hat, habe ich sie ausgelacht und wollte es erst gar nicht glauben. Dann hat sie mir eine der Geschichten vorbeigebracht. Sie sagte, sie habe sie ihrem Mann laut vorgelesen, und dann...« Sie schüttelte den Kopf. »Na ja, so was lässt die Menschen eben nicht kalt.« Sie starrte Harpreet so durchdringend an, als würde das verdeutlichen, was sie damit sagen wollte. »Sie haben es auf dem Sofa gemacht«, wisperte Geeta.

»*Was?* Und das hat sie dir *erzählt*?«

»Ich war genauso fassungslos wie du, aber die Geschichte war wirklich fesselnd.«

»Wie heißt das Buch denn?«, wollte Harpreet wissen.

»Es ist kein Buch«, antwortete Geeta. »Nur eine Sammlung selbstgetippter Geschichten. Keiner weiß so genau, wo sie eigentlich hergekommen sind.«

»Wie meinst du das? Soll das heißen, der Autor ist anonym?«

»Angeblich stammen sie nicht von einem einzigen Autor. Die Geschichten sind nirgendwo veröffentlicht worden. Sie sind bloß in ganz London dutzendfach kopiert, eingescannt, gemailt und gefaxt worden. Mittoo Kaur hat schon drei Stück gelesen, und sie behauptet, sie hätten die Beziehung zu ihrem Mann grundlegend verändert. Beim Yoga hat unsere Lehrerin uns neulich gesagt, wir sollen uns auf den Rücken legen und die Knie an die Brust ziehen, und da hat Mittoo mir zugezwinkert und gemeint: ›Genau wie letzte Nacht.‹ Und das in unserem Alter! Kannst du dir das vorstellen?«

»Nein«, erwiderte Harpreet rasch. »Kann ich nicht.« Wobei sie es sich gerade vorstellte. Sie stellte es sich mit Mohan vor. »Hat Mittoo dir gesagt, wo die Geschichten herkommen?«

»Sie hat sie von einer Cousine bekommen. Ihre Cousine hat sie von einer Freundin aus dem Tempel in Enfield, die über eine Punjabi-Kollegin in Ostlondon davon erfahren hat. Da irgendwo verliert sich die Spur, weil ihre Cousine die Kollegin nicht gefragt hat, wo sie die Geschichten herhat. Aber Mittoo Kaur ist nicht die Einzige, von der ich gehört habe, dass sie diese Geschichten gelesen hat. Kareem Singhs Frau hat mir auch davon erzählt. Die Geschichte, die sie mir gezeigt hat, war sehr explizit. Eine Punjabi-Frau bringt ihr Auto in die Werkstatt, und am Ende treibt sie es mit dem Mechaniker auf der Kühlerhaube. Sie bindet seine Handgelenke mit ihrer Dupatta an die Seitenspiegel.«

»So detailliert wird das da alles beschrieben?«, fragte Harpreet. »Solche Geschichten mit Punjabis in der Hauptrolle habe ich noch nie gelesen.«

»Gerüchten zufolge stammen die Geschichten aus Southall.«

»Das ist ja lächerlich«, erwiderte Harpreet und schnaubte vor Lachen. »Ich würde dir ja glauben, wenn du sagst, sie kommen aus Bombay, aber wenn sie aus England stammen, dann ganz bestimmt nicht von hier.«

»Doch, doch, es stimmt. Ihre Tante hat eine Freundin, die hat einen Kurs besucht, in dem sie gelernt haben, schmutzige Geschichten zu schreiben.«

Das ergab doch alles keinen Sinn. »Würde das stimmen, würden die Leute in der Gemeinde auf die Barrikaden gehen«, erklärte Harpreet entschieden.

»Darum war der Kurs auch nur auf Englisch ausgeschrieben.«

»Unmögl...« Harpreet verstummte. Southall. Englisch. Kurs. Harpreet schluckte und sagte kein Wort mehr. Sie durfte nicht vergessen, was für ein Waschweib Geeta war. Geeta übertrieb bestimmt mal wieder maßlos. Kein Grund anzunehmen...

»Und weißt du, was sie mir noch gesagt hat? Die Geschichten sind allesamt von älteren Frauen geschrieben, deren Ehemänner gestorben sind. Kannst du dir das vorstellen? Frauen wie wir.«

»*Hanh*«, krächzte Harpreet. Sie trank einen großen Schluck Tee. »Frauen wie wir.«

***

Als Nikki am nächsten Tag endlich an der Haltestelle Southall ankam, schimpfte sie leise vor sich hin. Ihr Zug hatte Verspätung gehabt, und nun war sie so spät dran, dass sie nicht mal mehr Zeit für die Zigarette hatte, nach der ihr Körper mit jeder Faser schrie. Blöder Jason und sein spatzenhirniger Plan, gemeinsam mit dem Rauchen aufzuhören. Der Bus schnaufte eine Steigung hinauf und fuhr dann langsam hinunter zum Broadway. Gemüseschalen lagen vor dem Markt verstreut auf dem Boden, und in den Auslagen der Sari-Boutiquen funkelten die Pailletten wie Sternbilder. Ein Pärchen kam aus dem Visa-Schnellservice-Büro, die Papiere fest an die Brust gedrückt. Dann hielt der Bus vor dem Tempel, und Nikki schaute auf ihrem Handy nach der Uhrzeit: Der Kurs hatte schon vor einer halben Stunde begonnen.

Aus dem Gemeindezentrum drang ein tiefes Brummen wie aus einem geschäftig summenden Bienenstock. Nikki ging die Treppe hinauf. Der Lärm wurde immer lauter. Nun konnte man einzelne Stimmen ausmachen – die von Arvinder und Sheena –, die über das aufgeregte Geschnatter, das wie Meeresrauschen aufbrandete, zu hören waren. Nikki ging in den Kursraum und wäre beinahe hintenübergekippt. Der Raum war proppenvoll. Überall drängten sich Frauen – im Schneidersitz saßen sie auf den Tischen, hatten es sich auf den Stühlen bequem gemacht, lehnten an den Wänden, hockten sogar ganz vorne auf dem Schreibtisch.

Nikki verschlug es die Sprache. Sie trat einen Schritt zurück und starrte fassungslos die Frauen an. Viele Witwen waren darunter, auf den ersten Blick an ihrer weißen Kleidung zu erkennen. Aber auch andere Frauen waren darunter, jeden Alters. Die jungen Frauen veranstalteten ein heilloses Chaos – Armreifen klirrten, Parfumwolken vernebelten die Luft. Die Stimmen der etwas älteren Frauen drangen selbstsicher und überlegen durch den Tumult.

Die Witwen bemerkten sie als Erste. Eine nach der anderen löste sich aus ihrer Unterhaltung und schaute Nikki erwartungsvoll an. Ganz allmählich verebbte der Lärm, und schließlich stand Nikki vor einem Raum mucksmäuschenstiller Frauen. Nikki holte tief Luft und merkte da erst, dass sie wohl die ganze Zeit den Atem angehalten hatte.

»Ist das unsere Lehrerin?«, fragte eine der Frauen.

»Nein, den Kurs gibt eine *gori*.«

»Welche *gori* spricht denn Punjabi?«, fragte eine andere. »Nein, das muss sie sein.«

Das Geplapper brandete wieder auf, und die Stimmen brachen sich an den Wänden. Nikki bahnte sich einen Weg durch die Menge und ging zu Sheena.

»Wann sind die denn alle gekommen?«, fragte Nikki verdattert.

»Die Ersten standen schon vor einer halben Stunde unten an der Tür. Ich hab sie in der Langar-Halle gesehen und bin rübergelaufen und hab ihnen gesagt, dass der Kurs noch nicht angefangen hat. Sie meinten: ›Kein Problem, wir warten sowieso noch auf die anderen.‹ Und dann kam noch ein ganzer Schwarm«, erzählte Sheena.

»Als du sagtest, die Geschichten kursieren in ganz London…«, murmelte Nikki und schaute sich um.

»Ich hätte auch nie geglaubt, dass es so viele werden«, meinte Sheena verdutzt und sah sich staunend um.

»Und was sollen wir machen, wenn Kulwinder zurückkommt?«

»Wir könnten eine Liste anlegen«, schlug Sheena vor. »Dann können die Frauen sich für verschiedene Termine eintragen.«

»Oder wir organisieren neue Kurse in unseren jeweiligen Stadtteilen«, rief eine der Frauen dazwischen, die ganz in der Nähe saß. »Kommt sonst noch jemand aus Wembley?«

Ein paar hoben die Hände. *Ach du Schande*, dachte Nikki. Wenn die Geschichten sich so rasend schnell verbreiteten, dann waren sie sicher auch längst in Enfield angekommen. Rasch schaute sie sich um, ob womöglich irgendwelche Freundinnen von Mum darunter waren, sah aber zum Glück keine, die sie kannte.

»Alle mal herhören!«, rief Nikki. Sofort verstummten sämtliche Anwesenden. Nikki beeilte sich, damit sie nicht gleich wieder losquatschten. »Euch allen ein herzliches Willkommen. Ich möchte mich dafür bedanken, dass ihr heute Abend alle hierher gefunden habt. Mit so einer regen Beteiligung habe ich nicht gerechnet, und ich werde die Kursgröße zukünftig leider einschränken müssen.« Sie schaute sich im Raum um. »Und ich möchte noch einmal betonen, wie wichtig absolute Diskretion ist. Wobei ich wirklich nicht weiß, wie realistisch das noch sein kann.« Ihr Herz schlug schneller bei dem Gedanken, die Brüder könnten herausfinden, was hier vor sich ging. »Wir könnten eine Menge Ärger bekommen, wenn die falschen Leute von diesem Kurs erfahren.«

Beunruhigt schauten die Frauen sich an. Nikki rutschte das Herz in die Hose. »Sie wissen es längst, stimmt's?«

Aus einer der hinteren Ecken hob Preetam die Hand. »Dharminder hier meinte, sie hätte nur von dem Kurs erfahren, weil einer der Brüder bei ihnen an die Haustür geklopft und gefragt hat, ob sie irgendwas über die Geschichten weiß.«

Dharminder, eine stämmige Witwe, die ihre Dupatta tief in die Augen gezogen hatte, nickte nachdrücklich. »Genau. Wenn überhaupt, spricht es sich durch ihr Klinkenputzen nur noch mehr herum.«

Dann würde es wohl nicht mehr lange dauern, bis

sie auch an Kulwinders Tür klopften. Die aufsteigende Panik schnürte Nikki die Brust zu. Sie mussten diesen Kurs beenden – unbedingt, sonst waren die Frauen in Gefahr. *Sie* war in Gefahr. »Ich weiß nicht, ob das eine so gute Idee ist«, sagte Nikki.

»Wir können den Kurs jetzt nicht absagen, Nikki«, widersprach Sheena. »Die Frauen kommen von überall her. Lass uns das heute einfach durchziehen. Nachdenken können wir später.«

Im Raum herrschte absolute Stille. Alle schauten Nikki an. Sheena hatte Recht – die Frauen waren hier, weil die Idee des Kurses sie begeisterte. Der Gedanke, sie jetzt wegzuschicken und all diese neuen Stimmen unwiederbringlich zu verlieren, war unerträglich.

»Also, wer hat eine Geschichte zu erzählen?«

Sofort schossen zahllose Hände in die Luft, und alle redeten lautstark durcheinander. Nikki hob die Hand und bat um Ruhe. Suchend schaute sie sich um. Eine knochige Frau um die fünfzig in einem langen rotbraunen Kurti über schwarzer Strumpfhose schwenkte ein Blatt Papier.

»Meine Geschichte ist noch unvollständig«, gestand sie, als Nikki sie aufrief. »Ich bräuchte ein bisschen Hilfe. Ach ja, ich bin übrigens Amarjhot.« Sie kicherte schüchtern. Wie sie sich gab, erinnerte sie Nikki an Manjeet, als sie sie das erste Mal gesehen hatte. »Dann fangen wir doch einfach mit dir an, Amarjhot«, sagte Nikki.

Unter dem Beifall der übrigen Frauen ging Amarjhot nach vorne. Sie räusperte sich und begann zu erzählen.

Es war einmal eine junge, bildschöne Frau namens Rani. Sie sah aus wie eine Prinzessin, doch ihre Eltern behandelten sie nicht so. Als jüngste Tochter einer armen Familie musste Rani alle Hausarbeit machen und durfte kaum jemals das Haus verlassen. Viele Menschen im Dorf wussten nicht einmal, dass es sie gab.

Von hinten war deutliches Gähnen zu hören. Amarjhot las sehr, sehr langsam. In aller Ausführlichkeit beschrieb sie Rani weiter – ihre haselnussbraunen Augen, die helle Haut, die schlanke Taille. Dann eines Tages kam ein Mann und hielt um Ranis Hand an. Dort unterbrach sie sich und sah Nikki an. »Danach fehlten mir die Worte. Ich konnte nicht weitermachen. Dabei wusste ich ganz genau, wie es weitergehen sollte.«

»Dann sag es doch einfach. Spul vor bis zur Hochzeitsnacht«, rief Preetam. »Was haben Rani und der Mann gemacht?« Aufgeregtes Gekicher flatterte im Raum auf wie ein Vogelschwarm.

Amarjhot schloss kurz die Augen, und ein Lächeln huschte über ihr Gesicht. Sie musste lachen.

Die etwas kesseren Frauen im Kurs halfen der Geschichte nur allzu gern auf die Sprünge. »Er wickelte sie aus ihrem Braut-Sari und legte sie auf das Bett.«

»Er zog sie aus. Oder sie zog ihm die Sachen aus und fasste ihn an.«

»Er hatte einen ganz großen.«

»Riesig. Wie eine Python.«

»Aber er hat sich sehr zurückgenommen, weil sie so unerfahren war. Zuerst hat er sie ihn nur halten und ganz sanft mit den Händen streicheln lassen.«

»Und dann hat er sie geküsst«, fuhr Amarjhot fort. »Als seine Lippen ihre berührten, entspannte sie sich. Sie küssten sich, und er fuhr ganz zärtlich mit den Fingern über ihren Körper, als wolle er sie malen. Mit der flachen Hand strich er über ihre Brustwarzen. Sie wurden ganz hart unter seiner Berührung. Dann legte er die Lippen auf eine ihrer Brustwarzen und saugte daran, während er die andere zwischen den Fingern drehte. Rani war in Ekstase.«

»Aber dann stöhnte sie einen Namen, und es war nicht seiner«, rief Bini dazwischen.

Allgemeines Nach-Luft-Schnappen und zustimmendes Gemurmel. »Und welchen Namen hat sie gerufen?«

»Nein, nicht – Rani war ein tugendhaftes Mädchen, das die Liebe gerade erst kennenlernte – warum das zerstören?«

»Niemand zerstört hier irgendwas. Wir würzen das Ganze nur mit ein bisschen Masala«, meinte Tanveer.

Doch die kleinen Wortgefechte bekam Nikki gar nicht mehr mit. Vorsichtig bahnte sie sich einen Weg zwischen den Frauen hindurch nach vorne zu ihrem Schreibtisch. Besser, gleich alle Namen und Kontaktdaten aufschreiben, dachte sie sich. Als sie die Unterlagen durchging, stieß sie auch auf Tarampals Anmeldung. Kurz stieg

Panik in Nikki auf – ob Ansell Road Nummer 16 auch auf der Klinkenputzerroute der Brüder lag?

»Vielleicht versuchen sie es und merken dann, dass er zu groß ist«, schlug Preetam vor.

»Also machen sie es von hinten«, rief eine andere Frau dazwischen.

»Igitt«, quietschten ein paar Frauen angeekelt. Die erhielten eine kurze, knappe Belehrung, was unter »von hinten« zu verstehen war. »Nicht in den Po«, sagte Tanveer, sehr zur Erleichterung der anderen.

»Ach, warum denn nicht? So schlecht ist das nicht. Nur anders eben.«

»Hast du nicht zugehört? Der Gartenschlauch von dem Kerl ist mehr ein Wasserrohr. Willst du so ein Ding wirklich von der falschen Seite in deinen Ausgangsbereich lassen?«

»Haben die kein Ghee?«, fragte eine verzweifelt.

Und so ging es immer weiter munter hin und her. Irgendwann einigte man sich darauf, dass Rani und ihr frisch Angetrauter die Krise in eine Chance umwandeln und ein bisschen experimentieren sollten. Man ließ sie eine ganze Reihe verschiedener Stellungen versuchen.

Wie kleine Flämmchen züngelten hier und da leise Gespräche auf. Ganz beiläufig hörte man die Frauen von ihren eigenen Erfahrungen berichten. »Mein Mann und ich wollten das auch ausprobieren«, sagte Hardayal Kaur. »Das geht aber nur, wenn man sehr biegsam ist. Meine Knie waren zu steif von der Feldarbeit, schon mit zwanzig.«

»Meiner hat mal versucht, seine Banane zwischen meine Brüste zu stecken. Kann ich nicht empfehlen.

Das war, als würde man zusehen, wie ein Kanu sich zwischen zwei Bergen durchschiebt.«

Amarjhot guckte hilflos auf das Blatt in ihren Händen. »Ich glaube, ich muss mir das noch mal in Ruhe durch den Kopf gehen lassen«, murmelte sie und ging zurück zu ihrem Platz.

»*Mit der Zunge will ich dich liebkosen; wie lodernd heißes Feuer soll es dich durchtosen*«, dröhnte eine Stimme aus der hinteren linken Ecke des Raums. Alle Köpfe fuhren herum. Es war Gurlal Kaur. Sie saß da wie die menschgewordene Ruhe und Gelassenheit, die Augen geschlossen und im Lotussitz. Ihre Worte ließen alle verstummen. Sie fuhr fort:

»*Du bist die Anschmiegsamkeit der Erde, die Stärke der Stängel. Lass mich auf dir liegen und meine Männlichkeit wie eine Wurzel wachsen in deine samtig weiche Umarmung. Wenn es regnet, spüre ich dich glitschig nass an meiner Haut, und ich atme deinen Moschusduft. Wir wiegen uns in einem gemeinsamen Rhythmus, unsere brennende Begierde lässt krachenden Donner und flammende Blitze über die Erde peitschen.*«

Man hörte nur noch den Atem der Frauen. Nikki war die Erste, die wieder etwas sagte. »Hast du dir das gerade spontan ausgedacht?«, fragte sie.

Gurlal schüttelte den Kopf. Dann schlug sie die Augen auf. »In dem Jahr, in dem ich heiraten sollte, suchte eine schreckliche Dürre mein Dorf heim. Meine Eltern konnten sich keine Mitgift leisten, aber sie wussten, ich wollte niemand anderen als meinen geliebten Mukesh Singh, den ich einmal bei einer Brautschau gesehen und in den ich mich leidenschaftlich verliebt hatte. Meine

Eltern wussten, ich würde mit keinem anderen Mann glücklich werden. Sie hatten gesehen, wie unsere Augen strahlten, als wir uns das erste Mal sahen. *Du bist es*, hatten wir einander ohne Worte gesagt.«

»Das ist wunderschön«, sagte Preetam. »Das Land war verdorrt, aber eure Liebe wuchs und gedieh.« Die anderen Frauen brachten sie rasch wieder zum Schweigen.

»Jeden Morgen und jeden Abend beteten wir um Regen. Auch in Mukeshs Tal wurden Gebete gesprochen, denn dort war es nicht besser. Diese täglichen Gebete inspirierten ihn dazu, Gedichte zu schreiben. Die Gedichte schickte er zu mir nach Hause. Ich musste Acht geben und den Postboten abpassen, damit meine Eltern die Briefe nicht in die Hände bekamen. Aber sie hätten sie ohnehin nicht lesen können. Sie waren beide Analphabeten. In jenem Jahr klagte mein Vater oft, in der Schule würde man mir nur Flausen in den Kopf setzen, weil ich stur darauf beharrte, Mukesh zu heiraten und keinen anderen. Ich nahm einen von Mukeshs Briefen und tat, als sei es ein Brief von seiner Familie, in dem sie meinen Vater dafür lobten, eine so gebildete Tochter großgezogen zu haben. Da beruhigte er sich wieder. Dieses Gedicht ist mein liebstes.«

»Kannst du es noch?«, fragte Sheena.

»Natürlich.« Sie holte tief Luft und schloss dann wieder die Augen. »*Meine Geliebte. Dein Körper ist eine Galaxie; deine Muttermale und Grübchen sind verstreute Sterne. Ich bin nur ein müder Wanderer in der Wüste, die Lippen trocken wie Staub auf der Suche nach Erfrischung. Immer, wenn ich mich aufgeben will, schaue ich hinauf, und da liegst du ausgebreitet am mitternächtlichen Himmel. Dein Haar umweht dich, und deine Hände gleiten von deiner Brust und entblößen deine blassen, runden Brüste. An den Spitzen recken sich die Brustwarzen meinen gespitzten Lippen entgegen. Ich küsse sie zärtlich und spüre, wie es dich durchfährt und dein ganzer Körper, deine ganze Welt erbebt. Die Blumen zwischen deinen Beinen befeuchten sich, die Blütenblätter aufgeplustert in vorfreudiger Erwartung. Dein Körper ist eine Galaxie. Ich erforsche dich mit den Lippen, dankbar, dass mein Durst gestillt wird, und als ich zu deinem verbotenen Garten gelange, wird mein Durst zu Hunger. Deine langen Beine schlingen sich um meinen Hals, deine Hüften drücken sich an meinen Mund. Meine Lippen werden feucht vom Tau. Ich presse sie in dich und spüre, wie dein Blut an den verborgensten Stellen pocht. Wie dankbar bin ich, meine Lippen so an dich zu drücken, diese errötenden Stellen aneinanderzuschmiegen.«*

Der friedvolle Ausdruck verlieh Gurlals Gesicht ein fast ätherisches Leuchten. Sie neigte den Kopf ganz leicht zu einer kleinen bescheidenen Verbeugung.

»Erzähl uns, wie es war, als ihr beiden endlich zusammengekommen seid. Genauso gut?«, fragte Preetam.

»Oh, jede Wette. Wenn seine Hände schon solche Poesie zu Papier bringen konnten, was mögen sie erst im Schlafzimmer anzustellen vermocht haben«, sagte Sheena seufzend.

»Es war sehr gut«, bestätigte Gurlal. »Für jede Nacht, die wir gemeinsam verbrachten, hat er mir ein Gedicht geschrieben. Jedes einzelne davon kann ich bis heute noch aufsagen.«

Die schiere Unglaublichkeit dieser Behauptung schien die anderen Frauen nicht im Geringsten zu stören. Ehrfürchtige Stille ergriff den Raum.

»Dann mal los. Sag uns noch eins auf«, drängte Arvinder. Gurlal schlug die Augen auf und wollte gerade etwas erwidern, als sie sichtlich erschrak. Plötzlich war hektisches Geraschel zu hören. Nikki schaute auf, und der Anblick traf sie wie ein Messerstich in den Bauch.

In der Tür stand Kulwinder Kaur, mit weit aufgerissenem Mund.

Nikki setzte ein gezwungenes Lächeln auf und ging nach vorne. Sie wusste nicht, wie viel Kulwinder mitbekommen hatte, versuchte aber fieberhaft, sich eine glaubhafte Erklärung zurechtzulegen. Vielleicht konnte sie Kulwinder davon überzeugen, dass die Frauen sich gerade alternative Enden für ein indisches Drama ausdachten.

»Ich muss Sie draußen sprechen«, zischte Kulwinder. Nikki folgte ihr auf den Gang.

»Sie kommen gerade in einem ungünstigen Moment«, setzte Nikki an. Kulwinder hob die Hand, um Nikki zum Schweigen zu bringen.

»Wie lange geht das schon so?«, fragte Kulwinder.

Nikki starrte auf ihre Fußspitzen. Gerade wollte sie eine Antwort murmeln, als Kulwinder schon weiterredete. »Wenn ich nur daran denke, dass ich Ihnen vertraut habe, diesen Frauen Lesen und Schreiben beizubringen. Und Sie füttern diese arglosen Frauen mit derart abscheulichem Schund.«

Abrupt schaute Nikki auf und sah Kulwinder direkt in die Augen. »Das war nicht meine Idee.«

»Unsinn«, fuhr Kulwinder sie an. »Die ganze Zeit haben Sie direkt vor meiner Nase diese unschuldigen Frauen korrumpiert.«

»Das ist nicht wahr! Hören Sie – die Ehemänner vieler dieser Frauen wissen nicht, dass sie hier sind. Bitte sagen Sie es ihnen nicht.«

»Ich habe Besseres mit meiner Zeit zu tun, als herumzulaufen und meine Nase in anderer Leute Angelegenheiten zu stecken«, zischte Kulwinder. Sie schaute an Nikki vorbei in den Raum voller Frauen. »Wie haben Sie all diese neuen Teilnehmerinnen dazu gebracht, sich für den Kurs anzumelden? Was haben Sie ihnen erzählt?«

»Ich brauchte ihnen gar nichts zu erzählen«, entgegnete Nikki. »In dieser Gemeinde sprechen sich Neuigkeiten schnell herum, wie Sie selbst nur zu gut wissen. Die Frauen suchten eine Möglichkeit sich auszudrücken.«

»Sich *auszudrücken*?«, schnaubte Kulwinder. Sie schob Nikki beiseite und marschierte an ihr vorbei in den Kursraum, die Hände ausgestreckt wie eine stumme, aber unmissverständliche Aufforderung: *Her damit.* Die wenigen Frauen, die ihre Geschichte aufgeschrieben hatten, reichten sie ihr widerstrebend. Die meisten konnten ihr nichts geben. Doch die Reaktion der ältesten Frauen war wirklich bewundernswert. Mit fest zusammengepressten Lippen starrten sie Kulwinder an, als wollten sie sie daran hindern, ihnen die Geschichten aus dem Kopf zu stehlen. Kulwinder setzte ihre Razzia fort, und die Frauen rückten rasch beiseite, um sie durchzulassen. Schließlich trat sie an den Schreibtisch.

»Wo sind die anderen?«, fragte sie.

»In meiner Tasche«, krächzte Nikki. Ihre Umhängetasche war verschlossen, und sie konnte sich beim besten Willen nicht vorstellen, unter irgendwelchen anderen Umständen zuzulassen, dass jemand in ihrer Tasche herumwühlte und ihre Sachen durchsuchte, so wie Kulwinder jetzt. Mit spitzen Fingern zog Kulwinder die Mappe heraus und hielt sie hoch wie ein erkranktes Organ. Dann marschierte sie zur Tür hinaus und den Gang hinunter, die Mappe fest an die Brust gedrückt. Nikki lief ihr hinterher.

»Bibi Kulwinder, bitte. Lassen Sie uns das doch erklären.«

Kulwinder blieb stehen. »Da gibt es nichts zu erklären«, erwiderte sie.

»In diesen Geschichten stecken so viel Zeit und Mühe«, sagte Nikki. »Sie machen sich keine Vorstellung. Bitte geben Sie sie zurück.« Sie hatte die Geschichten einscannen und eine Sicherungskopie davon machen wollen, war aber bisher nicht dazu gekommen. »Eigentlich sollten Sie noch gar nicht wieder da sein«, sagte sie vorwurfsvoll.

»Und da dachten Sie sich, solange ich weg bin, können Sie aus meinem Englischkurs eine Lachnummer machen? Gott sei Dank war ich klug genug, Sie zu kontrollieren. Sie haben diesen Job von Anfang an nicht ernst genommen.«

»Sie haben eine Leiterin für eine Schreibwerkstatt gesucht. Das wollte ich machen, dafür habe ich mich beworben, und genau das wollten die Frauen in dem Kurs auch.«

»Wagen Sie es ja nicht, mir den Schwarzen Peter zuzuschieben«, fauchte Kulwinder und fuchtelte mit dem Zeigefinger dicht vor Nikkis Nase herum. »Ich hätte mir denken können, dass Sie irgendwelche Frauen anheuern, um meinen Kurs zu sabotieren und in etwas Widerwärtiges zu verkehren.«

»Die Frauen sind ganz von allein hierhergekommen«, widersprach Nikki.

»Sie sind herumgelaufen und haben in meiner Straße Klinken geputzt. Ich habe Sie gesehen, kurz bevor ich nach Indien geflogen bin.«

»Ich war nur bei Tarampal, weil ich ...«

»Und davor waren Sie bei Mrs Shah. Ich habe Sie aus dem Fenster beobachtet.«

»Ich hatte mich in der Hausnummer geirrt«, sagte Nikki. »Ehrlich, ich war nicht Klinken pu...«

»Es reicht. Jetzt lügen Sie mir auch noch ins Gesicht.«

»Aber es stimmt doch. Fragen Sie Mrs Shah, wenn Sie mir nicht glauben. Im Anmeldeformular steht Ansell Road 18, aber Tarampal wohnt in der Ansell Road 16. Eigentlich hat sie ja ›16‹ geschrieben, aber die Tinte war verschmiert, und darum sah es aus wie eine 18...« Nikki unterbrach sich. Irgendwas stimmte da nicht. Tarampal konnte doch ihre eigene Adresse gar nicht schreiben.

»Ich will keine Ausreden mehr hören. Sie haben meinen guten Ruf aufs Spiel gesetzt. Wissen Sie, was die Leute sagen werden, wenn sich das herumspricht? Ist Ihnen eigentlich klar, wie schwer es war, die Männer im Gemeindevorstand dazu zu bewegen, auch nur einen dieser Kurse zu genehmigen?«, fragte Kulwinder.

Nikki nickte geistesabwesend. In Gedanken war sie immer noch bei dem Anmeldeformular. Sie musste daran denken, was Jason ihr erzählt hatte: Wie seine

Mutter ihm immer die Tintenflecke von der linken Hand geschrubbt hatte.

»Und mit so vielen neuen Frauen im Kurs, dachten Sie da wirklich, Sie könnten mir das verheimlichen? Wie lange wollten Sie...«

»Bibi Kulwinder«, sagte Nikki.

»Unterbrechen Sie mich nicht.«

»Bibi Kulwinder, das ist wirklich sehr wichtig«, beharrte Nikki. Sie musste so eindringlich geklungen haben, dass Kulwinder aufmerkte. Fragend schaute sie Nikki an.

»Was ist denn?«, sagte sie gereizt.

»Ihr Schwiegersohn, Jaggi, war der Linkshänder?«

»Wie kommen Sie denn jetzt darauf?«

»Oder, viel wichtiger, war Maya Rechtshänderin? Weil... weil...«

»Was um alles auf der Welt...«

»Bitte, ich weiß, das klingt verrückt. Aber trotzdem.« Hastig lief Nikki in den Kursraum und kam gleich darauf mit Tarampals Anmeldebogen zurück. »Das ist Jaggis Schrift. Sie könnten das der Polizei zeigen, und dann könnten die es mit dem Abschiedsbrief vergleichen. Der Brief war doch auch verschmiert, stimmt's? Das waren keine Tränen – er ist einfach nur mit der Hand darübergewischt und...«

Kulwinder riss Maya das Blatt aus der Hand, ohne es eines Blickes zu würdigen. Vor Wut hob und senkte sich ihre Brust. »Wer zum Teufel sind Sie, meine Tochter in diese Sache hineinzuziehen?« fragte sie, und ihre Stimme klang plötzlich tief und beängstigend.

»Ich weiß, dass Sie Angst haben, weiter nachzuforschen, aber das könnte wirklich ein Anhaltspunkt sein«, sagte Nikki. Sie wies auf das Anmeldeformular. »Bitte, denken Sie in Ruhe darüber nach. Wenn Sie wollen, gehe ich damit zur Polizei. Das ist ein Beweisstück.«

»Was mit Maya passiert ist, geht Sie einen feuchten Kehricht an«, fauchte Kulwinder. »Sie haben kein Recht dazu...«

»Ich habe alles Recht der Welt, wenn ich der Meinung bin, dass eine unschuldige Frau getötet wurde und der Schuldige frei herumläuft.«

»Sie versuchen doch bloß das Thema zu wechseln«, sagte Kulwinder. »Aber ich lasse es nicht zu, dass Sie meinen Kurs oder diese Frauen dazu missbrauchen, Ihre Propaganda zu verbreiten – was auch immer die ist.«

»Ich verbreite doch keine Propaganda...«, setzte Nikki an, aber Kulwinder gebot ihr mit erhobener Hand zu schweigen. Sie starrte Nikki an und sagte: »Ich möchte, dass Sie jetzt da hineingehen und alle nach Hause schicken. Der Kurs ist bis auf weiteres ausgesetzt. Und Sie sind entlassen.«

Zwölftes Kapitel

Kulwinder marschierte gegen den böigen Wind nach Hause, die Mappe fest an die Brust gedrückt. In ihr brodelte es, und ihre Wut drohte überzuschäumen und auf die Straße zu schwappen. Sie hätte am liebsten laut geschrien, und einen eigenartigen Augenblick lang stellte sie sich vor, was wäre, wenn sie Jaggi jetzt begegnete. Ein vernichtender Blick, und er würde davonkriechen wie ein Käfer.

Mit zerzausten Haaren und geröteten Wangen kam sie nach Hause. Sarab saß wie immer im Wohnzimmer; man sah durchs Fenster den Fernseher flackern. Kulwinder marschierte schnurstracks hinein und wedelte mit der Mappe, um seine Aufmerksamkeit zu erregen. »Hast du davon gewusst?«

Er schaute auf, die Fernbedienung auf sie gerichtet, als wollte er sie auf Pause schalten. »Wovon gewusst?«

»Vom Englischkurs. Neulich hast du gesagt, der Kurs sei sehr beliebt. Wusstest du da schon, was dort vor sich ging?«

Er zuckte die Achseln und senkte den Blick. Eine Filmheldin rannte über den Bildschirm, die Dupatta hinter sich herziehend wie ein wehendes rotes Banner. »Es gab Gerede, sicher. Dass mehr hinter diesem Englischkurs steckt, als es nach außen den Anschein hat.«

»Und was genau haben die Leute gesagt? Was haben die Männer erzählt?«

»Du weißt doch, dass ich mir das Getratsche nicht anhöre. Ein paar Bemerkungen gab es, von Männern, die meinten, ihre Frauen seien viel freizügiger geworden. Sie hätten ganz neue Worte, um Dinge zu beschreiben...« Er zuckte die Achseln und beobachtete die Heldin, die sich aus unerfindlichen Gründen zwischenzeitlich umgezogen haben musste. Kulwinder nahm ihm die Fernbedienung aus der Hand und schaltete den Fernseher aus.

»Um was für Dinge zu beschreiben?«, verlangte sie zu wissen.

»Ihre geheimen Wünsche.« Er wurde rot. »Im Schlafzimmer.«

»Und warum hast du mir nichts davon gesagt?«, fragte sie.

»Kulwinder«, sagte er ganz ruhig. Ihr blieb kurz das Herz stehen. Es war lange her, seit er sie beim Namen genannt hatte. »Wann habe ich dir je etwas sagen können, das du nicht hören wolltest?«

Ungläubig starrte sie ihn an. »Diese Frauen reden nicht nur über ihr Schlafzimmerleben. Sie haben Nikki von Maya erzählt. Was weiß ich, womöglich reden sie schon seit Wochen ganz freimütig darüber und setzen unser aller Leben aufs Spiel.« Die Hälfte der Frauen im Kurs hatte sie noch nie gesehen – was für Versionen der Geschichte sie wohl erzählt hatten? Und wie sollte sie verhindern, dass sie sich immer weiter ausbreiteten?

»Wissen sie denn irgendwas?«, fragte Sarab. Die Hoffnung in seiner Stimme brach Kulwinder fast das Herz.

»Nikki meint, sie hätte einen Beweis, aber es ist nichts, Sarab. Wir sollten uns keine Hoffnungen machen.«

Während Kulwinder ihm von Nikkis Entdeckung bezüglich Jaggis Handschrift erzählte, musste sie daran denken, wie die Polizei ihr von dem Brief erzählt hatte und was darin gestanden hatte. Der Polizeibeamte hatte sie am Arm festhalten müssen, als sie rückwärts getaumelt und auf einen Stuhl gesunken war. Was hatte in dem Brief gestanden? Irgendwas darüber, dass es ihr leidtue, irgendwas darüber, dass sie sich schäme. »Das sind nicht die Worte meiner Tochter«, hatte Kulwinder mühsam gestammelt. »Meine Tochter hatte nichts am Hut mit *izzat**.« Wann hatte Maya je ein Punjabi-Wort gebraucht, wenn sie genauso gut ein englisches benutzen konnte? Der Urheber des Briefs musste hektisch versucht haben, ihre Tochter zu imitieren.

Sarab starrte sie unverwandt an. Er sah aus, als hätte sich Kulwinder plötzlich aus der leeren Luft vor ihm materialisiert. »Jaggi ist Linkshänder.«

»Na und?«, fragte Kulwinder. »Das heißt doch noch nicht ...«

»Wir können etwas tun.«

»Aber ob sie darauf eingehen?«, wandte Kulwinder ein. »Oder sagen sie nur wieder, was sie immer sagen: dass Maya außer sich war, dass es ganz normal ist, einen Sündenbock zu suchen? Und was, wenn die Polizei uns nicht hilft und Jaggi herausfindet, dass wir wieder dort waren?« Das erste Mal, als Jaggi mitten in der Nacht angerufen hatte, hatte er ihr nicht gedroht. Er hatte ihr nur gesagt, er und seine Freunde wüssten, dass Sarab zur Nachtschicht gefahren war. »Das Wichtigste ist, dass wir uns nicht in Gefahr bringen dürfen«, erinnerte sie Sarab.

»Ist das so?«, fragte Sarab wütend. »Sollen wir ab jetzt immer in Angst leben?« Er ging durchs Zimmer zum Fenster und zog mit einem Ruck die Vorhänge zurück. Man sah Tarampals Haus gegenüber.

»Bitte«, flüsterte Kulwinder und wandte sich vom Fenster ab. »Mach die Gardinen wieder zu.« Was Sarab dann auch tat. Gemeinsam saßen sie im Dunkeln und lauschten auf das leise Summen der Lichter im Haus. »Sarab, wenn dir etwas zustoßen würde ...« Sie brachte den Satz nicht zu Ende. Sie hörte Sarab schwer atmen. »Ich habe schon Maya verloren. Ich kann dich nicht auch noch verlieren.«

Sarabs Unterlippe zitterte. *Sag es jetzt*, drängte Kulwinder ihn stumm, aber er schaute an ihr vorbei. Sie fragte sich, ob er einsam gewesen war, als sie in Indien war, oder erleichtert, nicht mit ihr reden zu müssen. Und plötzlich sah sie vor sich, wie sie sich immer weiter voneinander entfernten, in getrennten Zimmern schliefen, höflich abwarteten, bis der andere das Wohnzimmer freimachte, um sich allein vor den Fernseher zu setzen. Schon beim Gedanken daran fühlte sie sich schrecklich einsam. Als hätte dieser Prozess längst eingesetzt.

»Was ist mit Nikki?«, fragte Sarab.

Kulwinder kniff die Augen zusammen. Über Nikki zu reden war wirklich das Letzte, was sie jetzt wollte. »Was soll mit ihr sein?«, fragte sie ungehalten.

»Wo wohnt sie?«

»Irgendwo im Westen von London.«

»Sag ihr, sie soll vorsichtig sein.«

Kulwinder musste an ihre hitzige Auseinandersetzung mit Nikki denken. Mit keinem Wort hatte sie erwähnt, Nikki könne in Gefahr sein. Wusste Jaggi, dass Nikki angefangen hatte, Fragen zu stellen? Und was, wenn die Brüder herausfanden, dass sie die Leiterin dieses Kurses war? Kulwinder schüttelte den Kopf, als wolle sie die ungebetenen Gedanken vertreiben. Nikki wohnte außerhalb von Southall. Kein Grund, sich um ihre Sicherheit zu sorgen. »Ich weiß nicht, wo sie gerade sein könnte«, sagte Kulwinder.

»Dann gehst du einfach nächstes Mal hin, wenn der Kurs wieder stattfindet, und ...«

»Ich habe den Kurs ausgesetzt«, unterbrach Kulwinder ihn. »Und Nikki entlassen.«

Abrupt schaute Sarab auf. »Kulwinder, denk doch nur mal an das Mädchen«, sagte er eindringlich. Und dann ging er. Sie spürte die Leere im Raum, als er fort war, aber ihre Empörung blieb. Nikki hatte sie doch überhaupt erst in diese verzwickte Lage gebracht. Hätte sie einfach nur ihren Job gemacht, wäre das alles nie passiert. Kulwinder klappte die Mappe auf. Wochen von Lügen und Täuschung waren auf diese Seiten geschrieben. Wie sie so darin blätterte, sah sie, dass eine der Witwen, die nicht schreiben konnte, ihr künstlerisches Talent dazu genutzt hatte, seitenweise Zeichnungen anzufertigen. Ein Mann, dessen Mund ganz dicht vor der entblößten Brust einer Frau verharrte, die Lippen leicht geöffnet und kurz davor, nach der Brustwarze zu schnappen, die sich ihm entgegenreckte. Eine Frau, die rittlings auf einem Mann saß, den Rücken durchgebogen, sodass man ihr Rückgrat sah, das sich von den

Schultern bis zu den Pobacken unter der Haut abzeichnete. Widerlich.

Kulwinder warf die Blätter zurück in die Mappe und ging in die Küche, um Tee zu kochen. Sie füllte einen Topf mit Wasser. Während sie ungeduldig darauf wartete, dass es heiß wurde, musste sie immer wieder an den Körper des Mannes denken, der über der Frau kauerte. Energisch schüttelte sie den Kopf und konzentrierte sich auf den Topf. Winzige Bläschen stiegen an die Oberfläche. Sie ging zum Gewürzschrank und nahm Fenchel- und Kardamomsamen heraus, dann blieb sie wieder stehen und schloss die Augen. Kleine Lichtflecken tanzten vor den geschlossenen Lidern, während ihre Augen sich an die Dunkelheit gewöhnten. Und dann, statt wieder zu verschwinden, nahmen die Flecken Gestalt an. Ein Mann. Eine Frau. Finger, die geschickt über nackte Körper glitten. Rote Lippen, die sich auf feucht schimmernde Haut pressten. Sie riss die Augen auf, ging zum Herd und holte den Topf herunter. Ihr Blick ging zu der Mappe. Es konnte nicht schaden, wenn sie eine der Geschichten las, nur der Information halber. Schließlich musste sie, sollte der Gemeindevorstand sie dazu befragen, wissen, worum es eigentlich ging.

Kulwinder entschied sich für die erste Geschichte.

Der Schneider

Vor vielen Jahrhunderten lebte einmal ein geschickter und doch bescheidener Schneider am Rand einer Palaststadt. Sein Name war Ram. Zu Ram kamen Frauen, die aussehen wollten wie die Adligen, die hinter den hohen Palastmauern residierten. Diese Frauen reisten meilenweit, um Ram zu besuchen, und hatten lange Listen schier unmöglich zu erfüllender Forderungen dabei. Es hieß, Ram habe die Gabe, aus Nichts die königlichsten, modischsten Schöpfungen zusammenzustellen. Er konnte einen schlichten gelben Faden zu Gold spinnen und ein gewöhnliches blasses Grün in den satten Smaragdton eines seltenen Edelsteins verwandeln.

Viele von Rams Kundinnen waren heimlich in ihn verliebt. Sie sahen, wie geschickt er seine einfache Nähmaschine bediente, wie seine Finger flink zwischen die Stoffbahnen fuhren, und schlossen daraus, wie begabt dieser Mann zwischen den Laken sein musste. Bei den Anproben lockerten manche Frauen absichtlich ihr Oberteil und beugten sich so weit nach vorne, dass er einen flüchtigen Blick in ihren Ausschnitt erhaschen konnte. Andere ließen den Vorhang zum Umkleidekämmerchen absichtlich einen Spaltbreit offen, damit Ram hineinspähen konnte. Aber Ram achtete gar nicht auf sie. Bei der Arbeit vermied er alles, was ihn irgendwie ablenken konnte. Eines Tages würde er Zeit haben für eine Geliebte, aber im Augenblick hatte er viel zu viele Bestellungen. In ganz Indien hatte es sich herumgesprochen, dass Ram der beste Schneider von allen war. Ein beliebter Reim ging so:

*Schneider Ram ist der Beste im ganzen Land
Seine Kleider tragen Damen aus dem Adelsstand
Die Preise sind gut, die Preise sind klein
Und seine Roben sind königlich und fein*

Aber jedes Lob, das Ram bekam, war zugleich auch ein Fluch. Eifersüchtige Schneider in ganz Indien neideten es ihm, dass er ihnen mit seinen Zauberkünsten die Kundinnen abspenstig machte. Gewöhnliche Männer verfluchten ihn, weil er die Wünsche ihrer Frauen erfüllte, die, wenn sie solch feine Saris trugen, plötzlich erwarteten, wie Königinnen behandelt zu werden.

Eines Nachmittags kam eine Frau zu Ram und bat ihn um Hilfe. Ihre haselnussbraunen Augen ließen Rams Herz heftig klopfen. »Nur ein einziges Mal möchte ich aussehen wie eine reiche Frau«, sagte sie zu ihm, mit einer Stimme, die er hören wollte, wie sie ihm sanfte Koseworte ins Ohr säuselte. Sie reichte ihm ein altes Tuch. »Ich kann mir nichts Neues leisten, aber könntest du mir daran eine Bordüre nähen?«

»Nichts leichter als das«, erwiderte Ram. Für dich würde ich alles tun, *dachte er. »Das muss dir dein Mann gekauft haben.«*

Die Frau lächelte und strich sich eine lose Strähne hinter das Ohr. »Ich habe keinen Mann«, sagte sie zu Rams großer Freude.

So bildschön war die Frau, sie hätte auch eine Königin sein können. Ram entschied, kein Geld von ihr zu verlan-

gen, wenn das Tuch fertig war – er wollte nur noch einmal mit ihr sprechen dürfen, wollte ihren Namen erfahren. Rams leidenschaftliche Hingabe zu dieser Frau entflammte seine schöpferische Kreativität. Er mischte Farben und schuf die strahlendsten Töne, um sie damit zu beeindrucken. Den Saum des Tuchs wollte er mit einer Parade aus türkisfarbenen und magentaroten Pfauen schmücken. Die Mitte der Bordüre sollte eine Nachbildung des Palastes zieren, darin das winzig kleine Abbild der Frau vor einem der Fenster. Er würde es ihr zeigen, sein kleines Geheimnis, damit sie wusste, dass sie seine Königin war.

Eine derart detailreiche Miniatur bedurfte Rams ganzer Aufmerksamkeit. Er war so darauf konzentriert, dass er die Stimmen der Kinder, die vor seiner Tür Fangen spielten, gar nicht beachtete. Erst als er seinen Namen hörte, unterbrach er seine Arbeit und merkte auf.

> *Schneider Ram ist der Beste im ganzen Land*
> *Seine Kleider nehmen Königinnen mit Kusshand*
> *Die Preise sind gut, die Preise sind klein*
> *Doch keine Frau wird je seine Geliebte sein*

Das war der schlimmste Fluch von allen, denn er verurteilte sein Opfer zu lebenslanger Einsamkeit. »Wo habt ihr das her?«, fragte Ram aufgebracht. Verschreckt stoben die Kinder in alle Himmelsrichtungen davon. Ram lief ihnen hinterher, bis ihm aufging, dass er das Tuch noch in der Hand hatte. Es war zerrissen und schmutzig, weil er es die ganze Zeit über den Boden geschleift hatte. »O nein!«, rief Ram entsetzt. Er ging zurück in seinen Laden und ver-

suchte alles, um das Tuch wieder zu reparieren, aber es war nicht mehr zu retten. Als die Frau am Abend wiederkam, um nach ihrem Tuch zu fragen, ließ Ram beschämt den Kopf hängen und sagte ihr, er habe das Tuch verloren. Die Frau war außer sich. Verschwunden war alle Wärme aus ihren haselnussbraunen Augen. »Wie kannst du mir das antun?«, herrschte sie ihn an. »Du bist der miserabelste Schneider der Welt!«

Am nächsten Tag öffnete Ram seine Schneiderei nicht. Schluchzend saß er da und sah seine Zukunft hoffnungslos vor sich liegen, verdunkelt von dem Fluch wie von einer großen schwarzen Gewitterwolke. Noch nie hatte er sich irgendwas gewünscht, doch nun wünschte er sich sehnlichst Innigkeit und Nähe. Warum habe ich mich nicht zu einer der Frauen gelegt, als ich die Gelegenheit dazu hatte?, *fragte er sich verzweifelt. Irgendwann ging er schließlich zu Bett und träumte von den milchig weißen Schenkeln seiner Kundinnen, die sich vor ihm entblößt hatten. In seinen Träumen war er forsch genug, das Gesicht zwischen ihren Brüsten zu vergraben und ihren süßen Duft einzuatmen. In einem anderen Traum sah Ram sich über eine Frau gebeugt, wie er ihre vollen Lippen küsste, während sie mit der einen Hand seine Männlichkeit streichelte und mit der anderen ihre eigenen geheimen Stellen liebkoste...*

Ein vernehmliches Rascheln ließ Ram aufschrecken. Ein Einbrecher! Ram sprang aus dem Bett und rannte in seine Vorratskammer. Dort war niemand. Wieder war das Rascheln zu hören. Ram leuchtete mit seiner Lampe dorthin, wo das Geräusch herkam, und sah, dass der Stoff sich bewegte. Er hob ihn hoch und merkte, dass er schwe-

rer war als sonst, massiv beinahe. Er ging damit zu seinem Tisch, um ihn sich im Licht genauer anzusehen. Der Stoff entwand sich seinem Griff und fiel zu Boden. In weichen Wellen schien er zu fließen und veränderte seine Form, bis sich schließlich eine Frau daraus erhob. Entsetzt wich Ram zurück bis an die Wand und starrte entgeistert auf die gespenstische Erscheinung dort in seinem Haus.

»W-was bist du?«, stammelte er.

Sie hatte lange seidige Wimpern, die mit jedem Blinzeln dramatisch flatterten wie Schmetterlingsflügel. Ihre Haut besaß einen goldenen Schimmer, und die glänzenden Haare verströmten einen betörenden Duft nach Jasmin. Ihre kurvenreiche Figur war erregend. Sie sah, wie sein Blick an ihren Brüsten hängenblieb, und streckte die Hand nach ihm aus. Ihre Berührung war leicht wie eine Feder. Mit den Fingern, die nun ganz ausgebildet waren, strich sie über ihren Körper, um ihm zu zeigen, dass sie echt war. Und plötzlich bemerkte Ram an ihr Körperstellen, die ihm als Schneider nie aufgefallen waren – der Knochen, der sich über dem Dekolleté abzeichnete, die scharfe Kontur des Ellbogens. Die Zehennägel waren gerundet und weiß wie Halbmonde. Ihr Bauchnabel war ein dunkler Krater in der goldenen Wüste ihres Körpers. Ram streckte die Hand aus und griff ihr an die Hüfte. Sie war genauso echt wie er.

»Nenn mich Laila«, sagte sie.

Sie legte die Lippen an sein Ohrläppchen und saugte sanft daran. Wonnige Wellen durchfuhren Ram. Er fuhr ihr mit den Händen über den Rücken und packte ihren Po, dann zog er sie heran, bis ihre Hüften sich aneinanderpressten, während sie rückwärts in ein Bett aus Stoff fielen. Sie befreite sich aus dem lockeren Tuch, das ihren Ober-

körper verhüllte, und entblößte ihre Brüste vor Ram. Ram schnippte mit der Zunge gegen eine der dunklen Brustwarzen. Laila keuchte vor Begierde und rieb sich an ihm. Ram nahm ihre andere Brust. Sie schmeckte köstlich salzig und nach Moschus, wie er es sich nie hätte erdenken können. Kühn hob er die Finger an ihren Mund, und sie leckte und saugte begehrlich daran. Rams Männlichkeit pochte in vorfreudiger Erwartung, was Lailas süßer, seidenweicher Mund womöglich alles mit ihm anstellen würde. Seine Finger waren glitschig vor Feuchtigkeit, als er sie von Lailas Lippen nahm und in die seidigen Untiefen zwischen ihren Beinen gleiten ließ.

»*Du bist so echt*«, *murmelte er.*

Laila spreizte die Beine noch etwas weiter und ließ sich von Ram streicheln. Der Stoff unter ihr färbte sich dunkel vor Schweißschatten. Mit beiden Daumen teilte Ram behutsam die Falten ihrer Weiblichkeit, und mit der Zungenspitze kitzelte er den erhabenen Knopf in der Mitte. Lailas Kichern erregte ihn nur noch mehr. Sie rollte auf ihn und zog ihm energisch die Hose herunter. Seine Männlichkeit war steif. Laila spielte damit. Sie strich mit ihrer Feuchte über die Spitze seiner Männlichkeit und sah zu, wie sein Gesicht sich vor Lust verzog. »*Wie fühlt sich das an?*«, *hauchte sie ihm ins Ohr. Ihre Brüste schaukelten über seinen Lippen. Seine Antwort war ein Stöhnen.* »*Das ist keine Antwort*«, *sagte Laila streng. Mit gerunzelter Stirn senkte sie sich auf ihn und fing an, seinen harten, dicken Stock energisch zu reiten.*

Ihr finsteres Gesicht war das Einzige, was daran erinnerte, dass es als Strafe für ihn gedacht war. Ram packte Lailas Po mit aller Kraft. Ihre Miene verdüsterte sich.

»Wie kannst du es wagen?«, knurrte sie. Er biss die Zähne zusammen, so sehr wuchs die Anspannung in ihm. Er spürte, wie Lailas Muskeln sich im selben Rhythmus wie seine zusammenzogen. Sie schrie seinen Namen und stieß ein langes, bebendes Stöhnen aus. Als Ram zusah, wie Laila die höchsten Wonnen genoss, löste sich auch in ihm schnell und heiß seine Anspannung. Er hielt sie an den Hüften fest und stöhnte laut. Lailas ganzer Körper war schweißnass. Sie wiegte sich weiter sachte auf seinem Stab, während winzige Nachbeben in Wellen durch seinen Körper zuckten.

Wie sie so beieinanderlagen, erklärte Laila, sie sei aus seinem sehnlichen Wunsch erschaffen worden, mit einer Frau zusammen zu sein. Der Fluch hatte gegen die Macht seiner Sehnsucht nichts ausrichten können. Wohl wissend, dass Wünsche, ähnlich wie Flüche, nur eine gewisse Zeit hielten, fragte Ram Laila, wie lange sie zusammenbleiben würden. »So lange wie diese Stoffballen«, sagte Laila. Sie schauten sich um. Der Stoff war abgewickelt und ergoss sich wie ein Sturzbach durch Rams bescheidene Schneiderei. Satte, feurige Farbtöne in Orange und glänzendem Silber, so weit das Auge reichte.

Kulwinders Tee war kalt geworden. Sie merkte es kaum, als sie die Tasse an den Mund hob und einen großen Schluck davon trank. Gesicht, Hände und Füße waren warm, fast heiß. Sie spürte ihr Herz pochen, und auch weiter unten pochte es. Ganz vage erinnerte sie sich an dieses Gefühl. Jahre war das her. Damals, als sie herausgefunden hatte, was Männer und Frauen hinter verschlossenen Türen miteinander taten, und warum. Die zuvor so angewiderte Fassade war vergessen, und Kulwinder war vollkommen fasziniert. Sie wagte sogar zu denken, dass es es wert wäre, ihre verbliebenen Tage dafür zu leben, noch einmal diese Nähe zu einem anderen Menschen zu spüren.

Sie steckte die Geschichte wieder in die Mappe zurück und zog die nächste heraus. Diese war von Jasbir Kaur, einer Witwe aus dem Süden Londons. Kulwinder war bei der Verlobungsfeier ihres Enkelsohns vor ein paar Jahren gewesen. Sie fing an, Jasbirs Geschichte zu lesen, aber irgendwann musste sie sie beiseitelegen. Sie stand auf und ließ den Tee auf dem Tisch stehen. Eine unerwartete Unruhe hatte sie wie eine gewaltige Woge gepackt und trug sie nun die Treppe hinauf ins Schlafzimmer. Dort lag Sarab auf dem Bett und starrte an die Decke. Kulwinder nahm seine Hand und legte sie behutsam auf ihre Brust. Zuerst starrte er sie verdutzt an, doch dann verstand er.

Ohne je in die Situation gekommen zu sein, wusste Nikki, dass sie bei einer handgreiflichen Auseinandersetzung keine Chance hätte. In ihrem Kopf spielte sich eine Wrestling-Szene ab, und sofort sah sie sich von Kulwinders fleischigen Armen hilflos an den Boden gepinnt. Sie zog den Kopf ein: Sogar in ihrer Fantasie war sie die Schwächere. Sie würde sich auf ihren Verstand verlassen müssen. Die Geschichten, würde sie Kulwinder erklären, sollten weder den Kurs lächerlich machen noch Kulwinder. Die Geschichten waren von den Frauen inspiriert, und ja, sie waren schlüpfrig. Aber die Sprache lernten sie doch trotzdem, oder nicht?

Sollte diese Taktik nicht aufgehen, würde sie einfach die Mappe an sich nehmen und rasch verschwinden. Dafür müsste die Mappe aber natürlich irgendwo in Reichweite liegen. Der Gedanke, Kulwinder könnte sie womöglich längst in den Müll geworfen und entsorgt haben, traf sie wie ein Schwinger in den Magen.

Die abendliche Brise wurde lebhafter und raschelte im Blätterwerk. Auf der Hauptstraße leuchteten die Scheinwerfer der Autos wie aufblitzende Augen. Nikki parkte in einer Seitenstraße und marschierte, um sich warm zu halten, forsch drauflos. Nachts schienen die Häuser sich hinter die schwachen Lichtflecken der Verandabeleuchtung zu ducken. Das Handy brummte in ihrer Tasche. Eine Nachricht von Sheena.

> Alle wollen sich trotzdem weiterhin regelmäßig treffen. Hast du eine Idee, wo?

Ein Problem nach dem anderen, dachte Nikki und stopfte das Handy wieder in die Tasche. In Kulwinders Wohnzimmer flackerte der Fernseher wie Blaulicht in den Fenstern. Die Vorhänge waren halb zurückgezogen. Nikki klingelte und wartete, aber es machte niemand auf. Sie versuchte es wieder, und dann spähte sie durch das Fenster. Von dort konnte man das gesamte Erdgeschoss des Hauses einsehen. Sie lugte in die Küche – das Licht war an, eine metallene Teekanne mit passendem

Becher stand auf dem Tisch, aber kein Mensch war zu sehen. Nikki zitterte vor Kälte. Der Regen wurde immer heftiger. Sie zog sich die Kapuze ihrer Jacke fest über den Kopf. Tarampals Haus gegenüber lag in völliger Dunkelheit.

Nikki ging über die Straße. Vor Tarampals Einfahrt zögerte sie kurz. Sie hatte gehofft, von hier einen besseren Blick auf Kulwinders Haus zu haben, aber dazu müsste sie ganz dicht vor Tarampals Veranda stehen. Es war eindeutig niemand zuhause, doch das konnte sie nicht beruhigen. Das Haus lag bedrohlich lauernd in den Schatten, und die schwarzen Fenster starrten sie an wie tote Augen. Sie zwang sich weiterzugehen. Wenigstens bot das Vordach der Veranda ein bisschen Schutz vor dem Regen. Im zweiten Stock von Kulwinders Haus sah Nikki gedämpftes Licht im Schlafzimmer brennen. Sie kniff die Augen zusammen und versuchte, irgendwas auszumachen. Einmal dachte sie, einen Schatten am Fenster vorbeihuschen zu sehen, aber das hätte auch ein Wasserschwall sein können, den eine heftige Böe gegen die Scheibe drückte.

Was mache ich eigentlich hier?, schoss es Nikki plötzlich durch den Kopf, während über ihr das Vordach unter dem Trommelfeuer des prasselnden Regens vibrierte. Selbst wenn sie an die Tür klopfte und Kulwinder tatsächlich aufmachte – wie groß war die Chance, dass sie ihr die Geschichten wieder zurückgab? Um die beschriebenen Seiten ging es auch eigentlich gar nicht. Die Frauen konnten die Geschichten immer wieder neu erzählen. Von einigen gab es Tonbandaufzeichnungen. Was Nikki wirklich wollte, war mit Kulwinder zu reden. Ihr zu erklären, wie es überhaupt so weit gekommen war. Sie dazu zu zwingen einzusehen, dass diese Frauen eine leise Rebellion angezettelt hatten, aus der ein Feldzug gegen viel schwerwiegendere Ungerechtigkeiten werden könnte. Nikkis Herz und Kopf waren noch ganz durcheinander von der unglaublichen Entdeckung bezüglich Jaggis Handschrift. Sie musste Kulwinder irgendwie davon überzeugen, diesem Hinweis nachzugehen.

Nikki huschte unter dem Vordach hervor und lief wieder auf die Straße. Heute würde sie Kulwinder nicht mehr bedrängen. Es war noch zu früh. Sollte Kulwinder sich erst einmal beruhigen; vermutlich tat sie das gerade. Auf der Hauptstraße bog Nikki links ab und machte sich auf den Weg zum Bahnhof. Der Beutel schlug ihr viel zu leicht gegen die Hüfte; der dicke Papierstoß mit den Geschichten fehlte. Die Fenster der Häuser leuchteten warm und einladend. Nikki bekam plötzlich Heimweh. Während der Regen niederprasselte, musste sie daran denken, wie sie früher oft stundenlang durch die Stadt gelaufen war, nachdem sie ihr Studium geschmissen hatte, das Gesicht nass vor Regen und Tränen. An einem besonders verregneten Nachmittag war sie bei O'Reilly's zur Tür hineingestolpert, froh und glücklich, Schutz vor den Elementen gefunden zu haben und irgendwo willkommen zu sein.

Wie angewurzelt blieb Nikki plötzlich stehen. Der Pub! Die Witwen konnten sich im Nebenraum des Pubs treffen. Schnell lief sie weiter und zog das Handy aus der Tasche.

»Sheena, ich weiß, wohin wir den Kurs verlegen können. Ins O'Reilly's, wo ich arbeite. Unter der Woche ist da abends nicht viel los.«

»Du schlägst allen Ernstes vor, unsere alten Punjabi-Witwen sollen sich in einem Pub treffen?«

»Ich weiß, es ist ein bisschen unorthodox, aber ...«

»Ich stelle mir das gerade bildlich vor.«

»Ich auch«, gluckste Nikki. In ihrer Fantasie weigerte Preetam sich entsetzt, auch nur einen Fuß in den Pub zu setzen, während Arvinder drinnen betrunken am Kronleuchter schaukelte. »Aber hör zu, Sheena, wenn wir erst mal anfangen, Geschichten zu erzählen, wird es ihnen ganz gleich sein, wo wir gerade sind. Das Wichtigste ist, dass wir uns weiterhin treffen. Es kann ja auch nur für den Übergang sein, bis wir was Besseres gefunden haben.«

»Ich könnte ein paar von ihnen im Auto mitnehmen«, überlegte Sheena. »Und ich könnte eine Freundin bitten, auch ein paar mitzunehmen, und ihr erklären, wie sie hinkommen. Du sagst mir, wo wir hinmüssen, und ich kümmere mich um alles Weitere.«

»Sicher, dass dir das keine Umstände macht?«

»Ganz sicher«, versicherte Sheena.

»Und noch was«, sagte Nikki. Dann unterbrach sie sich. Sheena würde das nicht gefallen. »Es gibt eventuell eine Möglichkeit, Jaggi dranzukriegen.«

»*Hai*, Nikki!«

»Hör einfach zu.« Bevor Sheena irgendetwas einwenden konnte, hatte Nikki in aller Eile die Sache mit dem verschmierten Anmeldeformular erklärt.

»Und was hat Kulwinder gesagt?«, fragte Sheena, als Nikki fertig war.

»Sie wollte nichts davon wissen«, antwortete Nikki. »Ich glaube, sie war viel zu wütend und schockiert wegen des Kurses. Ich bin immer noch in Southall. Eigentlich wollte ich zu ihr nach Hause gehen, aber ich lasse sie lieber erst mal in Ruhe.«

»Wenn du bei Kulwinder in der Nähe bist, bist du auch nicht weit von mir. Willst du vorbeikommen? Es schüttet doch gerade wie aus Eimern.«

»Keine schlechte Idee«, sagte Nikki. »Ich bin gerade in der Queen Mary Road. Da ist eine Bushaltestelle, und auf der anderen Straßenseite ist ein kleiner Park.«

»Okaaay... ach! Jetzt sehe ich dich.«

»Wo bist du denn?« Neugierig schaute Nikki sich um. Im Regen konnte sie in den umliegenden Häusern zwar die Umrisse von Menschen in den Fenstern ausmachen, aber unmöglich, wer davon Sheena sein könnte.

»Auf der anderen Straßenseite. Ich wohne gleich am Park. Aber Nikki – bleib jetzt nicht stehen. Geh bitte zügig weiter.«

»Was ist denn los?«

»Geh geradeaus weiter, und dann an der nächsten Kreuzung links.«

Nikki überlief es eiskalt. Aus den Augenwinkeln sah sie einen Schatten. »Werde ich verfolgt?«, wisperte sie ins Telefon.

»Ja«, bestätigte Sheena.

»Von wem? Kannst du was erkennen?«

»Könnte einer der Brüder sein«, meinte Sheena.

»Ich drehe mich jetzt um und sage was.«

»Sei nicht dumm«, zischte Sheena. Ihr Ton ließ Nikki zusammenzucken. »Geh weiter. Bleib ganz ruhig. Da ist ein Supermarkt, der ist rund um die Uhr geöffnet. Geh auf den Parkplatz und warte da auf mich. Ich hole dich ab.«

»Nein, Sheena. Das brauchst du nicht.«

»Nikki ...«

Nikki legte auf. Ihr Verfolger würde Sheenas kleines rotes Auto sicher auf Anhieb erkennen. Zu Fuß war sie im Vorteil. Sie ging einen Schritt schneller. Ihr blieb fast die Luft weg. Sie konnte ihren Verfolger hören. Er war ihr dicht auf den Fersen und blieb die ganze Zeit hinter ihr. Er wartete ab, wo sie hinging. Sie verlangsamte wieder ihren Schritt, während sie ständig nach links und rechts schaute, um den Schatten nicht aus den Augen zu verlieren. Dann überquerte sie die Straße zum Supermarkt und rettete sich auf den großen, offenen Parkplatz. Erst da wagte sie sich umzusehen. Ein junger Punjabi starrte sie durchdringend an. Nikki erwiderte seinen Blick, so ruhig sie irgend konnte, während ihr das Blut in den Ohren rauschte. Irgendwann ging er schließlich weiter, aber nicht ohne Nikki im Weggehen noch einen drohenden Blick über die Schulter zuzuwerfen.

Dreizehntes Kapitel

Kulwinder erwachte und setzte sich im Bett auf. Die Bettdecke verrutschte, und darunter war sie nackt. Sie erschrak und zog hastig die Decke hoch, bis unters Kinn, und stopfte sie sich unter die Arme. Langsam sank sie wieder zurück in die Kissen und spürte das Laken kühl an ihrem Po und den Unterschenkeln. Ihr Blick ging durch das Zimmer. Ihre Kleider lagen achtlos verstreut herum, und da fiel ihr mit einem Mal wieder ein, was gestern Abend gewesen war. Ihr Salwar hing an einem Zipfel über dem Bügelbrett, das Oberteil lag zerknittert in der Ecke, ihr Höschen – ihr Höschen! – war als zusammengeknüllter Stoffball auf die Kommode gepfeffert worden, wo er sich ganz langsam entrollte.

Beschämt schloss sie die Augen. *Was haben wir nur getan?* Sie hatten sich aufgeführt wie *goreh* und sich von ihrer Erregung hinreißen lassen. Gestern Abend hatten sie sich eng umschlungen geliebt wie Frischverliebte, hatten sich auf und ab bewegt, nach links und rechts, sogar *verdreht*. Wie kamen sie nur auf so was? Die Geschichten hatten keine genaue Gebrauchsanleitung enthalten, und doch hatten sie ganz genau gewusst, wie sie die Begierde des anderen noch steigern konnten. Allein der Gedanke daran ließ Kulwinder erschaudern, und Scham überkam sie wie eine alles vernichtende Woge.

Aber warum?

Die Frage verblüffte sie. Sie stellte sich ihr so klar und deutlich, dass sie die Stille im Zimmer durchbrach. Warum sich schämen? Und wofür? Weil sie es sollte? Weil Frauen, vor allem in ihrem Alter, nicht solche Wollust empfinden sollten? Sie errötete, als sie daran dachte, wie hemmungslos sie gestöhnt hatte. Nicht nur ihr Mund, so schien es, hatte aufgestöhnt, sondern ihr ganzer Körper, als sie Sarab näher und immer näher an sich herangezogen hatte. Was, wenn die Nachbarn das gehört hatten? Daran hatte sie gestern Abend keinen Gedanken verschwendet.

Sarabs Bettseite war leer, wie gewohnt. Er wachte immer vor ihr auf. Er duschte, und dann setzte er sich mit seiner Zeitung ins Wohnzimmer. Was er jetzt wohl dachte? Bestimmt fragte er sich ebenfalls, was gestern Abend passiert war. Was sie dazu gebracht hatte, sich ihm so anzubieten. Schlimmer noch, bestimmt würde er vermuten, dass mit ihr etwas nicht stimmte. Er würde denken, es habe ihr gefallen. Sie habe nicht genug davon bekommen können. Das wäre demütigend. Eine Schmach.

Warum?

Schließlich hatte es *ihm* doch auch gefallen, oder? Sie erinnerte sich daran, wie er gekeucht und atemlos nach Luft geschnappt hatte. Wenn es ihm gefallen hatte, wieso sollte er sich dann beklagen oder sie nach dem Warum fragen?

»Sarab«, rief Kulwinder. Am besten brachte sie das Ganze gleich in Ordnung. Erklärte ihm, dass das gestern Abend nur eine Reaktion auf diese unsäglichen

Geschichten gewesen war, mehr nicht. Ein Augenblick der Schwäche, der Verwirrung. Sie brauchten gar nicht weiter darüber zu reden und sollten nie wieder ein Wort darüber verlieren.

Sie bekam keine Antwort. Wieder rief sie nach ihm. Nichts. Kulwinder schwang die Beine aus dem Bett, drückte das Laken fest gegen die Brust, beugte sich zum Türrahmen hinaus und brüllte den Namen ihres Mannes. Er rief zurück: »Ich bin in der Küche.«

Verwundert lief Kulwinder durch das Zimmer und klaubte ihre Anziehsachen zusammen. Dann lief sie die Treppe hinunter, und da roch sie einen leichten, würzigen Duft in der Luft. Sie folgte ihm schnuppernd bis in die Küche, wo Sarab am Herd stand, vor ihm ein Topf. Schwarze Blätter und Gewürze blubberten in dicken Blasen auf der Oberfläche der suppigen Flüssigkeit – zu zähflüssig, dachte Kulwinder unwillkürlich, war aber viel zu verdattert, um etwas zu sagen. »Seit wann kochst du denn Tee?«, fragte sie.

»In den vergangenen siebenundzwanzig Jahren hast du jeden Morgen Tee für mich gekocht«, entgegnete Sarab. Mit einem Löffel rührte er den Topf um. »Und ich habe dir hunderte Male dabei zugesehen. Ich glaube, ich weiß, wie man eine Tasse Chai kocht.«

Kulwinder trat an den Herd und schaltete die Platte aus. »Du verbrennst ihn«, sagte sie sanft. »Setz dich, ich koche dir einen neuen.«

Unschlüssig blieb Sarab stehen und sah ihr zu, wie sie alles in den Ausguss schüttete und nochmal von vorne begann. Als sie aufschaute, lächelte er sie an. »Was denn?«, fragte sie gereizt und schaute schnell wieder weg. Er streckte die Hand nach ihr aus und drehte ihr Gesicht ganz sanft in seine Richtung. Ihre Blicke trafen sich, und ihre Lippen bebten. Und dann lachten sie, und ihr ansteckendes Lachen erfüllte den Raum, warm und berauschend wie der erste Hauch des Sommers. Irgendwann hörten sie auf zu lachen, und dann fingen sie wieder an, und dann merkten sie, dass sie gleichzeitig weinten, und sie wischten einander die Tränen aus dem Gesicht.

»Diese Geschichten«, keuchte Sarab. »Diese Geschichten.« Er war entzückt.

Vierzehntes Kapitel

Ein gespenstischer Dunst waberte zwischen den geparkten Autos und den Bäumen, als Nikki stramm zum Supermarkt marschierte, um ihren Wocheneinkauf zu erledigen, das Gesicht im fleecegefütterten Kragen ihrer Jacke versteckt. Gerade, als sie aus dem Laden kam, brummte das Telefon in ihrer Tasche.

»Hey, Min. Was gibt's?«

»Hör mal, ich esse gerade mit den Mädels zu Mittag, und Kirtis Verlobter ist auch dabei – hab ich dir schon erzählt, dass sie sich mit dem Mann verlobt hat, den sie beim Speed-Dating kennengelernt hat?«

»Nö«, entgegnete Nikki. »Meinen Glückwunsch.« Schnell marschierte sie durch den Sprühregen.

»Aber ich rufe an, weil ich dich was fragen wollte. Kirtis Verlobter Siraj behauptet, im Tempel in Southall gibt es einen Kurs für alte Omas. So was wie Aufklärungsunterricht.«

Nikki fiel beinahe das Handy aus der Hand. »Aufklärungsunterricht?«

»Ich hab ihm gesagt, dass meine Schwester da Englisch unterrichtet, und wenn das wahr wäre, wüsste ich davon. Kannst du dir das vorstellen? Aufklärungsunterricht! Für alte Punjabi-Tanten! Warte kurz, ich gebe ihn dir mal.«

»Stopp«, rief Nikki. »Ich hab keine Lust, mit ihm zu reden. Wo hat er das denn gehört?«

»Von einem seiner Freunde. Männer sind echt schlimmere Waschweiber als Frauen.«

»Was denn für Freunde?«, wollte Nikki wissen.

»Weiß ich nicht. Keine Sorge, Nikki, es glaubt ihm sowieso niemand. Dem guten Ruf deiner Englischkurse schadet das bestimmt nicht. Da brauchst du dir also keine Sorgen zu machen. Wer glaubt denn schon, ein Haufen alter Omis würde zusammensitzen und unverblümt über Sex reden?«

Nikki verspürte den Drang, ihre Witwen in Schutz zu nehmen. Ein harscher, unvermittelter Windstoß peitschte durch die Luft und zerrte an Nikkis Haaren, die in alle Richtungen flogen. »Sag Siraj, er irrt«, sagte sie.

»Du irrst, Siraj«, sagte Mindi. »Meine Informantin hat das gerade bestätigt.« Im Hintergrund hörte Nikki Kirti mit ihrer nervigen Stimme gurren. »Ach, Schatz, aber die Geschichte war zu gut, was?«

»Sag Siraj, meine Schülerinnen *schreiben* erotische Geschichten. Sie brauchen keinen Aufklärungsunterricht. Sie wissen, wie der Hase läuft. Von denen kann er sich noch eine Scheibe abschneiden. So viel Weisheit erlangt man nur durch jahrelange Erfahrung«, fuhr Nikki fort.

Langes Schweigen am anderen Ende der Leitung. Nikki hörte, wie der Hintergrundlärm des Restaurants verstummte.

»Sag das noch mal. Ich konnte dich drinnen kaum verstehen, darum bin ich eben nach draußen gegangen.«

»Du hast mich sehr wohl verstanden«, sagte Nikki.

»Nikki, ist das dein Ernst? *Du* leitest diese Kurse?«

»Kurse würde ich das nicht nennen. Mehr ein gemeinsamer Austausch.«

»Für alte Frauen, die was genau austauschen? Sex-Tipps?«

»Fantasien«, sagte Nikki.

Und dann hörte sie plötzlich ein schrilles Kreischen, das sie für einen Freudenschrei gehalten hätte, würde sie ihre Schwester nicht besser kennen. Nikki blieb unvermittelt stehen und ließ die Einkaufstüten auf den Bürgersteig sinken. »Mindi?«, fragte sie verunsichert. Lachen, rau und wild, sprudelte durch die Leitung.

»Ich fasse es nicht. Die alten Omis in Southall schreiben Sexgeschichten.«

»Du findest das lustig?«, fragte Nikki. »Mindi, bist du betrunken?«

Mindi kicherte und senkte die Stimme zu einem Wispern. »Ach, Niks, ich mache das ja sonst nie, aber wir haben ein bisschen Sekt getrunken, zur Feier der Verlobung. Vermutlich hab ich nur getrunken, weil ich Sirajs Stimme sonst nicht ertrage. Er ist ja ganz nett, aber so laut. Als er uns von diesen Geschichten erzählt hat, hatte ich das Gefühl, das ganze Restaurant hat sich nach uns umgedreht.«

»Woher hatte er denn das Gerücht?«

»Sagte ich doch schon, von Freunden.«

»Und haben die auch einen Namen? Kannst du das herausfinden?«

»Ich hab ihn gefragt, aber Siraj wollte nicht so recht rausrücken mit der Sprache und meinte nur, *ach, irgendwelche Bekannte.* Darum dachte ich auch, dass er sich das nur ausgedacht hat. Ich kann ihn ja noch mal fragen.«

»Nein, lieber nicht«, erwiderte Nikki, die es sich plötzlich anders überlegt hatte. Sie kannte diesen Siraj nicht, und sie wollte nicht, dass seine Freunde – so entfernt sie womöglich auch nur mit den Brüdern zu tun haben mochten – erfuhren, dass Nikki wissen wollte, wer sie waren.

»Mindi, ich muss weiter«, sagte Nikki. »Ich laufe gerade mit meinen Einkäufen nach Hause. Ich melde mich nachher noch mal.«

»Neeeein«, protestierte Mindi. »Ich hab noch so viele Fragen zu dem Kurs. Und außerdem muss ich dir was erzählen. Ich hab jemanden kennengelernt. Ich würde gern mit dir über ihn reden. Ich glaube, er ist der Richtige.«

»Das ist doch toll, Mindi. Weiß Mum es schon?«

»Sie benimmt sich ganz eigenartig.«

»Eigenartig, inwiefern? Hast du ihn ihr schon vorgestellt?«

»Noch nicht. Es ist alles noch ganz frisch. In letzter Zeit hat sie ständig so eine komische Laune. Sie will nicht, dass ich heirate, weil sie sonst ganz allein zuhause ist und niemanden mehr zum Reden hat.«

»Das stimmt doch nicht.«

»Und wie das stimmt. Hat sie mir selbst gesagt. Sie meinte: ›Nikki ist weg, und jetzt willst du auch noch so schnell wie möglich aus dem Haus. Was soll ich denn dann machen?‹«

»Sie ist frei und ungebunden«, erwiderte Nikki. Aber dann dachte sie darüber nach. Mum wäre vollkommen allein, ohne irgendjemanden zum Reden oder um das allabendliche Schweigen zu füllen.

Mindi hickste.

»Vielleicht unterhalten wir uns lieber, wenn du wieder nüchtern bist«, meinte Nikki.

»Das sage ich sonst immer zu dir.«

»Jetzt nicht mehr, du Schnapsdrossel.«

Mindi giggelte und legte auf.

Am frühen Abend ging Nikki aus ihrer Wohnung nach unten in den Pub, mit umgehängter Tasche, die ohne die gesammelten Geschichten wesentlich leichter war als sonst. Sie musste immer noch grinsen, sobald sie an das Gespräch mit Mindi am Mittag dachte. Als sie um die Ecke kam, verging ihr allerdings das Lachen. Am Eingang zum Pub stand Jason.

»Nikki«, sagte er. »Es tut mir so leid.«

Ohne ein einziges Wort fegte sie an ihm vorbei. Er folgte ihr durch die Tür nach drinnen. »Bitte, Nikki.«

»Verschwinde, Jason. Ich hab zu tun.«

»Ich will mit dir reden.«

»Wie schön. Darf ich vielleicht mitentscheiden, wann wir beide uns unterhalten?«

»Ich konnte neulich Abend nicht kommen. Ich hätte dich anrufen sollen, aber ... hör zu, ich bin total durch den Wind und ...«

»Und da hast du sämtliche Umgangsformen spontan vergessen?«, bemerkte Nikki schnippisch. »Du hättest mir eine Nachricht schreiben können. Dauert keine zehn Sekunden.«

»Ich wollte persönlich mit dir reden. Es tut mir leid,

Nikki. Ich bin hier, weil ich mit dir reden und mich bei dir entschuldigen will.«

Nikki ging in den Pub, aber im Vorbeigehen sah sie Jasons Gesicht. Er wirkte eher müde als zerknirscht. Nikki fühlte fast, wie ein Zipfel ihres Herzens zu schmelzen anfing, aber das wollte sie auf gar keinen Fall zulassen. »Worüber wolltest du mit mir reden?«, fragte sie angesäuert.

»Ich meinte mehr ein richtiges Gespräch, ganz in Ruhe, mit hinsetzen und so«, setzte Jason an.

»Ich hab gerade zu tun. Sheena hat meinem Kurs gesagt, dass wir uns um sieben hier treffen.«

»Die Frauen aus dem Schreibkurs? Ihr trefft euch hier?«

Nikki nickte.

»Und wieso nicht mehr im Gemeindezentrum?«, wollte Jason wissen.

»Kulwinder hat herausgefunden, was wir in dem Kurs tatsächlich machen, und hat ihn ersatzlos gestrichen. Und mich hat sie gefeuert.«

»Wie ist sie euch denn auf die Schliche gekommen?«

»Sie ist unangemeldet in den Kurs spaziert und hat alles mit angehört. Wir hatten Unmengen neuer Teilnehmerinnen, und wir waren einfach nicht vorsichtig genug. Ist eine lange Geschichte, und ich will gerade nicht ins Detail gehen. Sheena fährt sie her, und sie müssten eigentlich jeden Augenblick hier sein.«

»Können wir uns nach dem Kurs treffen? Dann komme ich später wieder.«

»Ich hab gerade viel um die Ohren, und du ja offensichtlich auch.«

»Ich würde dir gerne alles erklären«, sagte Jason. »Wenn du mir zuhörst. Sag mir einfach wann und wo wir uns sehen können, und ich werde da sein.«

»Letzte Chance«, warnte Nikki ihn. »Halb zehn bei mir.«

»Ich werde da sein.«

Nikki hob eine Augenbraue.

»Ich werde da sein«, wiederholte Jason sehr bestimmt.

Die ersten Frauen kamen beinahe fünfundvierzig Minuten nach der vereinbarten Zeit. Misstrauisch verharrten sie im Eingang des Pubs und spähten hinein, die Gesichter widerwillig verzogen. Sheena schob sich zwischen ihnen hindurch nach vorne.

»Das war verdammt harte Arbeit«, brummte sie Nikki zu. »Als ihnen aufgegangen ist, dass wir Southall verlassen, haben sie mich mit Fragen bombardiert. Wo genau wir hinfahren? In welchen Teil von London? Das Schild kenne ich gar nicht – wo sind wir denn jetzt? Irgendwann habe ich angehalten und ihnen gesagt: ›Wir fahren zu Nikkis Pub, alles klar? Wenn ihr nicht mitfahren wollt, könnt ihr jetzt aussteigen und mit dem Bus nach Hause fahren.‹«

»Und?«

»Sie sind natürlich alle sitzen geblieben«, sagte Sheena grinsend. »Sie haben sich nicht getraut auszusteigen. Preetam fing laut an zu beten.«

Nikki ging zur Tür. »Ich bin's, Ladys.« Sie lächelte. »Wie schön, dass ihr alle hier seid.«

Arvinder, Preetam, Bibi und Tanveer drängten sich zusammen wie verängstigte Schafe und starrten sie mit großen Augen an. »Sind das alle?«, flüsterte Nikki Sheena zu.

»Hinter mir war noch ein Auto, aber es kann sein, dass sie sich verfahren haben«, erklärte Sheena und schaute auf ihr Handy. »Oder sie haben auf halbem Weg beschlossen umzudrehen.«

»Kommt rein«, sagte Nikki. »Das Wetter wird immer schlimmer, was? Hier drinnen ist es warm und gemütlich.« Das anhaltende Schweigen der Witwen verunsicherte Nikki. Es würde wohl schwerer als gedacht. »Wir haben auch Limo und Saft«, versicherte sie. Die Frauen rührten sich nicht vom Fleck. »Und Chai«, ergänzte sie. Was eine maßlose Übertreibung war – sie hatten Earl Grey, aber sie konnte ja notfalls ein bisschen Milch und Zimt dazugeben. Bibis Gesicht hellte sich kaum merklich auf. Nikki sah, wie sie sich die Hände rieb. »Ganz schön kalt da draußen«, rief Nikki und schauderte übertrieben. »Kommt doch rein und trinkt was Warmes!«

»Nein!«, rief Preetam energisch, gerade als Bibi zögernd einen Fuß in den Pub setzen wollte. »Das ist nicht das Richtige für Punjabi-Frauen. Wir gehören hier nicht her.«

»Na hör mal, ich wohne hier«, widersprach Nikki. »In der Wohnung über dem Pub.« Auf einmal war sie unerwartet und sehr heftig stolz auf diesen abgerockten Laden. »Ich arbeite seit über zwei Jahren hier.«

»Wenn wir da reingehen, starren uns alle an«, sagte Tanveer. »Das wollte Preetam sagen. Das ist wie damals, als wir ganz neu in London waren. Die Leute sehen uns in unserem Salwar Kamiz und denken sich: ›Geht doch wieder dahin zurück, wo ihr hergekommen seid!‹«

»Früher haben sie uns das sogar noch ins Gesicht gesagt«, fügte Bibi hinzu. »Heute hört man das nicht mehr so oft, aber man sieht es immer noch in den abschätzigen Blicken.«

Arvinder trat unbehaglich von einem Fuß auf den anderen. Nikki nahm die Grimasse, die sie zog, als Zustimmung zu dem eben Gesagten. »Ihr fühlt euch unwohl, ich weiß«, beschwichtigte sie. »Es tut mir wirklich leid, dass die Menschen so unfreundlich zu euch waren. Aber ich habe diesen Pub vorgeschlagen, weil hier wirklich jeder willkommen ist.«

Bibi rieb sich weiter die Hände. »Und wenn sie uns zwingen, Bier zu trinken?«

»Niemand kann euch zwingen, Bier zu trinken«, entgegnete Nikki.

»Was, wenn sie uns Alkohol in den Tee tun, wenn wir gerade nicht hingucken? Hmm?«, fragte Bibi.

»Ich passe auf, dass nichts dergleichen passiert«, versicherte Nikki ihr.

Unvermittelt schob Arvinder sich an den anderen Frauen vorbei und marschierte entschlossen in den Pub. Nikki wollte sich gerade schon zu ihrer Überzeugungskraft gratulieren, als sie Arvinder in gebrochenem Englisch fragen hörte: »Entschuldigung, bitte, Toiletten wo?«

»Ich habe ihr gesagt, sie soll nicht so viel Wasser trinken, bevor wir losfahren«, brummte Preetam. »Sie hat dauernd geklagt, sie hätte so ein Kratzen im Hals.«

Tanveer hustete. »Ich glaube, ich habe sie angesteckt«, meinte sie. »Nikki, hast du eben gesagt, hier gibt es Tee?«

»Ja.«

»Dann hätte ich gerne einen«, meinte Tanveer. Sie schlang die Arme um Bibis magere Schultern und rieb sie energisch. »Komm, Bibi. Wir wärmen uns drinnen wieder auf.« Mit einem entschuldigenden Blick schoben sie sich an Preetam vorbei in den Pub.

Nun stand nur noch Preetam an der Tür. »*Hai, hai*«, wisperte sie. »Verraten und verkauft.« Nikki wusste nicht, ob Preetam Nikki meinte oder eine unsichtbare Zuhörerschaft.

»Wir haben auch einen Fernseher«, bemerkte Nikki.

»Und?«

»Da laufen immer schöne englische Seifenopern.«

Preetam rümpfte nur die Nase. »Da verstehe ich doch sowieso kein Wort.«

»Aber du bist verdammt gut darin, dir Geschichten dazu auszudenken«, entgegnete Nikki. »Wie wär's, wenn du mit reinkommst und das machst? Die anderen Frauen lieben deine Geschichten.«

Vermutlich hatte es nichts zu bedeuten, aber Preetam zögerte unmerklich, nur um das Angebot dann abermals auszuschlagen. Nikki seufzte. »Dann wartest du hier draußen auf uns? Könnte eine Weile dauern, bis wir fertig sind.«

Preetam richtete ihre Dupatta. »Soll mir recht sein«, sagte sie steif.

»Wie du meinst«, erwiderte Nikki. Im Pub hatten die Frauen sich an den ersten freien Tisch gleich hinter der Tür gesetzt. Sie hatten Recht gehabt: Sie wurden angestarrt. Die wenigen Gäste und die Angestellten des Pubs musterten sie mit einer Mischung aus Belustigung und kaum verhohlener Neugier.

»Wie wäre es, wenn wir uns ein ruhiges Eckchen suchen?«, schlug Nikki vor und führte sie in das Nebenzimmer, das deutlich weniger belebt war als der Hauptraum. Arvinder, Bibi und Tanveer schlurften gehorsam hinterher, die Handtaschen schützend vor die Brust gepresst.

Sie setzten sich an einen langen Tisch weit weg von den anderen Gästen. Über ihnen war ein Fenster mit Blick auf den Bürgersteig draußen. Preetams Füße erschienen kurz und verschwanden wieder. Nikki merkte, wie Arvinder sie beobachtete. »Soll ich noch mal versuchen, sie reinzuholen?«, fragte Nikki.

»Nein«, antwortete Arvinder. »Sie kann sich ja ein bisschen die Nachbarschaft anschauen.«

Bibi sah sich um. »Muss es hier so dunkel sein? Warum verziehen sich diese *goreh* zum Trinken immer so gerne in düstere Höhlen?«

»Hier kommen nicht nur Weiße her«, widersprach Nikki. »Ich hab auch schon Inder bedient.«

»Einmal habe ich ein Schlückchen Whisky getrunken. Nur eine kleine Pfütze, unten im Glas von meinem Mann. Ich hatte eine schlimme Erkältung, und er meinte, der reinigt die Nebenhöhlen. Aber es war widerlich. Hat im Hals gebrannt wie Feuer.« Tanveer schüttelte sich.

»Mit meinem Mann habe ich gelegentlich Wein getrunken«, erzählte Sheena. »Der Arzt hat meinem Mann gesagt, das sei eine gesündere Alternative, als immer nur Bier zu trinken, und er könne ruhig ein, zwei Gläser am Abend trinken. Und ich habe dann mitgetrunken.«

»Der *Arzt* hat ihm das empfohlen?«, fragte Bibi entgeistert. »Ein englischer Arzt, möchte ich wetten.«

Sheena zuckte die Schultern. »Ja. Aber das war nicht das erste Mal, dass ich Alkohol getrunken habe. Als ich noch in der Stadt gearbeitet habe, bin ich nach der Arbeit oft mit meinen Kollegen was trinken gegangen.«

Nikkis Handy plingte in ihrer Tasche. Eine Nachricht von einer unbekannten Nummer.

Hey Nikki. Wollte nur noch mal sagen, wie leid es mir tut. Ich erkläre dir nachher alles. xx Jason

Nikki schaute auf. Die Frauen stritten darüber, ob Sheenas Arzt ins Gefängnis gehörte, weil er Wein statt Medizin verschrieben hatte. Nikki blickte aus dem Fenster. Wer redete denn da mit Preetam? Ein Mann in einer allzu vertraut wirkenden Khakihose, dessen Gesicht vom Bushaltestellenschild verdeckt war. Preetam verscheuchte ihn mit einem Wedeln ihrer Dupatta. »Lassen Sie mich in Ruhe, Sie Idiot!«, kreischte sie unvermittelt. Nikki sprang auf und lief nach draußen. Es war Steve mit dem Rassisten-Opa.

»Namaste«, sagte er grinsend und winkte. »Ich hab nur versucht, der Dame den Weg zurück zum Tandoor Express zu weisen.«

»Verschwinde, Steve. Du hast hier Hausverbot.«

»Kann mir keiner verbieten, hier draußen auf der Straße zu stehen«, meinte Steve. Er drehte sich zu Preetam um und verbeugte sich tief. »Chicken Tikka Masala«, murmelte er todernst.

Preetam drehte sich auf dem Absatz um und marschierte geradewegs in den Pub. Als Nikki sie schließlich eingeholt hatte, schimpfte sie: »*Hai*, alles besser, als draußen in der Kälte mit diesem Idioten herumzustehen.« Nikki umarmte sie lachend. »Ich bin so froh, dass du mitmachst«, sagte sie und führte Preetam zu den anderen. Die Witwen jubelten, als sie sie sahen, und Preetam wurde rot und winkte.

»Also, wer hat eine Geschichte für uns?«, fragte Nikki.

Es dauerte einen Augenblick, dann hob sich zögernd eine Hand. Bibi. »Ich habe mir auf dem Weg hierher eine ausgedacht.«

»Dann schieß los«, sagte Nikki. Entspannt lehnte sie sich zurück.

»*Die Frau, die gerne Pferde ritt*«, begann Bibi. Die Frauen prusteten.

»Fuhr sie zufällig auch gerne mit der Rikscha über besonders holprige Straßen?«

»Und lehnte sich gegen die Waschmaschine, wenn sie im Schleudergang war?«

»Ruhe«, herrschte Bibi sie an. »Ich versuche gerade, eine Geschichte zu erzählen.« Sie räusperte sich und begann erneut. »*Die Frau, die gerne Pferde ritt. Es war einmal eine Frau, die lebte auf einem großen Stück Land. Ihr verstorbener Vater hatte ihr alles vererbt, und er hatte ihr strikte Anweisungen gegeben: Heirate niemanden, der nur auf dein Geld aus ist, denn er wird versuchen, dir das Land abzuluchsen...*«

Alle hörten aufmerksam zu, bis auf Sheena, die mit gesenktem Kopf neben Nikki saß. »Magst du mir mit dem Tee helfen?«, fragte Nikki sie. Sheena nickte. Die beiden entschuldigten sich und gingen zur Theke. Nikki stellte Teetassen auf ein Tablett und schaltete den Wasserkocher ein. »Möchtest du was trinken?«, fragte Nikki.

»Ein Wein wäre gut«, meinte Sheena. Sie warf einen Blick über die Schulter nach hinten. Die Witwen lauschten hingerissen Bibis Geschichte und merkten gar nicht, dass die beiden weg waren, geschweige denn, wie Nikki Sheena ein Glas Wein eingoss.

»Du siehst müde aus. Ist alles okay?«

»War ein stressiger Tag heute, und gestern Nacht habe ich nicht viel geschlafen. Ich war lange auf und hab mit Rahul geredet«, erklärte Sheena. »Ich hab ihm gesagt, dass mir das alles zu schnell geht.«

»Und, wie hat er reagiert?«

»Eigentlich ganz gut. Wir haben lange geredet. Aber seine erste Reaktion hat mich überrascht. Er fühlte sich wohl angegriffen und meinte, sich verteidigen zu müssen. Und sagte dann: ›Aber dir gefällt es doch auch!‹«

»Also dachte er, du wirfst ihm vor, dich nicht zu respektieren?«

»Ja. Ich hab zu ihm gesagt: ›Nur, weil es mir gefällt, heißt das noch lange nicht, dass ich es mir nicht auch anders überlegen kann, wenn ich es lieber langsam angehen möchte, okay?‹ Und da hat er mich so komisch angeguckt – eine Mischung aus Betroffenheit und Bewunderung.«

»Jetzt hat er was zum Nachdenken.«

»Das Komische dabei ist, ich war selbst beeindruckt. Ich wusste gar nicht, was ich sagen wollte, bis ich es gesagt habe. Darum habe ich mich auch so lange davor gedrückt, mit ihm zu reden.« Sheena trank ein paar Schlückchen Wein und guckte dann wieder verstohlen rüber zu den Witwen. »Diese Geschichtenerzählerei macht wirklich Spaß, aber ich glaube, ich habe auch gelernt, klar und deutlich zu sagen, was ich will. Was ich *wirklich* will.«

Nikki musste daran denken, wie unerwartet selbstsicher sie gewesen war, als sie Garry und Viktor zur Rede gestellt hatte. »Ich auch«, stimmte sie Sheena zu. »Und ich hätte nie gedacht, dass ich da noch Nachholbedarf habe.« Sie lächelten sich verschwörerisch zu. Und in diesem Augenblick war Nikki plötzlich sehr froh, Sheena zur Freundin zu haben.

Sheena trank ihr Glas aus, und dann gingen sie gemeinsam zurück zu den anderen Witwen, und Nikki stellte den Tee auf den Tisch. Bibi hatte einen ganz verträumten Blick, während sie ihre Geschichte weiterspann. *»Mit gespreizten Beinen saß sie auf dem gewaltigen Hengst, der sich von ihr führen ließ. Seine Muskeln bewegten sich unablässig unter ihr und rieben sich an ihren intimsten Stellen...«*

Bibis Erzählung wurde unterbrochen, als zwei weitere Punjabi-Frauen atemlos hereinkamen. Sie waren offenbar so erleichtert, sich endlich setzen zu können, dass es ihnen nichts auszumachen schien, in einem Pub zu sein.

»Ich bin Rupinder«, stellte die eine Frau sich vor.

»Ich bin Jhoti«, die andere. »Manjinder kommt auch gleich. Sie sucht bloß noch einen Parkplatz.«

»Wir waren direkt hinter euch«, sagte Rupinder. »Aber dann hat Jhoti jemanden gesehen, den sie kannte, und wir mussten in eine kleine Seitengasse abbiegen und uns verstecken, während sie versuchte herauszufinden, ob er es wirklich war oder nicht.«

»Ach, wer denn? Ein heimlicher Liebhaber?«, meinte Tanveer neckisch.

»Quatsch«, rief Jhoti. »Ajmal Kaurs Neffe.«

Die Frauen verfügten alle über ein eigenes Frühwarnsystem, nur um Mitglieder der Gemeinde aufzuspüren. Das suchte unablässig die Umgebung ab, selbst wenn sie gerade nicht in Southall waren. Arvinder sah, wie Nikki lächelte. »Kennst du ihn?«, fragte sie.

»Nein«, antwortete Nikki.

»Das ist auch besser so. Er hat eine Zigarette geraucht«, sagte Jhoti.

Die Frauen schnalzten abfällig mit der Zunge. »Geht das schon wieder los«, stöhnte Sheena auf Englisch. Sie sah Nikki an und verdrehte die Augen.

»Er hat geraucht?«, wiederholte Arvinder. »Das hätte ich nicht von ihm gedacht. Ich habe ihn ein paar Mal im Tempel gesehen.«

»Sehr respektable Eltern. Erinnert ihr euch an seine Hochzeit? So was hat die Welt noch nicht erlebt.«

»Eine wirklich prunkvolle Hochzeit«, stimmte Arvinder ihr zu. »Braut und Bräutigam sind beide Erstgeborene. Die Feierlichkeiten haben eine ganze Woche gedauert.«

»Aber ich habe gehört, sie haben Probleme. Meine Tochter arbeitet sehr eng mit den Nachbarn der Familie seiner Frau zusammen. Es heißt, sie ist wieder bei ihren Eltern eingezogen. Darum war ich auch so erstaunt, ihn hier zu sehen. Ich hätte angenommen, er wäre auch wieder nach Hause zurückgegangen, aber ich nehme an, er ist hiergeblieben, weil er versuchen will, seine Ehe doch noch zu kitten«, meinte Jhoti.

»Wo kommt er noch mal her?«, fragte Arvinder. »Seine Familie stammt aus Kanada, richtig?«

»Kalifornien«, korrigierte Tanveer. »Das war damals ein großes Missverständnis, weißt du nicht mehr? Der Vater des Mädchens hat erzählt: ›Meine Tochter heiratet einen Amerikaner‹, und alle dachten, er ist ein *gora*.«

»Das haben sie nur gedacht, weil sein Name nicht nach einem Punjabi klingt«, widersprach Preetam. »Er heißt Jason.«

Nikki war plötzlich ganz Ohr. »Jason?«, wiederholte sie. Die Frauen nickten.

»Und so eine hübsche Braut, stimmt's? Und das Mehendi* so dunkel auf der hellen Haut. Alle haben sie aufgezogen und gesagt: ›Das heißt, du bekommst einen reichen Mann, das heißt, du bekommst eine nette Schwiegermutter‹«, sagte Preetam.

Nikki entschuldigte sich, sie müsse zur Toilette. Kaum außer Sichtweite der Witwen, zog sie ihr Handy aus der Tasche. Ihr war, als hätte man ihr die Eingeweide mit einem Löffel ausgehöhlt. *Jason ist verheiratet. Er war die ganze Zeit verheiratet.* Sie war hin- und hergerissen: Ihn anrufen und ihm sagen, was für ein Dreckskerl er ist. Oder seine Nummer blockieren, sodass er sich für den Rest seines Lebens würde fragen müssen, wie um alles auf der Welt sie ihn bloß durchschaut hatte. Vor Nikkis innerem Auge liefen die Erinnerungen an die Zeit mit ihm ab wie ein Stummfilm. Sie sah sich ihn küssen, mit ihm im Bett liegen, und das alles, während seine Frau am anderen Ende von London saß und verzweifelt die Hände rang. Noch nie war sie sich so dumm vorgekommen.

Schließlich schrieb sie ihm eine Nachricht.

Mach dir nicht die Mühe herzukommen. Ich bin fertig mit dir.

Und dann drückte sie ohne zu zögern auf Senden.

Fünfzehntes Kapitel

Kulwinders Handy lag auf der Arbeitsplatte in der Küche, wo sie es liegengelassen hatte, und klingelte. Es war eine unbekannte Nummer, und sie bekam es mit der Angst zu tun. Sie ging ran, kurz bevor der Anrufer auflegte, meldete sich aber nicht.

»Hallo?« Es war Gurtaj Singh.

»*Sat sri akal*«, grüßte sie erleichtert. Er erwiderte hastig ihren Gruß und sagte dann: »Ich nehme an, Ihr Schreibkurs hat heute etwas überzogen.«

Sie schaute auf die Uhr. Es war Viertel nach neun, aber die Frauen würden ohnehin nicht da sein. Ihr Blick ging zur Tür. »Der Kurs findet nicht statt.« Sie verkniff es sich, »nicht mehr« zu sagen. »Also, heute«, fügte sie stattdessen hinzu.

»Wollen Sie mir damit etwa sagen, das Licht brennt dort seit der letzten Unterrichtsstunde?«, fragte Gurtaj.

»Das Licht?«

»Ich bin vorhin am Tempel vorbeigefahren und habe gesehen, dass im Kursraum noch Licht brannte. Ich nehme an, Ihnen ist schon klar, dass das Geld für die zusätzlichen Stromkosten aus dem Budget für den Kurs bezahlt werden muss?«

Kulwinder hielt das Telefon vom Ohr weg, bis Gurtajs Gemecker von sehr weit her zu kommen schien. Sie erinnerte sich noch ganz genau, dass sie die Tür zugemacht und abgeschlossen hatte, und dass sie davor, wie immer, das Licht gelöscht hatte. Oder hatte sie es vergessen? Möglich wäre es, so aufgebracht, wie sie gewesen war. Ein kleiner Zweifel keimte unbehaglich in ihrem Bauch. Irgendwas stimmte da nicht. »Ich fahre gleich hin und schalte das Licht aus«, sagte sie.

»Dafür brauchen Sie doch nicht mitten in der Nacht aus dem Haus zu gehen«, widersprach Gurtaj.

Ob er nur angerufen hatte, um sie zur Schnecke zu machen? »Wer sagt denn, dass ich zuhause bin?«, entgegnete Kulwinder kühl. Sie ließ offen, wo sie tatsächlich war, und stellte sich Gurtajs verdattertes Gesicht vor.

Zügig marschierte sie zum Tempel, die Handtasche unter den Arm geklemmt und mit langen, zielstrebigen Schritten. Ihr kam der Gedanke, sie könne womöglich wieder verfolgt werden, aber eine ungekannte Furchtlosigkeit pulsierte noch von eben in ihren Adern. Sikhs sind Krieger, erinnerte sie sich, der kleinen Maya damals erklärt zu haben, deren Augen so wissend gefunkelt hatten, dass Kulwinder es mit der Angst zu tun bekommen hatte. »Aber Mädchen müssen sich auch wie Mädchen benehmen«, hatte sie hinzugesetzt. Seit Maya gestorben war, hatte Kulwinder sich immer nur erlaubt, ihre Abwesenheit in kleinen, stechenden Funken zu spüren. Jetzt hatten sie etwas in Brand gesetzt, und Kulwinder war, als könnte sie Feuer spucken, sollte sich ihr jemand in den Weg stellen.

Alle Fenster waren dunkel, bis auf das im Kursraum und in Kulwinders Büro. Sie spürte einen Anflug von

Furcht, aber sie ging weiter, bis sie auf dem Korridor im dritten Stock angekommen war. »Hallo?«, rief sie unsicher und ging zögernd in Richtung Tür. Keine Antwort. Das Licht leuchtete grell durch das kleine Fensterchen in der Tür. Entsetzt schnappte Kulwinder nach Luft, als sie die Zerstörung sah. Tische und Stühle lagen umgeworfen auf dem Rücken, alle vier Beine in der Luft. Überall war Papier verstreut, und Tafel und Boden waren mit dicken roten Farbstreifen besprüht. Kulwinder krallte die Hand in den Stoff ihrer Bluse, als müsse sie sich ans Herz fassen. Rasch lief sie hinüber zu ihrem Büro.

Dort hatten die Vandalen genauso gewütet – alles umgeworfen, alles durcheinandergebracht. Die Aktenschränke lagen umgestürzt auf dem Boden, und eins der Fenster war eingeschlagen.

Plötzlich hörte man das klatschende Geräusch von Schritten auf dem Gang. Kulwinder huschte durch ihr Büro und suchte hastig nach einem Versteck. Die Schritte wurden lauter. Panisch griff sie nach dem schwersten Gegenstand, den sie in ihrer Hast finden konnte – einem Hefter –, und umklammerte ihn fest mit beiden Händen. Die Schritte blieben stehen, und eine Frau erschien in der Tür. In ihrer nachtblauen Tunika mit der im silbernen Kettenstich gesäumten Bordüre wirkte die Frau fremd und vertraut zugleich.

»Was ist denn hier passiert?«, fragte sie und betrachtete fassungslos die Zerstörung. Da erst erkannte Kulwinder Manjeet Kaur. Kulwinder hatte sie im letzten Jahr nie ohne ihre Witwenkleidung gesehen.

»Jemand...«, stammelte Kulwinder und wies hilflos auf das Chaos. Ihr fehlten die Worte.

»Wo sind denn die anderen Frauen?«, fragte Manjeet. »Ich war weg und bin heute erst zurückgekommen. Von zuhause habe ich gesehen, dass im Kursraum noch Licht brennt, und da dachte ich mir, ich komme eben her und überrasche sie.«

»Die Frauen treffen sich nicht mehr hier. Ich habe den Kurs aufgelöst.«

»Ach. Dann hast du es also rausbekommen, ja?«

Noch ganz starr vor Schreck sah Kulwinder sich die Verwüstung an. Der ordentliche Schreibtisch, an dem sie immer so stolz gesessen hatte, war wie ausgeweidet. Eine Schublade hing halb offen heraus wie eine Zunge.

»Wir sollten uns wohl ans Aufräumen machen«, seufzte Kulwinder.

»Ganz bestimmt nicht«, erwiderte Manjeet entschieden. »Ich habe heute Morgen meinen Mann verlassen. Ich werde jetzt bestimmt nicht den Dreck anderer Männern wegmachen.«

Erstaunt schaute Kulwinder auf. »Deinen Mann verlassen? Aber ich dachte, er sei ...«

Manjeet schüttelte den Kopf. »Er hat mich verlassen. Und jetzt wollte er mich wieder zurückhaben. Ich bin zu ihm gefahren, weil ich geglaubt habe, es sei meine Pflicht. Aber er wollte bloß jemanden zum Kochen und Putzen, nachdem seine Neue ihm weggelaufen ist. Als mir das aufgegangen ist, habe ich meine Sachen gepackt und bin nach Hause gefahren. Die ganze Zugfahrt hindurch, immer, wenn ich nervös wurde und es mit der Angst zu tun bekam, habe ich mir vorgestellt, wie Nikki und die anderen Frauen meinen Entschluss bejubeln.«

Kulwinder bekam fast ein schlechtes Gewissen. »Das

wäre alles nicht passiert, wenn die Frauen hier gewesen wären. Ich hätte sie nicht wegschicken sollen.«

Manjeet machte einen Schritt über die Papiere am Boden und legte Kulwinder den Arm um die Schultern.

»Mach dir keine Vorwürfe. Diese Halbaffen kann niemand aufhalten.« Kurz sah sie sich um. »Ich dachte, die Brüder hätten ein bisschen mehr Respekt und würden nicht so blind wüten, vor allem nicht im Gurdwara.«

Kulwinder bückte sich und wollte einen Ordner aufheben, aber als sie merkte, dass er durchweicht war, zog sie angeekelt die Hand weg. Ein stechender Uringeruch stieg ihr in die Nase. Sie ging hinaus auf den Flur und hatte zu ihrem eigenen Erstaunen plötzlich heiße Tränen in den Augen. Energisch wischte sie sie weg. Manjeet hatte Recht. Die Brüder waren bekannt dafür, Autos und Häuser von Frauen zu demolieren, die »auf Abwege geraten« waren, aber die Tempelanlagen müssten ihnen eigentlich heilig sein. Von hier konnte Kulwinder sehen, dass alles ein bisschen zu gewollt durcheinander war, als hätte jemand versucht, den Anschein von sinnlosem Vandalismus zu erwecken.

»Haben sie die Geschichten denn gefunden?«, fragte Manjeet.

Kulwinder schüttelte ganz langsam den Kopf. »Du hast Recht – ich kann mir nicht vorstellen, dass die Brüder so was tun würden.«

»Wer denn dann?«

Kulwinder wollte gerade etwas erwidern, als ihr Blick an einer der offenen Schreibtischschubladen hängen blieb. Sie war vollkommen leer, im Gegensatz zu den anderen. Es war die zweite Schublade rechts, in der nichts gewesen war außer Nikkis Lebenslauf und ihrer Bewerbung. Sie erinnerte sich noch, wie sie die Schublade ausgeräumt und die staubigen alten Akten weggeworfen hatte, nachdem Nikki sich beworben hatte, und wie zufrieden sie gewesen war, Platz für ihren eigenen offiziellen Papierkram geschaffen zu haben.

Kulwinder schaute sich suchend auf dem Boden um. Der Lebenslauf, die Bewerbung, Nikkis persönliche Daten... Panik schnürte ihr die Kehle zu.

»Ich glaube, ich weiß es«, flüsterte Kulwinder erschrocken.

Sechzehntes Kapitel

Ein harscher Wind kniff Nikki ins Gesicht, als sie auf dem Bürgersteig vor O'Reilly's auf und ab lief und schon die dritte Zigarette rauchte. Die hatte sie sich redlich verdient, nachdem sie sich durch das anstrengende Treffen mit den Frauen gekämpft hatte, während sie an nichts anderes hatte denken können als an diese ungeheure Geschichte, die sie über Jason erfahren hatte. Ein paar Männer gingen an ihr vorbei, und einer schaute noch mal zurück. »Lächele doch mal, Prinzessin«, rief er. Im Fenster eines vorbeifahrenden Busses sah Nikki ihr Spiegelbild, das mit wutverzerrtem Gesicht zurückstarrte. Entnervt funkelte sie den Mann an, der seinen Kumpel mit dem Ellbogen anstieß und dann glucksend weiterging.

Sie stieg gerade die Treppe zu ihrer Wohnung hinauf, als ihr Handy brummte. Sie blieb im Treppenhaus stehen und ging dran.

»Fahr zur Hölle, Jason.«

»Nikki, bitte, lass uns miteinander reden.«

Nikki legte auf und musste sich zusammenreißen, um das Telefon nicht im hohen Bogen aus dem Fenster zu werfen, nur um irgendwas kaputt zu machen. Im Weitergehen kramte sie nach ihrem Schlüssel. Sie bemerkte Tarampal erst, als sie ganz oben war.

»Was...?« Erschrocken starrte Nikki sie an. Mit dem Handrücken wischte sie sich die Tränen aus den Augen.

»Ist alles in Ordnung, Nikki?«, fragte Tarampal. »Was ist denn passiert?«

»Lange Geschichte«, murmelte Nikki. *Was willst du von mir?*

Tarampal streckte die Hand nach ihr aus und drückte ihr die Schulter. »Du armes Ding«, sagte sie. Ihr Mitgefühl wirkte echt und tröstete Nikki ein wenig, obwohl sie ihre Verblüffung kaum verbergen konnte. Hatte Tarampal etwa gehört, dass sie sich jetzt im Pub trafen, und wollte wieder mitmachen? Eher unwahrscheinlich. Sie musste fast lachen, so absurd war die ganze Situation: Da stand Tarampal auf ihrer Türschwelle und tröstete sie, weil sie ihrem allen Anschein nach verheirateten Lover nachheulte.

»Ich wollte dich fragen, ob wir uns vielleicht in Ruhe unterhalten können«, sagte Tarampal mit einem erwartungsvollen Blick zur Tür.

»Oh. Öhm... klar«, stammelte Nikki. Sie öffnete die Tür zu ihrer Wohnung und führte Tarampal hinein. »Die Schuhe brauchst du nicht auszuziehen«, sagte sie, aber Tarampal tat es natürlich trotzdem und stand dann unschlüssig im Flur herum. »Bitte, fühl dich wie zuhause«, sagte Nikki, die plötzlich merkte, was für eine miserable Gastgeberin sie war. Sie wies auf den kleinen Tisch in der Küche. Tarampal ging auf Zehenspitzen durch die Wohnung und erschrak, als die Bodendielen unter ihr vernehmlich knarzten. »Setz dich doch«, sagte Nikki. Tarampal blieb stehen. Ein BH hing über einer Stuhllehne. Tarampal starrte ihn unverwandt an, bis

Nikki ihn wegnahm und ins Schlafzimmer warf. Auch ein Feuerzeug und eine Schachtel Zigaretten lagen deutlich sichtbar herum. Doch Nikki beschloss, dass sie nur noch mehr Aufmerksamkeit darauf lenken würde, wenn sie sie weglegte.

»Nikki, ich glaube, du hast ein ganz falsches Bild von mir«, setzte Tarampal an, als schließlich beide saßen.

»Bist du deshalb hier?«, sagte Nikki. Sie fragte sich, wie Tarampal an ihre Adresse gekommen war. »Ich habe überhaupt kein Bild von dir«, entgegnete Nikki.

»Doch, ich glaube schon«, widersprach Tarampal. »Ich nehme an, die Witwen haben dir erzählt, ich sei kein guter Mensch. Aber das ist nicht wahr.«

»Stimmt es, dass du dir von den Menschen als Gegenleistung für deine Gebete Geld geben lässt?«, fragte Nikki.

»Das stimmt, aber sie kommen zu mir. Sie suchen Hilfe.«

»Da hab ich aber etwas anderes gehört.«

Tarampal senkte den Blick und scharrte mit den Füßen wie ein Schulmädchen, das gescholten wurde. Nichts erinnerte mehr an die verbitterte Schwiegermutter der ehrlosen Maya. Stattdessen saß da ein einsames, hilfloses Geschöpf, dieselbe Frau, die Nikki so leidgetan hatte, weil sie weder schreiben noch lesen konnte, dass sie ihr Hörbuchkassetten nach Hause gebracht hatte.

»Wie würdest *du* dich durchschlagen, Nikki?«, fragte Tarampal, »wenn du eine Witwe wärst ohne irgendwelche Qualifikationen? Ich wollte Englisch lernen, damit ich mir eine Arbeit suchen kann. Aber du und die anderen Frauen, ihr habt mich vertrieben.«

Tarampal war ganz sicher nicht den weiten Weg hierhergekommen, nur um dieses vermeintliche Missverständnis aufzuklären. »Was willst du wirklich von mir, Bibi Tarampal?«, fragte Nikki.

»Ich möchte, dass wir Freunde werden«, erwiderte Tarampal. »Wirklich. Was ich da alles über Maya gesagt habe, das muss dich entsetzt haben. Du musst ja fast denken, ich hätte ihr den Tod gewünscht. Was wäre ich denn dann für ein Mensch? Ich wollte nur ein friedliches Heim. Ich wollte, dass Jaggi glücklich ist. Nie hätte ich damit gerechnet, dass Maya sich selbst das Leben nimmt. Kulwinder kann das einfach nicht akzeptieren.«

»Kannst du es ihr verdenken?«, gab Nikki scharf zurück. »Ihre Tochter ist unter deinem Dach gestorben.«

»Durch ihre eigene Hand«, entgegnete Tarampal. »Es ging ihr nicht gut, Nikki. Ihr Verstand war verwirrt.« Sie tippte sich mit den Fingern gegen die Schläfe und nickte vielsagend. Nikki merkte, dass das keine einstudierte Geste war. Tarampal sagte die Wahrheit, so wie sie sie kannte. Was für eine Geschichte Jaggi auch erfunden haben mochte, Tarampal hatte sie geschluckt.

»Und du glaubst nicht, dass an dem Abend etwas ganz anderes passiert sein könnte?«, fragte Nikki.

Tarampal schüttelte den Kopf. »Jaggi würde nie jemandem etwas zuleide tun. So ist er nicht.« Ihre Augen strahlten, und sie hatte ein leichtes Lächeln auf den Lippen. »Er ist so ein anständiger Mann.«

Puh, dachte Nikki. Und erinnerte sich an die Geschichten der Witwen, von den Schwiegermüttern, die zwischen ihren Söhnen und deren Ehefrauen im Bett schliefen. Sie fragte sich, wie es Maya wohl ergangen wäre, wenn Tarampal Söhne gehabt hätte statt Töchter. Vielleicht hätte Tarampal dann nicht so eifersüchtig über Jaggi gewacht. Oder Maya wäre gezwungen worden, einen ihrer Söhne zu heiraten.

»Hör zu, ich weiß, dass dir sehr viel an Jaggi liegt, aber es könnte sein, dass du nicht alles weißt«, sagte Nikki.

Tarampal schüttelte entschieden den Kopf. »Kulwinder will ihm das nur anhängen, weil sie sich für Mayas Tod verantwortlich fühlt.«

»Bist du dir da ganz sicher?«, fragte Nikki behutsam. »Ich glaube, du bist womöglich hinters Licht geführt worden.«

»Wenn hier jemand hinters Licht geführt wurde, dann du, Nikki«, widersprach sie beharrlich. »Ich weiß, dass du glaubst, angebliche Beweise gegen Jaggi in der Hand zu haben, aber ich kann dir versichern, das stimmt alles nicht.«

»Woher weißt du das?«

»Ich habe heute Abend mit Kulwinder geredet. Sie war bei mir und hat gesagt, sie will zur Polizei gehen. Ich habe versucht, ihr das auszureden. Schließlich konnte ich sie überzeugen, mir deine Adresse zu geben, damit ich persönlich mit dir reden kann.«

»Kulwinder hat dir meine Adresse gegeben?« Was führte Kulwinder im Schilde, dass sie ihr Tarampal auf den Hals schickte? Und warum ging sie überhaupt zu Tarampal und prahlte vor ihr damit, einen Beweis in der Hand zu haben? Das ergab doch alles keinen Sinn. »Ich habe das Anmeldeformular nicht hier, wenn du das suchst.«

Tarampals Gesicht wurde ganz lang. »Und wo ist es dann?«

»Kulwinder hat es. Hat sie es dir nicht gezeigt?«

Tarampal wich Nikkis Blick aus. »Nein, sie sagte, du hättest es, und meinte, wenn ich es haben will, soll ich mit dir reden.« Ihre Stimme stockte. Das war eindeutig gelogen.

Vor ihrem inneren Auge sah Nikki noch ganz deutlich, wie sie das Anmeldeformular ordentlich gefaltet und in ihrer Tasche verstaut hatte, die sie dann mit dem Fuß unter das Bett geschoben hatte, bevor sie vorhin zu dem Treffen mit den Witwen nach unten gegangen war. »Ich habe es nicht«, sagte Nikki. Sie sah, wie Tarampal sich unauffällig nach dem Formular umschaute. Nikki stand auf. »Ich glaube, du gehst jetzt besser, Bibi Tarampal.«

»Ich bin den ganzen weiten Weg hierhergekommen«, sagte Tarampal. »Da könntest du mir doch wenigstens eine Tasse Tee anbieten, oder nicht? So höflich war ich auch zu dir, als du zu mir nach Hause gekommen bist.«

»Es tut mir leid, ich habe keinen Tee. Ich habe keine Gäste erwartet«, erwiderte Nikki. Sie wusste, dass es sehr unhöflich war, sie einfach so vor die Tür zu setzen, aber ihr wurde immer mulmiger. Tarampal räusperte sich laut und nickte. Sie stand auf und ging vor Nikki her zur Tür; diesmal ohne darauf zu achten, die knarzenden Dielenbretter zu meiden. Während sie sich die Schuhe anzog, räusperte sie sich abermals und fing dann an zu husten.

»Ach!«, rief Tarampal. »Ach, ich habe mir einen schrecklichen Husten geholt in dem Regen da draußen.« Mit einem dumpfen Rumms ließ sie sich gegen die Tür fallen und hustete weiter. »Könntest du bitte Wasser aufsetzen und mir ein bisschen heißes Wasser machen, ehe ich wieder da hinausmuss?«

Tarampals dramatischer Auftritt war beinahe so gut wie der von Preetam. »Also gut«, sagte Nikki. Sie ging in die Küche und füllte den Teekessel und schielte immer wieder heimlich rüber zu Tarampal. Wieder hustete sie. Nikki wünschte, sie hätte keinen Funken Mitleid mit ihr. Sie öffnete den Küchenschrank. Wenn Tarampal mit Earl Grey zufrieden war, konnte Nikki ihr eine Tasse Tee anbieten, ehe sie sie vor die Tür setzte.

»Tarampal, möchtest du ...« Nikki schaute auf. Die Tür stand einen Spalt offen, und Tarampal lugte in den Flur hinaus und flüsterte aufgeregt mit jemandem draußen vor der Tür. »Wer ist da?«, fragte Nikki laut. Die Tür flog auf, und ein Mann polterte herein, scheuchte Tarampal vor sich her in die Wohnung und trat die Tür hinter sich zu. Ein Schrei stieg Nikki in die Kehle und erstarb wieder. Das war der Mann, der ihr neulich Abend gefolgt war.

»Was zum Teufel geht hier vor?«, keuchte sie.

»Verstell die Tür«, sagte er zu Tarampal. Sie wieselte rasch zur Tür und baute sich davor auf, den Rücken fest dagegen gepresst. Mit dem Finger zeigte er auf Nikki. »Wenn du schreist, wirst du dafür bezahlen«, knurrte er leise. »Kapiert?« Sie nickte hastig. Hinter dem Mann sah sie, wie Tarampal mit großen Augen die Szene beobachtete; nicht verblüfft, nur sehr aufmerksam. Sie hatte ihm geholfen, in ihre Wohnung einzudringen. Das musste Jaggi sein.

»Ich hab dich neulich Abend gesehen«, sagte Nikki. »Du ... du bist mir gefolgt.« Er musste mitbekommen haben, was sie über das Anmeldeformular gesagt hatte.

Jaggi starrte sie finster an. »Du machst nichts als

Ärger, seit du nach Southall gekommen bist. Du wolltest den Witwen schmutzige Geschichten erzählen, gut. Aber warum musstest du deine Nase unbedingt in unsere Angelegenheiten stecken?« Er schaute sich um. »Ich mache es dir jetzt ganz einfach: Ich will nur das Formular. Gib es mir, dann lasse ich dich in Ruhe.«

»Wenn du glaubst, du kannst einfach so hier einbrechen ...«

»Du hast mich doch selbst reingelassen«, sagte Jaggi und wies grinsend zur Tür. »Keinerlei Anzeichen für ein gewaltsames Eindringen.«

»Ich habe das Formular nicht«, sagte Nikki. Sie merkte, wie Tarampal von einem Fuß auf den anderen trat, die Arme komisch zur Seite ausgestreckt, wie ein Torhüter vor seinem Kasten. Allmählich wurde sie mutiger. »Ihr könnt die ganze Wohnung durchsuchen, wenn ihr wollt.« Sie betete, er würde nicht zuallererst unter dem Bett nachsehen, damit sie ein bisschen Zeit schinden konnte.

»Ich durchsuche gar nichts. Ich will, dass du es mir gibst«, sagte Jaggi.

»Ich habe es aber nicht«, erwiderte Nikki. Ihr Blick ging zu dem Kessel mit dem siedend heißen Wasser. Wenn sie ein bisschen näher an die Arbeitsplatte herankam, ohne dass Jaggi es merkte, könnte sie ihn sich schnappen.

Jaggi packte sie am Arm und schubste sie auf einen der Stühle. »Tarampal, komm her und behalte sie im Auge«, befahl er.

Tarampal gehorchte und kam herüber. Mit verschränkten Armen stand sie halb über Nikki, aber in ihren Augen war ein Anflug von Angst zu sehen. »Gib ihm einfach das Formular, dann geht er wieder«, flüsterte Tarampal. »Du machst es dir nur unnötig schwer.«

»Glaubst du immer noch, dass er unschuldig ist?«, fragte Nikki. »Er hat dich überredet, in meine Wohnung einzubrechen. Und jetzt sucht er nach Beweisen für seine Schuld, um sie zu vernichten.«

»Du kennst ihn nicht«, entgegnete Tarampal ungerührt. Nikki hörte Jaggi fluchen. Für einen angeblich »guten Schwiegersohn« hatte Jaggi offensichtlich wenig Vorbehalte, in Tarampals Gegenwart zu fluchen. Und er nannte sie beim Vornamen; eine Vertraulichkeit, die Nikki verwunderlich fand.

»Er geht nicht besonders respektvoll mit dir um, oder?«, fragte Nikki. Daran, wie nervös Tarampal immer wieder zum Schlafzimmer rüberschaute, merkte man, dass sie ihn so wohl noch nie erlebt hatte. »Ich meine, er als Sohn...«

»Ich habe dir doch schon gesagt, er ist nicht mein Sohn«, unterbrach Tarampal sie barsch.

»Ich meine, du als die Ältere.«

Empört sah Tarampal sie an. »Ich bin nur zwölf Jahre älter als er.«

Konnte es sein...? Unvermittelt begann ein frischer Verdacht in Nikki zu keimen. Ein Scheppern und Krachen riss sie aus ihren Gedanken. Eine Lampe war heruntergefallen. Das reichte, um Tarampal kurz abzulenken. Nikki sprang auf und schubste Tarampal beiseite, die ihr ins Schlafzimmer hinterherlief. »Raus aus meiner Wohnung!«, schrie Nikki, so laut sie konnte, in der Hoffnung, dass jemand sie hörte.

Jaggi packte sie und legte ihr die Finger um den Hals. »Gib mir das Formular«, zischte er mit zusammengepressten Zähnen.

Nikki bekam keine Luft mehr. »Jaggi, nicht!«, rief Tarampal erschrocken und versuchte, seine Hände von Nikkis Kehle zu lösen. Er ließ los und stieß Tarampal beiseite, so heftig, dass sie hinfiel. Nikki schnappte nach Luft und hob die Arme, zum Zeichen, dass sie aufgab. »Okay«, keuchte sie. »Okay. Ich hole es.« Sie musste sich etwas überlegen, und zwar schnell. »Ich hab es im Küchenschrank versteckt.«

Jaggi kauerte neben Tarampal. »Bring es her«, befahl er Nikki. Sie holte noch mal unsicher Luft und lief dann in die Küche. Der Teekessel stand noch immer da, aber sie zögerte, danach zu greifen. Jaggi war bärenstark; sollte ihr Fluchtplan misslingen, würde er sie umbringen. Daran hatte sie nicht den geringsten Zweifel, so wie er ihr mit beiden Händen die Luft abgedrückt hatte.

»Warum hast du mir das angetan?«, wimmerte Tarampal. Jaggi murmelte eine Antwort, die Nikki nicht verstehen konnte. Das Herz schlug ihr bis zum Hals – sie konnte nicht ewig Zeit schinden. Entschlossen schnappte sie sich den Teekessel, drehte sich dann auf dem Absatz um und sah gerade noch, wie Jaggi Tarampal eine Haarsträhne hinter das Ohr strich. Eine Geste, so zärtlich, so intim, dass sie nur eins bedeuten konnte.

Die beiden waren ein Liebespaar.

Die Erkenntnis traf Nikki wie ein Schlag. Sie stellte den Teekessel wieder auf den Herd. Tarampal hörte das Geräusch, schaute auf und löste sich von Jaggi. Sie wich Nikkis Blick aus.

»Wie lange geht das schon?«, fragte Nikki sie.

Tarampal schüttelte den Kopf. »Da ist nichts«, widersprach sie. Sie zog an ihrer Dupatta, um sich dahinter zu verstecken. *Alles Gute kam dann später*, hatte Tarampal zu Nikki gesagt, und war genauso errötet wie jetzt.

»Deshalb das alles?«, fragte Nikki Jaggi auf Englisch. »Weil deine Frau das mit euch beiden herausgefunden hat?«

Jaggi konnte seine Verblüffung nicht verbergen. Er wich Nikkis durchdringendem Blick nicht aus, aber sie wusste, dass sie ihn auf dem falschen Fuß erwischt hatte. »Sie konnte einfach nicht den Mund halten«, brummte er. Tarampal schaute zwischen den beiden hin und her und versuchte, dem Gespräch zu folgen.

»Euer guter Ruf war ein Menschenleben wert? Das war also der Grund, weshalb Maya sterben musste?«, fragte Nikki.

Als sie Mayas Namen hörte, wurde Tarampal stocksteif. Nikki wechselte wieder auf Punjabi. »Er hat es gerade zugegeben, Tarampal. Er hat sie umgebracht.«

»Das hab ich nicht gesagt«, knurrte Jaggi. An Tarampal gewandt sagte er: »Es ist alles so schnell gegangen. Es war ein Unfall.«

»Es war ein Unfall«, wiederholte Tarampal, aber sie wirkte verwirrt. »Wie meinst du das?«

»Sie wusste über euch beide Bescheid«, erklärte Nikki.

»Du hältst jetzt besser den Mund«, warnte Jaggi sie, aber Nikki sah ihm an, dass er langsam panisch wurde.

»*Sie hat es gewusst?*«, fragte Tarampal. Sie zog sich die Dupatta über die Brust. »Ich schlafe nicht mit den Männern anderer Frauen. So was mache ich nicht«, beeilte sie sich Nikki zu versichern.

Genauso wenig, wie sie Menschen erpresste. Die Wortwahl schien entscheidend für das Gelingen von Tarampals Verdrängungsstrategie. Solange sie ihre Unschuld nur laut genug beteuerte, konnte sie selbst daran glauben. »Dieser Mann ist ein Mörder«, sagte Nikki und zeigte auf Jaggi. Er stand auf und kam auf sie zu. Nikki drückte sich rückwärts gegen die Arbeitsplatte, ihr gefror das Blut in den Adern vor kalter, nackter Angst.

»Jaggi«, sagte Tarampal. Er drehte sich um.

»Wusste Kulwinder von uns beiden?«, fragte Tarampal ihn.

»Nein.«

»Ganz sicher?«

»Ganz sicher.«

»Weil Maya es ihr sagen wollte?«, fragte Tarampal leise. Jaggi drehte sich wieder zu Nikki um. »Bitte antworte mir«, flehte Tarampal.

»Wir haben keine Zeit für so was«, knurrte Jaggi.

»Ach, Jaggi«, murmelte Tarampal. »Warum nur?«

»Sie hat sich furchtbar aufgeregt und wollte es allen erzählen. Ich musste an dich denken und deinen guten Ruf in der Gemeinde. Ich durfte das nicht zulassen. Es ging alles ganz schnell. Ich hab sie mit Benzin übergossen, weil ich ihr Angst machen wollte, und sie meinte: ›Das würdest du nie wagen.‹ Also hab ich eine Schachtel Streichhölzer genommen und sie nach draußen gezerrt. Ich wollte ihr doch nur Angst machen.«

Entsetzt starrte Tarampal Jaggi an. »Du hast der Polizei gesagt, dass du nicht zuhause warst.«

»Tarampal ...«

»Du hast mich angelogen.«

»Lass dich nicht von Nikki beeinflussen«, sagte Jaggi. »Was hättest du an meiner Stelle getan?«

Tarampal hatte die Hände an die Lippen gepresst, und ihre Augen schwammen in Tränen.

»Du bist ein guter Mensch, Tarampal, das weiß ich. Du hättest nicht gewollt, dass Maya stirbt, oder?«, fragte Nikki. »Das hast du mir doch selbst gesagt.«

»Du wolltest, dass sie aus unserem Leben verschwindet, damit wir beide zusammen sein können«, sagte Jaggi und trat zwischen die beiden Frauen, damit Tarampal ihn anschauen musste. »Was hätte ich denn tun sollen?«

»Ich weiß es nicht«, flüsterte Tarampal. Ihre Antwort war an Nikki gerichtet. Es war der erste ehrliche Satz, den sie seit einer ganzen Weile gesagt hatte. Alle Farbe war aus ihrem Gesicht gewichen. »Ich. Weiß. Es. Nicht«, wiederholte sie, und ihre Stimme wurde zu einem Schluchzen. Sie sah aus wie ein kleines Mädchen.

»Tarampal«, sagte Jaggi. Wieder hockte er sich hin und legte ihr einen Arm um die Taille. »Es gibt keinen Grund, jetzt eine Szene zu machen. Wir reden nachher in Ruhe darüber.«

Tarampal biss sich auf die Lippen und schüttelte den Kopf. Jaggi hob die andere Hand und wollte ihr damit über die Wange streichen. Plötzlich schien ein Ruck durch Tarampal zu gehen, und sie riss sich von ihm los und versetzte ihm eine schallende Ohrfeige. Es klang wie ein Donnerschlag.

Jaggi und Nikki erstarrten, doch dann packte Jaggi Tarampal am Hals und begann sie zu schütteln.

»Nein!«, schrie Nikki. Sie nahm den Kessel und holte aus und schlug zu, so fest sie konnte. Sie verfehlte ihn um Haaresbreite, aber das heiße Wasser schwappte heraus und klatschte ihm auf den Rücken. Er schrie auf und ließ Tarampal fallen und fächelte mit dem Hemd, um den brennenden Schmerz zu kühlen.

»Schnell weg!« Nikki stieß ihn beiseite und beugte sich vor, um Tarampal an die Hand zu nehmen. Tarampal schnappte nach Luft, als Nikki sie hochriss, doch noch bevor sie auch nur einen Schritt machen konnte, hatte Jaggi sie am Handgelenk gepackt und zog sie so fest zurück, dass sie neben ihm auf den Boden fiel. Nikki richtete sich auf. Sie stand direkt vor ihm und wollte einen Schritt nach hinten machen, aber sie stolperte und fiel über ein Stuhlbein. Im Fallen sah sie, wie seine Faust ihr entgegenkam, und hörte nur noch, wie ihr Kopf auf die Arbeitsplatte schlug. Dann wurde alles schwarz.

Sheenas Auto war noch nicht zum Stehen gekommen, als Kulwinder und Manjeet schon die Tür aufrissen und hineinhechteten. »*Hai*, wartet doch! Ihr tut euch ja noch weh«, schimpfte Sheena. Aber sie hatten es eilig.

»Weißt du noch, wo der Pub ist?«, fragte Kulwinder.

»Klar. Ich war doch eben erst da«, antwortete Sheena.

»Dann beeil dich.« Sheena trat aufs Gaspedal. Kulwinder klammerte sich instinktiv an ihren Sitz, als der Wagen aus dem Tempelparkplatz schoss.

Als Manjeet sie angerufen hatte, hatte Sheena eben die anderen Witwen abgesetzt und war gerade auf dem Weg nach Hause gewesen. »Manjeet!«, hatte Sheena über die Freisprechanlage gejubelt. »Geht es dir gut?«

»Ich bin wieder in Southall. Ich erzähle dir nachher alles in Ruhe, aber zuerst müssen wir zu Nikki«, hatte Manjeet geantwortet.

»Sie steckt in Schwierigkeiten«, hatte Kulwinder hinzugesetzt. Sheena hatte keine Fragen gestellt.

»Bin in fünf Minuten da.«

Kulwinder war erleichtert, dass sie Sarab nicht anrufen mussten. Er hätte vielleicht gesagt: »Kulwinder, bist du dir ganz sicher? Versuch noch mal, sie anzurufen – du weißt doch, wie die jungen Leute sind. Nie gehen sie ans Telefon.« Und dann hätte er an der gelben Ampel gehalten, über die Sheena gerade raste.

Sie hielten vor dem Pub, und Sheena ließ die beiden aussteigen. »Los, los«, rief sie. »Ich parke nur eben und komme gleich nach.« Kulwinder und Manjeet platzten in den Pub und brüllten einander durch den Raum zu, schnell nach der Treppe zu suchen. Sie waren so fixiert auf ihre Mission, dass sie gar nicht mitbekamen, wie die anderen Gäste sich nach ihnen umdrehten und sie neugierig anstarrten.

Kulwinder marschierte schnurstracks zur Theke. »Sie wissen, wo ist Wohnung von Nikki?«

»Gleich hier drüber«, antwortete das Mädchen. Es wirkte belustigt. »Sind Sie ihre Mum?«

»Wie wir kommen dort?«, fragte Kulwinder.

»Sie brauchen einen Schlüssel, die Tür ist draußen links. Nur die Hausbewohner haben einen Schlüssel. Sie müssen sie anrufen, dann kann Nikki sie reinlassen.«

»Ich versuchen anrufen, sie nicht antworten. Bitte. Kann sein böser Mann oben.«

Das Mädchen musste sich auf die Lippe beißen, um

nicht laut zu lachen. Und plötzlich sah Kulwinder, was das Mädchen sehen musste – zwei kopflose indische Tanten, die unbedingt verhindern wollten, dass einer ihrer Töchter etwas Sittenwidriges zustieß. »Er ist Killer«, rief sie verzweifelt.

»Ganz bestimmt. Hören Sie, ich kann niemanden reinlassen, also ...«

Kulwinder schaute sich schnuppernd um. »Manjeet, riechst du das auch?«, fragte sie.

Manjeets Augen wurden groß und rund. »Das ist Rauch.«

Sheena stürzte in den Pub. »Feuer! Raus hier! Alle Mann raus!«, schrie sie. Die Barkeeperin blinzelte sie verdattert an, während die Gäste panisch nach draußen rannten.

»Die haben noch nicht bezahlt«, schimpfte sie.

Kulwinder wies auf das Fenster. »Sehen! Rauch! Sie geben Schlüssel.«

Das Mädchen machte große Augen. Dann verschwand es unter der Theke, um nach den Schlüsseln zu kramen, und hielt sie schließlich triumphierend hoch. Kulwinder riss sie ihm aus der Hand. »Los!«

Sie stürmten aus dem Haus, mit fliegenden Dupattas, und fummelten am Schloss herum, bis sie endlich durch die Tür stürzten und die Treppe hinaufhasteten, dabei ihre Sandalen verloren, die die Stufen hinuntertaumelten, während sie immer weiterliefen und schrien: »Nikki! Nikki!« Der Rauch wurde dichter und dichter, je näher sie ihrer Wohnung kamen. Kulwinder suchte in dem Qualm nach dem Türknauf und zuckte zurück, so heiß war er. Zu ihrer Verblüffung war die Tür nicht abgeschlossen. Der Bastard musste das Feuer gelegt haben und dann abgehauen sein.

Die Tür ging auf, und sofort quoll dichter Rauch ins Treppenhaus, und die drei Frauen mussten husten. Kulwinder ließ sich davon nicht aufhalten. Mutig ging sie hinein und duckte sich, um unter den schwarzen Rauchschwaden etwas zu erkennen.

»Bleibt da! Ich versuche, sie zu finden!«, rief sie nach hinten.

Sie sah Flammen, und dann erblickte sie durch den Rauch hindurch eine Gestalt auf dem Boden. Nikki. Kulwinder blieb so geduckt wie möglich. Sie packte Nikki an den Knöcheln und zog. Unwillkürlich atmete sie Rauch ein und hustete heftig, mit zuckenden Schultern. Wieder zog sie und spürte, wie Nikki langsam über den Boden glitt. Es war ein weiter Weg bis zur Tür. Sie zog wieder mit aller Kraft. Ein weiterer Hustenanfall schüttelte ihren ganzen Körper. Ihre Augen brannten wie verrückt, und die Tränen liefen ihr in Strömen über das Gesicht. Sie wollte am liebsten laut schreien, aber sie konnte nicht. Sie fiel auf die Knie. Der Aufprall schickte einen Schock durch all ihre Glieder, und plötzlich war sie wieder in dem Moment, als sie erfahren hatte, dass Maya tot war. *Nein, nein, nein,* hatte sie geschrien. *Bitte, bitte, bitte.* Der verzweifelte Wunsch, die Zeit möge rückwärtslaufen, fühlte sich an wie Ersticken. Kulwinder zog ein letztes Mal an dem Mädchen.

Unvermittelt packte eine Hand Kulwinder am Fußgelenk, eine andere schlang sich um ihre Taille.

»Halt! Stopp!« Sie konnte Nikki nicht hier liegen lassen. Blitzschnell überlegte sie. Sie hörte nur noch ihren eigenen angestrengten Atem und gar nichts mehr von Nikki, also zog sie sich die Dupatta vom Kopf und band sie um Nikkis Fußgelenk, und dann, mit Sheenas und Manjeets Hilfe und der Kraft von drei Frauen, schafften sie es, Nikki zur Tür hinauszuzerren.

»Wir haben sie!«, hörte sie Sheena rufen.

Siebzehntes Kapitel

Durch den schmalen Spalt zwischen ihren Lidern konnte Nikki nur Schatten ausmachen. Gesprächsfetzen flogen umher, waren aber alle bedeutungslos. Jemand hielt ihre Hand. Flatternd öffnete sie die Augen und hörte die freudige Aufregung in Mindis Stimme. »Sie wird gerade wach.«

Das Krankenzimmer war grell erleuchtet, und Nikki stöhnte. Von dem Licht tat ihr der Kopf weh. Mindi drückte ihr die Hand. Neben ihr beugte Mum sich ängstlich besorgt zu Nikki herunter und zupfte die Decke zurecht, damit ihre Beine zugedeckt waren. »Mum.« Mehr brachte Nikki nicht heraus, dann war sie wieder weg.

Als sie das nächste Mal aufwachte, war es Abend. Zwei Polizisten standen neben Mum und Mindi am Fußende des Bettes. Nikki blinzelte sie verwirrt an. Sie erinnerte sich an einen gewaltigen Schlag, von dem sie hintenübergekippt war. Danach war nur noch dieser stechende Schmerz in ihrem Kopf.

»Hallo Nikki«, sagte der eine Beamte freundlich. »Ich bin Police Constable Hayes, und das ist PC Sullivan. Wir haben ein paar Fragen an Sie, wenn Sie so weit sind, dass Sie mit uns reden können.«

»Vielleicht lassen Sie mir noch ein bisschen Zeit«,

murmelte Nikki. Ihr Bein begann mehr und mehr zu schmerzen, und in ihrem Kopf ging alles vollkommen durcheinander.

»Natürlich«, erwiderte PC Hayes verständnisvoll. »Ich wollte Ihnen auch zunächst nur sagen, dass der Mann, der in Ihre Wohnung eingedrungen ist, festgenommen werden konnte und angeklagt werden soll. Wir haben ihn in Gewahrsam genommen. Möchten Sie eine Aussage zu dem Geschehen machen?«

Nikki nickte. Die beiden Polizisten bedankten sich und gingen. Sie sank wieder in die Kissen und starrte an die Decke. »Warum tut mir das Bein weh?«, fragte sie. Aus den Augenwinkeln sah sie, wie Mum und Mindi einander anschauten.

»Du hast ein paar Verbrennungen erlitten«, erklärte Mindi. »Nichts Ernstes, aber es wird noch eine Weile wehtun.«

»Verbrennungen? Wie lange muss ich denn hierbleiben?«

»Der Arzt meinte, du kannst morgen mit uns nach Hause kommen«, sagte Mindi. Sie warf Mum einen Blick zu. »Wir richten dir dein altes Schlafzimmer ein ...«

Abrupt drehte Mum sich auf dem Absatz um und stürmte aus dem Zimmer. *Was ist denn mit der los?*, hätte Nikki am liebsten gefragt.

Mindi sah Mum nach, dann schaute sie Nikki an und schien ihre Gedanken lesen zu können. »Mach dir ihretwegen keine Sorgen. Dann erinnerst du dich also an gar nichts mehr?«

»Ich erinnere mich, dass er zugeschlagen hat. Dann bin ich bewusstlos geworden«, murmelte Nikki. Erinnerungsfetzen tauchten aus dem Nebel auf und lösten sich dann wieder auf. »Da waren zwei Leute«, murmelte sie.

»Sie haben deine Wohnung abgebrannt«, antwortete Mindi.

»Abgebrannt?« Mühsam versuchte Nikki sich aufzusetzen.

»Schsch«, machte Mindi und drückte sie mit sanfter Gewalt wieder ins Bett. »Setz dich lieber nicht so schnell auf. Alles gut – es hat nur in der Küche gebrannt. Sie haben Feuer gelegt und sind dann abgehauen, aber der Brand hat sich Gott sei Dank nicht sehr weit ausgebreitet.«

»Ein Glück«, seufzte Nikki. Sich vorzustellen, wie ihre ganze Wohnung in Flammen stand ... Nikki schüttelte es bei dem Gedanken.

»Ein Riesenglück! Es hätte alles viel schlimmer enden können. Du kannst von Glück sagen, dass die Frauen da waren. Sie haben dir das Leben gerettet. Zumindest hat das die Polizei gesagt.«

»Welche Frauen?«

»Deine Schülerinnen.«

»Die waren da?«

»Wusstest du das etwa nicht?« Jetzt schien Mindi verwirrt. »Was hatten die denn sonst in der Ecke von London verloren?«

Angestrengt versuchte Nikki sich an diesen Tag zu erinnern, aber sie wusste nur noch ganz vage, dass sie sich im Pub getroffen hatten. Und dann, dass sie das mit Jason erfahren hatte. Aber war nicht einige Zeit vergangen zwischen dem Kurs und dem Angriff? Jaggi. Tarampal. In Bruchstücken kam die Erinnerung wieder. Wann waren die Witwen gekommen? Und warum? Vielleicht hatte jemand sie gewarnt.

»Sie waren da, um mich zu retten«, flüsterte Nikki und hatte plötzlich heiße Tränen in den Augen.

Der Arzt erklärte Kulwinder, sie habe eine Rauchvergiftung erlitten. »Wir behalten Sie bis morgen zur Beobachtung hier, und dann können Sie nach Hause gehen«, sagte er.

Als er aus dem Zimmer gegangen war, nahm Sarab ihre Hand. Seine Augen waren rot und müde. »Was hast du dir bloß dabei gedacht, in eine brennende Wohnung zu gehen?«, fragte er vorwurfsvoll. Kulwinder öffnete den Mund, um etwas zu sagen, aber ihr Hals war ganz trocken. Sie zeigte auf die Karaffe auf dem Beistelltisch. Sarab goss ihr ein Glas Wasser ein und wartete, während sie daran nippte.

»Ich habe an Maya gedacht«, flüsterte Kulwinder.

»Du hättest tot sein können«, sagte Sarab. Er sah sie an und schluchzte auf und vergrub das Gesicht in ihren Händen. Und dann weinte er, wegen seiner Frau, wegen seiner Angst, wegen seiner Tochter, und die Tränen liefen Kulwinder die Arme hinunter und tränkten ihre Ärmel. Sie war fassungslos. Sie wollte Sarab trösten, aber sie konnte ihm nur die Hand drücken.

»Und Nikki?«, fragte sie.

Sarab schaute auf und wischte sich die Augen. »Es geht ihr gut«, sagte er. »Ich habe eben auf dem Gang mit ihrer Schwester gesprochen. Sie ist verletzt, aber sie wird wieder.«

Kulwinder sank in die Kissen und schloss die Augen. »Gott sei Dank.«

Sie wagte kaum, die nächste Frage zu stellen. Sie schaute Sarab an, und er schien zu verstehen. »Sie haben ihn verhaftet«, berichtete er. »Ich habe mit ihrer Mutter geredet. Die Polizei möchte zuerst Nikki befragen, ehe sie ihn anklagen, aber er sitzt schon in Haft, weil er in ihre Wohnung eingedrungen ist und sie tätlich angegriffen hat.«

»Und Maya?«

»Sieht ganz danach aus, als würden sie den Fall neu aufrollen«, entgegnete Sarab. »Er könnte für sehr lange Zeit ins Gefängnis gehen.«

Kulwinder fing an zu weinen. Sarab glaubte, sie weine aus Erleichterung, aber Kulwinder fühlte sich unvermittelt in die Vergangenheit zurückversetzt, und musste daran denken, wie sie diesem Jungen ihren Segen gegeben hatte. Er hatte sich als Monster entpuppt. Doch sie hatte ihn einmal Sohn genannt.

Achtzehntes Kapitel

In Nikkis Schlafzimmer fanden sich immer noch Spuren ihrer Teenie-Zeit. An den Wänden pappten die Reste der Klebestreifen, mit denen sie damals ihre Poster befestigt hatte, und auf der Kommode standen noch einige alte gerahmte Fotos.

Früher hatte sie ihre Zigarettenschachteln immer hinten an ein Bein ihres Betts geklebt, damit Mum sie nicht entdeckte. Als die Schachtel dann eines Tages abgefallen war, hatte sie stattdessen Klettband benutzt. Nun fragte sie sich, ob dort womöglich noch eine längst vergessene Schachtel klebte. Sie könnte eine Zigarette brauchen. Sie ging vor dem Bett in die Hocke und streckte den Arm in den schmalen Spalt zwischen Bein und Wand, als sie plötzlich Schritte hörte, die eilig die Treppe hinaufkamen. Rasch wollte sie aufstehen, aber ihr Ellbogen verkantete sich irgendwie, und sie steckte fest. Und als ihre Mum gleich darauf ins Zimmer kam, sah sie Nikki wie ein gewaltiges Insekt auf dem Boden liegen und hilflos mit den Gliedmaßen rudern.

»Ähm, mir ist gerade ein Ohrring runtergefallen«, stammelte Nikki. Mums Gewittermiene verriet, dass sie Nikki die fadenscheinige Ausrede nicht abkaufte. Sie zog das Bett von der Wand, damit Nikki ihren Arm befreien konnte, und ging wortlos aus dem Zimmer. Nikki folgte ihr die Treppe hinunter in die Küche. »Mum«, setzte sie an.

»Ich will nichts hören.«

»Mum, bitte.« Wie lange sollte das noch so weitergehen? Seit sie heute Morgen aus dem Krankenhaus entlassen worden war, hatte Mum ihr kein einziges Mal in die Augen geschaut.

Mum werkelte weiter geschäftig herum und räumte wie jeden Morgen das Geschirr vom Vorabend weg. Die Teller klapperten laut, und die Schranktüren knallten. Über all den Lärm hinweg hätte Nikki sie am liebsten angebrüllt: *Ich bin ein erwachsener Mensch!*

»Mum, es tut mir wirklich leid wegen der Zigaretten«, setzte Nikki an.

»Denkst du ernsthaft, es geht mir um die Zigaretten?«

»Es geht um alles. Den Auszug, den Job im Pub, den ... einfach alles. Es tut mir leid, dass du dir was anderes für mich gewünscht hast.«

»Die Lügen«, sagte Mum und schaute sie direkt an. »Die Kurse, die du gegeben hast. Dass du uns hast glauben lassen, du bringst diesen Frauen Lesen und Schreiben bei, dabei ...« Sie schüttelte den Kopf; ihr fehlten die Worte.

»Mum, einige dieser Frauen haben sich ihre ganze Ehe lang gefragt, wie es wäre, die Zuwendung ihrer Männer zu genießen. Anderen fehlte die Nähe, die sie in ihrer Ehe hatten, und sie wollten sich dieses innige Gefühl in ihren Erzählungen wieder zurückholen.«

»Und dann kommst du und denkst, du kannst die ganze Welt retten, indem du sie dazu bringst, solche Geschichten zu erzählen.«

»Ich habe sie zu gar nichts gebracht«, stellte Nikki richtig. »Das sind starke Frauen; die kann man zu *gar nichts* bringen, was sie nicht wollen.«

»Du hättest deine Nase nicht in das Leben anderer Menschen stecken sollen«, schimpfte Mum. »Du siehst ja, was du dir damit eingebrockt hast.«

»Ich habe mir gar nichts eingebrockt«, entgegnete Nikki.

»Dieser Kerl hat dich doch nur attackiert, weil du dich in fremde Angelegenheiten eingemischt hast.«

»Das hatte nichts mit dem Kurs zu tun. Es ging um Maya, das Mädchen, das umgekommen ist.«

»Hättest du dich einfach da rausgehalten ...«

»Dann bin ich also selbst schuld?«

»Das habe ich nicht gesagt.«

»Und worüber bist du dann so wütend?«, fragte Nikki.

Mum nahm das Geschirrtuch, als wolle sie etwas abtrocknen, und ließ es dann wieder fallen. »Du führst ein Doppelleben. Ich bin immer die Letzte, die irgendwas erfährt. Ständig verheimlichst du mir Dinge.«

»Mum, ich weiß einfach nicht, wie ich ehrlich zu dir sein soll«, sagte Nikki.

»Die ganze Zeit redest du mit wildfremden Menschen über die intimsten Dinge. Zu denen warst du doch auch ehrlich.«

»Als ich bei uns zuhause das letzte Mal die Wahrheit gesagt habe, gab es einen monumentalen Krach, und ich bin ausgezogen. Ihr habt mich als egoistisch beschimpft, weil ich etwas anderes für mich wollte als alle anderen in dieser Familie«, sagte Nikki.

»Wir wissen nun mal, was das Beste für dich ist.«

»Das glaube ich kaum.«

»Wenn du mir doch bloß gesagt hättest, was du da machst. Dann hätte ich dich warnen können, wie gefährlich das ist, und wenn du auf mich gehört hättest, wärst du nie in diese Situation geraten. Sag mir: War es das wert? Was du da in Southall angefangen hast – war es das wert, um ein Haar dafür zu sterben?«

»Aber die Frauen waren da und haben mich gerettet«, sagte Nikki. »Sogar Kulwinder war dabei. Die Sache muss es doch wert gewesen sein, wenn sie ihr Leben für mich aufs Spiel setzen. Mum, ich habe in Southall nicht bloß mutwillig ein bisschen Unfug getrieben, und ich will es auch nicht dabei belassen. Mein Kurs hat diesen Frauen das Gefühl vermittelt, angenommen und wertgeschätzt zu sein. Zum ersten Mal in ihrem Leben konnten sie ihre geheimsten Gedanken mit anderen teilen und spüren, dass sie damit nicht allein sind. Ich habe ihnen dabei geholfen, diese Seite an sich zu entdecken, und irgendwann war ich so weit, auch von ihnen zu lernen. Diese Frauen haben immer die andere Wange hingehalten, wenn irgendwelche Ungerechtigkeiten passierten, weil es unschicklich ist, sich einzumischen oder zur Polizei zu gehen und die eigenen Leute zu verraten. Aber als es drauf ankam, haben sie keinen Augenblick gezögert, mir zu helfen, auch wenn sie sich dabei selbst in Gefahr brachten. Sie wissen, dass sie kämpfen können.«

Nikki war ganz außer Atem. Sie hatte so schnell geredet, weil sie jeden Augenblick damit gerechnet hatte, von Mum unterbrochen zu werden. Doch die hatte kein Wort gesagt. Ihr Blick war ganz weich geworden. »Darum war dein Vater immer der festen Überzeugung, du wirst mal eine gute Anwältin«, sagte sie schließlich. »*Das Mädchen findet hinter allem eine Logik*, hat er immer gesagt.«

»Ihn konnte ich aber nicht überzeugen, dass ich lieber keine Anwältin werden möchte.«

»Irgendwann hätte er sich schon noch überzeugen lassen«, versicherte Mum. »Er hätte dir nicht ewig die kalte Schulter gezeigt.«

»Aber so kommt es mir vor«, gestand Nikki. »Immer, die ganze Zeit, seit er weg ist. Es kommt mir vor, als hätte er eine ewige Mauer des Schweigens zwischen uns beiden errichtet. Er war wütend auf mich, als er gestorben ist.«

»Er war nicht wütend auf dich«, widersprach Mum.

»Das weißt du doch gar nicht«, meinte Nikki.

»Er war sehr glücklich, als er gestorben ist. Ganz sicher.« Zuerst glaubte Nikki, die Augen ihrer Mutter schimmerten feucht vor Tränen, aber dann merkte sie, wie Mums Mundwinkel leicht zuckten.

»Wie meinst du das?«

Mums Lippen verzogen sich zu einem Lächeln. Ihre Wangen röteten sich. »Als ich dir gesagt habe, dass dein Vater im Bett lag, als er gestorben ist, meinte ich nicht, dass er im Schlaf gestorben ist. Ich wollte euch nur in dem Glauben lassen, weil ...« Sie räusperte sich. »Weil er an Überanstrengung gestorben ist. Im Bett.«

Plötzlich verstand Nikki. »Er hatte einen Herzinfarkt, weil er ... weil ihr?« Nikki wedelte hilflos mit den Armen, als wolle sie damit vage eine sexuelle Aktivität andeuten.

»Uns angestrengt haben«, vollendete Mum ihren Satz.

»Das ist etwas zu viel Information.«

»*Beti*, ich kann doch nicht zulassen, dass du dich in Selbstvorwürfen zerfleischst. Dad hatte schon Herzprobleme, lange bevor du von der Uni abgegangen bist. Er ist nicht an Kummer oder Enttäuschung gestorben. Das sah nur so aus, weil er so geschmollt hat, als ihr euch das letzte Mal gesehen habt. Aber in Indien hatte er sich längst wieder beruhigt. Eines Nachmittags haben wir Verwandte besucht, und dein Onkel hat schwadroniert, das indische Bildungssystem sei um Klassen besser als unseres hier in England. Du weißt ja, wie sie sind – jede Gelegenheit wird genutzt, um aus einem Familientreffen einen Wettstreit zu machen. Dein Onkel hat damit geprahlt, was für anspruchsvolle Projekte seine Tochter Raveen schon für die Schule machen müsse. Dabei ist sie gerade mal in der Grundschule. Er meinte: ›Raveens Schule sorgt dafür, dass alle Schüler erfolgreich sind. Was will man mehr?‹ Und Dad entgegnete: ›Meine Töchter haben gelernt, selbst zu definieren, was Erfolg für sie bedeutet.‹«

»Das hat Dad gesagt?«, fragte Nikki ungläubig.

Mum nickte. »Ich glaube, er hat sich selbst überrascht. Dein Dad war keiner, der nach Hause gefahren ist, um mit seinen Erfolgen zu prahlen. Aber an dem Tag war das anders. Von all den vielen Dingen, die Großbritannien uns geboten hat, war ihm diese Wahlfreiheit das Wichtigste. Es ist ihm nur nie so bewusst gewesen, bis er es laut vor deinem Onkel ausgesprochen hat.«

Nikki blinzelte die Tränen weg, während ihre Mum die Hand nach ihr ausstreckte. Sie strich ihr mit den Fingern über die Wange, und Nikki schluchzte laut auf; ein

Schluchzen, das halb Schluckauf war. Und dann weinte sie, wie sie nicht mehr geweint hatte, seit sie ein kleines Mädchen gewesen war. Sie drückte die Wange in die Hand ihrer Mutter, die ihre warmen Tränen auffing.

Abends kam Olive sie besuchen. Über der Schulter trug sie eine riesige Segeltuchtasche, die schier überquoll vor Aufsätzen, die sie noch benoten musste, und sie hatte einen Karton mit Nikkis Sachen dabei. Nikkis Gesicht war noch ganz verquollen vom Weinen. »War ein emotionaler Tag«, erklärte sie.

»Würde sagen, es war eine verdammt krasse Woche«, meinte Olive. »Wie kommst du damit klar?«

»Ich hab immer noch Kopfschmerzen, aber abgesehen davon versuche ich, nicht allzu viel darüber nachzudenken.« Doch den schrecklichen Albträumen, die sie jede Nacht heimsuchten, konnte sie nicht entkommen. Der unentrinnbare Klammergriff um ihren Hals. Die Flammen, die an ihren Füßen leckten. Sie schüttelte sich. Nicht immer wurde sie in ihren Träumen gerettet. Einmal war sie im Traum so verzweifelt gewesen, dass sie aus dem offenen Fenster ihrer Wohnung gesprungen war, um der unerträglichen Hitze zu entkommen. Sie war in den Tod gesprungen und mit einem Ruck hochgeschreckt, zitternd vor Angst und Wut.

»Gestern Abend war ich kurz im Pub. Ich wollte mich erkundigen, ob Sam irgendwas braucht. Der Pub selbst hat nicht viel abbekommen, nur die Decke, aber aus Gründen der Sicherheit und wegen gesundheitlicher Bedenken musste er den Laden vorerst schließen.«

»Alles gut bei ihm?«

»Ja, er schafft das schon. Die Versicherung übernimmt den Schaden und seinen Verdienstausfall.«

»Und wir haben immer gewitzelt, der Pub sei nur noch zu retten, wenn man ihn bis auf die Grundmauern abbrennt und neu aufbaut. Ansonsten einfach hinschmeißen und abhauen.«

»Tja, da siehst du mal. Abgebrannt bis auf die Grundmauern ist er nicht, aber der Pub ist momentan Sams kleinstes Problem. Er sorgt sich um dich. Fragt dauernd nach dir. Ich hab ihm gesagt, dass ich dir heute ein paar Sachen vorbeibringe. Ich soll liebe Grüße ausrichten.« Olive schaute sich im Haus um. »Da werden alte Erinnerungen wach.«

»Ja«, meinte Nikki seufzend.

»Hier aufzuwachsen kann so furchtbar nicht gewesen sein.«

Von dort, wo sie standen, konnte Nikki Dads alten Ohrensessel sehen. »Nein, war's auch nicht«, murmelte sie.

Olive griff in ihre Tasche und zog einen Umschlag heraus. »Schau mal, ich hab hier was für dich, und ich habe strikte Anweisungen, dafür zu sorgen, dass du es auch ganz bestimmt bekommst.« Sie überreichte Nikki den Umschlag.

Nikki nahm an, es müsse ihr letzter Gehaltsscheck von Sam sein, aber als sie den Umschlag aufmachte, steckte darin ein Brief. *Liebe Nikki*, begann er, und er endete mit: *In Liebe, Jason*.

»Das kann ich nicht«, flüsterte Nikki und drückte Olive den Brief wieder in die Hand.

»Nikki, lies ihn einfach nur.«

»Weißt du überhaupt, was passiert ist?«

»Weiß ich. Jeden Abend schleicht er in den Pub wie ein geprügelter Hund, in der Hoffnung, dich zu sehen. Sam und ich haben uns standhaft geweigert, ihm die Adresse deiner Mutter herauszurücken, aber ich hab ihm versprochen, dir den Brief zu bringen.«

»Er ist verheiratet.«

»Er ist geschieden«, korrigierte Olive. »Er hatte die Scheidung schon eingereicht, bevor ihr beiden euch überhaupt kennengelernt habt. Der arme Kerl war so verzweifelt, dass er den ganzen Papierkram mit in den Pub gebracht hat, nur um zu beweisen, dass er die Wahrheit sagt. Ich kann für die Richtigkeit seiner Aussage bürgen.«

»Und warum hat er es mir dann verheimlicht?«

Olive zuckte die Achseln.

»Das ergibt doch keinen Sinn. Wenn er keine andere Beziehung hat, wer ruft denn dann ständig bei ihm an? Und warum ist er so plötzlich verschwunden?«

»Ich bin mir sicher, dass er dir das alles da drin erklärt«, meinte Olive und deutete auf den Brief.

»Auf wessen Seite stehst du eigentlich?«

»Immer auf Seiten der Wahrheit«, erklärte Olive. »Genau wie du. Und die Wahrheit ist, er hatte Schiss und hat sich wie ein Idiot benommen. Er hat definitiv einiges zu erklären, aber du solltest ihm die Gelegenheit dazu geben, Nik. Ihr beiden habt so glücklich zusammen gewirkt. Er scheint ein anständiger Kerl zu sein, der einfach einen dummen Fehler gemacht hat.«

Nikki hielt den Brief in der Hand. »Den lese ich vielleicht lieber, wenn ich allein bin«, sagte sie.

»Kein Problem. Ich muss noch all diese furchtbaren Aufsätze korrigieren.« Olive wuchtete sich die Tasche auf die Schulter, dann beugte sie sich vor und drückte Nikki einen dicken Schmatz auf die Stirn. »Du bist der mutigste Mensch, den ich kenne.«

Gleich nach dem Abendessen ging Nikki wieder ins Bett. In dem Karton, den Olive mitgebracht hatte, lag ihre Beatrix-Potter-Biografie. Sie schlug sie auf und fing an zu lesen und wünschte sich dabei wieder, sie könnte irgendwie diese teefleckige Ausgabe der Tagebucheinträge und Skizzen von Beatrix Potter auftreiben. Draußen hatte der Himmel sich verdunkelt, und die Straßenlaternen glühten schwach wie glimmende Kohlen. Nikki stellte den Karton beiseite und zog sich die Bettdecke bis unters Kinn. Sie hatte noch nicht die emotionale Kraft, den Karton auszupacken. Es war zu bedrückend, dass alles, was sie noch besaß, in einen Karton passte.

Und dann der Brief von Jason, drüben auf der Kommode. Sie sah einen Zipfel des Umschlags, aber immer, wenn sie überlegte, ihn aufzumachen, wurde ihr ganz flau, und sie verkroch sich noch tiefer ins Bett. In dem Brief mochten alle Entschuldigungen dieser Welt stehen, aber sie war noch nicht bereit, sie zu hören.

Neunzehntes Kapitel

Auf Kulwinders Heimweg vom morgendlichen Gottesdienst im Tempel war der Himmel so grau und verhangen, dass er aussah wie aus Stein gemeißelt. Wie sie dieses Wetter gehasst hatte, als sie damals nach England gekommen waren. *Wo ist bloß die Sonne?*, hatten sie und Sarab sich gefragt. Und dann kam Maya auf die Welt. »Da ist unser Sonnenschein«, hatte Sarab immer mit einem Lächeln gesagt. Wenn er dieses winzige Ding in der Beuge seines Arms gehalten und sanft gewiegt hatte, schien sein Lächeln ewiglich.

Sarab war im Garten vor dem Haus und unterhielt sich gerade mit einem anderen Mann, als Kulwinder nach Hause kam. Kulwinder erkannte ihn gleich: Dinesh Sharma von Dinesh Repairs. Ein Handwerker also.

»Hallo«, sagte sie.

Obschon er kein Hindu war, faltete er die Hände und grüßte sie höflich mit »*Sat sri akal*«. Das gefiel ihr. Sie bot ihm einen Tee an.

»Nein, nein, nur keine Umstände«, winkte er ab. »Ich wollte nur rasch einen Kostenvoranschlag abgeben.«

»Ich habe ihn gebeten, den Briefkasten zu reparieren und mir bei ein paar anderen Kleinigkeiten rund ums Haus zu helfen«, erklärte Sarab. »Die Tür zur Veranda hängt schief in den Angeln, und ich sehe nicht mehr so gut, deshalb möchte ich die Bohrmaschine nur ungern selbst ansetzen.«

»Also gut. Dann will ich nicht stören«, sagte Kulwinder. Aus den Augenwinkeln sah sie einen Schatten am Fenster des Hauses gegenüber vorbeihuschen. Ihr blieb fast das Herz stehen. Tarampal. War sie da? Nein, das konnte nicht sein. Es musste eine optische Täuschung sein. In jener Nacht hatte sie sich in ihr Haus geflüchtet, den einzigen Ort in London, den sie kannte. Am nächsten Morgen war sie fort gewesen. Ein Nachbar hatte gesehen, wie sie im Morgengrauen in aller Eile ihre Koffer in ein Taxi gestopft hatte, und wenn man den Gerüchten Glauben schenken mochte, war sie längst in Indien, weit weg vom Getuschel und den wild wuchernden Spekulationen. Es hieß, sie wolle unter allen Umständen vermeiden, gegen Jaggi aussagen zu müssen, aber die Gerichte könnten sie, wenn nötig, wohl zurück nach England holen. Ständig wurde über Tarampal getratscht – manche behaupteten, sie hätte mehrere Affären gehabt, und ihre Töchter seien nicht einmal Kemal Singhs eigenes Fleisch und Blut. Was vermutlich alles nicht stimmte und nur der übliche Tempelklatsch war, multipliziert mit der allgemeinen Erleichterung über ihr unerwartetes, spurloses Verschwinden. Wenn jemand versuchte, Kulwinder mit diesem Gerede zu kommen, lehnte sie stets höflich, aber bestimmt ab. Schließlich wollte sie nicht, dass Tarampal den Tratschtanten der Gemeinde zum Fraß vorgeworfen wurde. Dass Tarampal bei Mayas Tod so blind gewesen war, reichte, um sich ein Leben lang dafür zu schämen.

Die Mappe fest unter dem Arm, trat Kulwinder wieder aus dem Haus und ging die Ansell Road hinunter. Sie lief an den Häusern vorbei und grübelte: Wer von denen mochte die Geschichten wohl gelesen haben? Wessen Leben war durch sie verändert worden? Ein leichter Nieselregen hing wie feiner Nebel in der Luft und benetzte ihr Haar mit kleinen schimmernden Edelsteinen. Sie fasste die Mappe noch fester.

Im Kopierladen arbeiteten zwei junge Männer. Kulwinder marschierte schnurstracks zu Munna Kaurs Sohn. Konnte es sein, dass er seit dem letzten Mal, als sie hier gewesen war, um den Aushang zu kopieren, noch ein ganzes Stück gewachsen war? Seine Schultern waren breiter, und er bewegte sich selbstbewusster als damals. Vor ihr stand ein Mann an der Kasse. Höflich bot er an, sie vorzulassen, was sie freundlich ablehnte und stattdessen den Jungen genauer unter die Lupe nahm.

»Hallo«, grüßte sie fröhlich, als sie schließlich an der Reihe war.

»Guten Tag«, murmelte er mit gesenktem Blick und riss einen Bestellschein vom Block. »Fotokopien?«

»Ja, bitte«, entgegnete Kulwinder. »Es ist eine ziemlich große Bestellung, ich kann gerne später wiederkommen.« Sie schob ihm die Mappe hin. »Einhundert Kopien, Spiralbindung.«

Der Junge schaute auf und sah ihr in die Augen. Kulwinder lächelte ihm herzlich zu, aber ihr Herz schlug einen Salto. »Das geht leider nicht«, sagte er.

»Ich komme später wieder«, erwiderte Kulwinder.

Der Junge schob Kulwinder die Mappe wieder zu. »Ich mache keine Kopien von diesen Geschichten«, sagte er.

»Dann würde ich gerne den Geschäftsführer sprechen«, sagte sie.

»Ich bin der Geschäftsführer. Und ich sage Ihnen, machen Sie Ihre Kopien woanders.«

Kulwinder stellte sich auf die Zehenspitzen und versuchte, an dem Jungen vorbeizuspähen. Der andere Angestellte war Somalier; ein Teenager, der nicht aussah, als sei er alt genug, hier irgendwas zu sagen zu haben. »Junge, wie heißt du?«

Er starrte sie an. »Akash«, murmelte er schließlich.

»Akash, ich kenne deine Mutter«, sagte Kulwinder streng. »Was würde die wohl sagen, wenn sie wüsste, dass du so unhöflich zu mir bist und mich nicht bedienen willst?«

Schon in dem Augenblick, als sie sie sagte, wusste Kulwinder, dass ihre Worte nichts auszurichten vermochten. Irgendeine höhere moralische Verpflichtung schien hier sämtliche sonst geltenden Höflichkeitsregeln außer Kraft gesetzt zu haben. Akash lehnte sich zurück, und Kulwinder fürchtete im ersten Augenblick, er wolle sie bespucken.

»Sind Sie sich darüber bewusst, was diese Geschichten in unserer Gemeinde anrichten? Sie zersetzen sie«, zischte Akash. »Wenn ich die kopiere, verbreiten Sie sie nur noch weiter.«

»Ich zersetze hier gar nichts«, entgegnete Kulwinder, der es langsam dämmerte. »Du und deine engstirnigen Spießgesellen, ihr seid die Einzigen, die irgendwas zersetzen.« So rekrutierten die Brüder also ihre rückhaltlos loyalen Mitglieder. Vor ein paar Monaten war das noch ein schüchterner, unsicherer Junge gewesen. Kulwinder erinnerte sich genau, wie Munna Kaur gesagt hatte, sie hätte ihren Jungen gedrängt, sich einen kleinen Nebenjob zu suchen, damit er mehr unter Leute kam. »Kein Mädchen will einen Mann ohne Selbstbewusstsein«, hatte sie gesagt. Und jetzt platzte er fast vor Selbstbewusstsein, wie ein Dampfkessel unter Druck.

Andere Kunden kamen in den Laden. Kulwinder überlegte, einfach eine derartige Szene zu machen, dass der Junge gezwungen war zu tun, was sie von ihm verlangte, nur damit er sie wieder loswurde. Aber es war sinnlos. Kulwinder drehte sich um und sah sein Spiegelbild in der Glastür. Hasserfüllt starrte er sie an. Rasch sprach sie ein Gebet für ihn. *Lass ihn in allen Dingen Maß und Mitte finden; lass ihn auf sich selbst hören und nicht auf den Lärm der anderen.* Lärm. Das war es, was die Brüder machten. Sie tönten und trampelten durch Southall. Aber nach allem, was sie und die Witwen durchgemacht hatten, um Nikki zu retten, jagten sie ihr keine Angst mehr ein. Kulwinder fiel auf, dass nicht mehr ganz so viele von ihnen auf dem Broadway patrouillierten, und vorhin im Tempel hatte sie einen von ihnen gesehen, der im Langar Essen ausgeteilt hatte wie ein ordentlicher, anständiger Sikh, statt die Frauen in der Küche herumzuscheuchen. »Sie haben ein bisschen Angst vor uns«, meinte Manjeet. Aber hatten die Brüder nicht immer schon Angst gehabt? Jetzt hatten sie gesehen, wozu Frauen fähig waren. »Sie haben ein bisschen mehr Respekt vor uns«, hatte Kulwinder Manjeet korrigiert, die genickt und ihr über den Tisch die Hand gedrückt hatte.

Draußen zog Kulwinder das Handy aus der Tasche

und ging ihre Kontaktliste durch, bis sie Nikki gefunden hatte.

»Hallo«, meldete sich Nikki.

»Hier spricht Kulwinder.«

Es war still. »*Sat sri akal*, Kulwinder«, sagte Nikki.

»*Sat sri akal*«, erwiderte Kulwinder. »Wie geht es dir?«

»Ich... also, mir geht es gut.« Nervöses Lachen. »Und dir?«

»Mir auch. Bist du wieder zuhause?«

»Ja. Schon seit ein paar Tagen.«

»Bleibst du noch eine Weile da?«

»Ich denke schon. In meine alte Wohnung kann ich nicht mehr zurück.«

»Sind viele deiner Sachen verbrannt?«

»Nichts Wertvolles«, sagte Nikki. »Das Wichtigste ist, dass ich lebendig rausgekommen bin, und das habe ich nur dir zu verdanken. Dir verdanke ich mein Leben, Kulwinder. Ich wollte dich schon längst anrufen, aber ich wusste nicht, ob ich mich bei dir bedanken oder entschuldigen soll.«

»Entschuldigen brauchst du dich nicht«, sagte Kulwinder.

»Doch. Ich habe dich in dem Glauben gelassen, dass ich den Frauen Lesen und Schreiben beibringe. Es tut mir sehr leid.«

Kulwinder zögerte. Sie hatte Nikki nicht angerufen, weil sie eine Entschuldigung erwartet hatte, aber es war trotzdem schön, sie zu hören. »*Hanh*, ja, ja, aber das ist doch alles Schnee von gestern«, wehrte sie ab und war sehr zufrieden, dass ihr diese schöne Redewendung eingefallen war.

»Das ist sehr großherzig von dir«, sagte Nikki.

»Es stimmt. Hättest du dich daran gehalten, den Frauen nur Lesen beizubringen, hätten sie sich nie diese Geschichten ausgedacht.« *Und es wäre so schade darum*, dachte Kulwinder und wünschte sich, sie könnte dem Jungen im Kopierladen das irgendwie klarmachen. »Ich habe ein paar davon gelesen«, fügte sie hinzu.

»Und, wie fandest du sie?« Kulwinder hörte Nikki an, wie nervös sie war.

»Ich habe dich aus einem brennenden Haus gerettet«, erwiderte Kulwinder. »So gut haben sie mir gefallen.«

Nikki hatte das gleiche befreiende Lachen wie Maya. *Du sollst nicht immer die Zähne zeigen*, hatte Kulwinder ihre Teenagertochter oft ermahnt. Genau, wie ihre Mutter es bei ihr gemacht hatte. Jetzt musste sie schallend mitlachen, und ihr wurde ganz leicht ums Herz, als sie hörte, wie ihr Gelächter sich vermischte.

»Ich möchte, dass die ganze Gemeinde die Geschichten lesen kann«, sagte Kulwinder. »Nicht nur die Witwen, die über den Kurs Bescheid wissen.«

»Ich auch.«

»Ich habe versucht, sie in Southall kopieren zu lassen, aber der Junge im Kopierladen hat sich geweigert, meine Bestellung anzunehmen. Hast du einen Kopierladen bei dir in der Nähe? Ich bezahle auch dafür. Wir lassen sie binden. Vielleicht finden wir sogar jemanden, der uns ein Titelblatt entwirft.«

»Bist du dir ganz sicher? Das könnte noch mehr Ärger geben«, wandte Nikki ein. Kulwinder war erstaunt und gerührt, in Nikkis Stimme eine leise Warnung zu hören.

»Ganz sicher«, antwortete sie sehr bestimmt.

Kulwinder ging nach Hause, die Mappe fest an die Brust gedrückt. Dinesh war nicht mehr im Garten, und der Briefkasten war herausgezogen und behutsam auf den Rasen gelegt worden. »Wo soll der Postbote denn jetzt unsere Briefe hintun?«, fragte sie Sarab.

»Das ist nur für heute. Dinesh kommt morgen wieder.« Sarab schaute auf die Mappe. »Und was machst du jetzt damit?«

»Das wirst du schon noch sehen«, sagte Kulwinder lächelnd. Aus den Augenwinkeln sah sie wieder dieses Flackern in Tarampals Haus.

»Ist da jemand?«, fragte sie Sarab und wies mit einem Nicken auf die andere Straßenseite. »Ich meine ständig, was zu sehen.«

»Vorhin war die Spurensicherung da. Die hast du bestimmt gesehen.«

Aber die Gestalt im Fenster war heimlich herumgeschlichen, als wüsste sie, dass sie nur ein flüchtiger Schatten war. Kulwinder glaubte nicht an Gespenster, und doch schoss ihr der Gedanken an einen Geist durch den Kopf, der dort herumspukte und nur darauf wartete, endlich befreit zu werden.

»Alles verändert sich«, hatte sie gestern Abend beim Essen gesagt. Sarab hatte genickt. Er hatte gedacht, sie meinte die Jahreszeit. Und Kulwinder hatte es nicht weiter erklärt. Es wurde langsam wärmer. Bald würde es bis neun Uhr abends hell bleiben, und am frühen Abend würde man die Kinder noch auf der Straße herumlaufen hören. Wenn ihre Mütter nach ihnen riefen, damit sie nach Hause kamen, hörte sie sich mit ihnen um ein paar Minuten Aufschub betteln. Zu verlockend war die

Welt da draußen mit ihren betörenden Düften. Nur noch fünf Minuten, in denen sie bis ans Ende der Straße laufen konnten, um den Bussen zuzusehen, die nach Hammersmith fuhren, oder den Zügen auf ihrem Weg zur Paddington Station. Dann gingen sie nach Hause. Doch in ihren Köpfen planten sie die Routen, die sie eines Tages durch diese gigantische, großartige Stadt führen würden. Kulwinder legte die Mappe auf den Couchtisch und ging zur Tür.

»Wo willst du hin?«, rief Sarab, aber Kulwinder antwortete nicht. Sie ging über die Straße und lief Tarampals Einfahrt hinauf. Die Sonne stand tief am Himmel und tauchte die Häuser in ein schnell verblassendes, gleißendes Licht. Kulwinder spähte durchs Fenster. Sie wusste um die neugierigen Blicke der Nachbarn, konnte das Getuschel fast hören, wie sie sich fragten, was sie da zu suchen hatte.

Durch die schmalen Schlitze zwischen den Gardinen konnte Kulwinder nur den kleinen Flur und die Treppe ausmachen. Was sie da im Fenster gesehen hatte, war eine optische Täuschung gewesen – die Sonne, die unsicher mal aufblitzte und dann wieder verschwand und um die Jahreszeit nicht recht zu wissen schien, wo sie hingehörte. Ein Gefühl unsagbarer Erleichterung flutete Kulwinders Körper, als bräche ein Fieber bei ihr aus. Sie küsste ihre Fingerspitzen und drückte sie gegen das Fenster.

Zeit, Maya loszulassen.

Zwanzigstes Kapitel

Abends drängte sich eine ausgelassene Feierabendmeute in die Bahn und schob Nikki nach draußen. Mindi wartete schon an der Haltestellte auf sie, in einem schwarzen Kleid mit glitzerndem Ausschnitt, der ihr Dekolleté zu einem verführerischen V formte. »Schick«, stellte Nikki fest.

»Danke. Ich glaube, bald ist es so weit«, sagte Mindi.

»Bald ist was so weit?«

Mindi beugte sich zu ihr und wisperte: »Sex.«

»Ihr habt noch nicht miteinander geschlafen?«

»Ich wollte erst abwarten, ob alle mir ihren Segen geben.«

»Wenn ich ja sage, macht ihr es dann auf der Damentoilette, während ich die Vorspeise bestelle?«

»Sei doch nicht immer so vulgär«, schimpfte Mindi.

»Findest du ihn denn gar nicht attraktiv, Mindi?«

»Doch, schon, aber ich will nicht mit einem Mann schlafen, den ich dann am Ende nicht heirate. Und wenn du ein Warnzeichen bemerkst, das mir bisher entgangen ist, dann überlege ich es mir noch mal, ehe ich mich mit ihm verlobe.«

»Du brauchst meine Zustimmung nicht. Das habe ich dir schon tausendmal gesagt«, sagte Nikki. »Du brauchst *niemandes* Zustimmung.«

»Ich möchte es aber so«, hielt Mindi dagegen. »Du begreifst es immer noch nicht, Nikki. Bei einer arrangierten Ehe geht es um Wahlfreiheit. Ich weiß, für dich ist es das genaue Gegenteil, aber da irrst du. Ich treffe meine eigenen Entscheidungen, aber ich möchte meine Familie in die Entscheidungsfindung miteinbeziehen.«

Und dann winkte Mindi jemandem zu, der von Weitem auf sie zukam. Nikki sah zuerst nur ein Grüppchen deutscher Rucksacktouristen, doch dann tauchte zwischen ihnen ein schlaksiger Mann auf. Nikki erkannte ihn auf den ersten Blick. »Ach herrje, den kenne ich doch«, murmelte sie. Sie schaute Mindi an. »Er hat dein Profil am Schwarzen Brett gesehen, stimmt's?«

»Woher weißt du das?«

»Weil ich ihn gesehen habe, als ich da war, um deine Anzeige aufzuhängen. Er war – ach, hallo!«, rief Nikki.

»Hi«, sagte Ranjit mit einem erstaunten, nervösen Lachen. »Du bist also Mindis Schwester.«

»Nikki. Wir kennen uns schon.«

Mindi schaute zwischen den beiden hin und her. »Wenn ihr beiden euch kennengelernt habt, als Nikki meine Anzeige aufgehängt hat, heißt das dann, du warst der Erste, der sie gesehen hat?« Mit funkelnden Augen schmachtete sie ihn an.

»Geht ihr beiden doch schon mal rein«, sagte Nikki, als sie vor dem Restaurant standen. »Ich komme gleich nach.« Sie wartete, bis Mindi und Panjit fort waren, dann zündete sie sich eine Zigarette an. Der Bürgersteig glänzte nass vom Regen, Passanten gingen vorbei, und ihre Gespräche und ihr Lachen mischten sich mit dem allgegenwärtigen Verkehrslärm. Nikki tastete nach ihrem Handy und zog dann die Hand wieder weg. *Denk nicht mal im Traum daran, ihn anzurufen*, ermahnte sie sich streng. Sie rauchte die Zigarette nur halb, dann trat sie sie aus und ging nach drinnen.

Am Tisch fragte der Kellner nach ihren Getränkewünschen. »Wollen wir eine Flasche Wein bestellen?«, schlug Nikki vor.

Hastig guckte Mindi rüber zu Panjit. »Für mich keinen Wein, bitte«, murmelte sie.

»Ranjit?«, fragte Nikki.

»Ich trinke nicht«, erwiderte er.

»Ach. Okay. Umso mehr für mich.« Der Kellner war der Einzige am Tisch, der über ihren Witz lachte. »Das war ein Scherz, Leute«, meinte Nikki. »Für mich bitte nur ein Mineralwasser, danke.«

»Du kannst dir gerne ein Glas Wein bestellen, wenn du möchtest«, sagte Mindi.

»Schon okay«, erwiderte Nikki und sah, wie Mindi erleichtert aufatmete.

* * *

In der Bahn nach Hause verloren sie kein Wort über Ranjit. Nikki wartete geduldig, dass Mindi sie nach ihrer Meinung fragen würde. Zuhause angekommen gingen sie nach oben in ihre jeweiligen Schlafzimmer. Nikki warf ihre Handtasche aufs Bett und tappte hinter Mindi her ins Bad.

»Ein bisschen mehr Diskretion, wenn ich bitten darf«, bemerkte Mindi spitz und fing an, sich die Augen abzuschminken.

»Du hast mich noch gar nicht gefragt, wie ich ihn finde.«

»Ganz ehrlich, ist traue mich fast nicht, danach zu fragen.«

»Warum das?«

»Nachdem das Essen serviert wurde, hast du kaum noch einen Ton gesagt. Ranjit hat sich sehr bemüht, dich ein bisschen besser kennenzulernen, aber du hast ihn ständig mit einsilbigen Antworten abgespeist.«

»Was soll ich mit so jemandem reden?«

»Wie meinst du das?«

»Du weißt schon.«

»Nein, bitte, klär mich auf«, sagte Mindi.

»Er wirkt sehr konservativ.«

»Und was ist dagegen einzuwenden?«

Nikki schaute Mindi durchdringend an. »Muss ich in Zukunft immer damit rechnen, dass es ihm unangenehm ist, wenn ich mal was trinke? Rümpft er die Nase, wenn ich nach Zigaretten rieche? Denn sollte das der Fall sein, dann werde ich mich wie die missratene, gefallene Schwester fühlen – die den guten Ruf der Familie in den Dreck zieht.«

»Er arbeitet an seiner Einstellung«, entgegnete Mindi. »Er ist in einer streng konservativen Familie aufgewachsen. Er hatte beinahe einen Herzkasper, als ich ihm erzählt habe, dass du in einem Pub wohnst und arbeitest.«

»Weiß er, dass ich mit dem Geschichtenkurs zu tun habe?«

»Ja.«

»Und wie hat er reagiert?«

»Es war ihm unangenehm.«

»Welch Überraschung.«

»Wichtig ist nur, dass er sich ändern will. Ihm liegt so viel an mir, dass er sich bemüht, offener zu werden. Das dauert eben seine Zeit.«

»Warum mit jemandem zusammen sein, der noch auf dem Weg ist? Du könntest auch mit jemandem zusammen sein, der längst angekommen ist.«

»Seine traditionellen Wertevorstellungen haben auch ihr Gutes. Er ist sehr familienorientiert und behandelt mich äußerst respektvoll. Nikki, im Ernst, dauernd regst du dich auf, wie engstirnig alle anderen sind, und glaubst dabei selbst, es gebe nur eine richtige Art zu leben und zu lieben. Und alle, die es nicht so machen wie du, machen es falsch.«

»Das stimmt doch gar nicht!«, protestierte Nikki vehement.

Mindi warf das Abschminktuch in den Mülleimer und schob Nikki beiseite. Sie ging in Nikkis Schlafzimmer, nahm den Brief von der Kommode und wedelte damit demonstrativ vor Nikkis Nase herum. Die versuchte aufgebracht, ihr den Umschlag aus der Hand zu nehmen.

»Was zum Kuckuck soll das, Mindi?«, schrie Nikki.

»Den werfe ich jetzt in den Müll.«

»Gib ihn sofort zurück!«

»Ich weiß ja nicht, was da drinsteht oder von wem der ist, aber er macht dich offensichtlich völlig kirre.«

»Das hat nichts damit zu tun ...«

»Du bist wegen irgendwas durch den Wind, und ich weiß, dass es mit diesem Brief zu tun hat. Immer, wenn du ihn siehst, guckst du ganz verkniffen, genau wie jetzt – als wärst du kurz davor, dir die Ohren zuzuhalten und *lalala* zu singen, bis alle dich wieder in Ruhe lassen. Lies ihn, oder er kommt in den Müll.«

Mindi warf den Brief auf Nikkis Bett, dann verzog sie sich in ihr Zimmer und schloss die Tür. Nikki war zu verdattert, um irgendetwas zu sagen. Sie sank auf die Bettkante. Die Scheinwerfer der Autos, die draußen vorbeifuhren, malten lange Schatten an die Decke. Man hörte Mindi in ihrem Zimmer herumrascheln. »Min?«

»Was?«

»Nichts«, rief sie zurück.

Stille aus dem anderen Zimmer. Dann: »Idiot.« Nikki grinste und rutschte rüber zu ihrer gemeinsamen Wand. Sie trat fest mit dem Absatz dagegen. Mindi antwortete mit einem festen Schlag mit der Hand – genau wie früher, als sie noch Kinder waren. Auf Mindis Seite der Wand blieb es kurz still. »Hey«, sagte sie dann.

»Ja?«, fragte Nikki.

»Du bist ja noch wach.« Mindis zuckersüßer Tonfall ließ vermuten, dass nicht Nikki gemeint war. Als Nächstes hörte sie ein verstohlenes Kichern. Mindi musste mit Ranjit telefonieren. Nikki holte aus, um noch mal gegen die Wand zu treten, überlegte es sich dann aber anders. Stattdessen nahm sie den Umschlag, atmete tief durch und riss ihn auf.

Liebe Nikki,
ich kann nicht erwarten, dass Du diesen Brief liest, ohne verletzt und angewidert von mir zu sein. Ich habe Dich belogen. Ich hatte tausend Gelegenheiten, Dir die Wahrheit über meine Ehe und die Scheidung

zu sagen, aber ich habe Dir das alles verheimlicht, aus Angst, schlecht dazustehen.

Das Ende einer Ehe wird gemeinhin als Scheitern betrachtet, als Versagen, und es fällt mir schwer, mich so anzunehmen – ich habe meine Familie enttäuscht, und ich habe als Mensch versagt.

Ich schulde Dir eine Erklärung, und es liegt an Dir, ob Du sie lesen willst.

Nachdem ich meinen Uniabschluss gemacht und gerade meine erste Stelle angetreten hatte, erwarteten damals alle von mir, ich solle sobald wie irgendmöglich heiraten – als ältester Sohn drängte meine Familie mich, mit gutem Beispiel voranzugehen. Kaum kam ich abends nach Hause, riefen meine Eltern mich in ihr Arbeitszimmer, wo sie mir dann die handverlesenen Profile jener Frauen zeigten, die sie aus den indischen Heiratsbörsen gepickt hatten.

Ich habe mich mit Händen und Füßen dagegen gewehrt, mich mit diesen Frauen zu treffen, weil ich mein freies Leben noch ein bisschen genießen wollte, bevor ich heiratete und eine Familie gründete. Ich war der Ansicht, ich hätte noch mehr als genug Zeit. Aber diese Einstellung führte zu ständigen Streitereien mit meinen Eltern. Es wurde so schlimm, dass ich mir schließlich eine eigene Wohnung suchen musste. Dann wurde bei meiner Mutter Krebs diagnostiziert. Endlose Tests und Chemotherapie-Sitzungen waren die Folge, und schließlich hatte sie kaum noch Kraft. Der Druck auf mich wurde immer größer; von meinem Dad, von meinen Tanten und Onkeln, und sogar von meinen jüngeren Geschwistern, die sich in dieser trostlosen Zeit einfach einen Grund zum Feiern wünschten. Die Botschaft war eindeutig: Heirate, damit deine arme Mutter ihren Frieden findet.

Über das Internet lernte ich schließlich Suneet kennen. Sie wohnte in London, und wir kannten uns nur durch einige störungsreiche Skype-Telefonate und E-Mails. Irgendwann beschloss ich, nach England zu fliegen, damit wir uns ein bisschen eingehender beschnuppern konnten. Für mich war diese Reise der erste Schritt zum eigentlichen Kennenlernen; für unsere Familien waren wir damit so gut wie verlobt. Und plötzlich steckte ich bis zum Hals in dieser Sache drin, obwohl ich nicht einmal wusste, was ich für Suneet empfand. Als meine Familie mich fragte, habe ich gesagt, dass ich sie mag. Und das stimmte auch. Sie ist eine hübsche, intelligente, liebenswürdige Frau, die sehr konservativ erzogen wurde und sich darum eine arrangierte Ehe wünschte. Es gab keinen Grund, sie nicht zu bitten, meine Frau zu werden. Vor allem in Anbetracht der Tatsache, dass es meiner Mutter gesundheitlich immer schlechter ging – die Zeit lief uns davon. Vor der Hochzeit kamen mir immer wieder Bedenken, die ich damit zerstreute, dass ich mir sagte, wir würden mehr als genug Zeit haben, uns nach der Hochzeit besser kennenzulernen. Bei unseren Eltern hatte es doch auch funktioniert, und bei tausenden indischen Ehepaaren funktioniert es heute immer noch – warum also nicht auch bei uns? Genügend Gemeinsamkeiten hatten wir. Und wichtiger noch, unsere Familien waren begeistert. Meine

Mutter war immer noch schwach, aber die Verlobung weckte ihre Lebensgeister. Mein Dad und ich stritten uns nicht mehr über jede Kleinigkeit. Es war eine friedliche Zeit für meine Familie, und nachdem ich so viel Unfrieden gestiftet hatte, wollte ich diesen Frieden um jeden Preis erhalten.

Es sollte sich allerdings sehr schnell herausstellen, dass Suneet und ich weniger zusammenpassten als erhofft. Sexuelle Anziehung war zwischen uns kaum vorhanden. Was ich zunächst abtat, da das in unserer Kultur nicht als Scheidungsgrund anerkannt wird. Suneet wollte so schnell wie möglich Kinder; ich wollte noch warten. Aber Suneet fühlte sich von ihrer Verwandtschaft dazu gedrängt, die ständig nachfragte, wann ihre Eltern denn endlich ihr erstes Enkelkind im Arm halten würden. Ich war sauer auf Suneet, dass sie sich diesem Druck beugen wollte, und warf ihr vor, unser gemeinsames Glück aufs Spiel zu setzen, nur um ihre Eltern glücklich zu machen. Und noch während ich das zu ihr sagte, musste ich mir eingestehen, genau denselben Fehler gemacht zu haben.

Wir wurden immer gereizter und stritten uns wegen jeder Kleinigkeit. Am Ende war es Suneet, die als Erste von Scheidung sprach. Sie war unsere Auseinandersetzungen müde und wurde immer verbitterter, dabei hatte sie ihre besten Jahre noch vor sich. Ich glaube, ich habe nicht begriffen, was sie meinetwegen durchmachte, bis sie irgendwann sagte: »Zwei Jahre hast du mir schon genommen. Verschwende nicht noch mehr von meiner kostbaren Lebens-

zeit.« Aber ich wusste, wie schrecklich es für sie sein würde, als geschiedene Frau nach Hause zurückzukehren. Als wir unseren Eltern die Wahrheit sagten, wurde es hässlich. Meine Mom hatte gerade erst eine neue, erfolgreichere Strahlentherapie angefangen und schien auf dem Weg der Besserung. Unser Geständnis warf sie meilenweit zurück. Wochenlang blieb sie im Bett liegen, und mein Dad redete nicht mehr mit mir, ging nicht ans Telefon, wenn ich anrief. Suneet erlitt mit ihren Eltern ganz Ähnliches.

Während die Scheidung noch lief, zog ich in eine kleine Zweier-WG und überlegte sogar, wieder nach Kalifornien zurückzukehren. Aber die Vorstellung, meiner Familie als Versager unter die Augen zu treten, war einfach unerträglich.

Irgendwann ging mein Dad dann doch wieder ans Telefon und sagte mir, dass die Testergebnisse meiner Mutter gut aussähen, und ich bin in den Tempel gegangen, um ein Dankgebet zu sprechen. An dem Tag haben wir uns kennengelernt. Aber bei Suneet zuhause wurde es immer schlimmer. Verbittert und erzürnt, in seiner Gemeinde das Gesicht verloren zu haben, startete ihr Vater eine Rufmordkampagne gegen mich und meine Familie. Es brach ihm das Herz, seine Tochter so zu sehen – das kann ich gut verstehen –, aber er lief herum und verbreitete schlimme Lügen über meine Verwandten. Über weitläufige Familienbande erreichten die Gerüchte schließlich auch meine Eltern in Kalifornien. Er wollte den Ruf unserer Familie zerstören, indem er behauptete, ich habe es für seine Tochter unmöglich gemacht, je wieder einen annehmbaren Ehemann zu finden. Als diese Taktik nicht aufging, versuchte er mich auf Schadenersatz zu verklagen, weil ich seiner Familie durch die Scheidung von seiner Tochter nicht wiedergutzumachendes Leid angetan hätte. Suneet hatte mit alledem nicht viel zu tun, aber sie hat ihn auch nicht aufgehalten. Alle Beteiligten waren zutiefst verletzt.

Die dringenden Anrufe, die ich ständig beantworten musste – oft auch, wenn wir beide zusammen waren –, kamen von meiner Mutter, Suneets Vater, dem Anwalt von Suneets Vater (der sich als ziemlicher Schuss in den Ofen entpuppte – ein Onkel mit einem Jura-Abschluss von einer drittklassigen indischen Uni) und meinen Geschwistern. Ständig war irgendwas, und meistens schien ich schuld zu sein. Irgendwie musste ich die Gemüter wieder beruhigen, und dazu brauchte es langwierige Gespräche und zähe Verhandlungen. Andauernd musste ich Feuerwehr spielen und neu aufflackernde Brandherde löschen. Das war anstrengender als meine eigentliche Arbeit. Emotionale Erpressung nennt man das wohl.

Ich war kurz davor, meinen Eltern zu sagen, dass ich mir sicher bin, Suneet nicht zu lieben, weil ich mich in Dich verliebt habe und weil sich das ganz anders anfühlt. Aber ich wollte Dich da nicht mit hineinziehen. Ich weiß, es muss ausgesehen haben, als hätte ich mich zurückgezogen, weil ich das Interesse verloren hatte, aber das genaue Gegenteil war der Fall – ich hatte Angst, wenn das mit uns beiden noch enger wird, könnte irgendwas früher oder spä-

ter schrecklich schiefgehen. Ich wollte nicht, dass Du zu mir nach Hause kommst, weil ich Angst hatte, jemand könnte uns sehen und mich beschuldigen, ich hätte eine Affäre, und dann müsstest Du das ausbaden.

Nikki, es war reine Feigheit, dass ich nicht die Worte gefunden habe, Dir die Wahrheit zu sagen. Ich bereue jede Sekunde, die ich nicht mit Dir zusammen verbracht habe. Es war egoistisch und unehrlich, Dich anzulügen und so oft ohne weitere Erklärungen zu verschwinden. Du warst mir gegenüber vom ersten Tag an so offen und ehrlich, und ich hätte es Dir danken können, indem ich Dir von Anfang an die Wahrheit sage. Es tut mir so, so leid, Nikki. Ich kann nicht erwarten, dass Du mich je wiedersehen willst, aber wenn doch, ich würde alles tun, um mir Dein Vertrauen wieder zu erarbeiten.

In Liebe,
Jason

Einundzwanzigstes Kapitel

Die Morgenluft war frisch und klar, und ein leiser Wind ließ Nikkis Hände kribbeln. Im Zug fand sie einen *Evening Standard* vom Vorabend und begann, darin zu blättern.

Als Nikki an der Notting Hill Gate Station ankam, waren die Geschäfte schon geschlossen, aber ein steter Touristenstrom strebte weiter zum Markt in der Portobello Road. Vor den pastellfarbenen Häusern blieben sie stehen, um sich davor zu fotografieren.

Nikki ging in die entgegengesetzte Richtung und steuerte auf das Kino zu, in dem der französische Film immer noch lief, den sie und Jason damals nicht gesehen hatten. Sie hatte noch eine halbe Stunde Zeit, bis der Film anfing, also ging sie ganz langsam und ohne Eile. An einer Ampel wurde sie von einer amerikanischen Familie angesprochen, die wissen wollte, wo es zum Hyde Park ging. Nikki wies ihnen den Weg, aber die Touristen wollten es sich unbedingt auf einem riesengroßen, aufgefalteten Stadtplan zeigen lassen. Nikki versuchte gerade, sich auf dem Plan zu orientieren, als eine Windböe hineinfuhr und ihn in der Mitte einriss. »Wir finden es schon«, meinte die Mutter spitz, nahm den Stadtplan und faltete ihn wieder zusammen. »Der muss noch für den Rest der Reise halten«, erklärte sie.

»Schon okay«, sagte Nikki. Im Weggehen hörte Nikki die Frau zu ihrem Mann sagen: »Lass uns lieber einen Einheimischen fragen.«

Nikki war fassungslos angesichts dieser unverhohlenen Unhöflichkeit. Der Mann drehte sich um und nickte Nikki entschuldigend zu. Nikki ging weiter, aber sie war drauf und dran umzukehren und der Frau zu sagen, dass sie eine Einheimische war, nur zu ihrer Information, danke auch. Sie war so in ihre aufgebrachten Gedanken verstrickt, dass sie unversehens zu weit lief und sich plötzlich am Ende der Straße wiederfand, schon vorbei an Sally's Bookshop. Sie drehte wieder um und zündete sich eine Zigarette an. Von einer ignoranten Touristin ihren Status als Londonerin aberkannt zu bekommen verlangte nach einer Beruhigungszigarette.

Nikki lugte durch das Fenster in die Buchhandlung und spähte nach der Kiste mit den heruntergesetzten Exemplaren ganz hinten. Unvermittelt erschien ein Gesicht im Fenster, und Nikki machte erschrocken einen Satz zurück und ließ die Zigarette fallen. Es war die junge Frau aus der Buchhandlung, mit der sie beim letzten Mal gesprochen hatte. Aufgeregt klopfte sie von innen gegen das Schaufenster und winkte Nikki, sie solle hereinkommen. Nikki trat ihre Zigarette aus und ging hinein.

»Entschuldigung, ich wollte Sie nicht erschrecken«, sagte die Frau lachend.

Nikki lächelte schmallippig. Jetzt hatte sie nur noch zwei Zigaretten in der Schachtel, danach wollte sie eigentlich aufhören. Die eine, die sie eben fallengelassen hatte, war nur halb aufgeraucht gewesen, und beim

Gedanken daran, dass sie jetzt draußen auf der Straße lag, überkam Nikki eine große Traurigkeit.

»Ich wollte nur ganz sicher sein, dass Sie mir nicht entwischen«, erklärte die Frau. »Sie sind Nikki, stimmt's? Ich bin Hannah.« Sie verschwand hinter der Kasse, und als sie wieder auftauchte, hatte sie ein Buch in der Hand, das sie Nikki stolz präsentierte. *The Journals and Sketches of Beatrix Potter*.

»Ach du lieber Himmel«, japste Nikki. Sie streckte die Hand danach aus, dann zögerte sie. Sie hatte fast Angst, das Buch in die Hand zu nehmen. Behutsam schlug sie es auf und blätterte die erste Seite um. Vorne war ein Porträt von Beatrix Potter. Das runde Gesicht war ein wenig zur Seite geneigt, und auf dem leicht gespitzten kleinen Mund lag eine Spur von Übermut. »Wo haben Sie das denn aufgetrieben?«, fragte sie atemlos.

»Sonderbestellung. Aus Indien.«

Und tatsächlich, da war er. Ein Teefleck, so groß wie ein kleines Blatt, oben auf dem Einband. Es war genau dasselbe Buch, das sie damals in Delhi unbedingt hatte haben wollen. »Unglaublich«, flüsterte sie. Sie zückte ihre Kreditkarte und wollte sie Hannah geben, aber die winkte ab.

»Der Herr hat schon bezahlt«, erklärte sie.

»Welcher Herr?«

»Der, der das Buch bestellt hat. Ich habe ihn gefragt, ob ich es nicht lieber zu ihm oder zu Ihnen nach Hause schicken soll – ohne Umweg über die Buchhandlung –, aber er bestand darauf, dass es hierbleibt, falls Sie zufällig vorbeikommen. Ich nehme an, er wollte Sie überraschen. Ins Schaufenster konnte ich es nicht legen, dann hätten auch andere Kunden danach gefragt, also habe ich es unter der Kasse versteckt und die Augen aufgehalten und unseren Jungs von der Nachmittagsschicht auch Bescheid gesagt. Wobei die das allerdings bloß als Vorwand genutzt haben, jedes Mädchen, das ihnen gefallen hat, in den Laden zu locken ...«

Nikki hörte Hannahs Erklärungen gar nicht mehr zu, sie konnte an nichts anderes mehr denken als an das »Herr«. Aus unerfindlichen Gründen musste sie dabei an einen gesichtslosen Gönner mit Zylinder denken, obwohl sie sich sicher war, dass Jason das Buch bestellt haben musste. Er musste jeden einzelnen Buchladen am Connaught Place in Delhi telefonisch abgeklappert haben, und ihr verschlug es schier die Sprache bei dem Gedanken.

»Vielen lieben Dank«, stammelte Nikki. Sie drückte das Buch an die Brust und ging ein bisschen benommen nach draußen, vorbei am Kino, wo sie beschloss, den Film sausen zu lassen. Die Bäume bildeten auf dem Weg zum Park einen schützenden Baldachin über der Straße. Nikki mied die Schatten und lief in den kleinen morgendlichen Sonnenflecken, die ein bisschen Wärme spendeten. Kaum hatte sie den Hyde Park betreten, verstummte das Brummen des Verkehrs. Sie ging eine Weile spazieren und setzte sich dann auf eine Bank vor dem Kensington Palace. Das Buch wog schwer in ihren Händen. Nikki strich über den Einband und hielt sich das Buch unter die Nase, um daran zu schnuppern. Sie hatte immer insgeheim befürchtet, sollte sie das Buch je aufstöbern, dann würde es sie traurig machen, weil es sie daran erinnern würde, wie sie sich seinetwegen mit Dad gestritten hatte. Aber als sie nun mit geschlossenen Augen dasaß, konnte sie an nichts anderes als an Jason denken – den blauen Pullover, den er bei ihrer ersten Verabredung getragen hatte, wie ihr Herz einen Purzelbaum geschlagen hatte, als sie ihn in den Pub hatte kommen sehen. Nikki nahm sich die Zeit, sich jede Seite ganz genau anzusehen – die Briefe, die verspielten Skizzen. Die Seiten waren zwar glatt, aber die Abbildungen sahen täuschend echt aus, fast als könnte man sie erfühlen, als steckte man in Beatrix Potters Kopf.

Im Park schlängelten sich die Touristen um die entspannt ihre Kreise ziehenden Jogger und Gassigänger. Was die Menschen sich von London erträumten, gab es hier alles – üppige grüne Gärten, majestätische Kuppeln und Kirchtürme, vorbeiflitzende schwarze Taxis. Es war hoheitsvoll und geheimnisvoll; sie konnte verstehen, dass man dazugehören wollte. Sie musste an die Witwen denken. Vor ihrer Ankunft hier hatten sie von diesem London sicher kaum etwas geahnt, und nach ihrer Ankunft sogar noch weniger. Großbritannien bedeutete ein besseres Leben, und sie hatten sich verzweifelt an diesen Traum geklammert, auch wenn dieses neue Leben immer verwirrend und ihnen fremd geblieben war. Jeder Tag in diesem neuen Land musste eine Übung im Vergeben gewesen sein.

Nikki nahm ihr Handy und suchte Jasons Nummer.

»Ich hab noch zwei Zigaretten übrig, dann höre ich endgültig auf«, sagte sie. »Du bist doch noch dabei, oder?«

Sie hörte ihn tief aufseufzen, als hätte er die ganze Zeit die Luft angehalten und auf ihren Anruf gewartet.

»Heb eine für mich auf«, sagte er. Nikki erklärte ihm, wo sie gerade war, und dann wartete sie und beobachtete ein Grüppchen betagter Radfahrer, die gemächlich vorbeirollten und genüsslich die frische Frühlingsluft einatmeten. Sie konnte es kaum erwarten, ihn zu sehen. Sie konnte es kaum erwarten, noch mal ganz von vorne anzufangen.

Zweiundzwanzigstes Kapitel

Kulwinders neues Büro blitzte und blinkte. Sie saß auf einem Drehstuhl mit Kopfstütze. Ein großes Fenster rahmte den Sommerhimmel zu einem perfekten blauen Rechteck. Das alte Gebäude konnte Kulwinder von hier nicht sehen, und es wunderte sie, dass sie es irgendwie vermisste. Zugegeben, es war eng und muffig gewesen und es hätte einer gründlichen Renovierung bedurft, aber zumindest hatte sie dort nicht Tür an Tür mit den Männern des Vereins sitzen müssen. Sie drückten sich auf dem Gang herum, als sei ihre offene Tür eine Einladung, sie anzustarren wie ein Ausstellungsstück im Kuriositätenkabinett – die Frau, die die ganzen alten Bibis zusammengetrommelt hatte, um beim Treffen des Sikh-Gemeindeverbandes unverschämte Forderungen zu stellen.

Keine unverschämten Forderungen, sagte Kulwinder sich wieder. Nachvollziehbare Wünsche. Finanzmittel für die Einrichtung eines Frauenzentrums, das kostenlose juristische Beratung für Opfer häuslicher Gewalt anbot, und ein Fitnesscenter, wo die Frauen trainieren konnten, ohne angefeindet oder belästigt zu werden. Kulwinder musste leise lachen beim Gedanken an die entsetzten Gesichter der Männer, als sie gesagt hatte: »Lassen Sie sich ruhig Zeit und überdenken Sie unseren

Antrag ganz in Ruhe. Aber ich möchte von nun an bei jeder weiteren Diskussion dabei sein. Ist das klar?« Als niemand etwas dagegen einwendete, hatte sie genickt und gesagt: »Gut. Dann sind wir uns ja alle einig.«

Ein leichtes Klopfen war zu hören. »Herein«, sagte Kulwinder. Die Tür blieb verschlossen. Lauteres Klopfen. Daran musste sie sich in ihrem neuen Büro auch erst noch gewöhnen – die massive Tür dämpfte zwar die Geräusche von draußen, aber auch ihre Antwort war kaum zu hören. »Herein«, rief sie, so laut sie konnte. Die Tür ging auf.

»Nikki!« Rasch schlug Kulwinder die Zeitung zusammen, als das Mädchen an ihren Schreibtisch trat. Kulwinder stand auf und umarmte sie – und merkte, dass die altvertraute Postbotentasche fehlte. Stattdessen trug Nikki einen mit Büchern vollgestopften Rucksack. »Du bist fleißig«, stellte sie fest.

»Ich hatte ein bisschen was nachzuholen. In ein paar Wochen fängt die Uni an, und ich hab so lange ausgesetzt.«

»Bestimmt hast du bald wieder den Anschluss gefunden.«

»Ich muss noch ein bisschen neuen Stoff pauken. Die Kursinhalte haben sich geändert.«

Nikki war vollkommen aus dem Häuschen gewesen, als sie einen der letzten verbliebenen Plätze in diesem Studiengang bekommen hatte, ein Jura-Studium mit Schwerpunkt Sozialrecht. »Ich möchte mithelfen zu verhindern, dass Mädchen wie Maya so etwas passiert«, hatte sie gesagt, als sie Kulwinder angerufen hatte, um ihr davon zu berichten. Kulwinder war das Herz übergegangen vor Stolz. Und dann hatte sie, typisch Nikki, angefangen, endlos über Frauenrechte zu schwadronieren. Nur mit dem Unterschied, dass Kulwinder ihr diesmal zugehört hatte. »Und womöglich gibt es noch mehr ungelöste Fälle, wie Gulshans und Karinas Tod. So wenig Menschen wagen es, Fragen zu stellen bei derart eigenartigen Todesfällen, dass es die Gewalt scheinbar legitimierte. Wer weiß – gut möglich, dass es genügend Hinweise gibt, um die Ermittlungen in Gulshans und Karinas Fall wiederaufzunehmen. Ich suche neue Möglichkeiten, um ein Gespräch über Ehrenverbrechen in Gemeinden wie unserer zu ermöglichen.« Unserer. Kulwinder schnürte es vor Rührung fast die Kehle zu.

Mit dem Kinn wies Nikki auf die Zeitung. »Gibt's was Neues?«, fragte sie.

»Nichts«, antwortete Kulwinder.

»Das braucht seine Zeit«, sagte Nikki. »Aber ich weiß, es ist schwer, tatenlos abwarten zu müssen.«

Jaggi erwartete seinen Prozess, mehr wussten sie nicht. Regelmäßig durchsuchte sie die Zeitung nach irgendwelchen Neuigkeiten, musste aber mit jedem weiteren ereignislosen Tag mehr mit ihrer wachsenden Enttäuschung kämpfen. Als Nikki damals das Anmeldeformular zwischen ihren wenigen verbliebenen Habseligkeiten gefunden hatte, hatte Kulwinder sich insgeheim gewünscht, er würde einfach ohne Umwege im Gefängnis landen. Warum ihm noch Fragen stellen, wo die Handschriften doch eindeutig übereinstimmten? Aber die Anwälte hatten irgendwas vom Lauf der Gerechtigkeit erklärt und von der Einhaltung gewisser Verfahrensvorgänge, und Kulwinder musste sich damit abfinden. Zumindest hatten sie und Sarab jetzt einen Anwalt – die Kanzlei Gupta und Co. war auf sie zugekommen und hatte angeboten, Mayas Fall kostenlos vor Gericht zu vertreten. Sie versicherten Kulwinder, sie habe gute Aussichten, und waren zuversichtlich, Jaggis Verteidiger schlagen zu können, wenn es zum Prozess kam. Kulwinder war ihnen unendlich dankbar, argwöhnte aber, die Sache könne einen Haken haben, obwohl Mr Gupta ihr höchstpersönlich mehrfach versicherte, er sehe das als kostenlosen Dienst an der Gemeinde. Trotzdem marschierte Kulwinder nun einmal die Woche in seine Kanzlei auf dem Broadway und überreichte seiner verdutzten Empfangsdame eine Schachtel Ladoos.

Nikki zog sich einen Stuhl heran. »Das ist ein hübsches Büro. Viel größer als das alte.«

Kulwinder sah sich um. »Danke«, sagte sie nicht ohne Stolz und strich leicht mit dem Finger über die glatte Platte ihres Schreibtischs.

»Ich hab aufregende Neuigkeiten mitgebracht«, erklärte Nikki.

»Deine Schwester hat sich verlobt«, mutmaßte Kulwinder.

»Nein, noch nicht«, entgegnete Nikki. »Aber sie hat tatsächlich jemanden kennengelernt.«

»Ach. Ist er nett?«

»Ja«, antwortete Nikki. »Ganz nett. Sie ist glücklich mit ihm.«

»Gut«, seufzte Kulwinder. Und war ein bisschen enttäuscht. Es war lange her, seit sie das letzte Mal in London bei einer Hochzeit gewesen war. Es wäre schön, mal wieder Gold zu tragen. »Und was sind das dann für Neuigkeiten?«

Nikki holte tief Luft. »Wir werden veröffentlicht.«

Kulwinder starrte sie nur wortlos an. Das musste ein Scherz sein. »Die Geschichten? *Die ganz bestimmten?*« Sie wies auf die fotokopierte Sammlung mit Spiralbindung, die sich vom vielen Gebrauch schon angefangen hatte aufzudrehen. Zahllose weitere Kopien kursierten in Southall und darüber hinaus, aber das hier war das Original.

»Genau die – und vielleicht noch mehr! Ein Verlag namens Gemini Books möchte unsere *Geheimen Geschichten für Frauen, die Saris tragen* veröffentlichen.« Nikki öffnete den Reißverschluss ihres Rucksacks, zog einen dicken Stoß Papier heraus und reichte ihn Kulwinder. Es war ein Buchvertrag voller Fachjargon und komplizierter Sätze, die Kulwinder nicht verstand, aber sie setzte trotzdem umständlich ihre Brille auf und wies auf verschiedene Absätze, als billigte sie, was dort stand.

»In welcher Sprache sollen sie erscheinen?«, fragte Kulwinder.

»Es ist ein zweisprachiger Verlag, und sie möchten das Skript sowohl auf Gurmukhi als auch auf Englisch haben. Ich habe ihnen gesagt, dass wir noch zahllose Geschichten aufzuschreiben haben, und sie können sich vorstellen, eine Reihe daraus zu machen.«

»Das sind ja wunderbare Neuigkeiten«, sagte Kulwinder strahlend. »Können wir ein paar Kopien behalten, damit wir sie den Leuten verleihen können?«

»Ganz bestimmt. Sie können die Bücher aber auch kaufen. Die Einnahmen sollten zugunsten des Frauenzentrums eingesetzt werden.«

»Ach, Nikki«, seufzte Kulwinder. »Das ist ja noch besser als eine Verlobung.«

Nikki lachte. »Gut zu wissen.«

»Wo wir gerade bei dem Frauenzentrum sind, hast du noch mal über mein Angebot nachgedacht?« Vor ein paar Wochen hatte Kulwinder Nikki angerufen und sie gefragt, ob sie nicht ein paar Kurse unterrichten wolle. Nikki hatte gezögert. Ihre ausweichende Körperhaltung hatte Kulwinder verraten, dass sie vermutlich nein sagen würde.

»Das ist eine großartige Gelegenheit«, sagte Nikki. »Aber ich glaube, ich werde dieses Jahr mit meinem Studium viel um die Ohren haben, und dann wohne ich auch noch so weit weg, dass ich wohl leider absagen muss.«

»Wo wohnst du denn?«

»Enfield.«

»Bei deiner Mum?«

»Vorübergehend«, erklärte Nikki. »Nächstes Jahr werde ich wohl mit meiner Freundin Olive eine WG gründen.«

»Dann brauchst du einen Job«, meinte Kulwinder. »Die Mieten in London sind teuer.« Vermutlich dachte Nikki, Kulwinder sei verzweifelt, aber tatsächlich gab es mehr als genug Bewerber, die gerne im Frauenzentrum unterrichten wollten. Es hatte sich in der Gemeinde herumgesprochen, und jeden Tag riefen neue potenzielle Kursleiter an und erkundigten sich nach freien Stellen.

»Die Witwen wollen, dass du wiederkommst«, erklärte Kulwinder sanft.

»Sie fehlen mir«, gestand Nikki. »Aber wir bleiben in Kontakt. Ich habe Arvinder, Manjeet und Preetam vorhin im Langar gesehen. Und nachher treffe ich mich mit Sheena zum Kaffeetrinken.«

»Du könntest sie jeden Tag sehen. Sheena leitet den Internetkurs. Die anderen haben sich schon angemeldet.«

»Ich muss mich auf mein Studium konzentrieren«, sagte Nikki. »Wirklich, sonst würde ich es liebend gerne machen.«

Kulwinder verstand. All die Bücher in Nikkis Rucksack wollten gelesen werden, und wer wusste, wie lange das dauern würde? Trotzdem, es gab noch andere Möglichkeiten, die jungen Leute an ihre Pflichten zu erinnern. Kulwinder zuckte zusammen und krallte ihre Hand mitten auf der Brust in den Stoff ihrer Bluse.

»Was hast du?«, fragte Nikki besorgt.

»Ich? Nichts«, entgegnete Kulwinder. Sie ließ die schmerzverzerrte Grimasse noch einen Moment aufgesetzt, dann entspannte sie sich wieder. Es funktionierte. Nikki wirkte ehrlich beunruhigt.

»Soll ich dich ins Krankenhaus bringen?«, fragte Nikki.

»Nein, nein«, wiegelte Kulwinder ab. »Das ist bloß ein bisschen Sodbrennen. Das kenne ich schon. Je älter ich werde, desto schlimmer wird es.« Tatsächlich hatte der Arzt ihr probeweise etliche neue Medikamente mitgegeben, mit denen sie so viel Achar essen konnte, wie sie wollte – ohne anschließend Blähungen zu bekommen oder aufstoßen zu müssen.

»Das tut mir so leid«, sagte Nikki.

»An manchen Tagen sollte ich lieber zuhause bleiben«, murmelte Kulwinder, »statt mich um das Lehrpersonal für meine Kurse sorgen zu müssen.«

»Gibt es sonntags auch einen Kurs?«, fragte Nikki.

»Nein, nein, nur keine Umstände. Du hast genug zu tun mit deinem Studium.«

»Sonntags könnte ich kommen.«

Kulwinder kannte den Kursplan in- und auswendig. Sonntags fanden keine Kurse statt, weil der Tempel da Hochzeiten und anderen Veranstaltungen vorbehalten war. »Wir können dich nicht dafür bezahlen, Sonntagskurse zu geben.«

»Dann halt nicht. Dann mache ich es ehrenamtlich«, schlug Nikki vor. »Ich komme sonntags her und gebe einen Englischkurs oder einen Konversationsworkshop. Und wer mag, kommt einfach vorbei.«

»Das kann ich unmöglich annehmen«, meinte Kulwinder.

»Das schaffe ich schon irgendwie«, versicherte Nikki. »Ich möchte meinen Teil beitragen. Du solltest dich ein bisschen schonen.«

»Es ist bloß der Magen«, versicherte Kulwinder.

»Ja, so wie die Migräne bei meiner Mutter«, bemerkte Nikki ironisch. »Ausgelöst durch Streitereien und wundersamerweise wie weggeblasen, sobald sie die Auseinandersetzung gewonnen hat.«

Kulwinder lächelte Nikki matt zu und zuckte noch mal schmerzlich zusammen, nur um auf Nummer sicher zu gehen.

Als Nikki wieder gegangen war, trat Kulwinder ans Fenster. Von hier oben schrumpfte das Leben in Southall zu einer Miniatur zusammen – Menschen und Autos und

Bäume passten in ihre offene Hand. Kein Wunder, dass die Männer bei ihren Versammlungen immer so abgehoben und überheblich wirkten. Sie betrachteten die Welt aus ihrem Elfenbeinturm, und sie kam ihnen unbedeutend vor. Man nehme nur die Handvoll Witwen, die da gerade über den Parkplatz huschten. Sie könnten genauso gut ein zusammengeknülltes Blatt Papier sein. Abgeschlagen sah Kulwinder sich in ihrem Büro um und fasste einen Entschluss. Ihren Papierkram würde sie hier erledigen, aber ansonsten wollte sie so viel Zeit wie möglich unten bei den Frauen verbringen, auf dem Boden der Tatsachen. Und damit würde sie jetzt gleich anfangen.

Gerade als sie sich vom Fenster abwenden und ihre Handtasche holen wollte, sah sie Nikki unten über den Parkplatz gehen. Ein junger Mann wartete auf sie. Das musste Jason Bharma sein. Kulwinder hatte von den Witwen gehört, dass sich zwischen den beiden etwas entwickelte. Sie sah, wie sie sich begrüßten und sich spielerisch umarmten. Nikki warf den Kopf in den Nacken und lachte laut auf, als Jason ihr etwas ins Ohr flüsterte.

Kulwinder wandte sich zum Tempel und sprach rasch ein kurzes Dankesgebet für diese Freude. Das Gefühl, einen anderen Menschen zu berühren, die vorfreudige Erwartung eines Kusses oder wie Sarab mit der Hand über ihren nackten Schenkel strich – das alles waren Kleinigkeiten, aber zusammengenommen waren sie ein Leben voller Glücksmomente.

Dank

Meine Dankbarkeit, Liebe und Bewunderung gilt folgenden Menschen:

Anna Power, die als Erste diese Geschichte gelesen und ihr Potenzial erkannt hat. Von Mentorin bis hin zu Literaturagentin und guter Freundin haben deine Hingabe und deine Begeisterung mich immer weitermachen lassen.

Dem ganzen Team bei HarperCollins, das mich so herzlich und begeistert aufgenommen hat. Martha Ashby und Rachel Kahan, euer Feedback und eure Verbesserungsvorschläge haben die Redaktion dieses Buchs zu einer Entdeckungsreise gemacht. Kimberly Young, Hannah Gamon und Felicity Denham, ich kann mich glücklich schätzen, derart leidenschaftliche Kämpferinnen für dieses Buch an meiner Seite zu wissen.

Jaskiran Badh-Sidhu und ihren wunderbaren Eltern und Großeltern, deren Liebe und Großherzigkeit mir das Gefühl vermittelten, in England ein zweites Zuhause gefunden zu haben. Ohne euch gäbe es dieses Buch nicht.

Prithi Rao, deine Kommentare zu meinem Manuskript waren unschätzbar wertvoll und deine Freundschaft noch viel mehr.

Mum und Dad, dafür, dass ihr mich ermutigt habt, meinem verrückten Traum vom Schreiben zu folgen. Meiner Schwiegerfamiie, den Howells, für ihre Liebe und Unterstützung.

Paul, du bist alles Gute, Inspirierende und Wahre in dieser Welt. Ohne dich wäre es ein unlustiges Leben. Ich liebe dich ganz schrecklich.

Glossar

Achar ist ein indisches Pickle (eingelegtes Obst und/oder Gemüse), in dem meist unter anderem unreife Mangos, Limetten, grüne Chilis, Knoblauchzehen und Ingwer verarbeitet werden und das in der indischen Küche als Beilage zu zahlreichen Gerichten gereicht wird.

Barfi sind ein süßes Konfekt aus Milch, das auf dem gesamten indischen Subkontinent bekannt ist. Der Name stammt von dem persischen Wort »Barf«, das so viel wie »Schnee« bedeutet. Hauptbestandteil sind Kondensmilch und Zucker. Es gibt viele verschiedene Geschmacksvarianten, so etwa mit Cashews oder Pistazien, Mango oder Kokosnuss, Kardamom oder Rosenwasser. Die Zutaten werden in einem großen Kessel eingekocht, bis die Mischung fest wird, und dann in mundgerechte Häppchen geschnitten.

Ein **Bindi** (aus dem Sanskrit »Bindu«, wörtlich »Punkt«, »Tropfen«, »Tupfen« oder »kleines Teilchen«) ist ein farbiger Punkt, der zwischen den Augenbrauen auf der Stirn getragen wird. Dieser Punkt kann aufgemalt oder aufgeklebt sein und markiert die Stelle, an der das energetische »dritte Auge« verortet wird. Im hinduistischen Glauben ist dieser Punkt ein religiöses Mal, und der Bereich der Stirn, an dem es sitzt, gilt als sechstes Chakra und Sitz des geheimen Wissens.

Ein **Chai-Wallah** ist ein Teeverkäufer, der an einer mobilen Verkaufsbude Masala-Chai anbietet.

Chapati oder **Roti** (wörtlich »flach« oder »platt«) nennt man ein ungesäuertes Fladenbrot. Traditionell wird es aus Weizenvollkornmehl, »Atta« genannt, zubereitet.

Die **Dupatta** ist ein langer, breiter Schal für Frauen, der über eine Schulter und um Hals oder Kopf getragen wird. Üblicherweise wird die **Dupatta** so über dem Kopf getragen, dass sie beide Schultern bedeckt. Sie kann aber auch wie ein Umhang benutzt werden. Mittlerweile wird sie häufig auch als modisches Accessoire getragen, wobei sie locker über eine Schulter geworfen wird.

Gulab Jamun ist eine Süßigkeit, die vor allem in Indien, Nepal und Pakistan sehr beliebt ist. Sie wird aus eingekochter cremiger Milch gemacht, die zu einer teigartigen Konsistenz verdickt zu Bällchen geformt, in Fett frittiert und anschließend mit Zuckersirup getränkt wird.

Ghee ist ein meist aus Butter hergestelltes Speisefett (ähnlich dem deutschen Butterschmalz), das aus der indischen Küche nicht wegzudenken ist und in beinahe allen Gerichten Verwendung findet.

Als **Gora** (männlich) und **Gori** (weiblich) werden Menschen mit weißer Hautfarbe bezeichnet. Der Plural lautet **Goreh**.

Der **Gurdwara** (auch **Gurudwara**; wörtlich: »Tor zum Guru«) bezeichnet eine Gebets- und Lehrstätte der Sikhs. Zudem ist der **Gurdwara** meist auch ein gesellschaftlicher Treffpunkt, der allen Menschen offensteht.

Izzat bezeichnet das Konzept der Ehre in den Kulturen Nordindiens, Bangladeschs und Pakistans. Es gilt religions-, gemeinschafts- und geschlechtsübergreifend für Hindus, Muslime und Sikhs. Den eigenen guten Ruf ebenso wie den der Familie zu bewahren ist Teil des **Izzat**-Begriffs, genauso wie die Notwendigkeit der Rache im Falle einer Ehrverletzung.

Jalebis sind eine pakistanisch-indische Süßigkeit aus frittiertem Teig, der anschließend in Zuckersirup getränkt wird.

Der **Kamiz**, auch **Salwar Kamiz,** ist die traditionelle Bekleidung in einigen Teilen Südasiens (Afghanistan, Indien, Pakistan, Bangladesch etc.). Der Begriff **Kamiz** stammt aus dem Arabischen, **Salwar** hat einen persischen Ursprung. Der **Salwar Kamiz** besteht aus drei Teilen: **Salwar**, **Kamiz** und – für Frauen – **Dupatta**. Der **Kamiz** ist ein längeres Hemd, das locker über der Hose (**Salwar**) getragen wird und in aller Regel ab der Hüfte seitlich geschlitzt ist, um eine größere Bewegungsfreiheit zu gewährleisten.

In der modernen Verwendung bezeichnet **Kurti** eine kurze **Kurta.** Die **Kurta** ist ein schlichtes traditionelles Kleidungsstück aus Baumwolle, Seide, Musselin oder Wolle, das in weiten Teilen Südasiens (Bangladesch, Indien, Pakistan, Sri Lanka) getragen wird. Es ist ein weit geschnittenes kragenloses Hemd und wird von Männern über der Hose getragen. Bei Frauen gehört es zum **Salwar Kamiz** und wird mittlerweile auch häufig mit Jeans kombiniert.

Ladoo ist eine traditionelle kugelrunde Süßigkeit, die auf dem indischen Subkontinent sehr beliebt ist. Sie besteht aus Mehl (Kichererbsen, Weizen oder Kokos), **Ghee** oder Butter oder Öl und Zucker, sowie wahlweise verschiedenen anderen Zutaten wie beispielsweise gehackten Nüssen oder Trockenfrüchten. Die Gottheit Ganesha wird häufig mit einer Schale **Ladoo** abgebildet.

Ein **Langar** ist eine den **Gurdwaras** der Sikhs angeschlossene Küche, in der es kostenlos Essen für alle gibt.

Eine **Lengha** bezeichnet eine bestimmte Rockform, die auf dem indischen Subkontinent getragen wird. Die **Lengha** ist lang, bestickt und in Falten gelegt. Sie wird auf der Hüfte getragen, und zwar zu Oberteilen, die so geschnitten sind, dass der untere Rücken und der Bauch frei bleiben.

Mehendi ist eine Form der Körperbemalung, bei der mithilfe einer Paste aus getrockneten Hennablättern ornamentale Muster auf die Haut gemalt werden. Traditionell erhält die Braut vor hinduistischen Hochzeiten in der sogenannten Henna-Nacht eine solch kunstvolle Bemalung an den Händen, gelegentlich auch an Unterarmen und Füßen.

Pandit bezeichnet einen brahmanischen Gelehrten oder einen Lehrer auf dem Gebiet des Hinduismus, vor allem hinsichtlich der vedischen Lehre, des Dharma und der hinduistischen Philosophie. Darüber hinaus kann der Begriff auch allgemein einen weisen, gebildeten oder gelehrten Mann bezeichnen.

Roti: siehe **Chapati**.

Salwar: siehe **Kamiz**.

Sangeet nennt man das feierliche Zusammenkommen zweier Familien vor der Hochzeit ihrer Kinder. Dabei steht das zwanglose, fröhliche Zusammensein mit viel Musik und Tanz im Vordergrund.

Sat sri akal ist eine häufig von Angehörigen der Sikh-Religion benutzte Grußformel.

Eine **Tava** ist eine große flache Pfanne aus Metall – üblicherweise aus Eisenblech, Gusseisen oder Aluminium –, die in Süd-, Zentral- und Westasien gebräuchlich ist und zum Backen von Fladenbrot oder auch als Bratpfanne Verwendung findet.

Unsere Leseempfehlung

450 Seiten
Auch als E-Book
erhältlich

Sylvie und Dan haben gerade ihren zehnten Hochzeitstag gefeiert. Sie führen eine glückliche Ehe, haben zwei Kinder, ein hübsches Zuhause und wissen stets, was der andere denkt. Beim jährlichen Check-up-Termin prognostiziert ihr Hausarzt außerdem hocherfreut: Beide sind so kerngesund, dass sie sich bestimmt noch auf 68 gemeinsame Jahre freuen können. Erfreulich? Sylvie und Dan packt die blanke Panik. Wie zum Kuckuck sollen sie diese Ewigkeit überstehen, ohne einander zu langweilen? Sie beschließen, sich gegenseitig im Alltag zu überraschen. Doch das ist leichter gesagt als getan ...

www.goldmann-verlag.de
www.facebook.com/goldmannverlag